# 자정에 먹는 스크램블드에그

Brad Barkley / Heather Hepler

박산호 역

gasse · 가쎄

Copyright Text ⓒ 2007 by Brad Barkely and Heather Hepler
All rights reserved.
Published in the United States by Dutton Children's Books, a division of Penguin Young Readers
Group, 345 Hudson Street, New York, New York 10014 www.penguin.com
All rights reserved including the right of reproduction in whole or in part in any form.
This edition published by arrangement with Dutton Children's Books, a division of Penguin Young
Readers Group, a member of Penguin Group (USA) Inc.
KOREAN translation rights arranged through EntersKorea Co., Ltd., Seoul, Korea.

이 책의 한국어판 저작권은 (주)엔터스코리아(EntersKorea Co. Ltd)를 통한 저작권사와의 독점 계약으로 가쎄가 소유합니다. 신 저작권법에 의하여 한국 내에서 보호를 받는 저작물이므로 무단전재와 무단복제를 금합니다.

자정에 먹는 스크램블드 에그

역자 | 박산호

한국 외국어대학교 인도어과와 한양대학교 영어교육학과를 졸업하였다. 출간한 역서로는 『세계대전 Z』, 『카르페 디엠』, 『내 인생은 로맨틱 코미디』, 『천국 밖의 성자들』, 『도살장』, 『차일드 44』, 『솔로이스트』, 『내 안의 살인마』, 『카인의 징표』, 『다크타워 1』, 『마네의 연인 올랭피아』, 『알렉스와 나』, 『무덤으로 향하다』, 『공기의 발명』 등이 있다.

자정에 먹는 스크램블드 에그

브래드 바클리 & 헤더 헤플러 / 박산호 역

2011년 9월 27일 초판 1쇄 인쇄 | 2011년 9월 27일 초판 1쇄 발행

도서출판 가쎄 [제 302-2005-00062호] | 서울 용산구 이촌동 302-61 Jeil 201

전화 070.7553.1783 | 팩스 02..749.6911 | 홈페이지 www.gasse.co.kr | 인쇄 정민문화사

ISBN 978-89-93489-15-6 | 값 12,000 원

차례

9p. 1. 칼리오페

30p. 2. 엘리엇

52p. 3. 칼리오페

70p. 4. 엘리엇

89p. 5. 칼리오페

113p. 6. 엘리엇

130p. 7. 칼리오페

148p. 8. 엘리엇

171p. 9. 칼리오페

191p. 10. 엘리엇

212p. 11. 칼리오페

232p. 12. 엘리엇

252p. 12. 칼리오페

276p. 14. 엘리엇

299p. 15. 칼리오페

318p. 16. 엘리엇

339p. 17. 칼리오페

354p. 18. 엘리엇

## 역자후기

내가 좋아했던 드라마 중 하나인 '연애시대'에 나오는 대사 중에 이런 대사가 있다.

'언제부터 장래희망을 이야기하지 않게 된 걸까? 내일이 기다려지지 않고, 일 년 뒤가 지금과 다르리라는 기대가 없을 때 우리는 하루를 살아가는 게 아니라 하루를 견뎌 낼 뿐이다. 그래서 어른들은 연애를 한다. 내일을 기다리게 하고, 미래를 꿈꾸며 가슴 설레게 하는 것. 연애란… 어른들의 장래희망 같은 것.'

당시 이 대사를 들었을 때 뭔가가 내 가슴 한구석을 툭 치고 지나간 것 같은 작은 충격을 받았다. 어제가 오늘 같고 오늘이 내일 같은 일상에서 우리의 마음을 사정없이 흔들면서 총천연색으로 물들일 수 있는 유일한 사건, 연애. 우리는 살아가면서 작게는 서너 번에서 많게는 수십 번의 연애를 하게 된다. 그런 연애사에서도 가장 인상적이면서 평생 사라지지 않는 연애는 바로 첫사랑이 아닐까.

그런 아련하고 풋풋한 첫사랑, 미묘한 가슴 떨림의 진수인 첫사랑에 대한 아주 예쁜 소설 한 편을 소개하고자 한다. 빨강머리 앤처럼 빨갛고 숱이 많은 머리에 초록색 눈동자가 아름다운 소녀 칼리오페는 어느 날 키는 껑충 크면서 검푸른 눈빛의 소년 엘리엇을 만나게 된다. 둘은 첫눈에 걷잡을 수 없이 끌리게 되지만 날 감동시킨 건 엘리엇의 독백이었다. 예쁜 소녀는 길가에 채일 정도로 많고 많지만 엘리엇의 눈길을 끈 그 소녀는 마음속의 성에 갇혀 누군가를 애타게 찾는 외로움을 물씬 풍기고 있었다. 엘리엇은 이름도 모르는 그 소녀의 성으로 들어가 그 외로움을 달래주고 싶다는 충동을 느끼면서 사랑에 빠지게 된다. 한편 칼리오페는 화학약품 때문에 입술이 초록색으로 변한 엘리엇이 말을 걸어오자 정신이 혼미해지면서 숨이 가빠오고 그의 말이 제대로 들리지 않는 증상을 겪게 된다. 그렇다!

우리 모두의 가슴 한구석에 묻어 놓은 바로 그 첫사랑의 징후가 시작된 것이다. 좋아하는 사람의 발자국 소리만 들어도 콩닥콩닥 가슴이 뛰고, 좋아하는 그나 그녀가 우울해 보이면 나까지 덩달아 우울해지고, 그 사람이 웃을 수만 있다면 사정없이 망가질 수 있다는 그 마음자세. 그 사람의 조건이나 배경이나 능력이 아니라 그냥 미소가 좋고, 눈빛이 귀엽고, 하얀 손에서 눈을 뗄 수 없어 좋아하던 시절이 인생에 한 번쯤은 있지 않았을까? 이런 추억이 없다면 인생이 상당히 가난한 사람일지도…

'자정에 먹는 스크램블드 에그'는 이런 첫사랑에 빠진 소년과 소녀가 만나는 이야기를 유머러스하면서 따뜻한 시선으로 풀어가고 있다. 소년과 소녀가 만나서 사랑하는 이야기 외에도 중년의 사랑이 그윽한 분위기로 펼쳐지고, 거기에 크리스천 다이어트 캠프와 르네상스 시대를 재현한 축제라는 두 가지 이질적인 배경을 무대로 해서 개성 넘치는 인물들이 기상천외한 사건들을 만들어간다. 첫사랑에 대한 이야기이면서 동시에 자식과 부모 간의 애정을 다루고 있고, 피를 나누지 않아도 사랑하는 사람들이 만나서 새롭게 가족이 될 수 있다는 메시지를 담고 있는 이 소설은 남과 여 두 작가가 만나서 썼다고는 볼 수 없을 정도로 완벽한 호흡을 자랑하며 매끄럽게 흐르고 있다. 마치 냉정과 열정 사이의 에쿠니 가오리와 츠지 히나토리처럼 브래드 바클리와 헤더 헤플러는 솜씨 좋게 칼리오페와 엘리엇의 이야기를 주거니 받거니 하면서 재치 있고 재미있게 이 사랑스럽기 그지없는 이야기를 써냈다.

웃음과 감동과 사랑을 이처럼 따뜻하고 예쁘게 그려낸 소설도 흔치 않을 것이란 말로 역자 후기를 마무리하고 싶다. 마지막으로 따뜻하게 데운 우유 한 잔과 초콜릿 쿠키를 먹으며 이 소설을 읽으면 금상첨화라는 점을 기억하시길‥

박산호

Calliope . Eliot

# 1. 칼리오페

엄마는 하녀다. 급여 명세서에 그렇게 적혀 있다.

하지만 유능한 하녀라고 할 순 없었고, 덕분에 우린 다시 떠나야 했다. 작년 여름 이후로 이번이 세 번째 이사다. 엄마가 계산 착오를 일으켜서 5월까지 버틸 돈도 없는데 일을 관둬버렸다. 그래서 우리는 크리스마스가 지날 때까지 낚시 미끼 가게 위에 있는, 침실이 하나인 아파트에서 살았다. 내 침실 창문 밑에는 '미끼 샌드위치와 얼음 가스'라고 적힌 간판이 달려 있었는데 비수기에도 거기서 올라오는 비린내 때문에 난 평생 생선은 입에 대지 않으리라 맹세했다. 방세가 또 밀리면 우리 짐을 죄다 창고에 처넣고 안 내주겠다고 매니저가 협박했을 때 우린 거길 떠났다. 3월 한 달 동안 엄마가 일하던 유기농 식당의 접시닦이에게 빌린 산장에서 살았다. 그러다 엄마가 납땜용 인두로 바닥에 불을 내는 바람에 거기서도 쫓겨났다.

그 후로 블루버드 여인숙에서 머물고 있다. 스위트에서 지내는 대가로 여름 손님들을 받을 수 있게 엄마가 방 청소 하는 걸 내가 돕고 있다. 스위트라고 하니 그럴싸하게 들리지만 사실 성수기에만 반짝 손님이 드는, 허름하기 짝이 없는 곳이다. 소파 하나와 짧은 파티션 하나 들여놓고 거실이라고 불렀다. 카펫 색깔은 벽지 색깔에 맞췄고, 벽지 색깔은 침대 시트 색깔과 맞췄고, 침대 시트는 수건의 얼룩 색깔과 맞추다 보니 온통 베이지 세상이다. 심지어 벽에 걸린 그림들까지 어두운 해변과 희미한 빛이 비치는 자작나무 숲이 그려진 그림들 일색이다.

엄마와 나는 미니 냉장고에 보관할 수 있거나 전자레인지에 데워 먹을 수 있는 걸로 주로 끼니를 때웠다. 오늘 밤에는 통조림에 든 유기농 야채수프와 발효시킨 빵을 먹었다. 엄마는 뭔가에 한번 꽂히면 밥 먹는 것도 잊어버리기 때문에 요리는 주로 내 몫이다. 엄마는 밤이면 책상 앞에 구부정하게 앉아 금속과 유리조각을 비틀고 꼬아 작은 천사나 인어, 요정 같은 소품들을 만들었다. 최근에는 새로운 작품을 시도해서,

오브제 트루베(부목과 같은 자연 그대로의 예술품−역주)들을 섞어 보석을 만들고 있다. 지난주 내 생일에 엄마는 병마개로 만든 목걸이를 선물로 줬다. 그 병마개는 여기저기 뒤틀리고 움푹 파여 있었지만 자세히 들여다보면 막시(미국의 탄산음료 회사−역주)의 M이라는 글자가 보인다. 붉은색과 오렌지색 유리사로 싸여 있는 그 병마개는 주위에 은색 철사를 둘러서 태양을 접어놓은 것 같은 모양이었다.

엄마는 거기다 계피향이 나는 치실을 꿰어 목걸이로 만들었다. 처음 그 선물 상자를 열었을 때는 엄마가 말도 없이 내 물건을 뒤져서 병마개를 가져간 것에 화가 났다. 하지만 어깨 너머로 힐끗 엄마를 보자 차마 화를 낼 수 없었다. 가끔 엄마를 보면 내가 엄마고, 엄마가 내 딸처럼 느껴질 때가 있다. 엄마는 내가 자랑스럽다고 말해주길 기다리고 있는 것 같았다. 그때 엄마가 너무나 작아 보여서 난 엄마를 껴안고 고맙다고 말했다. 그날 밤 침대에서 셔츠 밑에 밀어둔 목걸이를 꺼내 찬찬히 살펴봤다. 목걸이는 정말 근사했다. 이제 그 병마개를 항상 차고 다닐 수 있으니, 절대로 잊지 않을 것이다. 잠이 들자 텍사스의 한 마을, 미지의 한 곳과 미래에 갈 곳 사이의 넓은 땅에 있는 마을이 꿈에 나왔다. 소용돌이치는 먼지에 둘러싸여 햇볕에 익어가는 그 풍경에서 계피향이 내 코를 가득 채웠다.

"떠나는 날이야." 엄마가 욕실에서 노래를 부르고 있다. 나는 실눈을 뜨고 디지털 시계를 힐끗 본 후, 돌아누워, 샤워기에서 물이 쏟아지기 시작하는 소리를 피해, 베개로 얼굴을 눌렀다. 가만히 누워 있으면, 엄마가 날 두고 가버릴지도 모른다. 그러다 깜박 잠이 들었나 보다. 갑자기 엄마가 침대 옆에 서서 내 얼굴에 엄마 얼굴을 바짝 들이대고 있었다.

"저리 가요, 엄마." 나는 중얼거렸다. 치약에서 나는 박하향과 샴푸에서 나는 라벤더향이 솔솔 풍겼다.

"칼리오페 준." 엄마가 설교를 시작했다.

"지금 안 일어나면 엄마가 일어나게 만든다." 엄마의 협박은 때로 찬물이나 무지 시끄러운 음악을 동반하는데, 지금은 찬물에 흠뻑 젖을 기분도 아니고, 시끄러운 음악에 머리가 어지러워질 각오도 돼 있지 않았다. 나는 비틀거리며 욕실로 가다 바닥에 산처럼 쌓아놓은 스웨터 더미에 걸려 넘어졌다.

나는 세차게 쏟아지는 뜨거운 물줄기 아래 평소보다 더 오래 서 있었다. 오늘 샤워를 하면 또 언제 샤워를 하게 될지 모른다. 엄마는 메인에서 노스캐롤라이나까지 차로 이틀이면 갈 거라고 계산했다. 작년 여름 캘리포니아에서 여기까지 왔을 때는, 그 주 내내 샤워를 딱 한 번 밖에 못했다. 그것도 엄마가 날 불쌍히 여겨서이거나 아니면 내 몸에서 나는 악취를 더는 참을 수 없어서 그랬을 것이다. 나는 아이다호에서 유효

기간이 지난 참치 샌드위치를 먹고 식중독에 걸렸는데, 엄마가 처음에 차를 제때 세우지 못했다. 우리는 그날 밤 트럭운전사들이 주 고객인 모텔에서 묵었는데 밤새 삐걱거리는 기어와 에어 브레이크 소리 때문에 자는 둥 마는 둥 했지만 샤워를 하고 진짜 침대에서 잤다는 것만으로도 만족스러웠다. 캠핑도 며칠 후에는 집에 가서 제대로 목욕하고 텔레비전 앞에서 마냥 퍼질 수 있다는 걸 알고 있을 때만 재미있는 법이다. 우리 모녀가 매번 이렇게 여행을 떠날 때면, 그 여행이 끝날 때 어떤 일이 우릴 기다리고 있을지 결코 알 수 없었다.

"그 정도면 충분히 씻었잖아." 엄마가 욕실 밖에서 소리 질렀다. 샤워할 때는 욕실 문을 잠가둬야 한다는 걸 난 오래전에 깨우쳤다. "이제 출발해야 해." 엄마가 말했다. 문밖에서 엄마가 어떻게 하고 있을지 눈에 선했다. 보라색 척 테일러 캔버스화를 신은 발부리를 톡톡 두드리고 있거나 머리카락을 빙빙 꼬아서 쪽을 찌고 있을 것이다. "도넛 사줄게." 엄마가 소리쳤다. 엄마가 다급해진 모양이었다. 나는 좀 더 배짱을 부려보기로 했다.

"속에 레몬 잼 든 거?" 나는 수도꼭지 위에 손을 올린 채 물었다. 침묵이 흘렀다. 마침내 한숨 소리가 들리고 이어서 "좋아"라고 웅얼거리는 소리가 들렸다. 패스트푸드라면 질색하는 엄마로선 아주 힘든 결정이었을 것이다. 나는 1,2분 더 있다가 수도꼭지를 잠갔다. 촉촉하게 젖은 내 빨간 머리는 등 가운데까지 내려왔고, 머리에서 똑똑 떨어지는 물이 다리 뒤쪽으로 흘러내리는 게 느껴졌다. 나는 거대한 수건으로 몸을 감싸고 머리를 돌돌 말아 틀어 올리려고 애를 썼다. 나는 거울에 서린 김을 닦아내고 치아를 살펴봤다. 내 신체 부위 중에서 아주 맘에 드는 부위 중 하나인 치아는 쪽 고르고 하얗다. 이 소동이 시작되기 불과 두어 달 전, 아직 우리에게 의료보험이 있을 때 교정기를 뗐다. 옆방에서 엄마가 쿵쾅거리며 걸어 다니는 소리가 나서 나는 서둘러 옷을 입었다. 지난번에 엄마 혼자 너무 오래 있게 내버려뒀을 때, 엄마가 내 책을 대부분 쓰레기통에 버려서 그 후 거의 한 시간 동안 무릎까지 빠지는 거대한 쓰레기통에서 책들을 골라내느라 혼쭐이 났다.

"거기 더플 백하고 박스 하나에 다 들어가게 간단히 챙겨."
엄마는 차에 또 다른 박스를 옮겨놓기 전에 내게 다시 일깨워 줬다. 누가 그걸 모를까봐. 엄마가 만든 규칙은 거의 없는 편이지만 그 몇 개 안 되는 규칙 중 하나는 우리의 전 재산이 차에 들어갈 수 있어야 한다는 것인데, 우리 차가 문이 두 개 달린 다트선(닛산에서 생산, 판매하는 소형차-역주)해치백(뒷부분이 위로 열리게 된 자동차-역주)인 걸 고려하면 결코 쉽지 않은 규칙이다.

더플 백에 내 다운 베스트를 집어넣자 백의 옆구리가 툭

튀어나왔다.

"그래가지고는 지퍼 안 올라간다." 엄마가 침대에 있던 붉은 낚시도구 상자를 들면서 말했다. "좀 버릴 건 버리고 갈 수 없니?"

나는 산처럼 쌓여 있는 청바지들과 서랍장 위에서 금방이라도 쏟아질 것 같은 코드들을 훑어봤다. 그 옆에는 또 그만큼 높이 쌓여 있는 책들이 눈에 보이지 않는 에너지에 떨리면서 흔들거리고 있었다. 그렇지 않아도 이미 내 재산 목록은 처참하게 줄어들었다. 엄마는 옆에 서서 내가 운동화 속에 탱크탑 두 개를 밀어 넣고 포개져 있는 인형들의 위치를 바꾸는 모습을 지켜보고 있었다.

"알았어요." 나는 더플 백안에 있던 물건의 절반을 꺼내서 지퍼가 올라올 수 있게 했다.

"도와줄까?" 엄마가 물었다. 그 말은 더 가차 없이 버리겠다는 뜻이었다. 난 고개를 세차게 저었다.

"좋을 대로 해." 엄마는 세면용품으로 가득 찬 비닐봉지를 들고 차에 갔다. 엄마가 차에 시동을 걸면서 엔진이 꺼지지 않도록 스로틀을 열어 가속하는 소리가 들렸다. 나는 옷더미의 산 정상에 있던 스웨터 셔츠를 끌어당겨서 뒤집어썼다. 옷이 하나 줄어들자 더플백의 지퍼는 쉽게 올라갔다. 나는 셔츠 소매에 팔을 꿰면서, 침대에 있던 가방을 들고, 혹시 빼먹은 게 있는지 마지막으로 방을 한 번 둘러봤다. 그리고 문을 세게 당겨서 닫아, 자물쇠가 걸리는 소리를 듣고, 주차장으로 향했다. 무거운 가방 때문에 절뚝거리면서 차로 가는 동안, 내가 스웨터 셔츠를 층층이 3개나 껴입고 있다는 걸 엄마가 눈치 못 채길 간절히 빌었다.

 엄마의 보석 사업(그걸 사업이라고 할 수 있다면)의 상호는 원래 '돌로레스의 지상의 기쁨'이었다. 나는 거기서 엄마의 이름을 빼고, 글자 위에 작게 그려놓은 평화의 상징도 쓰지 못하게 했다. "엄마, 히피들은 비싼 보석을 살 돈이 없어. 그리고 돈 있는 사람들은 엄마의 이런 정치철학을 좋아하지 않아." 엄마는 이렇게 응수했다. "평화는 정치와 상관없어." 하지만 엄마는 내 충고를 받아들여 그 후에 평화의 상징이 사라졌다. 엄마 물건으로 가득 찬 박스들이 우리가 앉은 자리 뒤의 공간을 대부분 차지하고 있었다. 엄마의 납땜용 인두들 중 하나의 코드가 상자에서 주르르 미끄러져 내려와 락 텀블러의 금속이 붙은 면을 찰싹찰싹 치고 있었다. 나는 코드를 상자에 다시 넣고, 다리를 쭉 뻗을 수 있게 낚시 도구 상자는 내 발밑에 내려놨다. 엄마는 뒷자리에 물건이 다 들어갈 수 있게 운전석 의자를 앞으로 죽 당겨 놨다. 엄마야 워낙 체구가 아담하고 작으니까 그래도 괜찮다. 하지만 난 아빠를 닮아 벌써 엄마보다 20센티미터나 커서 엄마를 내려다보는 판이다.

"오늘 우체국에 들르는 거 잊지 마세요." 나는 자동차 앞 유리로 밖을 내다보며 말했다. "오늘 안 부치면, 벌금을 내야 한다고요." 나는 우리 가족의 세금을 제때 내려고 노력하고 있었지만, 항상 이사를 하다 보면 그게 쉽지 않았다. 엄마는 신경 쓰지 말라고 했다.

"그 사람들이 우릴 잡으러 오는 것도 아니잖아." 엄마 말이 아마 맞겠지만 왠지 도서관에서 챙겨온 공적인 서류들을 작성하고 있으면 내가 여기저기 사방에 부딪혀 튕겨 나가는, 아무 의미도 없는 파편이 아니라 견고한 시스템이자 조직의 일부처럼 느껴졌다.

"우체국." 엄마가 되뇌었지만 좀 있다 다시 일깨워줘야 한다는 걸 난 알고 있다. "그건 그렇고, 아침으로 뭘 먹고 싶니?" 엄마는 내게 고개를 돌리지도 않고 물었다.

"이러지 말아요, 엄마."

"신선한 과일과 요구르트 어때?"

"도넛. 속에 레몬 잼 든 거."

"조금만 돌아가면 블루 힐에 좋은 유기농 시장이 있는데."

"안 돌아가도, 가는 길에 팀 호튼(테이크아웃 커피전문점-역주)이 있다는 것도 알거든, 엄마."

"거기 유기농 커피가 있을지도 모르지." 엄마는 라디오 버튼을 누르면서 말했다. 지지직거리는 소리가 나왔다. 그리고 재즈.

"글쎄, 기대는 하지 말아요, 엄마." 내가 앉은 자세를 바꿔서 길게 늘어지자 입고 있던 스웨터 셔츠가 유리창에 닿아 구겨졌다. 나는 그런 자세로 문에 기대어 앉았다. 1년만 더 있으면 나도 운전할 수 있다. 그렇다고 1년 사이에 어디 갈 곳이 생겼으면 좋겠다는 희망은 품지 않는다. 대부분의 아이들은 운전면허를 딸 수 있는 16번째 생일이 될 때까지 못 참아 안달이다. 모두 어딘가 떠나고 싶어 한다. 나는 그때쯤이면 어딘가로 떠나지 않아도 되길 바라고 있는데. 어쩌면 그때쯤이면 계속 머물러 살 수 있는 곳을 찾게 될지도 몰라.

팀 호튼에 들어가자 도넛 가게 특유의 향기가 떠돌고 있었다. 메이플 시럽과 초콜릿과 가루 설탕이 섞여 달달한 냄새가 풍기고 있었다. 엄마는 차에서 받지 말고 가게 안으로 직접 들어가야 한다고 고집했다. "그 사람들이 내 커피 만드는 걸 이 두 눈으로 똑똑히 봐야겠어." 엄마가 말했다. 엄마가 주문을 받는 여자에게 커피콩이 얼마나 신선한지, 그 콩이 인증된 유기농 콩인지, 물은 정수기 물인지 묻는 동안 나는 뒤로 물러나 있었다. 그 여자는 앞에 서 있는 자그마한 부인의 기세에 눌려 겁을 집어먹은 것 같았다. 엄마는 가끔 그렇게 극성

스러울 때가 있다.

"카페 라떼 큰 거 두 잔이랑 레몬 잼이 들어간 도넛 두 개 달라는 말이에요." 내가 말했다. 그러자 그녀는 안도한 기색으로 돌아서서 우유 피처에 데워진 거품기를 집어넣었다. 엄마는 아빠를 떠난 직후부터 이렇게 유기농에 집착하기 시작했다. 엄마는 삶의 디톡스를 하기 위해서라고 말했다. 화학물질도 안 되고, 방부제도 안 되고, 화학조미료도 안 되고, 식용색소도 안 된다. 엄마와 나는 방목으로 키운 고기, 자연산이며, 인증되고, 100퍼센트 순수한, 아무것도 첨가하지 않은 음식만 먹었다. 엄마의 특징 중 하나는 뭔가 마음먹으면, 절대 변하지 않는다는 것이다. 무슨 일이 있어도. 심지어는 텍사스에서 디모인으로 가던 첫 여행에서 파출리(인도산 박하무리-역주)향기가 나고, 개밀이 웃자란 아주 작은 시장에서 엄마 뒤를 졸졸 따라다니면서 전에는 한 번도 본 적이 없는 낯선 물건들로 엄마가 장바구니를 채우던 기억이 났다. 두부, 미소된장, 케일, 싹이 난 밀로 만든 빵. 그때는 내가 아직 아무것도 못 먹을 때였던 게 그나마 다행이었다.

우리는 쏟아지는 햇볕에 눈을 가늘게 뜨고, 깨진 뒤쪽 창문으로 들어오는 황소바람에 벌벌 떨면서 해안을 내려갔다. "노스캐롤라이나는 더 따뜻할 거야." 엄마가 그렇게 말하면 다가오는 여름을 내가 학수고대라도 할 것처럼 말했다. 나는 무릎에 스프링 제본한 여행 지도책을 놓고, 각 주를 통과할 때마다 페이지를 획획 넘겼다. 하루만에 다섯 개의 주를 번갯불에 콩 구워먹듯 지나쳐서 그야말로 스쳐 지나가듯 짧은 인상밖에 받지 못했다. 메인은 사람보다 나무가 더 많이 사는 것 같았다. 뉴햄프셔에는 강가에 석재 건물들이 몰려 있었다. 매사추세츠에는 주 대표로 내세우는 주류 판매점들을 광고하는 거대한 도매점들이 고속도로 옆에 붙어 있었다. 코네티컷은 지금까지 먹어본 중에서 최고의 레몬파이를 파는 트럭 운전사 식당이 있고, 화장실 밖에서 엄마가 나오길 기다리는 동안 한 남자가 자신의 고추를 내게 슬쩍 내보인 곳으로 내 기억 속에 평생 남아 있을 것이다.

가끔 그렇게 엄마를 기다릴 때면, 화장실 안으로 엄마를 찾으러 들어가고 싶은 충동을 애써 참아야 했다. 엄마가 안 보일 때면, 때로는 엄마가 그냥 사라진 게 아닌가 하는 의문이 생기곤 한다. 그러다 결국 차를 세우고 쉬어갈 때 내가 열쇠를 가지고 다니는 지경에까지 이르렀다. 엄마에겐 엄마가 열쇠를 잃어버릴 것 같아서 내가 챙긴다고 둘러댔지만, 사실은 그게 아니었다. 내가 열쇠를 가지고 있으면, 엄마가 날 두고 도망칠 수 없잖아.

우리는 뉴욕 주 경계 바로 안에서 편의 시설이 완비한 야영지를 찾을 때까지 계속 내려갔다. 옷을 갈아입을 기운도 없이

Calliope . Eliot

기진맥진한 나는 그냥 내 침낭으로 기어들어갔다. 엄마가 혹독한 추위에 온기를 느껴보려고 내게 등을 기대느라 자세를 바꾸는 게 느껴졌다. 그날 엄마 몸이 내 몸에 닿은 게 그때가 처음이었다. 그것 역시 비 오는 토요일 텍사스에서 변한 것 중 하나였다. 엄마의 삶에서 화학물질과 방부제와 아빠를 떼어버리려고 애를 쓰면서 엄마는 또 뭔가 다른 걸 잃어버렸다. 엄마가 내게 목걸이를 줬을 때처럼, 난 아직도 가끔 엄마를 껴안지만, 그럴 때마다 엄마를 아프게 하는 것 같았다. 내가 엄마를 만지면 마치 피부가 타는 것처럼 엄마는 움찔하곤 했다.

나는 엄마가 깨지 않도록, 스웨터 셔츠에 대고 한숨을 쉬었다. 엄마는 이미 신경이 곤두설 대로 서서 주유소에서 내가 무심코 다른 주유기 버튼을 누른 걸 가지고 야단치고, 너무 큰 소리로 풍선껌을 펑펑 터트린다고 또 야단치고, 한 번은 한숨 쉰다고 나무라기도 했다. "칼리오페, 한숨 쉰다고 상황이 나아지진 않아." 물론 그렇겠지만, 그래도 한숨을 쉬면 기분은 나아졌다. 나는 좀 더 따뜻하게 해보려고 목 주위로 스웨터 셔츠를 여미기 전에 마지막으로 한 번 더 한숨을 쉬었다. 나는 내일 딱 두 가지 일만 일어났으면 좋겠다고 빌었다. 첫 번째는 엄마의 상사가 지난번 남자처럼 하녀들이란 사실 긴 드레스를 입은 창녀에 불과하다고 생각하는 얼간이가 아니었음

하는 것이고. 두 번째 소원은 우리가 살만한 좋은 집이 어딘가에 있었으면 좋겠다는 것이다. 재작년 여름에는 마상 창 시합을 하는 기사들 중 하나가 운영하는 민박집에 살았다. 뭐 그 정도로 원대한 소원을 꿈꾸는 건 아니지만, 지금 이 텐트보단 더 아늑한 곳이었으면 좋겠다. 세 번째 소원이 있긴 하지만, 너무 오래 품어온 소망이라 심지어 나 자신도 감히 드러내서 생각해보지 못했다. 그 소원은 아직 완전히 형태가 잡히지 않은, 뭔가 혹은 누군가 혹은 어딘가에 대한 막연한 갈망이다. 구체적으로 그게 뭔지는 감히 생각해보지 않았다. 난 침낭의 플란넬(면이나 양모를 섞어 만든 가벼운 천-역주)을 밑으로 끌어내리며 눈을 감았다. 내일이면 더 나아지겠지, 난 생각했다. 내일이면 거기 가 있게 될 거야.

 그 편지는 방패와 칼 두 개가 교차된 투명무늬가 찍힌 종이에 인쇄돼 있었다. 편지지만 봐도 이 일자리에 대해 다시 생각해 봐야 한다는 게 분명해보였지만 엄마는 단호했다. "우린 돈이 필요해." 엄마는 이렇게 말했고, 나는 엄마는 당연한 걸 비장하게 말하는 재주가 있다는 걸 또다시 확인했다. "게다가." 엄마는 이어서 말했다. "분명 올해에는 너도 거기 취직할 수 있을 거야." 그걸로 문제가 다 해결된 것 같은 말투다.

Calliope . Eliot

난 한숨을 쉬면서 창밖을 내다봤다. 엄마는 9시간 내로 애슈빌에 도착할 수 있을 것이라고 계산했다. 축제 마당은 거기서 10분만 더 가면 된다.

"거기는 국내에서 가장 오래된 르네상스 페어(축제-역주)야." 엄마가 말했다. 나도 4년이 넘게 페어에 다녀서 이제는 페어 철자에 알파벳 e를 붙여야 한다는 걸 알만큼 익숙해졌다. 나는 일반적인 단어 끝에 글자 하나나 두 개만 붙이면 그걸로 고대 영어를 만들 수 있다는 것도 알게 됐다. 4년 동안이나 페어를 다녔는데도 아직도 다 큰 어른들이 몸에 꽉 끼는 타이츠와 코르셋을 입고 수백 년 전의 과거에 사는 척 연기를 하는 것에 좀체 익숙해질 수 없었다. 페어에 오는 사람 중에서 엄마 같은 사람들은 그 페어를 주 수입원으로 삼고 있다. 다른 사람들은 그때만 즐기러 오는 뜨내기들이다. 이들이야말로 최악이다. 이건 마치 1년 치 해야 할 불량한 행동을 서너 달에 몽땅 몰아서 해치우러 오는 것 같다. 이들은 기사도라는 명분을 내세워 싸움을 건다. 그리고 여자들에게 대놓고 들이대면서 찬사를 늘어놓는답시고 몸을 더듬어대곤 했다. 그리고 거의 매일 술에 취해 다니면서 의당 따라야 할 당시의 평화롭고 목가적인 삶의 방식에 대해선 쥐뿔도 신경을 안 썼다. 그런 사람들은 군중 속에서도 쉽게 가려낼 수 있었다. 의상의 주머니 속에 핸드폰을 찔러 넣고 다니거나 가죽으로 만든 소매 끝동 속에 타이멕스를 차고 있는 치들이 바로 그런 인간들이었다.

엄마는 한 가지 중요한 점만 제외하면 그 시대의 모든 것을 철저하게 실천했다. 엄마는 페미니스트였다. 어쩔 수 없이 남녀평등이란 명제를 지켜야 하는 현대에서는 그게 별로 문제가 되지 않을 수 있다. 하지만 페어에서는 여자란 귀부인 아니면 창녀인데, 엄마는 둘 다 아니었다. 엄마는 우리 부스에서 보석을 팔 때는 그럭저럭 잘 지낸다. 문제가 생기는 곳은 다과를 파는 텐트다. 엄마는 목걸이와 반지만 팔아선 부족하다는 걸 금방 알아차리고, 거기에 하녀로 취직했다. 그 일은 말 그대로 하녀가 하는 일이다.

"거긴 전화도 있을 거야." 엄마는 날 보지도 않고 말했다. 이런 말을 하는 것조차 엄마로선 힘들다는 걸 안다.

"엄마가 전화카드 사줄게." 지난 넉 달 동안 우리에겐 전화가 없었다. 우리가 묵은 모텔에는 사무실 앞에 붙박이로 설치된 공중전화 한 대밖에 없었다. 전화를 걸고 싶다면 추위에 벌벌 떨면서 서서 걸만큼 절박해야 했다. 두 번 걸어봤는데 두 번 다 메시지로 넘어갔다. 나는 메시지를 남기지 않았다.

"고마워, 엄마." 나는 대수롭지 않은 목소리를 내려고 했지만 전화를 건다는 생각만 해도 공포가 몰려왔고, 엄마도 그걸 눈치 챘는지 우리 둘 다 마음이 편해질 수 있는 말을 덧붙였다.

Calliope . Eliot

"네가 하고 싶다면 말이지. 억지로 하란 말은 아니야." 엄마는 딸에 대한 애정에서 우러나왔으리라고 나도 확신하는 태도로 내 무릎을 다독였지만, 언뜻 보기에는 내 바지에 묻은 먼지를 털어주는 것 같았다. 엄마는 내 바지에 손을 대자마자 얼른 빼서 다시 핸들에 얹었다. 운전면허 시험을 볼 때처럼 왼손은 10시 방향으로, 오른손은 2시 방향으로 잡고 있었다. 눈은 똑바로 앞을 보면서, 여기저기 갈라진 플라스틱 핸들을 두 손으로 꼭 잡고 있는 엄마는 모범 운전기사의 표본 같았다. 다만 아랫입술을 깨무는 신경질적인 습관을 보고서야 엄마의 마음도 편치만은 않다는 걸 짐작할 수 있었다.


애슈빌은 내가 예상했던 것보다 훨씬 컸다. 그리고 좀 더 갑갑했다. 8달 이상을 뒷문만 열면 대서양이 눈앞에 펼쳐지던 곳에서 살다 사방이 산으로 둘러싸인 풍경을 보니 마치 너무 높아 올라갈 수도 없는 사발 안에 앉아 있는 것처럼 느껴졌다. 나는 커피숍들, 중고책방들, 화랑들 같은 건물들이 주르르 미끄러져 가는 것을 지켜봤다. 마치 샌프란시스코의 일부 같은 풍경이었지만 그곳처럼 날씨나 분위기가 환상적인 건 아니었다. 돈은 너무 많고, 할 일은 별로 없는 사람들이, 비싼 커피 음료(아마 두유가 들어갔을)들과 평생 가도 안 읽을 책들로 가득 찬 가방을 들고 가게를 들락날락하고 있었다. 내 또래 아이들이 모여 있는 걸 두 번 봤다. 유기농 야채라는 간판을 건 건물 옆에 기대 서 있는 아이들이 있었고, 쿨 빈스라는 이름의 커피숍 앞의 연철 테이블 주위에 모여 있는 아이들도 있었다. 근사한 이름이네, 나는 생각했다. 커피숍과 헤어 살롱은 재치 있는 상호들이 많다. 햇살을 받으며 공상을 하던 나는, 보도에서 누군가 나를 지켜보고 있는 걸 의식하고 있었다. 신호등이 바뀌는 순간 나는 홱 돌아봤다. 엄마가 속도를 내는 순간 딱 두 가지가 보였다. 예수님은 자유주의자이다는 문구가 적힌 티셔츠와 '안녕' 혹은 아주 익숙한 몸짓인 주먹으로 감자를 먹이는 것 같은 의미로 쳐든 손 하나가 보였다.

페어의 출입구는 아직 공사가 안 끝난 상태였다. 편지에 나온 개장일 예정은 5월 31일이었는데, 채 일주일도 남지 않았다. 갈 길이 멀어 보였다.

"여기 괜찮아 보인다." 엄마는 이렇게 말하면서 주차장으로 들어갔다. 엄마가 켈트족의 상징들로 뒤덮인 밴 옆에 나란히 차를 세우는 동안 차 주위에 먼지가 풀썩풀썩 일었다. 차에서 내려 허리를 펴는 순간 허리가 우두둑 소리를 내며 힘껏 저항했다. 이 여행에서 회복되려면 요가를 격하게 해줘야 할 것 같다. 나는 차 뒤로 돌아왔는데, 거기서 엄마는 해치(위로 잡아당겨 끌어올리는 문—역주)를 열다가 멈춰 있었다. 엄마의 시선을 쫓아가다가 저물어가는 햇살에 눈살을 찌푸려야 했다. 기사라는 단어가 새겨진 버지니아 번호판을 자랑하는 밴이 엄마의 눈길을 끌고 있었다. 내가 눈동자를 데굴데굴 굴리자, 엄마가 그날 처음으로 생긋 웃었다.

"집에 오신 걸 환영합니다." 나는 차 뒤에서 능직으로 짠 엄마 가방을 들어 올렸다.

체크인 텐트가 닫혀 있는 걸 보고, 우리 텐트와 침낭을 꺼내기 위해 차로 돌아왔다.

"안녕하세요, 숙녀님들?" 우리가 차 뒤로 걸어가고 있을 때 굵고 깊은 목소리가 들렸다. 밴의 주인인 기사가 차 뒷문 위에 맨발을 걸치고 앉아 있었다.

"안녕하세요, 기사님." 저무는 햇살 속에서 엄마의 목소리가 춤을 추었다. 나는 다 큰 어른 둘에서 연기를 하는 그 어색한 상황에 웃지 않으려고 그럴 때면 항상 하는 것처럼 입술 안쪽을 깨물었다.

"좀 도와드릴까요?" 그는 뒷문에서 스르륵 내려와 땅바닥에서 쉬고 있던 샌들을 신었다. 그는 생각했던 것보다 훨씬 더 키가 컸고, 예상했던 것보다 더 늙수그레했다. 갈색 수염 여기저기가 희끗희끗해지고 있었다. "소생의 이름은 파이니어스라고 하오." 그 남자는 엄마에게 손을 내밀며 말했다. 내 표정을 본 그는 싱긋 웃었다. "농담 아니야. 우리 부모님은 시대를 앞서 가는 히피셨지."

"전 돌로레스라고 해요." 엄마는 그가 내민 손을 잡고 말했다. "이 아인 칼리오페고."

"너도?" 그 기사는 다시 날 보고 싱긋 웃었다. 이 남자 웃어도 너무 웃는다.

"칼이라고 부르세요." 나는 엉겁결에 그와 악수를 하며 말했다.

"그럼, 난 필이라 불러다오." 그는 그렇게 말하면서 엄마가 사양하는데도 한사코 텐트를 뺏어갔다. "야영할 장소를 안내해 드리죠." 그는 남은 한 손으로 엄마의 가방을 획 들어 올렸다. 그때 예상치 못한 걸 보게 됐다. 이렇게 어슴푸레한 풍경에서도 파이니어스가 해치백을 닫기 위해 팔을 뻗다가 엄마를 건드리는 순간 엄마의 뺨이 분홍색으로 물드는 게 보였다. 엄마가 파이니어스에게 고맙다고 인사하는 동안 나는 분주하게 텐트를 쳤다.

"아름다운 레이디에게 이 정도도 못 하겠습니까." 파이니어스가 말했다. "내일 아침 식사하는 곳에서 만날 수 있겠지요?" 나는 텐트 말뚝과 씨름하느라 엄마의 대답은 듣지 못했다. "그럼, 이만." 파이니어스는 노골적으로 엄마를 쳐다보면서 말했다. "편안한 밤 지내시길." 엄마가 날 향해 돌아선 순간 머리를 살짝 흔드는 게 보였다. 우리 둘 다 아무 말도 하지 않았다. 대신 파이니어스가 나무들 사이로 걸어가면서 부는 희미한 휘파람소리가 점점 작아지는 걸 엄마가 듣고 있는 모습을 지켜봤다.

나는 나무들이 흔들릴 때마다 같이 흔들리는 텐트 소리를 들으며, 너무 강렬해서 내가 그리워하고 있는 것이 뭔지 확실히 말할 수조차 없는 갈망을 품고 잠이 들었다. 내가 원하는 것이 전에 가지고 있다가 잃어버린 것인지 아니면 아직까지 찾고 싶어 하는 것인지조차 확신할 수 없었다. 하지만 그건 그 자리에 있었다. 내 마음 깊숙이 박혀 있는 아픔. 그냥 내버려두면 한없이 날 끌고 깊숙이 가라앉으려 하기 때문에 무시하려고 애쓰는, 천천히 뒤틀리는 아픔이 거기 있었다.

## 2. 엘리엇

 난 엘리엇이란 내 이름을 좋아하지 않지만, 그냥저냥 참고 산다. 내가 내 이름을 싫어하는 이유는 이름 자체가 싫어서가 아니라, 이름을 지은 이유가 착오에서 비롯됐기 때문이다. 아빠가 하느님을 찾기 시작했을 무렵에 내가 태어났는데, 어떻게 된 사연인지 모르겠지만 아빠는 엘리엇이 성경에 나오는 이름이라고 생각했다. 엘리엇이 성경에 나오는 이름이라니. 대체, 그때 아빠는 무슨 생각을 하고 있었던 걸까? 가끔 아빠에게도 그런 말을 하지만, 정말 궁금하다. 아빠가 생각하던 이름이 혹시 엘리야가 아니었을까? 아니면 엠마누엘? 그것도 아니면 에서? 그것도 아니면 에스겔? 아빠는 자신이 내린 결정에 내가 의문을 제기하는 걸 좋아하지 않는다. 아빠는 그게 죄악이라고 했다.

1998년 아빠가 손샤인 밸리 크리스천 캠프를 열어서 우리가 캐롤라이나 비치에서 그 먼 길을 거쳐 깊은 산 속에 있는 통나무로 지은 오두막집의 방 하나로 이사 온 후 모든 게 죄악이 됐다. 만약 그 산속 오두막집의 방에 상자 하나를 놔둘 수 있다면, 아마 그 상자 안으로 이사를 들어갔을지도 모를 일이다. 나를 둘러싼 모든 것이 갑자기 작아졌고, 난 해변이 너무도 그리웠다. 이건 마치 손가락이나 사지 육신의 일부를 그리워하는, 그런 치명적인 그리움과도 같다. 이 산속에 있는 거라곤 오두막집들과 소나무들과 거위들로 북적거리는 연못 두 개와 아주 많은 거위 똥과 아빠가 우리 시설이라고 부르는 것밖에 없다. 소위 그 시설이라는 것도 샤워기 몇 개와 식당과 운동을 나가는 산길이 전부다. 여기는 사람도 없고, 마을도 없다. 브로슈어에 나온 오두막집은 목가적이라고 묘사돼 있지만 그건 그저 "아주 오래됐다는" 걸 좋게 표현한 것일 뿐이다. 하지만 엄마가 페인트칠을 하고 건식 벽체(회반죽을 쓰지 않고 벽판이나 플라스틱 보드로 만든 벽-역주)를 세우고 배선을 싹 다시 해서 멋지게 캠프를 꾸몄다. 엄마는 그런 일에 뛰어나지만, 아빠는 영 아니다. 아빠는 숫자에 밝고, 돈 버는 데 소질이 있다.

처음에 이곳은 교회 단체들이 와서 바비큐를 해먹고 배구를 하며 노는 곳에 지나지 않았고, 아빠는 이걸로 푼돈을 벌었다. 그러던 어느 해 여름 아빠가 "예수님과 함께 살을 빼자!"라는 이름의 스페셜 테마 캠프를 열어보자는 아이디어를 내서 뚱뚱한 아이들이 버스 한 대에 가득 타고 와서 기도하고 샐러드 먹는 법을 배웠다. 그다음 해에 같은 캠프가 열렸는데 이번에는 성인 대상 캠프였고, 그렇게 사업이 시작됐다. 아빠는 이미 책을 두 권이나 냈고, TV와 여기저기 방송에 출연도 했다. 아빠가 만든 티셔츠, 모자, 무지개 팔찌, 자동차 범퍼 스티커, 광고판, 요리책(예수님이라면 무엇을 드실까?)까지 나왔다. 그 책 347페이지에는 케이퍼(서양풍조목의 꽃봉오리로 만든 향신료-역주)를 친 연어 요리, 요구르트가 주가 되는 딜(미나릿과 식물-역주) 소스, 발사믹 식초가 들어간 아루굴라 샐러드와 디저트로 무설탕 미니 치즈 케이크를 만드는 조리법이 나와 있다. 내 생각엔 예수님이 그런 걸 드시진 않을 것 같다. 어쨌든 그걸 드시진 않았다. 하지만 내가 뭘 알겠는가? 난 주로 이렇게 말한다. 이러면 아는 것도 모르는 척 은근슬쩍 넘어갈 수 있으니까.


오늘 아침 내가 아는 것은 여기서 벗어나야 한다는 것이었다.

Calliope . Eliot

그날 오후면 사냥꾼들이 거위들을 잡으러 다시 올 것이고, 난 겁쟁이는 아니지만, 그런 광경을 목격하고 싶은 생각은 전혀 없다. 그리고 애슈빌 UPS에 도착한, 생산자 직송 비소 상자를 가지러 가야 할 일도 있다. 비소와 흑색 화약과 질산칼륨이 들어 있는 상자. 엄밀히 말하면 내가 그걸 갖는 건 불법이다. 아빠는 손샤인 밸리에 쓸 물품을 가지러 간다는 조건으로 내가 시내에 차를 몰고 가는 걸 허락해주신다. 비록 내가 아직 면허는 없지만. 아빠는 우리는 인간이 세운 법이 아니라 신의 법에 따라 살아간다고 말한다. 하지만 사실 아빠는 내가 오두막집을 청소하는 것 외에도 다른 일들을 돕길 원한 것뿐이다. 아빠는 흑색 화약과 다른 물건들에 대해선 아무것도 몰랐고, 엄마도 그건 마찬가지다. 나는 그 물품의 대금을 손샤인 밸리 앞으로 청구하고, 청구서 항목에는 "화학 비품"이라고 표시돼서 오는데, 아빠에겐 청소에 쓰는 비품이라고 한다. 나쁜 짓이란 건 나도 알고 있다.

그래서 아빠에게 자동차 열쇠를 받으러 갔을 때 아빠는 컴퓨터를 보다가 고개를 들면서 녹차를 한 모금 마셨는데, 쓰고 있던 안경에 김이 서렸다. 그 안경 렌즈는 도수가 없는 것으로, 아빠가 교회나 서점 행사에 가거나 TV에 출연할 때 명석하게 보이고 싶어서 쓰는 것이다. 아빠는 거기서 사람들에게 먹어야 할 음식과 먹지 말아야 할 음식에 대해 이야기하고,

아빠가 권하는 빵과 물고기 다이어트가 과학적으로 들리길 원하기 때문에 안경을 쓴다. 사실 그 다이어트가 과학적일 리가 없다. 아빠는 전에는 수영장을 파는 걸로 생계를 꾸려가던 사람이다.

"시내에 간단 말이지, 응, 우리 선수가?" 아빠가 미소를 지었다. 아빠 머리도 내 머리처럼 곱슬머리다. 다만 흰머리가 늘어서 염색을 했는데 예전의 머리카락 색을 깜박하고 너무 검게 한 게 문제였다.

"네. 밴을 가져가도 될까요?"

"새 책 교정쇄들을 가지러 간단 말이지?" 아빠는 살짝 얼굴을 찡그리면서, 날 보는 둥 마는 둥 하며, 어질러진 책상 위에 발딱 서 있는, 365가지의 짧은 축복의 기도들이 나온 탁상달력을 넘기고 있었다. 아빠는 자체 달력을 제작하고 있었다. 만약 아빠가 하느님과 뚱뚱한 사람들에 대한 말을 365가지 생각해낼 수 있다면 말이다.

"네, 꼭 가야 해서." 내가 말했다. 거짓말에 대해 한 가지 할 말이 있는데…난 거짓말을 좋아하지 않는다. 그래서 거짓말을 하지 않는 방법을 써서 거짓말을 한다. 내가 아빠에게 아빠의 교정쇄를 가지러 가야 한다고 말한 건 그게 사실이기 때문이다. 사흘 전에 가지러 갔어야 했는데 잊어버렸고, 그래서 내가 그걸 가지러 시내에 간다고 아빠가 생각한다면, 나는 그 책과 함께 내 물건을 가져올 수 있고, 그건 거짓말이 아닌 것과 다름이 없다. 즉 진실에 어떻게든 맞춰서 거짓말을 하면, 기분이 괜찮다. 다만, 사실은, 기분이 괜찮지 않다. 매번 거짓말을 할 때마다, 나는 내가 뭔가의 안에 있고, 나만이 그것이 무엇인지 알고 있으며, 나 혼자 그 안에서 내 주위에 거대하고 텅 빈 데다 문도 없는 방을 만들어 갇혀 있는 것 같은 느낌이 든다. 나도 아빠에게 시선을 주지 않았다.

그때 엄마가 수건으로 머리를 닦으면서 들어왔다. 엄마는 매일 8킬로미터씩 달리기를 하고, 그다음엔 체력 단련실에 들어가서 역기를 든다. 홀수 날에는 등과 가슴과 팔 근육을 단련시키고, 짝수 날에는 다리와 복근 운동을 한다. 엄마의 훈련 스케줄은 내가 다 꿰고 있다. 아빠는 엄마에게 우리가 다이어트 캠프를 운영하는 이상 우리도 날씬하게 보여야 한다고 항상 말한다.

"엘리엇이 시내에 나간다는데, 뭐 필요한 거 있으면 말해."
아빠가 엄마에게 말했다.

"난 네가 운전하는 거 맘에 안 든다." 엄마가 말했다. 엄마는 파워바(휴대용 스포츠식품-역주) 포장지를 벗겨서 한입 물었고, 타월은 금발머리 위에 걸쳐났다. 아빠는 내년에 마나바라고, 자신이 직접 만든 파워바를 출시할 계획을 세웠다. 우리 집은 부자다, 내가 그 말 했던가?

"조심할게요." 엄마에게 말했다. 그건 진심이었다, 비소와 흑색 화약을 운반하고 있는데, 어떻게 조심하지 않을 수 있겠는가.

"운전하다 경찰에 체포되면, 넌 감옥행이야. 우리도 방조죄로 잡혀가고." 엄마가 말했다.

"그럴 일 없어요." 내가 말했다.

"인간의 법이 아니라 하느님의 법이라니까." 아빠가 말하자 엄마는 얼굴을 살짝 찌푸린 채, 한숨을 쉬며, 돌아섰다. 엄마는 요새 점점 더 자주 그러는데, 지친 게 아닐까 하는 생각이 들었다. 운동에 지치고, 완벽하게 살아가야 하는데 지치고, 아빠가 세운 그 모든 규칙에 지친 것 같았다. 아빠가 처음 출판한 책의 제목은 "바늘귀: 왜 하느님은 당신이 날씬하시길 원하는가!"라는 책이었다. 눈치 챘을지 모르겠지만, 하느님 사업에는 왜 그리도 느낌표가 많은지. 엄마가 지친 건 바로 그 많은 느낌표 때문이라는 생각이 들었다. 엄마가 원하는 삶은 마침표 몇 개와 조용하고 작은 쉼표 몇 개가 들어간 것이란 짐작이 들었다.

밴의 창문을 내리고, 스테레오 볼륨을 한껏 키우고, 사방에서 불어오는 따뜻한 목욕물처럼 부드러운 여름 바람을 맞으며,

Calliope . Eliot

얼굴에 착착 감겨드는 선글라스를 끼고, 밴을 운전할 때면 그렇게 편할 수가 없다. 선글라스 쓴 내 얼굴이 궁금하다면 한창때의 보노(록 그룹 유투의 보컬-역주)를 떠올리면 된다. 나는 창문 밖으로 팔을 걸치고, 아무것도 신경 쓰지 않는 것처럼 핸들을 탁탁 두들겨대는데, 그럴 때면 잠시 내가 차 옆구리에 커다란 만화 십자가가 그려진 손샤인 밸리 밴을 몰고 있다는 사실을 잊게 된다. 이 만화 십자가에는, 마치 태양처럼, 여러 개의 줄이 삐죽삐죽 튀어나와 있는데, 이걸 볼 때마다 생각나는 건 태양이 아니라 층층나무, 혹은 지기(멤버 전원의 머리가 사방으로 날카롭게 뻗쳐 있는 음악 그룹-역주) 혹은 찰리 브라운이 깜짝 놀랐을 때 머리카락이 사방으로 삐죽삐죽 솟아오르던 모습이다. 그런 일이 내게도 일어나면 좋겠다. 뭔가, 혹은 누군가가 내 머리가 쭈뼛 일어서도록 놀라게 해주면 좋겠다. 선글라스 말고 나는 또 예수님은 자유주의자이다 라고 적힌 티셔츠를 입고 있다. 이것도 일종의 반항이라고 할 수 있는데, 아빠가 보면 분명 질색하겠지만, 한 가지 의문이 남긴 한다. 아빠가 모르는데도 그게 진정한 반항이 될 수 있을까? 아무도 모르게 은밀하게 반항한다는 것이 과연 가능한 일인가? 아무리 생각해도 그건 아닌 것 같았고, 그래서 난 내가 정면으로 반항하지 못하는 아주 소심한 놈이란 생각이 들었다. 왜냐하면 캠프에서 그 셔츠를 입을 때는 항상 모자 달린 점퍼 밑에 입는데다 지퍼를 반쯤 올리기 때문에 엄마나 아빠가 볼 때는 예수님은, 이 부분밖에 안 보인다. 사실 부모님을 속상하게 하고 싶지 않다. 집을 막 나오기 직전에, 아빠가 열쇠를 던져주면서, 항상 하던 말을 했다. "조심해, 엘리엇. 무사히 돌아와야 한다." 단지 그 말을 할 때면 평소의 장난기는 사라지고 나직한 목소리로 말했고, 순간 아빠가 내게 무슨 일이 생기면 얼마나 끔찍할 것인지 생각하고 있다는 걸 알 수 있었다. 아빠는 그렇게 가끔 조용해졌고, 나는 아빠가 정말로 날 생각한다는 걸, 아빠가 돈과 천국과 콜레스테롤에 대해 생각하지 않는 아주 드문 순간에 나나 엄마에 대해 생각하는 모습을 지켜보곤 했다.

나는 UPS 사무소를 좋아한다. 생산자 직송 상품을 받으러 사무소 뒤쪽으로 갈 수 있는데, 콘크리트 바닥과 트럭들이 주차할 공간에 노란색 줄무늬 테이프를 쳐놓은 풍경이 마치 커다란 항공모함 같았고, 아무 모양 없고 뚱뚱한 갈색 트럭들은 목표물을 맞히든지 아니면 바다로 떨어지고 마는 전투기 같기 때문이다. UPS가 모든 걸 갈색으로 만든 점도 마음에 들었다. 그렇게 한 이유는 사람들의 기대치를 낮추기 위해서이다. 대개 속도가 빠른 것들은 갈색이 아니다. 붉은색이나 번개처럼 밝은 노란색이지, 절대 갈색은 아니다. 그래서 사람들은 물건을 실어가는 갈색 UPS 트럭이 민달팽이처럼 꾸물거릴 거로 생각하지만 그러다 깜짝 놀랄 일이 벌어진다. 부친 소포가 바로 그 다음 날 도착하고, 그러면 와우, 하고 감탄하게 되는 것이다. 난 UPS의 그런 컨셉에 100퍼센트 공감한다. 내 삶의 대부분은 나 자신에 대한 기대치를 낮추려는 전략의 연속이었다. 그러다 가끔은 예상을 뛰어넘는 스스로에게 나 자신도 놀랄 때가 있을 정도였다.

비소 때문에 무수한 서류에 사인을 해야 했지만, 자주 소포를 가지러 갔기 때문에, 질문은 많이 받지 않았다. 내게 그 서류들에 서명을 시키는 여자직원의 이름은 길이다. 분명 뭔가를 줄여 부른 이름일 텐데-그게 뭔지 당최 모르겠다-그녀는 아주 근사한데다 매번 나를 보면 생긋 미소를 지어준다. 갈색의 또 다른 장점은 갈색 제복이 여자들에게 얼마나 잘 어울리는지 보면 깜짝 놀랄 것이라는 점이다. 어쩌면 나만 그렇게 생각하는 건지도 모르겠지만. 나는 밴을 창고 뒤편의 노란색 테이프에 맞춰서 주차해야 했기에 길이 공항에서 일하는 직원처럼 손으로 인도해줬다. 백미러로 본 그녀의 손톱은 오렌지색이었다. 갈색과 오렌지색. 나는 그녀에게 내가 제일 좋아하는 계절인 가을과 같은 색깔의 여인이라고 말하고 싶었지만, 가을이 석 달이나 남은 한여름에 여자에게 가을처럼 보인다고 말하는 게 칭찬이 될지 아니면 욕이 될지 알 수 없었다. 아무래도 칭찬은 아닌 것 같다. 그녀는 내게 미등이 나갔다고 하면서 내 신분증을 확인했다. 이렇게 그녀가 내 신분증을 볼 때마다 항상 마음이 조마조마하다. 그게, 내게 있는 신분증이라는 게 세븐 일레븐에서 발행하는 커피 쿠폰 외에는 가짜 신분증 하나밖에 없기 때문이다. 그 신분증에 있는 사진은 내 사진이고, 노스캐롤라이나 운전면허증과 똑같이 생겼다. 하지만 그 신분증은 잡지 맨 뒷장에 광고를 낸 회사에서 25달러를 주고 산 것이다. 그 신분증은 사람들이 그걸 보면 배가 터지도록 웃기라도 할 것처럼 "초보 면허증. 오락용으로만 사용."이라는 문구를 찍어서 팔았다. 참나, 정말 퍽이나 웃겠다. 이제 위조 방법을 설명해보겠다. 먼저 자신이 살고 있는 주에서 발행하는 면허증의 배경색깔과 같은 배경 앞에 선 자신의 사진을 찍는다. 엄마 면허증을 봤더니 진한 붉은색이었다. 하지만 꼭 그렇게 어디 설 필요도 없이 그냥 컴퓨터에 사진을 넣고, 배경에 맞는 색을 칠해주면 된다. 사진을 보내면 그 회사에서 내가 살고 있는 주의 운전면허증을 만들어준다. 진짜 면허증과 완전히 똑같은데 단 하나-이 부분이 바로 초보라는 부분을 나타내는 부분일 것이다-면허증 제일 위에 "TV 리모컨 운전면허증" 혹은 "스케이트보드 운전면허증"이라고 적혀 있다, 하하하, 정말 뒈지게 웃기네. 이 문구는 플라스틱

Calliope . Eliot

카드의 제일 윗부분에 박혀 있기 때문에, 우편으로 이 면허증을 받으면, 엑스액토 나이프로 그 부분만 잘라내면 된다.

그래서 업무의 일부로 그 면허증을 받은 길은 곧바로 돌려주는 대신 햇빛 아래 면허증을 높이 치켜들었다.

"너 정말 182센티미터야?" 그녀가 물었다. 그녀의 오렌지색 손톱은 하드 캔디 같아 보인다.

"제가 나이치곤 키가 좀 되죠." 나는 이렇게 말하면서 면허증을 가져가려고 손을 뻗었다. 그녀는 손을 뒤로 뺐다.

"넌 나이를 떠나서 정말 크지. 게다가 72킬로? 누가 너 좀 열심히 챙겨 먹여야겠어."

나는 고개를 끄덕였다. "그게 우리 집에선 좀 문제에요. 하지만 메뚜기와 꿀도 몸에 좋긴 해요."

그녀는 깔깔거리고 웃으면서, 머리를 살짝 흔들었다. 나는 우리 가족이 다른 사람들에게 어떻게 보일지 궁금했다. 수돗물에 불소를 넣는 게 정부의 음모라고 생각해서 그에 대한 글을 기고하는 남자처럼 한 동네 사는 괴짜들이라고 생각할까?

"그때는 머리스타일이 달랐네." 그녀가 말했다. 면허증 사진의 내 나이는 18살로 나와 있다. 마치 플라스틱 타임머신처럼 3년 뒤의 미래로 밀려간 셈이다. 가끔은 그게 정말 타임머신이었으면 싶을 때가 있지만, 그렇다고 내가 어디를 가겠는가?

길은 내게 면허증을 돌려주고 생긋 웃었고, 나는 참았던 숨을 겨우 내쉬면서 집어넣었다. 그녀는 예뻤고, 자주 흔들거리는 갈색 머리에 눈가에는 잔주름이 나 있었다. 그녀는 나이가 많은데, 아마 서른 살쯤 됐을 것이다. 그녀가 내게 장난을 치는 건 이성으로 관심이 있어서가 아니라, 관심이 아예 없기 때문에 그런 것이다. 나는 안전한 장난감으로 커피 휴식 시간 중간에 잠깐 놀릴 수 있는 그런 존재이다. 나의 가장 위험한 면을 들자면 그것은 흑색 화약과 비소가 실린 밴뿐이다.

오케이, 이제 그 점에 대해 설명하겠다.

대부분의 사람이 날 어떻게 생각할지 알고 있다. 지하실에서 파이프 폭탄을 만드는 또라이 소년, 독극물을 휘휘 저으면서, 매일 죽이고 싶은 적들의 명단을 추가하는 아이, 비디오 게임에 조금 지나치게 몰두하는, 혈색이 안 좋은 겁쟁이라고 생각할 것이다. 흠, 완전 오판이다. 왜냐하면 산속에 있는 모든 오두막집에는 지하실이란 것 자체가 없기 때문이다.

이건 좀 웃기네.

아니, 내가 정말 좋아하는 것은 파괴가 아니라 미를 창조하는 것이다.

바로 불꽃놀이. 쪼그만 아이들이 가게에서 사는 미니 로켓이나 원통형 꽃불 같은 시시한 것이 아니라 7월 4일 TV에 나오는 오케스트라 뒤에서, 다리 위와 산에서 여기저기 솟아오르는, 그런 장엄한 불꽃놀이를 만든다. 진짜배기-벼락, 공작 깃털, 장미꽃 봉우리, 뱀, 덩굴식물, 도화낭, 회오리바람 같은 것들. 대부분의 사람은 이런 이름도 모르지만(내가 만들어낸 이름도 있지만) 모두 어떻게 생겼는지는 알고 있다. 흰색, 금색, 파란색 불꽃이 폭발해서 하늘의 별이 돼 땅을 뒤흔들어놓는 모습을 보면서 사람들은 박수를 치는 대신 와우! 하며 넋을 잃는다. 불꽃제조업자 전문지에서 그렇게 묘사한 기사를 읽은 적이 있다. 이건 뭐 좀 진부한 표현이긴 하지만. 불꽃놀이를 만드는 많은 재료는 애슈빌에 있는 홈디포(가정용 건축자재를 판매하는 대형 유통업체-역주)에서 사고, 나머지는 공예품을 파는 가게에서 산다. 사실 이러면 안 되는데, 절대로. 나는 가짜 신분증으로 이런 재료들을 사는데, 아직 미성년이라 이런 걸 가지고 있는 것조차 불법이기 때문에 발각되면 얼마나 큰 문제에 처하게 될지 감히 생각도 할 수 없다. 불꽃놀이는 2급 폭발물로 분류되며, 사실 면허를 따기 전까지는 내가 산 폭발물을 쏘는 것조차 하면 안 되는데, 면허를 따는 것도 아직은 불가능하다. 그러려면 18살이 된 후에 면허가 있는 전문가에게 도제로 들어가 배워야 한다. 하지만 도대체 어디서 그런 전문가를 찾는단 말인가? 산속에 있는 오두막집들은 죄다 뒤져봤다. 그런 사람은 여기 안 살더라. 하지만 난 불꽃놀이를 사랑하고, 아무리 열악한 상황에 있다 해도 절대 그만두지 않을 것이다.

불꽃놀이의 묘미는, 처음부터 끝까지 자신이 직접 다 만들어야 한다는 것이다. 원예로 비유해보자면 흙과 씨를 만들고, 물뿌리개의 재료가 되는 철과 물뿌리개까지 직접 만들고, 그 다음에는 물도 만든다. 불꽃놀이를 만들 때는 1주일 동안 화약을 만들고, 손이 시커멓게 변할 때까지 굴린 퓨즈에 불을 붙이면, 불꽃이 슬금슬금 기어가서 내가 잘라낸 판자에 설치한, 플라스틱 파이프에 넣은 불꽃발사기에 붙는다. 그러면 불꽃 발사 장치가 그것을 허공으로 쏘아 올리고, 그 퓨즈에서 두 번째 퓨즈로 불이 붙는다. 이 모든 것이 하나의 기계가 작동하는 것처럼 정확히 시간에 맞게 차례로 작동될 수 있도록 조정하면 불꽃이 허공으로 날아오르면서, 5백 년 전 중국에서 그랬던 것처럼 흑색 화약을 태운다. 그러면 모든 것이 보이지 않는 밧줄을 기어올라 온갖 색깔과 불꽃으로 빛나며 타올랐다가 폭발해서 수천 개의 그림이나 영화보다 훨씬 더 아름다운 장관을 빚어낸다. 그러다 그 불꽃은 사라진다. 그렇게 일주일 동안 만들었던 모든 것이 삽시간에 사라진다. 내가 모든 것을 통제하지만 일단 내 손을 떠나면 그냥 지켜보면서 그 모습이 아름답기를 바랄 뿐이다.

이게 내가 좋아하는 일이다. 내가 하고 싶은 일이고, 앞으로 할 일이다. 마흔 살이 돼서도 가슴 뛰는 일이 하나도 없는 사람들도 있지 않은가. 나는 1년에 한 번씩, 다이어트 캠프가 끝날 때 거위 연못에서 작은 불꽃놀이 쇼를 한다. 우리 부모님은 그 쇼에 대해 아무것도 모른다. 부모님은 내가 길가에서 파는 일반적인 불꽃놀이 상품을 사서 한다고 생각했고, 여기서는 경찰에 신고할 사람도 없다. 나는 여름 내내 그날 밤 단 한 번, 그 해 최고의 밤을 위해 일한다. 호수 뒤에 있는 창고 뒤쪽, 제초기를 보관해두는 곳에서 불꽃놀이를 만드는데, 거기는 정원을 가꾸는 일꾼과 나 외에는 아무도 가지 않는다.

내 불꽃놀이 재료들과 아빠의 새 책(십자가를 들자: 크리스마스를 위해 체중조절을 시작하자) 교정쇄를 받고, 사냥꾼들이 다 간 후에 집에 도착하려고 한동안 시내에서 드라이브를 하기로 했다. 애슈빌은 커피바(차도 제공하는 간이식당)와 자막이 나오는 외국 영화를 상영하는 극장도 있는, 상당히 근사한 곳이다. 나는 이곳을 좋아한다. 공식적으로 우리가 사는 이 도시는 텐리(괜히 헛수고할 필요 없다, 지도에도 안 나오는 곳이다)다. 우리 캠프는 거기서 8마일 떨어진 곳이고, 텐리는 사실 도시라고도 할 수 없다. 텐리의 유일한 명물은 시내 중심가에 있는 붉은색 소화전 주위에 자란 거대한 오크 나무이다. 그래서 소화전의 반은 불쑥 튀어나와 있고, 나머지 반은 나무의 가지들 속에 숨어 있다. 이거야말로, 오후 5시뉴스감이다. 수년 동안 사람들은 소화전 나무 옆에서 포즈를 취하고 사진을 찍었고, 어떤 사람들은 아이와 나무가 얼마나 컸는지 보기 위해 매년 거기서 아이 사진을 찍기도 했다. 시에서 그 소화전에 들어가는 물을 끊고, 다른 곳에 새 소화전을 설치해서, 그 나무가 소화전을 독차지할 수 있도록 한 것이 빅뉴스가 되기도 했다. 어떤 중학생이 펜으로 그린 소화전 나무 그림을 시청에서 모든 공문에 붙여 보냈다. 마치 제설차가 자기 집 연석을 망가뜨리지 않도록 진입로에 나뭇가지들을 꽂아서 상기시켜주는 것처럼 말이다. 그러던 어느 날 그 나무가 소화전을 그냥 삼켜버렸다. 마치 나무에 일종의 암이나 이상한 혹이 생긴 것처럼 소화전은 그 뒤에 숨어 영영 보이지 않게 돼버렸다. 시 관계자들은 회의를 열어서 그 오크나무를 죽이지 않고 소화전이 다시 보이게 할 수 있는 방법이 있는지 의논했다. 나무의사들까지 불려 왔다. 마침내 그들은 그냥 그대로 두기로, 소화전이 보이진 않지만 그 나무속에 있다는 걸 아는 걸로 충분하다고 결정했다.

그때 내 뇌의 절반은 배관공이 몰고 다니는 밴이나, 아니면 내 밴처럼 평범해 보이는 밴(하지만 내 밴은 만화 십자가라도 그려져 있지 않은가)을 경찰이 몰고 다니는 건 공정하지 않다는

Calliope . Eliot

생각을 하고 있었다. 경찰이 일반 시민의 차를 세울 때는 최소한 경찰차처럼 보이는 차를 가지고 세워야 하는 거 아니냔 말이다. 하지만 이 배관공의 밴은 갑자기 대시보드에 번쩍거리는 파란 등을 올려놓고, 사이렌을 울리기 시작했고, 지금이 어떤 상황인지 내 뇌가 파악하기 전에 내 손이 먼저 알아차리고, 덜덜 떨기 시작했다.

그가 내게 밴에서 나오라고 해서 시키는 대로 했다. 그는 밴보다도 더 경찰 같아 보이지 않았다. 제복도 안 입고, 경찰모자도 안 쓰고, 아무것도 없었다. 대신 후드가 달린 회색 재킷에 청바지를 입고 월마트에서 파는 것 같은 운동화를 신은 모양새가, 금방이라도 야구라도 하러 갈 기세였다. 하지만 그는 배지와 이름표를 차고 있었고, 머리도 스포츠로 짧게 깎았다. 그리고 총도 가지고 있었다. 이런 것들을 눈치 채기도 전에 경찰이 면허증을 달라고 해서, 나는 당연히 가짜 신분증을 꺼냈다. 손바닥에 있는 면허증이 한 4킬로는 나가는 것처럼 무겁게 느껴졌다. 그는 쏟아지는 햇빛에 실눈을 뜨고 내 면허증을 받아서, 시력이 좋지 않은 것처럼 그걸 읽어보기 위해 이리저리 기울여보고 있었다. 그런 그의 눈을 보니 하와이 사람처럼 보이기도 했다. 고산지대에 사는 사람치고 무지하게 탔는데, 쇼핑센터의 실내 선탠 살롱에서 일하는 사람들만 빼면 최고로 탄 것 같았다.

"오른쪽 브레이크 등이 고장 난 거 알고 있니?" 그가 물었다.

나는 필사적으로 고개를 흔들었다. "아니요. 둘 다 제대로 작동되고 있다고 생각했습니다."

그는 계속 내 면허증을 보고 있었다. "잘 아는 정비소 있니? 그렇게 고장 난 상태에서 운전하면 위험해."

"저도 차 수리는 잘합니다. 캠프에 돌아가는 즉시 고치겠습니다."

"캠프." 경찰이 그렇게 말하자, 그게 질문인지 그냥 말해본 건지 분간할 수 없었지만, 어쨌든 나는 밴의 옆구리를 가리켰다. 그걸 보자 딱딱하게 굳어 있던 경찰의 얼굴이 부드러워졌다. 공직자와 상대할 때는, 하느님을 우리 편에 두는 게 유리한가 보다고 난 짐작했다. 이제 무사히 풀려났다고 막 생각하면서, 긴장이 풀리려는 찰나에 1분 전에는 보지 못했던 그의 이름표를 보게 됐다. "토이(장난감이라는 뜻-역주) 경관."

그의 성은 토이로 내 평생 처음 보는 성이었다. 유감스럽지만, 내 뇌는 항상 이런 식으로 제멋대로 돌아간다. 문득 이 자리에서 내가 소란을 부리면 이 경찰이 꼭두각시 경관과 통통볼 경관을 지원 요청할 거란 생각이 들었다. 그러자 그 광경이 머릿속에 떠올랐다. 이 토이 경관이 사격 연습을 하러 갈 때마다 거대한 아이가 나타나서 그의 손에 플라스틱 권총을 쥘러주는 모습. 아니면 그의 다리 한 짝이 소파 밑으로 들어가 잃어버리는 모습.

"넌 이게 재밌나, 엘리엇?" 경찰이 내게 물었다.

"아뇨, 아닙니다. 제가 그만 긴장해서." 나는 허겁지겁 대답했다.

"너 뭔가 잘못한 게 있나? 법을 어긴 게 있어? 내가 융통성이 없는 사람도 아니고, 브레이크 등이 고장 난 게 대죄도 아니잖아." 그리고 그는 내 밴을 다시 가리켰다. "불경한 말을 했다면 미안하구나."

나는 고개를 끄덕이면서 나는 법을 어기지 않았다고 말했다. 사실 법을 어긴 건 아니지, 훔친 돈으로 지급한 가짜 신분증으로 주 경계선을 넘어온 폭발물을 받은 걸 빼면 말이지. 그걸 제외하면 난 착한 아이다. 그리고 그때 아빠는 날 무척 대견해 하셨을 것이다. 내가 무척이나 간절하게 기도하고 있었기 때문이다. 제발, 하느님, 저 경찰이 밴 안을 보지 않게 해주세요, 제발 컴퓨터로 제 면허증을 조회하지 않게 해주세요. 이건 아주 구체적인 기도였고, 이 기도를 하는 동안, 나는 쇼핑몰에 있는 인형 집기 기계 안에 있는 토이 경관을 집게로 집어 올리는 모습을 상상하고 있었다.

대체 내가 왜 이러는 거야?

나도 내가 왜 이 모양인지 알고 싶다. 아니, 정말이지, 내 어디가 잘못된 건지 알고 싶다. 이런 내가 정상인지. 왜 내 뇌는 이렇게 제멋대로 돌아가 버리는지, 심각한 문제에 휘말릴 수도 있는 상황에서 토이 경관에 대해 이런 터무니없는 상상이나 하고 자빠졌는지. 왜 여자들이 가을처럼 보인다고 생각하는지, 왜 손샤인 밸리에서 쓸 물건을 사야 하는 시간에 식품점 통로에 멍하니 서서 20분이나 그냥 흘려보낼 수 있는지, 그리고 그 금쪽같은 시간에 치프티-더프-다라는 이름의 새로운 아이스크림 맛을 보고 생각에 잠기는지 말이다. 그러면 또 내 상상은 꼬리에 꼬리를 물어 양복을 차려입고 넥타이를 맨 남자들이 둥그렇게 모여서 그 이름을 생각해내는 회의 장면을 떠올리게 된다. 온갖 후보들을 다 늘어놓고 추리는 과정에서 남은 그 이름 하나. 나는 그들이 그 이름이 재미있다고 생각해서 그렇게 결정했는지 아니면 그냥 평소 하던 대로 결정했는지 궁금해졌다. 다른 사람들도 다 이런 생각을 하면서 살아가는 걸까? 정말 중요한 게 하나 있다…. 사실 난 누군가가 그걸 정상이라고 생각하거나 적어도 괜찮다고 생각하는 한 그게 일반적으로 정상적인지 아닌지는 중요하지 않다고 생각한다. 살아가면서 그런 사람 하나가 평생 옆에 있다면, 그녀에게 내 머릿속에 떠오르는 온갖 시시하고 기괴한 생각들을 보여줄 수 있고, 그녀가 그걸 괜찮다고 생각한다면, 날 똑똑하거나 웃기다고 생각해준다면, 그럼 괜찮다. 정상이든 아니든 그것조차도 내겐 중요하지 않을 것이다.

Calliope . Eliot

토이 경관은 경고만 하는 것으로 날 놓아주기로 했고, 우리 가족이 하는 일에 대해 축복해줬다. 너무 떨려서 운전도 할 수 없었던 나는, 후드 잠바를 벗어서 의자에 던져놓고, 차 문을 잠그고, 무작정 보도를 걸었다. 미술품 가게들을 지나 계피와 튀김 냄새가 나는 거리를 걸었다. 비로소 다시 숨을 쉬기 시작했을 때, 예수 셔츠 밑에 흐르는 땀이 식는 걸 느꼈을 때, 낡아빠진 고물 닷선에 어떤 소녀가 타고 지나가는 걸 봤다. 그 찰나의 순간 그녀가 아는 사람이란 생각이 들어서 손을 흔들기 시작했다. 손을 번쩍 들어 올린 바로 그 순간 사실 그녀가 전혀 모르는 사람이라는 걸, 시내에서 내가 아는 사람은 하나도 없다는 걸 깨달았지만, 채 3미터도 떨어지지 않은 곳에서 차를 타고 지나가는 그녀에게 도저히 눈을 뗄 수 없었다. 그녀는 빨갛고 굵은 곱슬머리에, 유리창 너머로도 아주 선연하게 초록색 눈동자가 보였고, 내가 반쯤 들어 흔드는 손을 보고 순간 활짝 미소 지었다. 붉은색과 초록색의 한가운데서 보인 하얀 치아, 빛이 폭발하는 것처럼 하얀색이 폭발하는 것 같은, 자신만만하고 완벽한 미소였다.

마치 불꽃놀이 같았던 그 미소.

## 3. 칼리오페

엄마가 앞쪽 현관에 있는 벤치 그네를 밀어줄 때면 그네를 지탱하는 사슬이 삐걱거리고, 텍사스의 햇빛을 받아 바짝 마른 땅에서 서서히 열기가 올라오던 기억이 난다. 아빠인 프랭크는 뒷마당에 있는 스튜디오에서 밤늦게까지 지내기 시작했다. 나는 밤마다 눈을 말똥말똥 뜨고 누워서 아빠가 만든 항아리들을 하나씩 집어던지는 동안 아빠의 전동 돌림판이 돌아가는 소리가 창문 밖으로 나는 걸 듣곤 했다.
개 동상들 때문에 그랬을지도 모르겠다. 확실한 건 모르겠다. 개 동상들이 너무 많았는데, 아빠가 옆집 임대권을 잃지만 않았어도 큰 문제가 되진 않았을 것이다. 그 집에 새로 들어온

Calliope . Eliot

사람들이 자기 물건들을 들여놓게 거기 있던 동상들을 치워 달라고 했다. 하지만 우리 집에는 그것들을 놔둘 자리가 없었다. 거실에만 이미 3마리나 있었다. 아빠는 엄마에게 날씨가 더 좋아지면 곧 팔릴 거라고 말했지만, 그런 일은 일어나지 않았다. 그 개 동상들은 원래 꽃을 담아야 할 시멘트 바구니를 입에 물고 등을 구부린 채 주차장 주변에 앉아 있었다. 마치 저주를 받은 것 같았다. 물고 있는 시멘트 바구니는 빗물이 들어차고 습기 찬 봄 공기가 닿아 탁하고 끈적끈적해졌다. SUV를 몰고 온 사람들은 수반, 고슴도치 부츠 흙 떨개, 평화와 평정의 힌두 상징인 포장 재료들, 식물 재배용기들을 사가지고 갔다. 취향이 특이한 고객을 상대하는, 오스틴에서 온 디자이너는 우리 집에서 파는 모든 석재 파인애플과 원숭이를 다 쓸어갔다. 심지어는 코끼리 발모양의 받침대가 달린 꽃병들까지 팔렸지만 개들은 끈질기게 팔리지 않았다. 개들은 두, 세 마리씩 집안과 주위에 몰려서 기다렸다.

가끔 난 창가에 앉아, 어두운 밤을 내다보곤 했다. 뜨거운 텍사스 햇빛을 받아 색이 바랜 '가든 아트'란 간판이 우리 집 진입로를 동그랗게 장식하는, 녹이 슨 아치에 걸려 흔들거리고 있었다. 스러져가는 희미한 달빛에서도 우리 세 식구의 손바닥 자국을 볼 수 있었다. 한가운데 내 손이 있었는데, 바짝 구운 나무 위에 그어진 금이 깔끔하게 내 손바닥을 절반으로 갈라놓고 있었다.

페어에도 그 나름의 특징이 있다. 어떤 페어들은 예술품과 수공예품에 초점을 맞춘 축제인가 하면 실제로 엘리자베스 여왕 시대 마을을 재현해서 대장장이, 제빵업자, 기사들, 왕족들, 어릿광대들까지 갖춘 것도 있다. 애슈빌의 페어는 두 번째에 더 가까워 보였다. 페어에는 계급제가 존재한다. 마상창기사와 기사가 계급이 제일 높다. 장인들과 연기자들이 그 다음으로 가죽과 금속과 마법으로 그들이 지닌 재주를 뽐낸다. 기이하게도 왕족이 그 다음이다. 예쁜 드레스를 입고 돌아다니면서 사람들에게 자기 손에 키스하게 허락하거나, 무릎을 꿇은 남자들의 어깨를 톡톡 두드려서 하루 동안 기사로 지낼 수 있게 해주는 데 사실 무슨 기술이 필요한 건 아니니까. 그 밑에 시중드는 사람들이 있다. 양조자, 식료품 납품 상인, 마구간지기. 그리고 하녀.

엄마는 흔치 않게 두 계급을 넘나드는 사람이다. 오전에는 내내 엄마가 만든 반지와 목걸이에 대한 질문에 답을 해주고, 사람들의 손가락에 은세공을 한 반지를 끼워주고, 목에는 금과 호박이 달린 목걸이를 걸어준다. 나는 엄마가 옷을 갈아입을 시간을 주기 위해 대개 점심 먹기 직전에 부스를 맡는다. 엄마는 입고 있던 반바지와 탱크 탑 위로 스커트와 블라우스를 입는다. 나는 수줍어서라기보다는 실제 같은 분위기를 내기 위해 우리 텐트 뒤쪽에서 엄마가 옷을 갈아입을 수 있도록 담요를 들고 서 있다. 나는 엄마가 가슴 바로 위쪽에 달린 검은색 리본 레이스를 꽉 묶어서 조끼를 조이는 모습을 지켜봤다. 평상시에는 작고 동그란 엄마의 가슴이 그렇게 사정없이 조이자 커지면서 블라우스 밖으로 튀어나올 것처럼 부풀어 올랐다. 거기에 체인으로 연결한 은제 머그잔을 목에 걸면 의상이 완성된다. 엄마는 눈을 감고, 나는 그렇게 눈을 감은 엄마가 정신을 집중하면서 원래의 모습이 사라지는 걸 본다. 그러다 눈을 뜨면 엄마의 얼굴에 공허한 미소가 활짝 피어오른다. 그런 엄마를 볼 때면 내가 아닌 다른 사람도 엄마의 공허함을 알아차릴 수 있을지 궁금하다. 그렇게 변신할 때면 한 가지가 뒤로 떨려난다. 눈을 뜨면 엄마는 날 싹 잊어버린다.

"시내로 가는 차를 얻어 타고 구경하러 가보지 그러니?" 엄마는 아침을 다 먹자 이렇게 말했다. 나는 먹다 남은 블루베리 베이글을 냅킨에 싸서 입고 있던 스웨터 셔츠의 캥거루 포켓(의복의 전면 중앙에 다는 대형 포켓-역주)에 넣어둔 바나나 옆에 찔러 넣었다. "오늘은 아마 하루 종일 서류작업하고, 가게 여는 준비만 할 것 같은데." 엄마는 다양한 피크닉 테이블에 몰려 있는 페어 사람들이 있는 텐트를 둘러보며 말했다.

전날 봤던 우리의 기사 아저씨는 '유머감각을 잃지 맙시다.'라는 구절이 등에 장식된 똑같은 티셔츠를 입고 있는 여자 둘과 앉아 있었다. 페어에 오는 사람들은 재치 있는 문구가 쓰인 티셔츠에 열광했다. 내 티셔츠 컬렉션 중 최고는 앞쪽에는 '개혁'이라고 쓰여 있고, 뒤쪽에는 '그딴 건 안 믿어'라고 적힌 셔츠이다. 엄마에겐 '국제 하녀 길드' 셔츠가 있지만, 페어에서는 입지 않는다. 엄마와 나는 파이니어스 아저씨 앞에 앉은 두 여자가 깔깔거리고 웃는 걸 지켜봤다.

"저 여자들 레즈비언 같아." 나는 컵을 입에 대면서 말했다.

"누구?" 엄마가 물었다. 나는 어처구니없다는 눈빛으로 엄마를 봤다. 엄마는 어떻게 대꾸해야 할지 잠깐 고민하면서 실눈을 뜨고 날 봤다. "왜 그렇게 생각해?" 엄마는 마시고 있던 우유 곽의 주둥이에 밀어 넣으려고 냅킨을 공처럼 동그랗게 말고 있었다.

"오늘 아침 조깅하러 갔을 때 길에서 둘이 키스하는 걸 봤어."

"그냥 친구겠지 뭐." 엄마는 중얼거리면서 마침내 동그랗게 만 냅킨을 삼각형의 입구에 밀어 넣었다. 나는 엄마가 무슨 꿍꿍이인지 알아내려고 잠깐 동안 반박하지 않고 있었다. 내가 대꾸하지 않자 엄마가 고개를 들어 날 봤다. 엄마의 옅은 눈동자에서 순간 불꽃이 타오르면서 흔치 않은, 절박한 기운이 느껴졌다.

Calliope . Eliot

"그냥 키스가 아니라 혀가 오락가락했단 말이야." 나는 그렇게 말하면서 억지로 일어섰다. 엄마는 마치 아무 일도 없었단 듯이 어깨를 으쓱했다. 그리고 종이접시들과 컵들과 바나나 껍질로 넘칠 것 같은 쓰레기통을 향해 걸어갔다. "그럼 나중에 봐, 엄마." 나는 엄마의 멀어지는 등에 대고 말했다. 엄마는 돌아보지도 않은 채 한 손을 치켜들어 나를 향해 손가락을 꼼지락거려 보였다. 그만 가라는 인사인 모양이었다. 엄마가 원했던 정보도 얻었으니 뭐.

\* \* \*

나는 페어에 참가하는 사람들이 등록하는 텐트 근처에서 빈둥거리며 주차장으로 가는 사람이 있는지 지켜보고 있었다. 야구 모자를 쓰고 안경을 낀 남자가 내 옆을 지나가면서 싱긋 웃었다. "그 사람 지금 시내로 간단다, 얘야." 우리를 체크인 시켜준 여자가 내게 말했다. "아벨." 그녀는 점점 멀어져가는 남자를 불렀다. "이 꼬마 숙녀 좀 시내에 태워다 줄 수 있어?" 그 남자는 멈춰서 날 향해 돌아섰다. 그는 내가 생각했던 것보다 훨씬 더 늙었다, 아마 서른. 어쩌면 마흔일지도. 그는 고개를 외로 꼬고 날 봤다. 다시 싱긋 웃자 눈 가장

자리에 주름이 졌다.

"내 이름은 아벨이란다. 그 카인과 …."

"내 이름은 칼리오페에요. 그…." 아저씨의 농담에 필적할 말이 떠오르지 않았고, 그런 나를 보자 그의 미소는 더 커졌다.

"냄새만 참을 수 있다면 내 차에 타는 건 환영이다." 그는 앞서서 주차장으로 걸어갔다. 그의 픽업트럭 옆구리에 있는 상호를 보기 전까진 무슨 말을 하는 건지 이해할 수 없었다. 거기에는 클로번 후프라고 적혀 있었다.

"난 바비큐 장사야." 그는 열쇠를 짤랑거리며 말했다. "네가 무슨 생각하는지 다 알고 있다." 그는 이야기를 계속하면서 벤치 시트(좌우로 갈라져 있지 않은 긴 좌석-역주)에 올라탔다. 그의 트럭 안은 마늘과 고추와 그 밖에도 내가 정확히 짚어낼 수 없는 양념 냄새로 가득 차 있었다. 나는 차에 타서 문을 닫자마자 창문을 내렸지만, 이미 재채기가 사정없이 터져 나오고 있었다.

"내가 무슨 생각을 하는데요?" 나는 주머니에 있던 베이글을 꺼내서 그걸 쌌던 냅킨으로 코를 풀었다.

"넌 지금 이런 생각을 하고 있을 거야. '나 같은 멋진 유대인 남자가 왜 산속에서 타이츠를 입고 돌아다니는 괴짜들에게 돼지 갈비를 팔고 있을까?'" 뭐 그런 생각은 안 했지만 어쨌든 고개를 끄덕여줬다. "랍비가 되는 교육이 끝났을 때 내가 할 수 있는 선택은 딱 두 가지뿐이라는 생각이 들었지."

"그래요?" 나는 고개를 돌려 그를 바라보며 물었다. 한쪽 귀에서 귀걸이가 번쩍였다. 아마 오닉스 같았다.

"사원에 들어가서 평생 밖에 안 나오거나, 아니면 픽업트럭을 한 대 사서, 거기다 마늘 2백 접, 고춧가루 10파운드, 심황 한 통과 침낭을 넣고, 남쪽으로 가는 거 두 가지가 있더라고. 나는 저지 갈비 요리 경연대회, 플로리다 요리 대회, 텍사스 150주년 기념 전통 요리대회에서 수상했지."

"그다음에는요?" 나는 이제 그 이야기에 완전 빠져서 물었다.

"한 자리에 정착하기로 마음먹었지. 애슈빌에서 레스토랑을 연지는 7년 됐고 트럭에 갈비를 싣고 와서 여기 페어에서 판 건 4년이 됐다."

아벨은 한동안 입을 다물고, 트럭을 운전해서 포장도로로 들어섰다. "자, 네 사연은 뭐냐?" 그는 이렇게 물으면서 자리에 기대앉았다.

"우리 엄마는 장신구를 만들어요." 나는 트럭 밑으로 사라지는 도로 위의 노란색 선만 똑바로 보면서 말했다. 아벨의 시선이 내 옆얼굴에 머무는 걸 느낄 수 있었다. "엄마는 하녀로도 일해요." 나는 마치 할 말이 그게 다인 것처럼 단호하게 말을 끝냈다. 우린 둘 다 아무 말도 하지 않은 채 구불구불한 숲 속 길을 지나왔다. 우리는 시내로 들어와 중고 책방과 장미 두 다스를 9달러 99센트에 파는 꽃가게를 지나쳤다. 아벨은 차를 오른쪽으로 크게 꺾어서 골목으로 들어가 어떤 건물 뒤에 멈췄다.

지난 5분 동안 우리 둘 다 입을 다물고 있었는데도 아벨은 아무 일도 없었다는 듯이 천연덕스럽게 말을 이어갔다. "그건 너희 엄마 이야기고, 그렇지 않니?" 그는 차를 주차하면서 물었다. 그는 야구 모자를 다시 고쳐 쓰고 차 손잡이를 돌리면서 날 바라봤다. "엄마의 사연이 네 사연일 필요는 없어, 안 그래, 아가씨?" 그는 내가 생각하기에 캐롤라이나 억양을 흉내 내려고 한 것 같은 말투로 물었다. 나는 트럭에서 내리기 전에 그에게 생긋 웃어 보였다.

"명심해라." 태워줘서 고맙다는 인사를 하고 골목길을 다시 나와 시내 중심가로 가려고 하는데 아저씨가 뒤에서 소리쳤다. "돌아가는 차편이 필요하면 4시까지 여기로 오너라. 가서 저녁 장사 준비를 해야 하니까 늦으면 안 된다." 그는 뒷문으로 이어지는 계단을 쿵쿵 밟고 올라갔다. "내 말 들어. 굶주린 저글링 공연자들과 마임 배우들보다 더 위험한 사람들은 없어. 그자들은 입도 벙긋하지 않고 널 방망이로 패죽일 거다." 내가 보도로 들어설 때도 그의 껄껄거리는 웃음소리가 들렸다. 안 그러려고 해도, 내 입가에 크게 미소가 떠오르는 게

Calliope . Eliot

느껴졌다.

 난 사람들이 내다 버리는 물건들로 그곳의 진정한 분위기를 파악할 수 있다고 생각하는 편이다. 그렇다고 쓰레기를 말하는 건 아니다. 사람들은 다 쓰레기를 버리는데 주로 식품 포장지와 종이 부스러기 같은 것들을 버린다. 내가 흥미를 가지는 건 아직 쓸 수 있는데 버려진 물건들이다. 쿠션이 쓸 만한데 보도에 버려진 소파들, 바퀴가 하나 달아난 장난감 덤프트럭, 한가운데가 좍 긁힌 프라이팬 같은 물건들. 그런 물건들을 보면 거기 서린 사연이 저절로 상상이 된다. 파티를 치른 후 여기저기 맥주 얼룩이 져서 마침내 더 이상 깨끗이 닦을 수 없다고 포기하고 버린 소파. 분명 온 집안을 다 뒤졌는데도 바퀴가 나오지 않아 한바탕 울어대다가 버렸을 덤프트럭. 눌어붙지 않는 프라이팬에 금속으로 된 기구는 쓰지 말라고 남편에게 그렇게 여러 번 말했는데도 아끼는 프라이팬을 망가뜨렸다는 걸 알아차렸을 때 부인이 퍼부었을 잔소리들. 아마도 내가 중고 책방에 흥미를 가지는 것에는 이런 이유도 있을 것이다. 여기서 말하는 중고 책방이란 재고 떨이를 하는 공장형 아울렛 쇼핑몰의 중고 서점이 아니라 진짜 남들이 봤던 책을 파는 중고 책방이다. 메인 스트리트와 하이랜드 스트리트 사이에 있는 중고 책방인 '시간 속의 페이지' 창문에는 잠시 후에 온다는 표지와 함께 1시에 바늘이 가 있는 가짜 시계가 붙여져 있었다. 1시까지 거의 한 시간이나 때워야 했다.

나는 시내 중심가 같아 보이는 곳을 향해 걸었다. 거리는 조용했다. 부자들과 예술가들은 늦잠을 즐기는 모양이었다. 나도 돈에 대해 항상 이런 식으로 비딱하게 나오진 않았다. 무슨 말인가 하면, 우리 집은 한 번도 부자였던 적이 없었다. 텍사스에서 살 때 우리 집은 확실한 중산층이었다. 왜 그런 거 있잖아, 집에 5년 정도 된 차가 두 대고. 침실 3개에 욕실 두 개인 집에서 사는 사람들. 하지만 나는 지난 4년 동안 돈에 대해 진정 비딱한 태도를 키워가게 됐다. 이런 태도에는 양면성이 있다. 나는 우리가 너무 가난해서 때로는 다른 걸 살 돈이 없어서 한 주 동안 쌀과 사과만 먹어야 한다는 게 너무도 싫었다. 작년에 내 몸이 쑥쑥 자라면서, 석 달 만에 무려 10센티미터가 커버렸다. 그런데도 계속 똑같은 청바지를 입어야 해서 학교에 있던 여자아이들이 내 외모를 놀려대는 것도 너무 싫었다. 하지만 문제는 바로 이것이다. 난 우리가 돈이 없다는 게 끔찍하게 싫지만, 그만큼 내가 돈을 간절히 원한다는 것도 싫었다. 상점 유리창에 보이는 수제 나막신을 흘끔거리면서 가지고 싶어 죽을 것 같은 내 마음이 싫다. 가끔 찢어진 스웨터 셔츠와 얼룩진 청바지를 입고 있는 엄마를 보면서 가난한 백인이라든지 하류 인생 같은 말들이 떠오르는 게 죽기보다 더 싫다. 지금 이 블록 끝에 있는 커다란 석재 주택에 살수만 있다면 무슨 짓이라도 할 수 있을 거라고 생각하는 나 자신이 싫다. 뒤에는 장미 정원이 있고, 차고가 따로 있으며, 그 위에는 분리된 방이 딸린 그런 집.

엄마는 돈은 중요하지 않다고 말한다. 어떤 면에선 엄마 말이 맞기도 하지만, 가끔은 항상 모든 것에 대해 걱정할 필요가 없는 생활이 좋을 수도 있다. 다시 말하면, 겨울에는 아무 생각 없이 그냥 따뜻하게 지내면서 우리가 장작을 얼마나 많이 쓰는지 걱정하지 않으면 좋겠다는 것이다. 혹은 여름 직전에 열리는 창고정리 세일에 가서 모두 한 번씩 입어보고 밟아서 코트 같아 보이지도 않는 추한 베이지색 코트를 사기 위해 기다리지 말고 그냥 마음 편하게 제때 겨울 코트를 사보고 싶다. 가끔은 그냥 마음 푹 놓고, 마음속으로 들리는 이런저런 잔소리와 훈계와 경고를 모두 흘려버리고 편하게 살고 싶을 때가 있다. 가끔은 내가 믿고, 의지하고, 빠져들 수 있는 뭔가가 내 삶에 있었으면 좋겠다는 생각이 든다. 내가 너무 무거워지거나 부담스러워진다고 해도 변하지 않고 그대로 있어줄 뭔가. 든든하면서도 부드럽고 따뜻한 뭔가. 나만의 뭔가가 있었으면 좋겠다.

나는 광장을 한 바퀴 돌아다니며 상점 유리창들을 들여다봤다. 상상의 비행이란 이름의 상점에는 팽이와 팔랑개비들, 계절에 맞춘 깃발들, 상자 꼴의 종이 연들, 거대한 용들이 산들바람에 살랑거리고 있었다. 나는 스위트 엔딩스 상점에서 캔디 만드는 사람이 대리석 석판 위로 반짝거리는 뜨거운 초콜릿을 펴서 식히는 작업을 지켜봤다. 그는 나를 보고 생긋 웃더니 유리창에 달린 표지판을 가리켰다. 거기에는 무료 샘플이라고 적혀 있었지만 나는 고개를 젓고 주머니에 있던 바나나를 보여줬다. 나는 시계를 보고 한 시가 넘었다는 걸 알았다. 바나나 껍질을 쓰레기통에 넣고, 왔던 길을 다시 걸어가면서 지나치는 길에 실크처럼 매끄러운 연들을 쓸어봤다.

나는 책 등의 맨 위를 끌어당겨서 책꽂이에서 책 한 권을 꺼냈다. 3학년 때 도서관 대출증을 발급받기 전에 '책의 인생'이라는 영화를 봐야 했다. 단조로운 목소리의 해설자가 다른 규칙들과 함께 우리에게 이런 식으로 책꽂이에서 책을 빼지 말라고 훈계하는 소리와 함께 등과 머리에 붕대를 붙인 만화책이 아파서 몸부림을 치던 장면도 기억난다. 문제는 책이 이렇게 빽빽이 꽂혀 있는데다 또 그 책들 위에 다른 책들이 포개져 있는 상태에서는 이런 방법이 아니고 달리 어떻게 빼야 할지 당최 모르겠다는 것이다. 난 그 책의 첫 번째 페이지를 펼쳤다. 내게는 책을 보는 나름대로의 체계가 있다. 먼저 첫 페이지를 읽고, 중간으로 넘겨서 대화가 많이 나온 페이지를

Calliope . Eliot

찾아 읽어본 다음, 책 앞표지나 뒤표지에 나온 첫 몇 문장을 읽어본다.

"마음에 안 들걸." 누군가 말했다. 나는 왼쪽으로 머리를 돌렸다.

그는 내가 아니라 자신이 들고 있는 책을 내려다보고 있었다. 나는 그 뒤를 봤지만 서점에는 그 외에 다른 사람은 없었다. 그는 고개를 들어서 날 봤는데 나는 두 가지 이유로 깜짝 놀랐다. 그의 눈은 내가 지금까지 본 중 가장 어두운 푸른색이었다. 거의 검은색에 가까웠다. 두 번째는( 이것 때문에 평소보다 훨씬 더 오래 봤는데) 그의 입술이 초록색이었다. 그러니까 내 말은 그의 입술이 정말 초록색이었단 말이다. 마치 서점의 모든 전등이 갑자기 나가고, 해가 져서 깜깜해져 버리면 그의 입술에서 나오는 빛에 책도 읽을 수 있을 정도의 밝은 초록색이었다. 나는 계속 그를 보면서 그가 뭔가 다른 말을 하길 기다렸다. 내 머릿속에서는 점점 더 커지는 목소리가 들리고 있었다. 뭔가 말을 해봐, 그 목소리가 말했다. 대화를 해보란 말이야, 하지만 생각나는 거라곤 푸른색 초록색, 푸른색 초록색, 푸른색 초록색, 마치 바보처럼 이 말만 떠올랐고, 그나마 내가 입 밖에 뱉을 수 있었던 말은 "왜?"였다. 그리고 머릿속으론 이런 생각을 했다. "넌 왜 날 계속 그런 눈으로 보는 거니? 이 책이 왜 내 맘에 안 들 건데? 왜 너의 입술은 초록색이니? 왜 내게 말을 거는 건데?"

"난 책을 보는데 몇 가지 규칙이 있거든." 그가 말하자, 내 뇌는 과도하게 돌아가면서 그가 하는 한 마디 한 마디가 메아리로 울렸다. 마치 영화 속 오디오가 고장 나서 초록색 입술의 소년 하나가 말을 하는 게 아니라 두 명이 말을 하는 것 같았다. 서점의 과학책 코너 앞에 있는 소년과 내 머릿속에 있는 소년 이렇게 두 명. 그리고 내 뇌 속에 있는 소년은 마치 내가 바보 천치인 것처럼 말하고 있었다. 그에게는 책을 보는 몇 가지 규칙이 있다잖아! 머릿속에 있는 남자는 마치 내가 그의 말을 듣지 않고 있거나, 너무 멍청해서 영어도 이해하지 못하는 것처럼 말하고 있었다.

다행스럽게도 내 뇌가 아직도 내 입과 연결되어 있었던지 내가 이런 말을 하는 게 들렸다. "아, 그래?" 나는 이 말이 살짝 비꼬면서도 너무 신랄하게 들리지 않길 바랐다.

그가 날 정면으로 보고서자 갑자기 그가 무지하게 키가 크다는 걸 깨닫게 됐다. 그리고 내 머릿속에서 그가 한 마지막 말을 여전히 울려대고 있는 미친 목소리와 함께 푸른색 초록색, 푸른색 초록색을 쿵쿵 울려대는 타악기 소리와, 한 무리의 벌떼들이 확 쏟아진 것처럼 윙윙거리는 소리가 들리기 시작했다. 그 와중에 나는 그래야 한다는 걸 내 뇌가 인지하고 있었기 때문에 그가 하고 있는 말을 들으려고 노력했다.

Calliope . Eliot

"사실은 아주 간단해. 표지에 네온이나 금속성 물질로 제목이 인쇄된 책은 읽지 않아. 출판계의 불문율 같은 걸 적용해서 지었는지 모르겠지만 두 단어로 된 제목이 있는 책도 패스고. 이런 거 있잖아. 쓰라린 마음, 분노의 폭풍, 전력 질주, 같은 것들. 특히 표지가 이중으로 된 건 절대로 사양이야." 그는 이야기하는 동안은 시선을 낮춰서 책만 보고 있었지만, 말을 끝냈을 땐 다시 눈을 들어 날 보며 미소 지었다. 그때 내가 생각할 수 있는 거라곤, 맙소사, 누가 창문 좀 열어줘요, 여긴 왜 이렇게 환장하게 더운 거야. 그렇게 열나는 와중에도 내 뇌는 제대로 돌아갔던 모양인지 내 입술이 움직이면서 뭐라고 말하는 소리가 들렸다. 나는 내가 대체 뭐라고 말하는지 궁금해서 귀를 쫑긋 세웠다. "그러니까 넌 표지로 책을 판단한다는 말이잖아."

"그렇지." 그는 들고 있던 〈초심자를 위한 화학〉 책을 만지작거리며 말했다. "하지만 있잖아, 내가 말한 건 글자 그대로 정말 표지로만 책을 판단한다는 뜻이야. 다른 뜻은 없어." 그리고 갑자기 사방이 고요해졌고, 나는 곧 들려올 소음에 대비해 마음을 다잡았다. 물론 그 소리는 들려왔다. 내 머릿속에 있는 남자는 "글자 그대로"란 말을 축구 시합의 광팬처럼 소리 지르기 시작했고, 타악기들은 내 머릿속의 벌들이 춤출 수 있도록 일종의 살사 리듬을 치기 시작했다. 그 현실의 소년이 또 보자고 말했을 때 나는 고개를 끄덕였다. 말하는 분위기로 봐선 진심인 것 같다는 생각이 들었다. 그리고 그가 책값을 내고 손을 흔들며 가는 모습을 바라봤다. 내 머릿속의 밴드는 쿵쾅쿵쾅 연주를 계속했지만 그 소리를 들으면서 시끄러운 소리 밑에 어딘가 정말 부드러운 면이 있다는 걸 깨달았다. 확실하게 집어낼 수는 없지만 잔잔하게 흐르는 선율이 들렸다. 조용하고 평화로운 선율이었고, 나는 그저 미소를 지으며 항복할 수밖에 없었다. 내 머릿속은 제멋대로 파티를 벌이느라 뭔가 재치 있는 말을 생각해낼 수 없었기 때문에.

\* \* \*

"좀 도와줄래?" 아벨 아저씨가 뒤쪽 계단에 앉아 있는 나를 보고 물었다. 나는 읽고 있던 책을 내려놨다. 네온도 없고, 금속성 인쇄활자도 없고, 이중 표지도 없고, 제목은 네 단어인 책이었다. 나는 주방으로 가서 아벨 아저씨가 김이 무럭무럭 나는 갈비가 가득 든 쟁반과 플라스틱 소스 통을 트럭으로 운반하는 걸 도왔다. 옥수수빵, 다진 양배추 샐러드, 과일 파이를 실은 후에 아저씨는 내게 차를 권했다. "우유를 넣어줄까, 아니면 그냥 블랙으로 줄까?" 아저씨가 물었다.

우리는 계단에 함께 앉아, 몇 분 동안 아무 말도 하지 않고, 햇볕을 쬐면서 차를 마셨다. 아저씨는 달콤한 차를 마셨고, 나는 그냥 차를 마셨다. "오늘 뭐 재미있는 일 있었니?" 아저씨가 물었다. 난 아저씨를 보면서 말을 해야 할지 판단이 서질 않아 그냥 어깨만 으쓱했다. 아저씨는 내가 아무렇지도 않은 표정을 지으려 처참하게 실패하는 모습을 지켜봤다. "흐음, 누구누구는 비밀이 생겼대요." 아저씨가 말했다. 그리고 일어서서 엉덩이를 툭툭 털었다. 페어로 돌아가기 위해 아저씨를 따라 트럭으로 가면서, 어쩔 수 없이 아저씨 말이 맞았다는 생각이 들었다. 정확히 맞았다. 내게는 비밀이 생겼고, 내 머릿속은 또다시 그 말을 가지고 통통 튀는 멜로디를 만들어냈다. 그리고 벌떼들을 코러스 가수로 둔 머릿속 남자가 그 멜로디를 멋지게 재즈풍으로 노래하는 걸 내가 콧노래로 따라 부르고 있다는 걸 깨달았다.

## 4. 엘리엇

내게는 맛있는 사과를 고르는 법(깨물었을 때 퍼석하지 않고 아삭아삭하게 씹히면서 차가운 맛이 나는 것), 책방에서 책을 고르는 방법이라든지, 거짓말을 하는 법(전에 말했던 것처럼), 침대 정리를 하는 법이나(캠프에서 침대 정리를 무지하게 한다), 커피 타는 법(크림을 먼저 넣으면 저어줄 필요가 없다)과 같이 삶에 대한 몇 가지 법칙들이 있다. 여러분도 나처럼 성장했다면, 그리고 지금까지 살아오면서 일어난 가장 큰일이 물이 가득 찬 유리 탱크 안에 날 던지면서 공격하는 것처럼 보였던 사내가 사실은 내 영혼을 구원한 것이라고 말한 일이라면, 그리고 나서 내 영혼이 구원받은 걸 축하하기

Calliope . Eliot

위해 부모님과 시즐러(시즐러 이용 법칙은 이미 뷔페 요리에 스테이크가 있으니까, 주 요리로 스테이크를 시키지 말고 그냥 뷔페만 시키는 것도 내 법칙 중 하나이다)에 가서 사진을 찍는 것이었다면, 여러분도 이런 법칙이 필요할 것이다. 그것은 부모님의 규칙도 아니고, 하느님의 법칙도 아니고, 오직 나의 법칙이다. 오직 나만의 법칙. 그런 법칙 중에 나만의 데이트 법칙도 있다.

처음 여자를 만날 때는, 먼저 입술에 화학 실험을 하고 나갈 것

오케이, 이런 법칙들이 훌륭한 법칙이란 말은 하지 않겠다.
내가 알아낸 바로는, 지난 36시간 동안, 내게 이런 일이 일어났다. 화학약품들을 손샤인 밸리로 가지고 온 후 나는 최대한 빨리 그것들을 창고에 숨기러 갔다. 그리고 주문한 약품들이 제대로 왔는지 확인하기 위해 플라스틱 통들(싸구려 아이스크림을 팔 때 담아주는 통)을 다 열어서 거기 있는 약품 봉지들을 다 꺼냈을 때 페토가 창고에 와서 벽에 제초기를 걸어놓고, 사냥꾼들이 거위를 잡을 때 미끼로 쓰는 옥수수자루에 손을 넣어 옥수수를 꺼내는 소리를 들었다. 창고 밖에 밴이 주차되어 있어서 페토는 당연히 내가 창고 안에 있다는 걸 알고

있었다. 나는 허겁지겁 플라스틱 통들과 비닐봉지들을 다 쓸어 담아서 작업대 밑에 넣고 그 위에 페인트칠을 할 때 쓰는 방수 천으로 덮어놨다. 그래, 나도 안다, 엄청 정교한 정리 시스템이란 걸. 그래서 어쨌든 나는 한동안 페토와 이야기를 나누었다. 그는 항상 그렇듯이 내게 씹는담배를 권했고, 난 항상 그렇듯이 사양했다. 이미 열린 문틈으로 사냥꾼들이 차를 세우고, 위장복을 입은 채 쏟아져 나오는 모습이 보였고, 이어서 페토가 나가서 그들에게 이야기를 건넸고, 나는 거기를 얼른 빠져나와야 했다.

다음 날 아침 나는 다시 시내에 가는 길에 모든 것을 정리해 놓으려고 창고로 돌아갔다. 여러분은 잘 모르겠지만, 거의 모든 화학물질은 아무 냄새도 나지 않은 하얀 가루이다. 다시 말하면 창고에 있는 게 10개의 베이킹소다 봉지들이라 해도 모르고 지나갈 수 있기 때문에 그 봉지들을 다시 맞는 통에 넣어놔야 했다. 이건 파티에서 하는 일종의 게임과도 비슷했는데 그것들을 구별할 수 있는 유일한 방법은 맛을 보는 수밖에 없었다. 나도 안다, 알아…, 이런 짓을 하면 10년 후에 암에 걸릴지도 모르고, 어쩌면 내 머리가 두 개가 될 수도 있고, 또 어떤 괴상망측한 것이 내 몸에서 자랄지 알 수 없는 일이지만 그것 말고는 이 화학물질들을 구별할 방법이 없었다. 이건 마치 텔레비전에 나오는 형사 같다. 거 왜 있잖은가, 형사들이 투명한 비닐봉지에 든 흰 가루의 맛을 보고 이렇게 말하는 장면. "캬, 이거야말로 완전 순백의 숙녀군. 저 자식 처넣어." 물론 과학수사연구실과 과학자들이 생긴 후론 경찰도 그런 짓은 하지 않는다는 건 안다. 하지만 내게는 그런 연구실도 없고, 과학자도 없으니, 이 몸이 직접 맛을 보는 수밖에. 염화칼륨은 솜사탕과 헤어스프레이를 합친 맛이 나는 반면 염화나트륨은 상한 우유 같은 맛이 난다. 상당히 쉬운 작업이다.

이제 여기서 황당한 부분이 등장한다. 난 그 초록색이 염화칼륨 때문에 생겼다고 거의 확신하고 있지만, 염화칼륨은 알코올과 접촉할 때만 초록색으로 변한다. 하지만 난 술은 안 마신다, 지금까지 한 번도 입에 대지도 않았다. 이 상황의 아이러니는 내가 시내 서점에 화학에 대한 책을 찾으러 가는 길이었다는 점이다. 화학을 잘 알수록 더 뛰어난 불꽃놀이 기술자가 될 수 있기 때문에 서점에 간 것인데. 어쨌든 그래서 내가 생각해낸 이론은 바로 이렇다.

그 통곡할 사태는 바로 껌 때문이라는 것이다.

사실 내가 씹은 껌은 덴타인 아이스 페퍼민트로, 다른 모든 껌처럼 소르비톨 즉 알코올성 설탕이 들어 있다. 그래서 나는 입술에 살짝 염화칼륨 가루를 묻힌 채 시내에 갔다가, 이 아름다운 소녀를 보게 된 것이다. 그녀를 보자 나는 뭔가 말을 걸고 싶어졌고, 그래서 광고에 나오는 남자들처럼 순간 입에 껌을 넣고 씹었다. 다만 광고에 나오는 남자들은 나와는 달리 성 패트릭 기념일(아일랜드 수호성인 성 패트릭을 기념하는 축제로 모든 퍼레이드는 아일랜드를 상징하는 녹색으로 되어 있다-역주)행사에 나가려고 입술을 초록색으로 칠한 것처럼 보이진 않는다는 것이 유일한 차이일 것이다. 절대로. 그런 바보짓을 하는 건 이 세상에 오직 나밖에 없다.

게다가 그 여자는 그냥 보통 여자가 아니라 바로 그녀였다. 나의 그녀. 내가 이 이야기를 8백 번씩 거듭하면서 내 발등을 8백 번씩 찧을 때 내가 생각해낼 수 있는 유일한 표현은 바로 '그녀'였다. 서점에서 나는 마음속으로 이 말을 거듭거듭 외치고 있었다….

그녀잖아, 그녀야, 그녀가 있어. 불꽃놀이 소녀, 어제 처음 봤을 때 마치 평생 알고 지낸 사람처럼 손을 흔들게 만들었던 그 소녀. 곰팡내 나는 책꽂이 앞에 선 그녀를 보면 볼수록, 정말 평생 그녀를 알고 지내왔다는 생각이 들었다. 자자, 진정하시길. 나도 안다, 그녀는 날 아주 징그러운 남자로 봤을 것이다. 모르는 여자를 멍하니 쳐다보는 걸로도 모자라서 초록색 입술을 해가지고 돌아다니는 꼴이라니, 하지만 물론 그때는 나도 내 입술이 그 모양이라는 걸 몰랐다. 내가 아는 거라곤 사실 그때 난 숨도 쉴 수 없었다는 것, 그리고 그녀의 머리가 지금까지 보던 중 가장 숱이 많은 붉은색이었다는 것, 그리고 책을 훑어보는 그녀의 눈이 너무도 똑똑해 보였다는 것 정도다. 마치 그 눈 속에 아주 많은 일이 일어나고, 정교한 기계가 들어 있는 것 같기도 했는데, 다만 그 기계가 살과 피로 이뤄져 있다는 것만 달랐지만. 그녀는 뭔가를 깊이 믿고 있거나 믿고 싶어 하는 것처럼 보였는데 나는 제발 그게 하느님만은 아니길, 그녀가 제발 아빠처럼 열렬한 기독교 신자는 아니길 빌었다. 그런 열렬한 믿음 때문에 아빠는 억지스러워지고 무모한 사람으로 변했으니까. 아니, 그건 그런 믿음이 아니었다. 그리고 그녀가 단지 예뻐서 내가 이렇게 정신이 나간 것도 아니었다. 물론 그녀가 예쁘고 정말 매력적인 건 사실이다. 그녀의 얼굴에 난 주근깨들은 정말이지 윤기가 반들거리면서 나뭇결이 그대로 드러난 목재처럼 만지면 무지하게 부드러울 것 같은 고운 살결을 도드라지게 만들어주고 있었다. 난 그녀의 살결이 그렇게 부드러울 거라는 걸 알고 있었다. 하지만 그녀의 아름다움은 그게 다가 아니었다. 하루 날을 잡아 애슈빌의 보도를 걷다 보면 타입과 연령과 머리 색깔과 옷이 모두 제각각인, 수백 명의 아름다운 소녀들이 걸어 다니는 걸 볼 수 있기 때문에 단지 그녀의 아름다움에 끌린 건 아니었다. 거기엔 뭔가 다른 게 있었다.

그게 뭐냐고? 나도 정확히는 모른다. 그녀는 어떤 것의 속에,

자신 속에 있는 것처럼 보였다. 마치 그 모든 아름다움은 그녀의 내면에서 만들어졌고, 그녀는 샹들리에들과 대리석 벽난로들로 가득 찬 커다란 홀, 아름답지만 텅 빈 홀 속에 갇혀 있는 것 같았다. 그녀는 아주 오랜 세월 동안 그 안에서 배회하고 다니면서 그녀의 발자국 소리만 메아리치는 곳에서, 거기 다른 사람이 있는지, 어떻게 거길 오게 됐는지 궁금해 하면서 만약 거기 혼자 있어야 한다면, 뭔가 볼만한 재미있는 거라도 있었으면 좋겠다고 말하는 것 같았다. 그녀는 거기 혼자 있고 싶어 하지 않았지만 거기서 나오는 길을 찾을 수 없기 때문에 누군가 그 안으로 들어가는 길을 찾아야 했다. 그녀를 보자마자 10초 만에 그런 사연을 모두 눈치 챌 수 있었다. 그리고 또다시 10초가 흐르자 내가 그 무거운 문들을 밀고 들어가 텅 빈 홀을 배회하고 다니면서 그녀를 찾을 때까지 그녀의 이름을 부르는 사람이 되고 싶다는 걸 깨달았다. 하지만 지금 내가 있는 곳은 사실 큰 홀이 아니라 그냥 서점일 뿐이고, 그녀의 이름도 모르는데다가, 껌 때문에 입술은 초록색으로 변한 마당에 어떻게 그런 일을 하겠는가?

나는 있는 그대로 노력해서, 그녀에게 말을 걸었고, 책을 고르는 나만의 법칙을 말해줬다. 나는 그런 내가 멋졌다고 생각했다, 밴으로 돌아가서 백미러로 내 입술을 보기 전까지는. 하지만 그거로는 충분하지 않잖아? 난 그저 책방에서 그녀에게 말을 건 남자에 불과하고, 그녀처럼 예쁜 소녀라면 시도 때도 없이 말을 걸어오는 남자들이 수두룩할 것이다. 그녀 정도의 미모라면 아마 세차장 한가운데 있어도 남자들이 와서 치근댈 것이다. 그들 중 많은 놈들의 입술은 분명 정상일 것이다. 그럼 나는 뭐냐고?

뭐 항상 있던 고 자리에 있는 거지 뭐. 캠프에서, 우물처럼 우리를 둘러싼 산속에 있고, 나는 그 우물 바닥에 갇혀 있다. 우물 바닥에서 하루 종일 있었다. 왜냐하면 곧 다이어트 캠프에 참가하는 사람들이 들이닥칠 것이고, 따라서 모든 걸 준비해둬야 하니까. 나는 침대를 준비하고, 바닥을 쓸고, 에어컨 필터를 바꾸고, 운동하는 산책로에 깔린 나뭇잎을 긁어내고, 카페에 생수통을 갖다 났다. 그리고 불꽃놀이를 만들 시간을 남겨두기 위해 평소 하는 일들을 두 배의 속도로 해치웠다. 나는 뭔가가 일어나길 원했다. 아마, 불꽃놀이의 진수는 바로 그것, 뭔가 일어나게 만드는 것인지도 모른다. 나는 그동안 작업해오던 번쩍번쩍 빛나는 조개껍데기를 골랐다. 내가 원하는 만큼 단단하게 감기지 않았지만, 그 정도면 될 것 같았다. 하지만 불꽃놀이 기술을 좀 더 향상시켜야 할 필요가 있었다. 작년 영어 수업시간에 시를 배울 때 좀 더 집중했더라면 어떻게 그 조개껍데기가 어제 서점에서 그녀와 잘 될 수 있는 가능성과 비슷한지, 어떻게 퓨즈가 속에서 불이 붙는지,

그리고 내가 원하는 거라곤 불꽃이 어둠 속에서 점점 더 크게 타올랐다가 마침내 아름답게 폭발하는 걸 보는 거였다는 걸 시적으로 표현할 수 있었을 것이다. 하지만 사실 나는 시에 대해 아는 것도 없고, 라이트하우스 아카데미에서 배운 시들이라곤 전부 예수님에 대한 것들로 한 번이라도 이름을 들어본 시인이 쓴 시는 하나도 없었다. 그리고 내 실력은 보잘것없어서 내가 만든 불꽃놀이의 절반은 불발탄으로 끝나고, 퓨즈는 그냥 피시식 꺼져버린다. 그게 바로 어제 내가 느낀 감정이기도 했다.

이런 것들을 생각하고 있을 때 차 문들이 쾅쾅 닫히는 소리가 들려서 창고 밖으로 나갔다. 호수 옆 본채에 차 두 대와 픽업트럭 한 대가 서 있었는데 마치 서커스 광대 차들처럼 그 차 문으로 열 명의 사냥꾼들이 위장복을 입고 총을 든 채 쏟아져 나왔다. 엄마와 아빠는 또 다른 호수에 가서, 물에 보트를 띄우고 있었기 때문에, 내가 나갔다.

"죄송합니다." 나는 첫 번째 남자에게 말했다. "거위 학살은 어제로 끝났습니다."

그는 캐롤라이나 팬더스(프로 미식 축구팀-역주)팀 모자를 벗고 흰머리를 문질렀다. TV에 나와서 생명보험을 광고하는 남자처럼 생긴 사람이었다. "아니, 그건 아니야. 쪽수가 많아서 하루 더 연장 받았는데."

Calliope . Eliot

"사냥꾼이 그렇게 많다는 말인가요?"

"거위가 많다는 거지. 이틀짜리 허가를 받았어."

"글쎄요. 거위 한 마리쯤은 남겨주실 수 있지 않나요? 거위 연못이라는 이름이 부끄럽지 않게 최소한 상징적으로 한 마리 정도는 남겨둬야죠."

그는 싱긋 웃었다. "마음대로 까불어봐, 애야. 우리가 그 거위들을 수확해주지 않으면, 더 큰 문제가 생길 텐데. 질병도 많이 생기고, 지저분해져서 걸어 다니기도 힘들 거고 말이다."

그 즉시, 나는 이 남자가 맘에 들지 않았다. "수확이라고요." 내가 말했다. "'죽인단' 말씀이시겠죠. 올해 거위를 심은 기억은 없는데, 토마토라면 몰라도."

"이미 말했다시피, 어디 맘대로 까불어봐." 그리고 그 남자는 곧장 몸을 틀고 총을 들어 호수 옆에 회색과 흰색과 검은색으로 옹기종기 모여 있는 거위 떼를 향해 총을 쐈다. 한 마리가 총에 맞아 깃털과 피가 사방에 흩어졌다.

나는 그의 총부리를 홱 움켜쥐었다가 너무 뜨거워서 순간 놔야 했다.

"하느님 맙소사, 제발 다음번엔 미리 경고나 하고 쏘시죠?" 내가 말했다.

"네 아버지는 네가 그렇게 쓸데없는 곳에 하느님의 이름을 파는 걸 좋아하지 않으실걸." 그는 싱긋 웃으면서 내 뒤에 있는 누군가에게 윙크했다. "다음번엔 이렇게 해주지. 요이, 준비, 땅. 됐냐?"

"어이쿠, 엄청 놀랬나 보네." 뒤에 있던 남자가 말했다. 그는 차 후드에 앉아서, 팔에 총을 걸고, 싱글거리고 있었다. 오른쪽 귀에 찬 작은 다이아몬드 귀걸이가 반짝거렸다.

"어, 아저씬 못 봤네요." 내가 그에게 대꾸했다. "그 위장복 셔츠 기능이 끝내주는데요." 나는 쿨한 척하면서, 농담하려고 했지만, 목소리가 떨리는 게 내 귀에도 들렸다. 첫 번째 총이 발사됐을 때 도망갔던 거위 떼는 다시 호수 주위로 돌아와 잽싸게 물가로 걸어갔다. 그때 열에서 열다섯 정도 되는 사냥꾼들이 일제히 총을 쏘기 시작하면서 연기가 내 콧구멍을 태우고, 총소리 때문에 귀가 먹을 것 같았다. 나는 거기서 물러나, 쭈그리고 앉아, 그 광경을 보지 않으려 했지만 어쩔 도리가 없었다. 거위 몇 마리의 머리가 사라졌고, 이어서 몸통들이 기우뚱 쓰러지더니 둑 밑으로 굴러서 얕게 고여 있는 진창의 웅덩이로 떨어졌다. 웅덩이에 고인 물이 와인처럼 짙은 붉은색으로 변하면서 서서히 불어나기 시작했다. 나는 죽어라고 엄마를 불렀지만 물론 날 도와줄 사람은 아무도 없었다. 이런 일에 이렇게 남자답지 못하게 겁을 내지 않으면 좋을 텐데. 우리 반 남자아이들 절반이 사냥을 하지만 난 좋아하지도 않고, 해본 적도 없다. 거위들은 마치 시끄러운 아이들이 모여든 것처럼 울면서 공포에 찬 소리를 질렀고, 계속 호수 주변을 맴돌면서 도망쳤다가도 곧 목숨을 잃게 될 사지로 다시 날아왔다. 나는 이 모든 게 끔찍이도 증오스러웠고, 순간 사냥꾼들이 서로 총질해대서 조용해지길 빌었다. 이곳과 산과 캠프가 끔찍이 싫었고, 다이어트 캠프에 오는 뚱뚱한 사람들과 날 이곳으로 데려온 엄마와 아빠가 너무도 싫었고, 내 초록색 입술과 원하는 대로 되지 않는 내 모든 면이 진저리치게 싫었다. 나는 차 뒤에 쭈그려 앉아, 귀를 두 손으로 꼭 틀어막고 있었는데, 그때 생각나는 거라곤 그녀의 이름을 알았다면, 성까지도 아니고 이름만이라도 알았다면, 사격이 멈출 때까지 눈을 감고 그 이름을 계속 되뇔 수 있을 거란 생각이었다. 그거야말로 그때 내가 의지할 수 있는 소중한 것이었을 텐데.

다음 날 아침 기적이 일어났다.

나는 반쯤 잠이 깼는데 내 오두막집의 창문이 열려 있었고, 녹슨 방충망에 매미 한 마리가 붙어서 윙윙거리고 있었다. 일어나려고 했지만 사냥꾼들이 떠난 후에 창고에서 아직 이름을 붙이지 못한 조가비 불꽃놀이를 만드느라 늦게까지 잠을 못 잤다. 그걸 만든 이유는 그 불꽃놀이를 보면 그녀가 떠올랐기 때문이다. 그건 붉은색과 초록색과 흰색이 섞여 있었다. 아침 9시였는데 벌써 밖은 더웠고, 막 시트를 걷어차고 일어나려는데, 차가 멈추는 소리가 났다. 그때 사냥꾼들이 돌아왔다는 생각이 퍼뜩 들면서, 머릿속으로 다시 그 장면이 모두 떠올랐다. 사냥꾼들이 대롱대롱 흔들리는 목에서 흐르는 피로 그들이 입은 위장복 바지를 물들이는 거위를 거꾸로 들어 검은 다리를 쥔 채 떠나는 모습이 보였다. 나는 눈을 감았다. 맙소사. 아마도 그 사냥꾼들은 이제 일상의 일부가 되어 매일 오기로 했나 보다. 아침 일찍 신문 배달하는 소년이 오고, 그다음에 집배원이 오고, 그다음에 10분 만에 거위 서른 마리를 죽이기 위해 사냥꾼들이 오는 건가.

하지만 차 소리는 한 대만 났고, 이어서 아빠가 서점의 사인회나 TV에 나올 때 내는 목소리로 도와줄 일이 뭐 없냐고 물어보는 소리가 들렸다. 그러자 한 여자의 목소리가 들렸는데 크긴 했지만 자신감에 차서가 아니라 다소 불안해서 커진 목소리 같았다. 나는 침대 위에 올라가 무릎을 꿇고 좁은 창문으로 밖을 내다봤는데, 거기 그녀가 있었다. 서점에서 본 소녀, 불꽃놀이 소녀, 그녀의 진짜 이름만 빼고 내가 온갖 별명을 붙여 부른 그 소녀가 아빠와 한 여자 옆에 서 있었다. 그건 마치 꿈같아서 금방이라도 에이브러햄 링컨이 그들의 머리 위로 날아올 것 같기도 했고, 고래가 그들을 몽땅 다 삼켜버릴 것 같기도 했다. 하지만 이건 정녕 꿈이 아니었다. 분명 그녀였다. 내 심장은 다시 정상적으로 뛰어보려고 용을 쓰고 있었고, 나는 고개를 돌렸다. 나는 울룩불룩하니 한쪽으로 쏠려 있는 베개를 봤지만, 그거로는 이 기적이 어떻게 일어난 건지 설명이 되질 않았다.

2초 후에 나는 사각팬티 위에 청바지를 입고 티셔츠를 허겁지겁 뒤집어쓰면서 문밖으로 나와 현관에서 하품하며 스트레칭을 하는 척했다. 마치 현관에 멈춰 서서, 하품하고, 스트레칭 한다. 라고 쓴 각본대로 연기하는 것처럼 말이다. 그러다 나는 그제야 막 그들을 본 척 했고, 이어서 혹시 내가 뭘 도울 게 없는지 물어보러 그들에게 다가갔다. 왜냐고? 내가 원래 남을 돕는 엄청 착한 사람이니까.

"안녕." 별일 아니라는 듯이 인사를 하려고 엄청 신경을 쓰다 보니까 멍청하게 아빠에게 안녕 하고 있는 내 꼬락서니라니.

"뭐? 그래 안녕, 아들아." 아빠가 대답했다.

"아까 말씀드린 것처럼." 그 여자가 다시 입을 열었는데 목에 건 목걸이가 햇빛을 받아 번쩍거렸다. "저희는 세도 낼 수 있고, 그렇게 시끄러운 사람들도 아닙니다."

불꽃놀이 소녀가 날 바라봤다. "초록색 입술이 아니네." 그녀가 말했다.

나는 아빠가 날 보는 걸 느낄 수 있었고, 나중에 이 일에 대해 설명해야 할 거라는 것도 알고 있었다. 아빠에게 이건 요새 10대들이 쓰는 속어라고 말하면, 아무것도 모르는 순진한 아빠는, 그다음 주부터 그 말을 쓰기 시작할 것이다. 내가 아침 먹으러 가면 아빠가 이러겠지.

"안녕, 선수! 초록색 입술이 아니네!" 그러면 나는 하하하 웃으면서 아빠 입술도 초록색이 아니라고 대꾸할 것이다. 이 조크가 이렇게 족히 몇 년은 갈 것이다.

"뭐, 아직은 아니지." 내가 응수했다. "하지만 아직 아침이 잖아."

그녀는 완벽한 흰 치아를 드러내며 웃었는데 그 웃음을 보는 순간 자갈을 디디고선 내 발바닥이 녹아버리는 것 같았다.

"엘리엇?" 아빠가 말했다.

"칼리오페 어머니와 내가 이야길 할 동안 칼리오페에게 여길 구경시켜주지 그러니?"

나는 고개를 끄덕였고 우린 그 자리를 떠났다. 나는 맨발바닥을 무시무시하게 찔러오는 자갈이 하나도 아프지 않은 척했다.

"엘리엇이라 이거지?" 그녀가 말했다. 그녀가 입고 있는 얇고 긴 티셔츠가 내 팔을 스쳤다. "너희 가족은 모두 유명한 상징주의 시인의 이름을 따서 지었니?"

"아니. 원래 내 이름은 성경에 나오는 사람 이름이어야 했는데 그 사람이 성경에 안 나왔어."

"그래? 그 사람에게 무슨 일이 있었는데?"

나는 반쯤은 장난으로, 반쯤은 정말로 미소 짓고 있는 그녀의 입가를 살짝 훔쳐봤다. 그녀가 걸어가자 긴 머리가 살랑거렸다.

"예수님이 제자 삼아준다고 불렀는데 워낙 바빠서 못 갔다지 아마."

"바쁘다고…샌들 닦느라 못 갔나? 아니면 도시락 싸느라 힘들었나?"

우리는 계속 걸어서, 호수 위의 다리를 건너, 그네와 운동장에 있는 운동기구들을 지나, 그냥 걸었다.

"맞았어. 그런 너는 뭐냐, 칼리오페라…너희 가족은 모두… 거시기, 뭘 따서 이름을 지은 거야? 키보드? 오르간?"

"증기로 작동되는 피아노 이름이야. 그리고 그리스 신화에 나오는 시의 여신이기도 하고. 화학책 말고 다른 책도 좀 읽었으면 알고 있을 텐데." 그녀는 다시 능글맞은 미소를 지었는데, 그녀의 옷소매가 내 팔을 건드렸다.

순간 내 피부가 홀라당 벗겨지고, 모든 신경이 드러난 것 같이 느껴졌다. 나는 엉겁결에 입을 열었는데 이 말이 나왔다. "넌 피아노보다는 여신 같다야." 멍청해, 어쩜 이렇게 멍청할 수가.

다행히 그녀는 깔깔 웃어줬다. "와, 오늘 들은 말 중에 제일 근사한 말이네."

"칼리오페는 흔히 볼 수 있는 게 아니잖아." 내가 말했다.

"난 칼이야. 내 말은, 그렇게 불러주는 게 더 편하다고."

"내 말은 증기 피아노 말이야. 그건 그렇게 흔히 볼 수 있는 게 아니란 말이지." 그 말을 들은 그녀는 멈춰 서서 날 빤히 봤고, 나는 이 순간을 내 생애 최고의 순간 리스트에 꼭 올려놔야겠다고 다짐했다.

"네가 그 말을 하기 전까진 스팀 피아노가 사라졌다는 걸 모르고 있었네, 고마워, 엘리엇. 정말이야."

나는 그녀에게 능글맞은 미소를 지어 보였고, 우리 둘 다 싱긋 웃지 않기 위해 무진 애를 썼다. "오케이, 잘난 척하긴."

"뭐야, 넌 하느님 사업을 하는 사람이잖아. 그런 말은 하면 안 되지." 마치 초록색 이끼가 낀 개울 바닥에 작은 금가루가 흩어진 것처럼 햇빛 아래서 본 그녀의 초록색 눈동자에는 금빛 점들이 여기저기 섞여 있었다.

"난 그냥 그 사람의 아들일 뿐이야. 그걸 가지고 공격하면 안 되지."

"좋아, 안 할게. 그러니 말해줘."

우리는 오래된 미니 골프 코스 옆에 멈춰 섰는데 잡초가 무성하게 자라 있었다. 그녀가 목에 걸고 있는 목걸이 같은 것이 우연히 눈에 띄었는데 사실은 목걸이라기보다 줄에 병마개를 걸어놓은 것이었다. 내가 그녀의 가슴을 보고 있다고 그녀가 오해하지 않도록 그 목걸이에 대해 뭔가 말해야 했다.

"그건 뭐야?" 내가 물었다.

그녀는 순간 날 봤다. "병마개를 줄에 꿴 거야."

"나도 그건 알아. 왜 그걸 목에 걸고 있냐는 거야."

그녀는 다시 능글맞은 미소를 지으며 고개를 저었지만, 순간 그녀의 표정에서 뭔가 다른 걸 본 것 같기도 했다. 살짝 얼굴이 붉어진 것 같기도 했는데 주근깨 밑의 훨씬 더 아래쪽이 후끈 달아오른 것 같았다.

"내가 먼저 이야길 해달라고 했지, 내가 너에게 이야길 해주는 게 아니잖아."

"뭘 말하라는 거야?"

그녀는 날 보면서 골프채와 작은 골프공들을 보관하던, 썩어가는 건물에 기대어 서서 날 봤다.

"이야길 해달라는 거야. 어떤 사람들은 우표를 수집하잖아. 난 사람들이 내게 해주는 이야기를 수집해. 이야기는 떠날 때 가져가기 쉬우니까."

그녀가 떠난다는 생각만으로도 내 마음에 대못이 박히는 것 같은 아픔이 느껴졌지만, 나는 그녀에게 해줄 이야기에 집중하려고 노력했다.

"어디 보자, 피아노에 대한 이야기인데, 토머스 에디슨이 한 번은 콘크리트로 만든 피아노를 발명했대. 거기에 전구는 안 달았지만."

그녀가 콧등을 찡그리면서 고개를 흔들자 머리카락이 어깨 위로 쏟아졌다. "아니, 그건 퀴즈쇼 정답 같잖아. 진짜 이야길 해달라고."

"좋아." 내가 말했다. 내가 왜 그랬는지 이유를 묻지 마시라. 그녀의 뭘 보고 모든 걸 털어놓을 수 있다고 믿었는지도 물어보지 마시라. 그 이야기를 털어놓을 때 나도 스스로에게 그런 질문은 하지 않았으니까. "나는 부모님에게 훔친 돈으로, 가짜 신분증을 써서, 불법으로 주문한 화학물질로, 불법으로 폭죽을 만들어. 그렇게 만든 폭죽을 쏘아 올리는데 정말 아름다워." 나는 그 말을 하고, 그녀의 눈에 떠오른 내 눈과 그녀의 얼굴과 머리카락을 봤다. "언젠가 너에게 보여주고 싶어. 다 보여주고 싶어." 내가 말했다.

Calliope . Eliot

## 5. 칼리오페

 오늘 아침 잠에서 깨서 지난 7일 동안 빌었던 것과 똑같은 소원을 빌었다. 내게는 아주 단순하게 느껴지는 소원이었다. 나는 우리가 흙바닥이 아닌 진짜 바닥이 있고, 문이 달려 있고, 부엌(부엌에 대한 사연을 또 털어놓자면 끝이 없다.)이 있는 곳, 지퍼로 열고 닫는 창문이 아닌 진짜 창문이 있는 곳에 살 수 있기를 빌었다. 그 소원은 여전히 변함이 없지만, 또 다른 소원이 그 소원을 밀고 들어왔다. 그래서 집에 대한 소원은 자리를 내기 위해 무릎을 접어 몸집을 줄였다. 또 다른 소원은 "초록색 입술 소년"에 대한 소원이었다. 나는 그를 일종의 액션 피규어나 스웨터와 카디건 세트에 댄서처럼 핑그르르 돌아가는 스커트를 입은 소녀들을 쫓아다니는, B급 영화 주인공인 것처럼 어젯밤 내내 머릿속으로 그 남자를 초록색 입술 소년이라고 불렀다. 이제는 그의 이름을 안다. 엘리엇. 엘리엇 철자에 I가 하나 들어가는지 두 개 들어가는지는 알 수 없지만 말이다. 그런데 이상하게도 그 아이에 대해 생각을 하는 거지 편지를 쓰자는 것도 아닌데 계속 그 철자가 마음에 걸린다.

오늘 아침 집과 그 소년 이렇게 두 가지를 생각하며 잠에서 깼는데 이 둘이 같이 나타났다는 게 한편으로 생각해보면 참 묘한 일이기도 하다. 파이니어스 아저씨가 엄마에게 산에 사는 하느님 사업을 하는 남자가 여름 한 철에 사람들에게 오두막집을 임대해준다고 말했다. 일이 그렇게 돼서 엄마가 그 하느님 사업을 하는 남자에게 우리가 모범적인 임대인이 될 것이라고 말하는 걸 옆에 서서 듣고 있는데 그 초록색 입술 소년이 자갈길을 건너 우리 쪽으로 걸어오기 시작했다. 하느님 사업을 하는 남자가 그 소년을 아들이라고 소개했고, 바로 그 찰나의 순간 머릿속에 7백만 가지 생각이 떠올랐지만, 그 방대한 생각 속에서 간신히 뽑아낼 수 있던 3가지는 바로 이것이었다.

1. 만약 이 소년이 하느님 사업을 하는 사람의 아들이라면,

얘는 예수님 사업을 하는 걸까?

2. 왜 머리는 사방으로 뻗쳐 있고, 얼굴은 엎드려 자서 불그죽죽해 있는 이 아이가 이렇게 까무러치게 귀여운 걸까?

3. 저렇게 맨발로 자갈을 밟으면 아프지 않을까?

물론 이런 질문들을 물어보진 않았다. 대신 뻔한 질문을 했다. 하지만 내가 그의 입술에 대해 물어보자마자, 그 소년이 갑자기 긴장하는 걸 보고 실수했다는 걸 깨달았다. 하지만 그건 나 때문이 아니라 그의 아빠 때문이었다. 그래서 나 말고도 비밀이 있는 사람이 또 있구나, 하는 생각을 했고, 순간 미친 생각임이 틀림없겠지만, 혹시 그 비밀이 나에 관련된 건 아닐까 하는 생각을 언뜻 했다. 그러나 나는 곧 그에게 그런 비밀이 있다는 건 불가능하니 그런 생각은 닥치자고 얼른 마음을 고쳐먹었다.

우리 둘이 걸어갈 때 계속 그의 팔에 부딪히게 됐는데 그게 내 잘못인지 아니면 그가 그 뾰족한 자갈길 위를 한 발 한 발 조심스럽게 디디면서 걸어가느라고 그런 건지는 잘 모르겠다. 우리는 풍차 옆에 멈춰 섰는데 풍차의 부러진 날개들이 잡초 위에 달랑달랑 매달려 있었다. 나는 그에게 아주 가까이 있어서 그의 냄새를 맡을 수 있었다. 그가 풍기는 따뜻한 잠자리 냄새를 맡자 담요와 벽난로와 한밤중에 먹는 스크램블드

에그가 떠올랐다. 나는 그의 팔이 눈에 보이는 것처럼 따뜻하고 단단한지 만져보려고 손을 뻗기 시작했다. 그냥 햇볕에 탄 그의 팔뚝에 내 창백한 손가락이 닿으면 어떻게 보일지 확인하고 싶었다. 그냥 그를 느껴보고, 만져보려고 했는데. 그때 그가 내 목걸이에 대해 물었다.

 울음이 터질 것 같다는 생각이 들 때, 사물의 색깔을 암송하면 멈출 수 있다는 말을 어딘가에서 읽은 적이 있었다. 초록색 나무. 붉은 풍차. 파란 하늘. 파란 청바지. 파란 눈. 그에게 말해주고 싶었다. 모든 걸 말해주고 싶었지만, 그건 미친 짓이다. 그렇지 않은가? 내 말은, 우린 이제 막 만난 사이인데. 그래서 나는 항상 하던 대로 했다. 그에게 이야기해달라고 했다. 놀라웠던 건 정말 그가 이야기를 들려줬고, 그가 날 바라봤을 때, 어제 느꼈던 그 황홀한 기분, 즉 온 세상이 눈을 뜨고 살아 숨 쉬며 노래를 부르는 것 같은 기분이 아니라 뭔가 다른 게 느껴졌다. 뭔가 크고 심오하고 헤아릴 수 없이 깊은 것. 내가 물어봤다는 것조차 의식하지 못했던 또 다른 질문에 대답해준 그것. 노스캐롤라이나의 숲 한가운데 잡초가 무성하게 우거진 미니 골프 코스 옆에 서, 나는 그 대답을 들었다. 그 대답은 예스였다.

Calliope . Eliot

그래서 나는 피크닉 테이블 앞에 앉아 엘리엇(I가 하나 들어가는지 두 개 들어가는지 모르겠는)에 대해 이런 식으로 생각하면 안 될 이유들을 적고 있었는데, 그 이유 중 첫 번째는 바로 이것이었다. 우리는 이제 막 만난 사이라는 것이다. 하지만 왠지 그 이유만으로는 충분히 설득력이 없어 보여서, 더 많은 이유를 적어보려고 노력했지만, 지금까지 써놓은 거라곤 마치 철자 시험에 대비해 적어놓은 목록처럼 페이지 반대편에 줄줄이 적어놓은, 그래도 된다는 이유뿐이었다.

엄마는 하느님 사업을 하는 남자가 우리에게 빌려줄 오두막집이 하나도 없다고 말했다지만, 그게 정말 사실인지 아니면 엄마가 거짓말한 건지 분간을 할 수 없었다. 어쩌면 엄마는 그 남자가 너무 정상적이고, 너무 선량하고, 너무 따위따위 등등의 이유로 맘에 들지 않다고 판단했는지도 모른다. 그래서 아무래도 당분간은 텐트 생활을 계속할거란 짐작이 들었다. 가끔 그것 때문에 엄마에게 화가 났지만 말로 표현하진 않았다. 나는 엄마에게 가위바위보를 할 때는 바위가 가위를 이기듯이 텐트보다는 숲 속의 오두막집이 100배 더 낫다고 말하고 싶었다. 그 말을 매일 매 순간 하고 싶지만, 그럴라치면 엄마가 피해버리는 게 보였다. 그리고 내가 무엇보다 가장 두려운 건 떠나는 것이었다. 여름 내내 텐트에 사는 것보다 더 무서운 것은 여길 또 떠나는 것이다.

"뭘 쓰고 있니?" 난 고개를 들어서 손으로 햇빛을 가려야 했다. 아벨 아저씨가 햇빛을 막을 수 있도록 몸을 움직였고, 그동안 나는 종이를 접을 수 있었다.

"아무것도 아니에요. 그냥 생각 좀 하고 있었어요." 내가 말했다. 아저씨는 이제 우리 둘 사이에 생긴 새로운 게임에 익숙해져서 싱긋 웃었다. 아저씨가 뭘 물어보면 내가 시치미를 떼는 게임. 그래서 나는 다시 평소 장기를 살렸는데, 이번에는 구체적으로 질문했다. "왜 갈비에요?" 내가 물었다. "왜 닭고기나, 햄버거나, 다른 음식이 아니고?" 나는 무릎을 끌어올려 팔로 안았다. "돼지고기를 먹는 건 아저씨 종교에 위반되는 거 아니에요?"

아벨 아저씨는 땅바닥에 앉아, 나무에 등을 기댔는데, 테이블보다 조금 낮아서 얼굴이 보이지 않았다. "쉽게 말하자면 내가 바비큐를 좋아하니까 그랬다고 대답할 수도 있지만, 네가 물어보는 건 그런 게 아니겠지." 아저씨는 나무에 기대어 점점 더 밑으로 미끄러져 가면서 야구 모자를 눈 위로 끌어당겼다. "어제 너에게 말한 것과 비슷한 걸 거야. 난 나만의 이야기를 찾고 싶었어. 우리 부모님의 이야기나, 보스턴 이야기나, 유대인의 이야기 말고. 난 심지어 좋은 이야기에도 관심이 없었어. 그냥 나만의 이야기를 찾고 싶었던 거야."

이야기를 계속하길 기다렸지만 아저씨는 그걸로 입을 다물었다.

"그래서 찾으셨어요? 내 말은, 이게 아저씨의 이야기인가요?" 나는 이렇게 물어보면서 아저씨가 대답할 때까지 차마 숨을 쉴 수 없었다. 난 한편으로 그런 이야기가 세상에 존재하는지 알고 싶었다. 끈기 있게 계속 찾아보면 언젠가 그런 일이 일어날 것인지 정말 궁금했다.

아저씨는 내게 그런 말을 하는 부담감이 너무 커서 똑바로 앉아 있을 수 없었는지 점점 더 자세를 낮춰갔다. "가끔 이건 이야기라기보다 시트콤이나 리머릭(예전에 아일랜드에서 유행된 5행 희시-역주)처럼 느껴질 때도 있어. 아벨이란 유대인이 살았다네…그 사람은 식탁을 꽉 채우는 꿈을 꿨다네…돼지 갈비와 코블러(위에 밀가루 반죽을 두껍게 씌운 과일 파이의 일종-역주)로 상을 채워서, 사람들이 침을 줄줄."

"저기, 돼지 갈비와 코블러 행의 각운이 안 맞아요." 나는 생긋 웃으며 그에게 말했다. "죄송해요, 끼어들어서. 계속해 주세요."

"흠, 여기까지밖에 못 지었어."

"아뇨, 리머릭이 아니라 아저씨 이야기요." 난 눈동자를 굴려대며 말했다.

"어디 보자. 난 두 번이나 학업을 중단했다가 마침내 끝내고 나서 깨달았지. 난 결코 랍비가 되고 싶지 않다는 걸. 그것 때문에 우리 아버지가 광분하셨지. 날 사랑하는 줄 알았던 여자와 결혼해서 우리 엄마 속을 뒤집어놓고. 그리고 한동안 돌아다녔지. 그러다 여기 왔어. 이 마을에 차를 몰고 왔을 때, 여기가 거기란 걸 알았지."

"거기요?" 내가 물었다.

"어쩐지 여기가 집같이 느껴졌어. 전에는 존재하는지도 몰랐던 집이라고나 할까. 어떻게 그걸 알게 됐는지는 물어보지 마라. 말해봐야 터무니없는 소리니까. 사실 그때는 나도 정말 어이없는 생각 같아서 수백 가지 방식으로 이건 아니다, 라고 스스로를 설득했지."

나는 어슷하게 접힌 종이를 손가락으로 만지작거렸다. "어떻게 아셨는데요?"

"흠, 덤불이 불타거나, 하늘에 빛이 비치는 것 같은 계시는 없었다. 어느 날 문득 그냥 있는 그대로의 진실을 받아들이던가 아니면 계속 반항하던가, 둘 중 하나를 선택해야 한다는 걸 깨달았지." 아벨 아저씨는 허리를 펴고 앉아서 날 바라봤다.

"마침내 내 가슴을 믿어야 한다는 걸 깨달은 거지." 그동안 숨을 참고 있다는 것조차 의식하지 못했는데, 갑자기 한꺼번에 참았던 숨이 몰려왔다. 나는 더 이상 접을 수 없을 때까지 종이를 아주 작게 접었다.

Calliope . Eliot

아벨 아저씨는 일어서서 머리 위로 두 팔을 쫙 뻗었다. "이제 장사하러 가야겠구나." 아저씨는 사람들이 점심 준비를 하는 텐트를 향해 돌아섰다. 아저씨는 두어 발짝 걸어가다 돌아서서 날 봤다.

"아참. 오늘 아침에 그 오두막집 보러 간 건 어떻게 됐니?"

"그걸 어떻." 미처 말을 끝내기도 전에 아저씨가 손을 올려서 내 말을 막았다.

"좁은 동네잖아." 아저씨는 싱긋 웃으며 말했다.

"안 됐어요." 나는 사방에 있는 5륜 트레일러와 모터 홈(여행, 캠프용 주거 기능을 가진 차-역주)에 둘러싸인 우리 오렌지색 텐트가 있는 쪽을 보며 말했다. 그리고 순간적으로 엄마에게 화가 났지만, 그 이유는 정확히 알 수 없었다.

"그래, 내가 생각해둔 게 있는데. 시내에 아는 집이 하나 있어. 대단한 건 아니야. 그냥 침실 하나인데. 하지만 아주 근사한 부엌이 딸린 데다, 방세도 싸단다. 다음번에 시내에 가면, 한 번 봐라."

"어디 있는데요?" 내가 물었다.

"사실 그 방은 정비소 위에 있어. 내 레스토랑에서 조금 내려가면 돼. 어제 시내 갔을 때 지나쳤을걸. 그 집은 모퉁이에 장미 정원이 있는, 석재 주택인데…." 아저씨는 계속 설명하면서 내 기억 속의 그 집을 찾아주려고 애를 썼지만, 그럴 필요가 없었다. 나는 그 집이 어디 있는지 정확히 알고 있었다. "내가 점심시간에 네 엄마랑 이야기해볼게."

나는 아저씨가 식당 텐트로 걸어가면서 작은 검은색 강아지를 쫓아가는 아이들을 피하는 걸 지켜봤다. 그리고 다시 테이블 앞에 철퍼덕 주저앉아, 따뜻한 햇살을 받으며 눈을 감았다. 멀리서 만돌린 타는 소리가 들려왔고, 인형극의 리허설을 보며 즐거워하는 아이들의 웃음소리도 들렸다. 몇 분 후에 나는 억지로 일어서서 엄마를 찾으러 공예장으로 걸어갔지만, 그전에 대장장이 가게 옆에 있는 쓰레기통에 접은 종이를 버렸다.

양친이 다 예술가인 가정에서 자란다는 건 범상치 않은 일이었다. 그때는 그렇게 느끼지 못했지만, 돌이켜보면, 내 유년기가 확실히 평범하진 않았다는 걸 난 알고 있었다. 평범한 가정에서는 아빠의 마감 때문에 일주일 내내 저녁으로 차가운 우유를 부은 시리얼만 먹진 않는다. 초등학교 3학년 과학 박람회 프로젝트로 무기성 결정체로 이뤄진 땅을 연구하는 것도 흔히 있는 일은 아니다. 일반적인 가정에서는 단지 내가 하고 싶다고 해서 내 발을 푸른색으로 물들이게 엄마가 내버려두지도 않는다. 부모님은 그런 것들이 다 내 관심사를 추구

하고, 나만의 비전을 찾고, 내 안의 뮤즈가 하는 소리에 귀를 기울이는 거라고 했다. 나라면 그냥 괴이하다고 하겠지만.

 난 항상 약간은 이상한 아이였다. 아마 머릿속에 생각이 너무 많았던 것 같다. 아빠와 엄마는 항상 그건 나 자신을 찾아가는 과정이기 때문에 그런 거라고 했지만 사실 난 이미 내가 세상과 잘 맞지 않다는 걸 알고 있었다는 생각이 든다. 나도 적응해보려고 무진 노력했다. 5학년 때는 치어리더가 되려고 오디션도 봤다. 하지만 걔들은 너무 방방 뛰어서 관뒀다. 열한 살 때는 아동 극단에 들어갔다가 모두 하는 짓이 너무 극적이라 관뒀다. 걸 스카우트도 해보고, 수영 팀에도 들어가 보고, 농촌 활동도 해보고, 미국의 미래 교사들 모임에도 가보고, 기독교 운동선수 협회에도 기웃거려 봤다. 난 유대교도로 개종해보려고도 했고, 완전 채식주의자가 돼보고, 스케이트보드 타는 법과 바이올린을 연주하는 법과 불어를 익혔다. 갑자기 시력을 잃게 되면 어떨지 보기 위해 일주일 동안은 눈가리개를 쓰고 다니기도 했다. 12살이 된 여름에는, 고전을 읽어야겠다고 결심했다. 심지어 역사상 가장 영향력이 큰 고전 백 권이 적힌 포스터도 얻었다. 하지만, 고작 다섯 권을 읽은 후에, 공황상태에 빠졌다. 그럼 다른 언어권의 문학은 어떻게 하고? 시는 어떻고? 희곡은? 에세이는? 나는 그 길로 원내한 독서의 꿈을 접고, 그해 여름의 나머지 시간을 세븐틴

(청소년 패션과 미용 잡지-역주)을 읽으며 보냈다. 그동안 짧게 잘랐던 앞머리를 길렀고, 풍선껌 씹기 세계 최고 기록을 깨려고 노력했다.

엄마는 한동안 내게 홈 스쿨을 시도했지만, 아빠가 아무래도 그건 아닌 것 같다고 했다. 엄마가 생각하는 홈 스쿨이란 오전 내내 매듭 레이스 기술을 가르치고, 그림을 그리고, 내 기를 찾아주는 것이었다. 엄마는 공립학교 교장 선생님 사무실 앞에 날 놔두고 갔다. 나는 2학년 수업 첫날 미투리를 신고, 아주 짧게 자른 청반바지를 입고, 티셔츠 위에 엄마가 작업할 때 입는 작업복을 입고 갔다. 벡 선생님은 교장실 앞에서 날 보고 미소를 지었지만, 내 파란 발을 보자 먼저 눈가의 미소가 희미해졌고, 이어서 입가까지 굳어져 버렸다.

그때는 핼러윈이 얼마 남지 않았을 때였고, 우리 반의 다른 아이들은 이미 끼리끼리 몰려다니고 있었다. 쉬는 시간이면 나는 혼자 앉아 무릎에 책을 펴놓고 읽는 척했지만, 사실은 누군가 내게 박스볼(지면에 코트를 그려서 핀볼처럼 공을 두 사람이 서로 치는 게임-역주)을 하자고 하거나, 정글짐에 거꾸로 매달려 놀자고 하거나, 아니면 긴 풀잎을 뜯어 꼬아서 그날 오후 내내 차고 다닐 수 있는 팔찌나 목걸이를 같이 만들자고 불러주길 간절히 빌었다.

수업 시간에 나는 손을 쫙 펼쳐놓고 그 주위로 선을 긋는데 집중하고 있었다. 마커가 너무 커서 내 손가락 사이에 들어가지 않았다. 칠면조 꼬리를 그리려면 그렇게 손을 대고 그려야 했다. 전에도 교실 앞에 그 남자가 서 있는 걸 본 적이 있다. 그의 셔츠는 너무 반짝거렸고, 벡 선생이 건네는 폴더를 그가 받을 때 겨드랑이 부분이 동그랗고 노랗게 변해 있는 걸 볼 수 있었다. 벡 선생님은 내 네 번째 손가락과 새끼손가락 사이에 보라색 점을 찍으려고 애를 쓰고 있는, 내가 앉은 자리를 손으로 가리켰다. 그 남자가 와서 내 어깨에 손을 올려놨고, 나는 그를 따라 자기들끼리 소곤거리면서 손가락질하는 아이들을 지나 교실을 나왔다. 그 전 주에 그는 폴을 데리러 왔었다. 폴은 아직 세서미 스트리트 벨트를 차고, 몸에서 지린내가 나는 아이였다. 폴은 안경 끈을 잡아당기면서, 그 남자를 따라 복도로 나갔다. 폴은 다시 돌아오지 않았다.

이 르네상스 페어의 한 가지 근사한 점은 텐트와 부스대신 공예가들과 연기자들은 실제 건물에서 작업한다는 것이다. 멀리서 보면 거긴 라벤더와 샐비어 정원들과 돌이 깔린 거리가 있는 진짜 마을 같았다. 엄마 가게는 장난감 만드는 사람과 캔디 애플과 퍼지(설탕, 버터, 우유, 초콜릿으로 만든 물렁한 캔디-역주)를 파는 여자가 하는 가게 사이에 있다. 카베사

데 바카(스페인의 아메리카 탐험가-역주)가 멕시코에 상륙하기 전까지 초콜릿이 발견되지 않았다는 걸 고려해볼 때 진짜 그 옛날에 퍼지를 팔았는지는 심히 의문스럽지만, 그 여주인이 그날 아침 세 번째로 샘플 쟁반에 퍼지를 놓는 걸 보자, 누가 그런 걸 신경 쓰겠냐는 생각이 들었다. 엄마는 B라는 알쏭달쏭한 이름의 유리공예가와 같이 가게를 쓰고 있다. 처음 만났을 때 그녀는 이렇게 말했다. "윙윙거리는 소리인 버즈의 이니셜 B가 아니야. 그냥 B야."

엄마는 눈을 가늘게 뜨고 날 봤는데, 돋보기를 쓴 눈이 마치 파리 눈 같았다. 완전 파리와 벌(유리공예가의 B가 Bee/벌의 B라고 칼리오페는 생각한 것이다-역주.)이군, 나는 생긋 웃으며 생각했다. "배 안 고파, 엄마?" 나는 내심 아벨 아저씨가 그 아파트에 대해 말했길 바라며 그렇게 물었다. 사실은 아침에 엄마가 산속 오두막집을 보러 따라나서 준 것만으로도 놀랐었다. 엄마는 마룻바닥과 현관에 설치된 그네와 벽난로 같은 물건에 전혀 관심이 없다. 엄마는 여름 내내 텐트에서 살아도 충분히 행복할 것이다. 그래서 나는 억지로 엄마를 그곳에 가게 했다. 내 생각에 엄마는 오두막집을 보는 것보다 하느님 사업을 하는 사람과 만나는 데 더 관심이 있었던 것 같다.

엄마가 잠깐만 기다리라고 손짓해서 나는 생글거리는 캔디 아줌마가 퍼지 쟁반을 또 내놓은 곳으로 갔다. 사르르 녹는 초콜릿을 입에 넣고, 나는 꼬여 있는 은장식 위로 허리를 숙이는 엄마의 옆얼굴을 주시했다. 내가 사람들에 대한 이야기를 모으는 이유는, 그들에 대해서 알고 싶고, 그럴 때 방해가 되는 표면적인 것들을 벗겨 내고 싶기 때문이다. 하지만 엄마는 결코 포장지를 벗기지도 않을 번쩍거리는 선물을 모으는 것처럼 사람들을 수집한다. 다른 사람들에게 보여주는 선물들의 번쩍거리는 광채와 색깔과 감탄사에 더 관심을 가지는 것이다. 엄마는 사실 뛰어난 이야기꾼이지만, 엄마의 이야기는 모두 단조롭고, 특징이 없다. 몇 달 지나면, 엄마는 하느님 사업을 하는 남자와 그 아들에 대한 이야기를 각색해서 훨씬 더 대단하고, 웃기고, 빛나게 만들어 사람들에게 들려주겠지만, 그 빛은 거짓된 빛이다. 그 빛은 그 사람들이 아니라 그 이야기에서 나오는 것이다. 엄마가 사람들에게 이야기를 들려줄 때면, 나는 그들을 둘러본다. 그러면서 그 빛이 엄마의 이야기에 나오는 사람들에게서 나는 게 아니라 그 사람들을 눈부시게 비추면서 차가운 그림자를 드리우는 형광등에서 나온다는 것을 사람들이 눈치 채지 않을까 궁금해 하곤 했다.

식사 텐트는 아침 먹을 때보다 사람이 더 많은 것처럼 보였다.

개막일이 얼마 남지 않았기 때문에 페어에 참가할 사람들은 거의 다 도착했다. 아이들은 이미 쇼를 위해 옷을 차려입고 테이블 사이를 뛰어다니면서, 비스킷을 쥐어 입에 가득 넣고, 다시 규칙이 복잡한 술래잡기놀이를 하러 번개처럼 달려 나갔다. 우리가 텐트에 들어오자 파이니어스 아저씨가 우리 쪽으로 한 손을 들어 보였다. 난 어두운 실내에 익숙해지기 위해 잠시 멈췄지만, 엄마는 날 놔두고 높게 쌓인 옷더미 속을 뒤지고 있는 여자들이 몰려 있는 테이블로 걸어갔다. 나는 페어의 장점인 공짜 물건들이 나온다는 걸 잠시 잊고 있었다. 대부분은 그 시대 의상들이 나온다. 가죽조끼, 자수를 놓은 튜닉, 수제 슬리퍼, 정교한 보디스와 너무 긴 스커트가 달린 드레스들. 하지만 가끔은 내가 좋아할 만한 물건들도 몇 개 나온다. 돈은 오가지 않는다. 그보다는 일종의 헐렁한 물물교환 시스템이라고 보는 게 맞다. 작년에 나는 여왕의 아장아장 걸어 다니는 아기를 봐주고 가죽 재킷을 받았다. 페어에 처음으로 참가한 여름에는 공연이 없는 시간에 극장의 좌석 사이를 청소해주고 둥지 인형(인형 속에 인형이 들어 있는 것-역주)한 쌍과 한 치수 큰 고무 슬리퍼를 받았다. 엄마는 옷더미에서 화려하게 장식된 조끼 하나를 끄집어내서 입어봤다. 조끼가 너무 커서 엄마는 그 속에서 허우적거렸지만, 고개를 끄덕이면서, 손가락에 찬 작은 은반지들 중 하나를 빼서 주인에게 건넸다. 물건들이 오가고, 쌓아놓은 물건 더미가 기울어지는 사이에, 오렌지색 양말 한 짝 밑에 숨겨진 그것이 보였다. 그 위로 다시 쌓아놓은 물건 더미가 움직이면서 그것은 다시 사라졌다. 나는 그것을 덮고 있던 작은 가죽 가방 밑으로 손을 뻗어서, 그 차갑고 매끄러운 표면을 만지면서 손으로 꽉 쥐었다. 그것은 엄마가 만든 것처럼 뭔가 새겨져 있거나 장식이 된 것도 아니었다. 덩굴이 휘감고 있는 모양도 없고, 유리 가닥을 꼬아 만든 것도 아니었다. 요정이나, 숲의 요정이나, 천사도 없었다. 그 로켓에는 단지 E라는 글자만 새겨져 있었다. 엘리자베스 여왕의 E도 될 수 있었고, 텅 비었다는 뜻도 될 수 있었고, 끝이 없다는 뜻도 될 수 있었다. 달걀의 E일 수도 있었고 저녁과 폭발의 이니셜일 수도 있었다. E라는 모든 단어를 의미할 수 있었다. 그리고 엘리엇의 머리글자인 E도.

"그 목걸이와 바꿔줄게." 빨간 셔츠를 입은 여자가 말했다. 나는 병마개를 손으로 꽉 움켜쥔 채 고개를 흔들었다. "그럼 뭐로 바꿀 건데?" 그 여자가 물었다. 나는 일주일 동안 마구간에서 그녀를 도와주기로 했다. 2주나 3주를 도와달라고 해도 응했을 것이다. 여름 내내 일해 달라고 해도 했을 것이다. 로켓을 손에 쥐고 있는 시간이 길어질수록, 가지고 싶은 마음이 더 커졌다. 나는 계피향이 나는 목걸이 줄의 매듭을 풀어 로켓을 줄에 길고 높이 들어서 로켓이 안쪽으로 굴러가 병마개 옆에 땡그랑 소리를 내며 자리 잡게 했다. 그리고 다시 목걸이의 매듭을 묶어 셔츠 밑에 넣고 있는데, 군중 속에서 엄마의 웃음소리가 들렸다. 마치 유리가 딸랑거리는 소리처럼 예쁘고도 날카로운 소리였다. 그 소리는 날 봐달라는 웃음소리였고, 나는 대체 엄마가 누구의 관심을 끌려고 하는지 궁금해졌다. 엄마는 아벨 아저씨에게 고개를 끄덕이며, 다시 미소 짓고, 그다음에 내 쪽으로 시선을 돌렸다. 하지만 그전에 텐트 건너편에서 여자들에게 둘러 싸여 있는 파이니어스 아저씨를 보는 것을 난 보고야 말았다. 엄마는 테이블 위에 있던 피칸 파이 한 조각을 들고 이제는 아벨 아저씨를 둘러싸고 있는 여자들 사이를 누비고 지나와 나를 향해 걸어왔다.

"아저씨가 엄마에게 아파트 이야기했어요?" 나는 입속에 음식을 계속 넣는 와중에 물었다. 처음엔 퍼지에 이번엔 피칸 파이. 엄청 훌륭한 점심이군. 엄마는 고개를 까닥거렸다. "괜찮은 것 같던데." 내가 이야기를 계속했지만 엄마는 대꾸도 하지 않았다. 엄마는 파이니어스 아저씨를 보느라 정신이 없었다. "아저씨가 아무 때나 방 보러 가도 된다고 했어요." 내가 말했다. 엄마는 마침내 나를 바라봤다.

"글쎄다, 칼리오페." 엄마는 입을 열었고, 또다시 심장이 제멋대로 뛰려는 게 느껴졌는데 그러다 잠잠해졌다. 엄마는 고개를 돌려 텐트 구석을 다시 훑어봤다. "마상 창 시합 연습

하는 거 보러 갈래?" 엄마는 벌써 문 쪽으로 걸어가면서 물어봤다. 나는 엄마를 따라가면서 가는 길에 쓰레기통에 나머지 피칸 파이를 버렸다.

"보고 나서 나중에 아파트 보러 가면 안 돼요?" 엄마는 걸음을 빨리했고, 나는 엄마를 쫓아가기 위해 사람들을 헤치고 가야 했다. 파이니어스 아저씨의 널찍한 등이 거리를 가로질러 마구간으로 향하는 걸 보고 엄마가 왜 그렇게 서두르는지 깨달았다. "제발, 엄마?" 이렇게 징징대는 목소리를 내는 게 너무 싫었지만 그래도 그렇게 물어볼 수밖에 없었다.

"그래." 엄마는 내게 손등을 흔들어 보이며 말했다. "맘대로 해."

그래서 나는 엄마가 승낙한 걸로 판단하고 속도를 늦췄다. 엄마는 사람들 속으로 사라졌지만 나는 계속 마구간을 향해 걸어갔다.


폴이 교실에서 불려 나간 지 1주일 후에, 교장 선생님인 벡 선생님이 편지를 접어서 봉투에 넣는 동안 내가 서 있던 게 기억난다. 선생님은 봉투 날개에 테이프를 붙여서 내가 편지를 뜯어볼 수 없게 했다. 내가 그 편지를 도서관에서 빌려 온 책에 넣자 선생님은 얼굴을 찌푸렸다.

나는 집에 가는 길에 이리저리 방향을 틀어 계속 나무그늘 밑으로 걸어가려고 노력하면서, 차들이 어딘가로 쌩쌩 달려가는 걸 바라봤다. 현관에 올라온 나는, 배낭을 내려놓고, 대형 냉동고에 손을 넣어 탄산음료를 하나 꺼냈다. 거기에는 아빠가 집착하는 또 다른 대상인 정체가 수상한 음료수들이 들어 있었다. 미션 콜라, 버블 업, 선 드롭, 킹 콜라 같은 음료수들. 냉동고 옆에는 포개진 병마개들로 가득 찬 유리병이 있었다. 나는 RC 콜라를 하나 꺼내서, 벤치 그네에 앉았다.

엄마는 한 마디 말도 없이 편지를 읽더니 아빠에게 건넸다. 아빠는 그 편지를 보고 얼굴을 찌푸리면서 뒤집어보는 폼이 마치 거기 숨겨진 암호를 찾아 의미를 해독하려고 하는 것 같았다. "이게 나쁜 건 아니야, 칼리오페." 아빠는 나를 보며 말했다. "이건 그냥 네가 독창적이라고 말한 거야." 엄마는 테이블을 홱 밀고 일어서더니 쿵쿵 발소리를 내며 부엌으로 갔다. 엄마가 싱크대에 물을 틀어놓고, 냉장고 문을 열었다 닫고, 유리잔을 하나 깨고 나서, 뒤쪽의 스크린 도어를 세차게 밀고 나가는 동안 아빠와 나는 가만히 앉아서 그 소리를 듣고 있었다.

그날 밤 나는 아빠와 엄마가 뒤쪽 현관에 서서 속삭이는 소리를 침대에 누워 듣고 있었다. 가끔 엄마의 목소리가 너무 커졌다가 다시 조용해지곤 했다. 나는 이야기를 나눌 동안 아빠가

Calliope . Eliot

엄마의 머리를 쓰다듬으면서, 엄마의 목에 대고 속삭이며, 엄마를 달래려고 하는 모습을 상상했다.

"그 편지는 우리 딸이 상상력이 풍부하다고 말한 거야." 아빠가 말했다. 그네가 삐걱거리는 소리가 들렸고, 나는 아빠가 발로 그네를 천천히 밀고 있는 모습을 상상했다.

"그 애가 이상하다고 말한 거잖아." 엄마는 한밤에 대고 한숨을 푹푹 쉬며 말했다. "학교에선 아이가 어딘가 잘못된 게 아닌가 생각하고 있어."

"여보, 우리 딸은 완벽해. 그냥 좀 말수가 적은 것뿐이야."

"프랭크, 학교에서 우리 딸이 이해가 느린 것 같다고 생각하고 있잖아."

"그 사람들이 무슨 생각을 하던 뭔 상관이야?" 아빠는 다시 그네를 밀어서 삐걱거리는 신음소리가 나게 하면서 물었다.

"나는 신경 쓰여." 엄마가 말했다.

"칼리오페 때문이야, 아니면 당신 체면 때문에 신경 쓰이는 거야?" 아빠가 물었다. 나는 한껏 긴장해서 엄마의 대답을 들으려고 했지만, 들리는 소리라곤 나무 계단을 밟고 이어서 진입로의 자갈길을 밟고 가는 엄마의 부츠 소리뿐이었다.

그러다 잠이 든 게 분명했다. 잠이 깼을 때 여전히 밖은 어두웠지만 비가 내리고 있었고 내 방 창문들은 모두 닫혀 있었다. "안녕, 공주님." 아빠가 내 침대 옆에 서서 말했다. "절대

안 깰 줄 알았다. 일어나렴." 아빠는 내 가운을 들고 서서 말했다. "깜짝 선물이 있단다."

우리는 부엌에 있는 아일랜드 식탁 앞의 걸상에 앉아, 희미하게 흘러나오는 스토브 불빛 속에서 서로 마주 보며 싱긋 웃었다. 그리고 아무 말 없이 삼각형의 블루베리 팬케이크와 스크램블드에그를 먹었다. 아빠는 오른손으로 내 왼손을 잡은 채, 자신의 왼손으로 서투르게 먹었다. 3일 후에 엄마가 돌아온 후에도, 왜 그날 처음 한밤중에 아침을 먹었는지 우리는 이야기하지 않았다. 그건 그냥 아빠와 나 둘만의 의식이었다. 둘 중 하나가 기분이 안 좋을 때면 치렀던 의식. 주로 엄마가 습관적으로 집을 나갈 때면 그렇게 먹곤 했다. 하지만 그 이유에 대해선 한 번도 말하지 않았다. 마지막으로 그 의식을 치른 게 4년 전이었다. 그리고 몇 시간 후에 엄마가 차에 짐을 꾸리고 다른 모든 물건과 함께 날 거기 태웠다. 진입로를 빠져나와 북쪽으로 향하는 고속도로를 탈 때도 아직도 입속에서 메이플 시럽 맛이 나는 걸 느낄 수 있었다. 우리 차가 시내를 빠져나가는 고속도로로 느리게 달리는 동안에도 아직도 내 손을 잡은 아빠의 손에서 느껴지던 힘을 느낄 수 있었다.


나는 울타리에 팔을 걸친 채, 두 마리의 말이 속도를 올리기

Calliope . Eliot

시작하는 광경을 지켜봤다. 기사들은 창을 말 옆구리에 딱 붙이고 달렸는데, 말의 리듬에 맞춰 창이 올라갔다 내려갔다 했다. 파이니어스 아저씨가 첫 공격을 하면서 금속에 부딪친 나무 소리가 주변 건물까지 울려 퍼졌다. 연습 시합이 끝나, 두 기사가 말에서 내려왔을 때, 엄마는 앉아 있던 울타리에서 내려왔고, 나는 엄마가 파이니어스 아저씨가 서 있는 곳으로 걸어가는 걸 봤다. 엄마의 웃음소리가 비처럼 내게 쏟아져 내렸고, 나는 엄마가 엉덩이를 흔들며 걸어가는 걸 봤다. 엄마가 들판을 가로질러 햇빛에 갑옷이 번쩍이는 파이니어스 아저씨에게 다가가는 걸 지켜보는 동안 모든 게 느려지는 것 같았다. 아저씨에게 간 엄마는, 그의 팔을 만지면서, 사슬 갑옷과 그의 근육을 손가락으로 쓰다듬었다. 그걸 지켜보는 동안 하늘이 기묘한 각도로 기울었고, 나는 떨어지지 않기 위해 내 목걸이를 꽉 움켜쥐었다.

### 사람들이 내게 해준 이야기들

● 아이오와에서 만난 한 하녀는 창턱에 놓고 키울 수 있는 식물들만으로도 사람을 죽일 수 있다고 말해줬다.

● 바 하버의 한 바텐더는 내기로 하바네로 고추(세계에서 가장 매운 고추로

알려짐-역주)를 앉은 자리에서 17개나 먹어치우더니 술집 바닥에 토하고 기절한 남자를 본 적이 있다는 이야기를 들려줬다.

● 샌프란시스코에 있는 한 회사의 생산 매니저가 사람은 자신의 배설물만 먹고 1주일 동안 살 수 있다고 말했다.

● 조지아의 아테네에서 만난 한 여자 저글러(저글링을 하는 사람-역주)는 귀걸이를 두 개하고, 망가진 단검을 자주 휘두르고, 밴드에서 베이스를 맡은 남자에게 순결을 잃었다고 말했다.

● 댈러스에서 열린 페어에서 경비를 보던 한 남자는 자신이 노숙자를 위해 솥을 떠서, 그들이 자고 있을 때 옆에 개켜놓은 솥을 주고 왔다는 이야기를 들려줬다.

● 리노에 살던 한 수영장 구조원은 헤비메탈 음악을 연주하면서 파스타를 파는 레스토랑 체인 사업을 시작할 계획이라고 말했다. 그 레스토랑 체인 이름을 메탈 스파게티라고 부를 생각이라고 했다.

● 오클라호마시티에 사는 한 소녀는 한 번은 남자 친구에게 차이고 나서 계단 밑으로 몸을 던진 적이 있다고 했다. 그런데 팔목만 부러지고 멀쩡했다고 한다.

● 세인트루이스의 한 소년은 자신이 동성애자일 거라고 생각했다는 말을 해줬다.

Calliope . Eliot

## 6. 엘리엇

"보트 탈 수 있을까?" 칼리오페가 물었다. 시내에서 아주 멀리 떨어진 이곳은, 근처의 주택가나 쇼핑센터나 주차장이나 그 어떤 것에서도 흘러나오는 빛이 없어서 어느 곳의 밤보다 더 깜깜했다. 보이는 거라곤 곱실거리는 그녀의 머리 윤곽과 멀리 떨어진 산에서 보이는 불처럼 아주 조금 드러난 머리 색깔이었다.

"저기 위에 봐, 밀키웨이(은하수란 뜻이 있으며, 유명한 초콜릿 브랜드 이름도 밀키웨이임-역주)가 보여." 내가 말했다.

"난 스니커즈가 더 맛있던데." 그녀가 말했다.

"은하수를 말한 겁니다, 똑똑씨." 내가 대꾸했다.

"스니커즈가 은하수였어? 새로 발견된 건가 봐?"

나는 내 이마를 철썩 쳤고 그녀는 날 보고 깔깔거리고 웃었다. 우리는 부두에 앉아 있었다. 다리를 달랑달랑 흔들어대는 그녀의 하얀 운동화가 어둠 속에서 간신히 보였는데 느슨하게 묶인 운동화 끈 끝이 물을 살짝살짝 스치고 있었다. 물 위에 뜬 음료수 깡통 하나가 까닥까닥 움직이면서 계속 부두의 나무판자에 부딪혀 탁탁 소리를 내고 있었다.

그녀가 머리를 뒤로 젖히자 곱슬머리가 쏟아지면서 등의 중간까지 닿았다.

"보여. 정말 아름다운데."

"그래, 아름답지. 하지만 사실 아름다우면 안 되는 거야."

그녀는 신발 끝을 수면에 살짝 눌러 움푹 들어가게 했다.

"왜 아름다우면 안 되는 건데?"

나는 어깨를 으쓱했다. "은하수란 하얀 빛의 얼룩에 지나지 않으니까. 마치 산업용 폐기물이 유출된 것처럼 일종의 사고 같은 거야."

"그래서? 아름다운 사고보다 더 아름다운 게 뭐가 있어?"

그녀는 이 말을 하고, 곧바로 조용해져서, 이유가 궁금해졌지만, 묻지 않았다. 그런 질문을 하기엔 아직 너무 일렀다.

침묵을 메우기 위해 난 다른 화제를 꺼냈다. "난 항상 어떻게 우리가 이렇게 쉽게 은하수를 볼 수 있는지 궁금했어. 사실 우리는 같은 은하계의 일부잖아? 이건 마치 거실에 서서 집 바깥을 보는 것과 같아."

"그래서 난 달이 더 좋아." 그녀가 말했다. 그녀는 몸을 뒤로 기울여 무릎을 두 팔로 안았는데, 그녀의 어깨가 내 어깨에 부딪혔다.

"복잡할 게 없잖아. 그냥 작은 친구가 우릴 따라오는 것 같으니까."

"달이 더 좋다고?"

"응. 달은 내가 제일 좋아하는 천체야. 넌 뭘 좋아하는데?"

"순위 매겨 본 적은 없는데." 나는 그녀의 온기를 느낄 수 있을 만큼만 그녀 쪽으로 슬쩍 몸을 기울였다.

"이런, 나랑 같이 다니려면, 순위 매기기는 기본이야. 세끼 식사 중에 가장 좋아하는 건? 아침 식사. 좋아하는 아침 식사는? 달걀과 과일. 가장 좋아하는 휴일은? 크리스마스와 핼러윈. 둘 다 똑같이 좋아. 물 잔으로 가장 좋은 재료는? 유리."

"그럼 최악은 뭔데?"

"플라스틱."

"내가 작년에 물리학에서 뭘 배웠는지 알아?"

"예수님 물리학, 아니면 일반 물리학?"

"일반 물리학."

"말해봐." 그녀가 날 향해 몸을 조금 기울이자 머리카락이 내 팔을 스쳤다.

"달은 항상 지구 쪽으로 떨어지고 있다는 거야. 떨어지다가 궤도에서 걸리고, 떨어지다 걸리고, 떨어지다 걸리고, 항상 그러고 있다는 거야."

"사람들이 하는 거랑 똑같은 거 같은데."

"어떻게?"

"잘 들어, 척척박사님, 이건 과학적인 관점에서 보는 게 아니야. 가끔은 달을 상징적인 존재로 볼 필요가 있어."

나는 고개를 끄덕였다. 음료수 깡통이 다시 시끄러운 소리를 내기 시작했는데 그러다 산들바람이 불어왔다. 나는 거의 꽉 찬 달, 누군가 마치 들고 있다 떨어뜨린 것처럼 한쪽 가장자리가 떨어져 나간 것 같은 달을 올려다봤다.

"그래서 할 수 있어?" 그녀가 물었다.

"뭘 말이야?"

"보트 타는 거." 그녀는 발로 보트 한 척을 슬쩍 찌르며 말했다.

"물론이지. 타자." 내가 만든 야자나무 가지 불꽃놀이가 제대로 터지지 않은 불발탄으로 판명된 후, 나는 그것을 어두운 호수 가장자리에 슬쩍 버리면서, 내 수치스러운 표정이 보이지 않도록 밤이 어두운 세상을 만들어주신 조물주에게 몰래 감사를 표했다. 내가 칼리오페에게 내일 또 다른 걸 만들 것이고 도대체 뭐가 잘못됐는지 모르겠으며 정말 난 불꽃놀이를 만들 줄 안다는 말을 엄청나게 빨리 말하고 있는데, 그때 그녀가 어깨를 으쓱하는 소리와 그러자 목에 건 병마개와 붉은 줄에 걸린 뭔가가 부딪치는 소리가 들렸다. 그 소리를 듣자 비로소 안심이 됐다.

부둣가에 앉아 있는 우리 옆에는 부활절 달걀처럼 색색이 칠해진 보트들이 마치 작업반이 모인 것처럼 일렬로 체인에 묶여 물살을 타고 까닥거리고 있었다. 나는 푸른 보트의 갈고리를 풀다가 금속 고리에 엄지손가락을 살짝 긁혔다.

"저 구멍까지 노 저어 갈 수 있을까?" 그녀가 물었다.

"무슨 구멍?" 나는 마치 개 줄을 잡고 개를 인도하는 것처럼 부두 앞으로 보트를 끌어당겼다. 산속이라 초여름의 밤공기는 아직 서늘했고, 팔에 소름이 돋는 게 느껴졌다.

"호수에 있는 구멍이지, 바보야." 그녀가 말했다. 그녀가 신고 있는 운동화 끈이 풀려 있어서 나는 계속 그러다 그녀가 넘어져서 호수 속으로 머리를 박고 떨어질 것 같은 생각이 들었다.

보트가 움직이지 않도록 내가 앞쪽에 발을 대고 있는 동안 그녀가 보트에 올라탔는데, 어깨 위로 흘러내린 머리카락이 내 팔을 스쳤다. 그녀에게선 바닐라와 계피 냄새가 풍겼지만, 동시에 곰팡이가 핀 옷이나 다락방의 트렁크에서 나는 냄새도 났다. 난 그녀가 지난 열흘 밤 내내 텐트에서 잤다고 말한 것을 기억해냈다. 그녀가 보트에 타려고 몸을 기울였을 때, 병마개가 움직이면서 뭔지 모르겠지만 그 옆에 있는 물건을 쳤고, 아까처럼 깡통끼리 마주치는 것 같은 소리가 났다. 그 소리는 물속에 둥둥 뜬 음료수 깡통처럼, 이제 그녀만의 소리가 됐다. 만약 어둠 속에서 그녀를 찾아야 할 일이 생긴다면, 눈으로 찾지 않고 그냥 소리로 찾을 것이다. 세상 모든 사람들 속에서라도 그 소리를 들으면 그녀라는 걸 알게 될 것이다.

우리는 자리를 잡고 앉아 무릎을 세운 채 어색한 분위기에서 노를 저었고, 그동안 나는 이 멍청한 보트를 조종하는 법을 기억하려고 사력을 다했다. 난 아직도 사실 그녀가 여기 있다는 것이 실감나지 않았다. 미니 골프 코스 옆에서 우리가 이야기를 나눈 지 일주일밖에 안 됐는데, 전화도 없고, 컴퓨터도 없는 텐트에 사는 그녀에게 연락한다는 게 쉽지만은 않았다. 마침내 나는 매일 시내로 나갈 구실을 만들어서 그 책방 주변을 맴돌며 그녀를 찾았다. 그러던 어느 날, 처음 만났던 그날처럼, 그녀가 서점에 있었고, 그때 내 입술은 초록색도 아니었다. 나는 그녀에게 불꽃놀이를 보러 오라고 초대했고, 그녀가 여기로 오는 차편을 얻어 타고 날 찾아온 것이다.

"좋아. 대체 무슨 말을 하는 거야?" 내가 말했다.

대답하는 대신 그녀는 내 머리를 손으로 잡아서-사실, 귀를 잡았다—옆으로 돌려 보라고 말했다. 거기서 마침내 그걸 봤다…호수에 비친 크고 둥근 달 주위로 검은 기름처럼 물이 흐르고 있었다.

"저기. 저 구멍 말이야."

"아하. 하지만 저게 구멍이라면, 왜 물이 그 밑으로 빠지지 않는 건데?"

"저건 하얀 구멍이야." 그녀가 말했다.

"물이 아닌 땅에 있는 검은 구멍과 똑같지만 다른 점도 있어. 이 하얀 구멍은 한쪽으로 빛을 받아들여서 다른 쪽으로 흘려보내. 물은 그 구멍으로 빠질 수 없어, 물은 어두우니까."

"우린 어쩌고? 우린 어두우니까, 안전하단 말이야?" 심지어는 지금도 날 보는 그녀의 눈에는 젖은 수면만 반사됐다.

그녀가 고개를 흔드는 소리가 들렸다. "우리의 내면에서는 환하게 빛이 나, 그러니까 그 구멍으로 곧장 빠지게 될 거야."

"어떻게 우리 내면이 빛난다는 거야?"

"아주 좋은 질문이야, 엘리엇 사부님." 그녀가 응수했고, 나는 그녀가 지금 능글맞은 미소를 짓고 있을 거라고 상상했다. "우리의 내면이 빛나는 이유는 우리가 지금 행복하기 때문이야, 그렇지 않아?"

나는 고개를 끄덕였다. 그러다 그녀가 날 볼 수 없고 내가 아무 소리도 내지 않았다는 게 기억나서, 그렇다고, 우리는 행복하다고 말했다. 그리고 우리는 한동안 침묵을 지켰고 보트는 호수 한가운데를 향해 천천히 떠내려갔다.

"하지만 어디로 떨어지는데?" 내가 마침내 물었다. "구멍의 반대편으로?" 나는 보트에 있는 키 손잡이를 움직여서 달이 비치는 곳을 향해 가려고 노력했다.

"그럴 수도 있지. 하지만 우리의 빛은 모두 내면에 있으니까, 떨어지는 것도 내면에서 떨어지는 거야." 그녀의 목소리는 점점 작아져서 속삭이는 소리로 변했지만, 오늘 같은 밤은 호숫가 반대편에 서 있다고 해도 상대방이 하는 말을 들을 수 있을 정도로 고요한 밤이었다. 나는 그녀가 하는 말 한 마디 한 마디를 다 들었고, 그렇게 들린 말에 대개 걱정스러워졌다. 내 말은, 그걸 어떻게 아냐는 것이었다. 만약 내가 칼리오페인데 내 반대편에 앉아서 저런 말을 하고 있다면, 나는 그 말이 뭔가 실제로 존재하는 중요한 것을 의미한다는 걸 알고 있을 것이다. 하지만 나는 그녀가 아니라 나일뿐이고, 그래서 그냥 그녀가 하는 말을 듣고 있을 뿐인데, 그녀가 하는 말이 정말 그런 의미인지 어떻게 알 수 있냐는 것이다. 이건 그냥 내 추측에 지나지 않는 거라면 어떻게 해야 하나?

그러다 갑자기 나는 달빛이 흐르는 밤에 아름다운 소녀와 노를 젓는 보트에서 사라졌다. 나는 내 머릿속에 존재하는 게임쇼의 참가자가 돼 있었다. 그 게임은 그게 나인가? 라는 게임이다. 칼리오페가 하는 모든 행동-이를테면 보트에 앉아 있는 그녀의 팔꿈치가 내 팔꿈치를 스쳤는데 그녀가 팔을 빼지 않는 것처럼-에 대해 진행자는 카드를 섞고 나에게 보너스 퀴즈로 이렇게 그녀가 팔꿈치를 부딪친 것이 날 만지고 싶어서 고의로 그런 건지 아니면 우연히 그냥 팔을 둘 곳이 필요해서 그런 건지 질문했다. 나는 의자에 앉아 있는 2백 명의 내 복제인간들로 구성된 청중을 불안하게 바라보며 대답했다. 그건 칼리오페가 날 만지고 싶었기 때문입니다. 그리고 그 증거로 그 순간 내가 팔을 살짝 뗐는데, 그건 싫어서가 아니라 그녀가 스친 게 보트가 아닌 내 팔이란 걸 알려주기 위해서였다고 말했다. 하지만 어떤 대답을 해도, 삑 소리가 울리면서, 진행자는 미안하지만 오답이라고 말했다. 그러나 진행자는 근사한 이별 선물을 줬고, 나는 아름다운 소녀 대신 라이스 앤 로니(쌀과 파스타 요리를 즉석에서 할 수 있게 만든 제품-역주)를 부상으로 받고 떠나야 했다.

전에도 이 말을 한 적이 있긴 한데. 대체 난 어디가 잘못된 건지 모르겠다. 왜 그냥 현재에 집중할 수 없는 걸까?

그런 내 생각을 알아차린 것처럼, 그녀는 팔꿈치로 날 쿡 질렀다. "날 놔두고 혼자서 빠진 거야? 네가 머나먼 곳으로 가버린 것 같은 느낌이 들어."

"아니야, 난 여기 있어. 그냥 생각 좀 하느라."

"넌 참 생각을 많이 해." 그녀가 말했고, 내가 뭔가 변명을 하려고 하자, 그녀가 다시 말했다. "아니, 아니야. 그건 좋은 거야. 내 맘에 들어. 무슨 생각을 하고 있었어?"

"네가 요 전날 보여준 시에 대해 생각하고 있었어." 나는 마음 한구석으로 사실 그 생각을 하고 있었다는 걸 깨닫고 말했다.

"아, 불쌍한 늙은이, 알프레드." 그녀가 말했다.

그날 서점에서 그녀를 찾아냈을 때, 그녀는 내게 분명 유명한 상징주의 시인의 이름을 따서 내 이름을 지었을 거라고 말한 시인의 시를 보여주고 싶어 했다. 그래서 그녀는 애송시라는 제목의 책을 책꽂이에서 꺼내서 나와 이름이 똑같은 T. S. 엘리엇이란 남자가 쓴 시를 보여줬다. 그가 쓴 가장 유명한 시를 보여줬는데 프루프록이란 이름의 남자에 대한 시였다. 이 프루프록이란 이름 자체가 우선 기똥차게 구린 이름인데다, 그의 삶 자체도 구리기 짝이 없었다. 이 작자는 무슨 파티에 가는데 중요한 건 거기 여자들이 있을 거라는 것이고, 그것 때문에 무지하게 겁을 집어먹었다는 것이다. 거기다 한술 더 떠 여자들에게 말을 거는 게 무서운 게 아니라, 말을 걸었다가 들이대는 걸로 오해를 받아서 퇴짜를 맞을까봐 떨고 있다는 것이다. 그것도 아주 무시무시한 퇴짜를 받을까봐 떨고 있는 꼴이라니.

Calliope . Eliot

"그 작자의 제일 못마땅한 면이 뭔지 알아? 두려워한다는 그게 싫은 게 아니야. 그 남자를 척 보면 항상 그렇게 소심하게 모든 걸 두려워하면서 살아왔고, 앞으로도 그럴 거라는 거야. 그의 일생 자체가 소심하고 찌질해."

"그라면 절대로 호수의 구멍 위에 보트를 대지 않겠지."

"그렇지, 부낭(헤엄칠 때 물에 잘 뜨게 하는 기구-역주)이 닳아 없어질 때까지 그냥 호숫가에 서 있겠지."

그녀는 깔깔거리며 웃었다. "바지를 걷어 올리고."

"그리고 점심 먹고 나서 30분이 지나기 전까진 물에 들어가지도 않을 거야."

"맞아, 그는 삶에서 소중한 것들을 다 놓치고 있어. 달 위로 가면, 우리는 풍덩 빠져버릴 거야, 엘리엇. 그냥 거기서 휙 떨어지고 싶지 않니?" 그녀는 날 보기 위해 어둠 속에서 고개를 돌렸고, 내 얼굴에 닿는 그녀의 입김과 내 주위를 감싼 그녀의 체취를 맡을 수 있었다.

"그래." 나는 목소리가 떨리지 않게 하려고 애를 쓰면서 하얀 구멍을 향해 보트를 조종하려고 했지만, 달이란 게 항상 그렇듯이 계속 미끄러지면서 내가 원하는 자리에 있질 않았다. 하지만 난 계속 보트를 조종하면서 노를 젓고 있었는데, 그때 플라스틱 의자에 놓인 내 새끼손가락이 그녀의 새끼손가락에 걸린 걸 느낄 수 있었다. 바로 그 순간에는 게임쇼에서 하는 질문들은 전혀 떠오르지 않았고, 그냥 피와 살로 이뤄진 두 개의 손가락과 아주 작은 맥박 소리만이 우리 사이에 존재했다. 내가 그녀의 손가락을 꽉 쥐자, 그녀도 꽉 쥐었다.

  떨어지고 있었다.

  나는 느낄 수 있었다. 마치 그녀가 흰 구멍인 것처럼, 그녀가 빛인 것처럼, 떨어지는 걸 느꼈고, 그렇게 그냥 그녀 속으로 가만히 떨어져 내릴 수 있을 것 같았다. 마치 기다려, 기다려, 기다려, 라고 말하는 목소리에 안전 끈을 맨 우주비행사가 하염없이 떨어지는 것처럼. 그 목소리는 내 안에 든 내 목소리였다. 기다려. 그 우주 비행사는 무게가 없는 상태이고, 그렇게 떨어지는 모습이 아름답긴 하지만, 만약 다른 남자가 지금 비행기에서 떨어지고 있는데, 낙하산이 펴지지 않는다면 그 남자도 무게가 없는 건 똑같다. 대부분의 사람은 그걸 모르지만 나는 작년에 물리학 시간에 그걸 배웠다. 떨어지는 사람들은 무게가 없으며, 그래서 스카이다이버들이 공중에서 몸을 뒤집을 수 있는 것이다. 그들은 땅에 닿기 직전까지 무게가 없는 상태인데, 낙하산이 없이는 땅에 닿는 바로 그 찰나의 순간에 몸무게 전체가 돌아오면서 그 충격이 평소보다 천 배 이상 늘어난다는 것이다. 그 충격으로 그들은 압사당하고, 그래서 추락한 사람들이 죽는 것이다. 다른 것도 아닌 바로 자신의 무게 때문에.

Calliope . **Eliot**

떨어지는 것도 그런 효과가 일어날 수 있었다. 떨어지는 것이 다 예쁘고, 꿈같이 환상적인 것만은 아니라는 것이다.

예를 들면 아빠도 그렇게 하느님을 발견했다. 아빠는 평소대로 수영장을 지었다. 미끄럼틀도 있고, 자쿠지도 있고, 타일을 바른 데크도 있는, 땅을 파서 만든 아주 큰 수영장이었다. 모든 것을 완비한 수영장이라고, 아빠는 즐겨 말하곤 했다. 그 수영장은 캐롤라이나 비치에서 10마일 정도 떨어진 대저택에 있었고, 아빠와 작업팀은 펌프차로 200통의 물을 싣고 와 수영장에 채워줄 소방대원들을 기다리고 있었다. 그래서 사람들은 기다리고 있었고, 아빠는 집 주인과 이야기를 나누고, 주위를 둘러보고 다니다, 수영장 가장자리에서 뒤로 물러서다 발을 헛디뎠다. 오래된 아이스 티 광고에 나오는 장면 같았지만 다만 아빠가 있던 수영장에는 물이 없었다. 아빠는 아직도 클립보드를 손에 쥔 채 12피트 아래 시멘트 바닥으로 떨어졌다. 아빠는 척추 다섯 개와 목이 부러졌고, 한동안 의사들은 아빠가 다시 걸을 수 있을지 확신을 못했다. 내 말은 TV에서 해주는 영화와 현실은 영 딴판이라는 것이다. 아빠는 영웅적으로 노력해서 다시 걷게 된 게 아니다. 그보다는 병원에서 아빠가 다시 걸을 수 없을 것 같다고 했다가 3일이 지나니까, 아니다, 걷게 될 것이라고 했고, 결국 그렇게 됐다. 하지만 내 짐작에 그 불확실한 사흘로 계기는 충분했던 것 같다.

내 생각에 아빠는 하느님과 모종의 심각한 거래를 해서 하느님에게 완전히 헌신하는 대가로 다리를 돌려받은 것 같았다. 적어도 두툼한 돈 봉투들이 들어오기 전까지는. 그래서 아빠는 수영장에 빠졌고, 그 후엔 하느님에게 빠졌고, 그다음에는 내게 계속 옳은 길에 빠져들어야 한다고 말했다. 그다음엔 우연히 다이어트 캠프에 빠져들면서, 수영장을 만드는 건 완전히 집어치우고, 엄청난 돈더미 속에 빠져들었다.

그리고 그 모든 일이 일어나던 중간의 어느 한 지점에서 아빠에 대한 엄마의 애정이 식었다는 생각이 들었다.

엄마의 시선이 더 이상 아빠가 아니라 엄마 내면의 한 점을 보는 것처럼, 엄마가 고개를 자주 수그리는 걸 봤다. 엄마가 매일 러닝머신 위에서 목적지도 없이 몇 마일씩 죽어라 달려대고, 역기를 드는 것을 봤다. 덕분에 엄마의 외모는 아주 근사해 보였지만, 대체 누굴 위해? 잡지란 잡지는 다 자신을 위해 미모를 가꾸어야 한다고 역설하고 있지만, 현실은 그렇지 않다고 난 생각한다. 우리 모두 누군가의 눈에 아름다워 보이고 싶어 한다. 만약 내가 불꽃놀이를 쏘아 올렸는데, 그걸 볼 사람이 주위에 하나도 없다면, 나는 눈을 감아버린다. 그 불꽃들은 누군가 볼 때 아름다워지는 것이며, 사람들에 대해선 그렇게 생각하면 안 되는 것일지 몰라도, 난 그렇게 생각한다. 우리가 세상 모든 사람을 위해 아름다워질 필요는 없다.

Calliope . Eliot

다만 누군가, 단 한 사람의 눈에 아름다워 보이면 되는 것이다. 아빠가 하느님과 사랑에 빠졌다가 나중에 돈과 사랑에 빠지면서 엄마는 그 한 사람을 잃었다. 그래서 엄마는 아빠와 사랑에 빠졌다가, 그 사랑에서 빠져나와 버렸다. 이 모든 건 이제 중요하지 않았다. 왜냐하면 엄마가 떨어질 때 밑에서 받아줄 사람이 이제 딴 일을 하느라 그 자리에 없기 때문이다. 두 사람이 한 약속은 이제 거짓말이 돼 버렸고, 거짓말은 그야말로 최악의 나쁜 짓이다, 그렇지 않은가? 문제는, 아빠가 엄마에게 한 번도 거짓말을 한 적이 없다는 걸 내가 알고 있다는 점이다. 특히 최근에는 거짓말을 하는 것이 죄악이 되니까, 절대로 거짓말을 하지 않았다. 하지만 아빠의 행동방식과 말과 하는 일들과 아빠라는 사람이 이제는 더 이상 일치하지 않고 따로 놀고 있었다. 그게 바로 거짓말이 아니고 무엇이겠는가? 엄마가 필요로 하는 사람이 돼 주지도 못하면서 그런 척하는 것이야말로 거짓말이 아니고 무엇이겠는가? 누구도 어떤 말도 하지 않았지만, 엄마는 아빠와 있는 매 순간 그걸 느끼고 있었다. 나도 마찬가지고.

칼리오페가 다시 내 손가락을 꼭 움켜쥐면서, 계속 힘을 늦추지 않았다. "이봐." 그녀가 말했다. "또 머릿속으로 딴 생각하지 말고 나에게 집중해줘, 알았어?"

나는 그녀의 손을 꼭 쥐었다. "미안해. 집중하고 있어."

"무슨 생각을 하고 있었던 거야?"

"아무것도 아니야." 나는 그녀에게 말했고, 그녀는 우리의 손을 내려다봤다. 나는 손을 뒤집어서 칼리오페의 차갑고 얇은 손가락들이 내 손바닥에 미끄러져 내려오게 했다. 우리 둘은 손가락을 움직여 서로의 손가락에 깍지를 꼈다. 나는 그녀의 손을 잡았고 그녀는 내 손을 잡았다.

우리 주변엔 어둠과 물만 있었고, 나는 달을 찾아보다가, 어떻게 했는지는 모르겠지만 우리가 해냈다는 걸 깨달았다. 바로 그 순간 우리가 탄 보트가 하얀 구멍 위에 미끄러져와 있었다. 나는 칼리오페에게 말했다. "멈춰." 그래서 우리는 노를 뒤로 한 번만 저어, 보트가 원래 있던 자리에 있게 하고, 둘 다 고개를 들었다.

"우린 달 바로 밑에 있어. 움직이지 마." 그리고 나는 보트 바닥이 하얀 달빛에 꽉 차는 상상을 했다. 달빛이 우리 발 위로 웅덩이처럼 고였다가, 은은하게 빛나는 따뜻한 빛이 우리 양쪽으로 흘렀고, 시럽처럼 진하고 창백한 흰 빛이 검은 물 밑으로 쏟아져 내렸다가 다시 물속에서 위로 올라오면서 우리의 얼굴을 밝히고, 동그랗게 우리 주위를 밝혔다. 나는 손목을 돌려서 그녀의 손목이 내 손목 위로 돌아가게 했다. 우리의 팔은 덩굴식물처럼 서서히 꼬였고, 그 순간은 올라가거나 내려가는 것 없이 그냥 떨어지고 있었다. 그게 내가 원한

Calliope . Eliot

전부였다. 내 평생 항상 원했던 모든 것. 내 피부에 닿는 부드럽고 시원한 그녀의 피부, 내 손을 서서히 쥐는 그녀의 손, 내게 매달리는 그녀. 그때 내가 원한 것이라고는 그 순간에 뛰어드는 것이었고, 그게 다른 종류의 추락, 내 척추 뼈 다섯 개와 목을 부러뜨릴 추락도 아니고, 내 심장의 무게에 눌려 으스러지는 추락도 아니길 비는 것이었다.

내가 떨어진다면 어쩌지? 칼리오페가 내게 거짓말을 한다면 어쩌지?

그녀는 내게 몸을 기울여 내 손을 잡지 않은 다른 손으로 내 팔을 잡았다. 그녀의 서늘한 손가락들이 내 팔 밑으로 들어왔고, 보트는 하얀 달빛을 받은 채 떠내려가고 있었고, 우리는 더 이상 노를 젓지 않고 그냥 놔둔 채, 조용한 어둠 속에서 함께 숨 쉬고 있었다.

# 7. 칼리오페

"아벨 아저씨가 열릴 거라고 했는데." 난 두 번째로 자물쇠에 열쇠를 집어넣으려고 애를 썼다.

"조짐이 불길해." 엄마가 뒤에서 말했다. 그 말에 대꾸하지 않으려고 나는 눈을 질끈 감고 심호흡을 했다. 아침 내내 저 소리다. 조짐과 징조와 예언에 대한 말을 늘어놓고 있다. 마치 갑자기 신탁이라도 받은 것처럼 저러고 있으니. 이미 엽서 때문에 엄마에게 짜증이 난 상태였기 때문에 지금 상황에 더 울화가 치밀었다. 오늘 아침에 엄마가 읽던 부분을 표시하기 위해 책 속에 꽂아놓은 엽서를 보게 됐다. 가장자리에 블루보닛(청담색 꽃이 피며, 미국 텍사스 주의 주화—역주)한 다발과

Calliope . Eliot

부츠 한 짝이 있는 엽서가 페이지 사이로 삐죽이 나와 있었다. 엄마는 내게 그 엽서를 이미 보여줬다고 말했다. 하지만 그런 적 없다. 두 번째로 열쇠를 넣자 걸쇠에 쉽게 들어갔고 나는 손잡이를 돌려 문을 안으로 밀어 열었다.

"여기 이상한 냄새가 난다." 엄마가 내 옆을 돌아 방으로 들어가면서 말했다. 난 엄마 말을 다시 무시하고 아파트 앞으로 걸어갔다. 창문에는 목재 덧문이 달려 있었다. 집 바깥에서 볼 수 있는 그런 덧문이었는데 이 집은 덧문이 안에 달려 있었다. 한쪽 덧문을 열어 벽에 기대놓자 곧바로 방이 환해졌다. 그 반대쪽 문도 열자 뒤쪽에 있는 정원이 바로 내다보였다. 장미가 활짝 피기엔 아직 일렀지만, 라일락이 활짝 피어서 그 무게로 가지가 구부러져 있었다. 그 엽서는 아빠가 보냈지만, 거기 쓰인 글은 노란색 전송 스티커 두 개에 대부분 가려져 있었다. 하나는 포틀랜드 우체국에서 붙인 것이다. 다른 하나는 마운트데저트섬 우체국에서 붙인 것이고. 엽서는 5월 18일 자로 되어 있었고 내가 못 받은 생일 선물에 대한 질문이 들어 있었다. 시간 날 때 전화해, 끝에는 그렇게 적혀 있었다. 엄마가 흔히 그러는 것처럼 느낌표도 없고 대문자를 쓰지도 않았다. 그냥 4장에 1달러 하는 엽서의 뒷면에 그렇게 점잖게 적혀 있었다. 나중에 나는 그 밑에, 아마 비밀 메시지가 있지 않을까 하는 마음에 스티커를 벗겨보려고 했지만, 엽서가 찢어지기 시작해서, 그만둬야 했다.

　나에게 말해줘야 하는 데 잊은 게 더 없냐고 엄마에게 물었지만, 엄마는 고개를 흔들었다. 이 말은 믿었다. 내 생일 선물은 아마 아직도 날 따라오고 있을 수많은 다른 소포들과 편지들과 함께 사라졌을 것이다. 나는 내 뒤를 따라 둥둥 떠내려오는 우편물과 함께 하류로 돌진하고 있는 것 같은 기분이 들었다. 텍사스에서 온 소포 중에는 빨주노초파남보 7색의 글자로 내 이름이 박힌 투명한 플라스틱이 달린, 송진으로 만든 열쇠고리가 있었는데 그 플라스틱에 덤으로 바퀴벌레까지 딸려온 적도 있었고, 입속에서 터지는 워터멜론 팝 록 캔디도 있었다. 그 밖에도 정체가 애매한 길가의 관광지들이 찍힌 셀 수 없이 많은 엽서가 모두 내 뒤를 따라 둥둥 흘러오고 있다. 내가 한곳에 오래 머물게 되면, 언젠가는 그 소포들이 날 따라잡을지도 모른다.

　"침실이 하나밖에 없는 거야?" 엄마가 그렇게 물으면서 아파트 뒤로 걸어가자 텅 빈 공간에 엄마의 부츠 소리가 울렸다. 거기 대고 나는 이렇게 말하고 싶었다. "우리의 그 운동장 같은 텐트와는 정반대로요." 하지만 물론 그런 말은 하지 않았다.

　어제 나는 유리공예가인 B와 함께 히치하이킹을 해서 시내로 들어왔다. 그녀는 이발소에 머리를 깎으러 갔다(미장원이 아니라 이발소. 그녀는 머리를 스포츠머리로 깎는다. 문제의 B는 바로 스포츠머리인 버즈 컷의 첫 글자였던 것이다. 맙소사). 나는 집 구경을 하러 여기로 걸어왔다. 물론 잠겨 있었지만, 이곳이 완벽하며, 딱 좋은 것이라는 걸 알만큼은 유리창으로 들여다볼 수 있었다. 나는 다시 계단을 내려와 왔던 길을 돌아가 이발소로 갔지만, B는 여전히 기다리면서 〈필드 앤드 스트림〉(사냥과 낚시와 야외 활동을 주로 다루는 잡지-역주)을 읽고 있었다. 그냥 휙휙 넘기는 것이 아니라 정독을 하고 있었고, 그 모습을 보자 으스스 한기가 들었다. 그래서 나는 서점으로 가면서, 그냥 읽을 만한 책을 사러 가는 거라고 나 자신을 계속 설득했지만 사실은 다른 걸 사러 간다는 걸 알고 있었다. 그건 아마도…남자? 아마 검은색 곱슬머리의 15살 먹은 남자가 아닐까. 아마 수줍은 미소에 강렬한 파란 눈의 남자가 아닐까. 나는 서점 카운터에 곧장 걸어가서 물어볼까 하는 생각도 했다. 오렌지색 밴드가 달린 치열 교정기를 끼고 따분해 죽겠다는 표정으로 서 있는 여자 점원에게 그런 건 안 파는지 묻고 싶었다. 엘리엇이면 뭐든 좋다고. 하지만 그때 내 눈에 그가 보였다. 전에 그를 만났던 바로 그 자리에 서 있었는데, 그도 쇼핑을 하고 있는 것 같았다. 하지만 나처럼 책이 아니라 다른 걸 사려 한다는 건 확실했다. 그는 책을 보고 있는 게 아니었다.

"욕실은 콧구멍만 하고." 엄마가 말했다. 난 또다시 심호흡을 했다. 나는 무려 사흘 동안 엄마에게 여길 보러 오자고 졸랐고 성질을 내고 싶었지만, 어젯밤 그 환상적인 시간을 보내고 난 후로는 엄마마저도 이 좋은 기분을 깰 수 없었다. 수도를 트는 소리를 듣자 이렇게 말하고 싶었다. 있잖아요? 여긴 수돗물도 나오거든요? 그리고 화장실에 가려고 신발을 신을 필요도 없고요? 거기다 도리토스(멕시코 풍 콘칩-역주)와 곰팡이 냄새가 안 나는 샤워기도 있고요?

"그래도 가스레인지는 있네." 엄마가 말했다. 아마 엄마도 매사에 투덜대는 것에 질려서 뭔가 좋은 말을 해보려고 노력 중인가 보다. 하지만 내가 하고 싶은 말은 바로 이것이었다. "마지막으로 엄마가 가스레인지에 요리한 게 언제인지는 알아요?" 나는 계속 이렇게 혀를 깨물고 있다가는, 여길 나갈 때쯤이면 내 혀가 피를 뚝뚝 흘리며 갈기갈기 찢어질 것 같아서, 입을 열었다.

"내 생각엔 근사하기만 한데." 이렇게 말하는데 진입로에 트럭이 들어오는 소리가 들렸다. 나는 창밖을 내다봤다. 아벨 아저씨가 우릴 보러 온 걸 거라는 짐작이 들었다.

"대청소를 한 번 해야 할 것 같은데." 엄마의 말을 듣고 이젠 화가 나기 시작했다. 정말 화가 났지만, 계단을 올라오는 아벨 아저씨의 부츠 소리를 듣고 나는 다시 혀를 깨물었다.

Calliope . Eliot

이번에는 진짜 세게 깨물어서 피 맛이 났다.

아벨 아저씨는 문가로 들어왔는데 순간 모두 머리에 후광을 이고 다니는 르네상스 그림처럼 아저씨에게 역광이 비쳤다. 그렇게 성인들과 예수에 대해 생각하자 하느님 사업을 하는 남자가 떠올랐고 그러다 엘리엇이 생각났고 그러다 어젯밤 일이 생각났고 그리고….

"뭘 그렇게 히죽거리고 있냐?" 아벨 아저씨가 물었고, 난 내가 그러고 있다는 걸 깨달았다. 아마도 멍청하게 헤벌쭉 웃고 있었을 것이다. 나는 어깨를 으쓱했고 아저씨는 싱긋 웃었다. 우리의 게임은 그대로 남아 있었다. 아저씨가 물으면 내가 대답하지 않는 게임. "두 분 어떻게 생각해요?" 아저씨는 나보다는 엄마를 향해 물었고, 나는 마음속으로 제발, 엄마, 친절하게 대답하세요, 라고 빌었다.

"괜찮네요." 엄마는 이렇게 말했지만 진심이 아니라 단지 무례하게 보이지 않으려고 그렇게 말했다는 것을 태도에 분명하게 드러냈다. "방세는 얼마나 하나요?" 엄마가 물었고, 나는 다시 대답했다. 제발 싸게 해주세요…엄마가 거절할 수 없을 정도로 싸게.

"방세는 조정할 수 있습니다." 아저씨가 말했다.

"어떻게요?" 엄마는 눈을 가늘게 뜨고 아저씨를 보며 물었는데, 엄마의 의중을 알아차린 나는 이렇게 소리치고 싶었다.

그만해! 이 사람은 교활하고 지저분한 바텐더가 아니라 아벨 아저씨란 말이야.

"제 말은 두 분 다 이곳이 맘에 드신다면, 우리가 같이 해결해볼 수 있다는 겁니다." 아저씨는 이 말을 하면서 한 발자국 뒤로 물러섰고 나는 아저씨가 엄마의 의중을 알아차렸다는 걸 깨닫고 다시 화가 났지만 갑자기 아벨 아저씨의 말이 다시 떠올랐다. 우리 같이 해결해볼 수 있다.

"얼마인데요?" 엄마가 다시 물었다.

"전화를 쓰시고 싶다면 전화비는 내셔야 합니다." 아저씨가 말했다.

엄마는 다시 눈을 가늘게 뜨고 그를 바라봤다.

"그럼 제가 이번 여름에 도와드리면 어떨까요?" 내가 불쑥 말했다.

아벨 아저씨가 날 보고 싱긋 웃었다. "요리할 수 있어?"

"조금은요. 금방 배울 수 있어요."

아벨 아저씨는 엄마에게 돌아섰다. "이 정도면 괜찮습니까?" 나는 엄마마저도 여기에는 반박할 수 없을 거라고 생각했지만, 내가 틀렸다.

"너무 멀어요. 내가 아일 데리고 페어까지 왔다 갔다 할 수는 없어요." 마치 내가 하루 종일 엄마를 운전기사로 부리고 싶어 하는 것처럼 말했다.

Calliope . Eliot

"칼리오페는 저랑 같이 타고 가도 되고, 우리 차고에 있는 자전거 중 한 대를 써도 됩니다."

"둘이서 이미 이야기를 다 끝낸 것 같군요." 말은 이렇게 했지만 엄마는 생글생글 웃고 있었다. 그러다 우리 셋이 마주 보면서 웃고 있었고 그때 기묘한 기분이 들었다. 마치 내가 어젯밤 엘리엇의 손을 잡고 그에게 기대어 달을 올려다보고 있을 때 느꼈던 기분 같았다. 늘 느끼는 것처럼 언제라도 땅에서 발을 떼고 하늘로 둥둥 떠오를 것 같은 기분 대신, 내 발이 땅에 단단하게 닿은 것처럼 무거운 기분이 들었다. 그리고 이 무게가 마치 내 가슴에 있는 것처럼, 마치 내 심장이 갑자기 가득 차서 넘치는 것처럼 느껴졌다. 울고 싶었지만, 기뻐서 나오는 울음이었다. 너무 기뻐서.


페어 개막일은 항상 엉망진창이 된다. 그동안 안 쓰던 고대 영어를 쓰느라 모두 서툴렀고, 말들은 불안해하고, 음식은 타고, 저글러는 저글링 하던 것을 떨어뜨리고, 판토마임을 하던 사람들은 마임이란 걸 깜박 잊고 말을 하고, 여왕의 드레스는 찢어지고, 첫날이 끝나갈 때쯤이면 거의 모두 고주망태가 된다. 술집에서는 말은 벌꿀 술과 에일이라고 하지만, 사실은 값싼 레드 와인에 계피와 아니스를 타서 맛을 낸 술과 맥주는 옛날 그 시절의 맥주처럼 보이려고 색소를 넣어서 진하게 만들었다. 엄마는 주말에는 벌이가 좋았다. 여자들이 공예품을 파는 곳을 걸어 다니면서 샘플로 내놓은 퍼지를 먹는 동안, 아이들은 사과를 따기 위해 펄쩍펄쩍 뛰거나, 차례로 나무 사이에 달린 밧줄을 타는 동안, 남자들은 음료 텐트에 가서, 벨벳 밧줄 뒤에 앉아, 얼근하게 취했다. 그렇게 술을 마시면서 하녀들을 은근슬쩍 더듬는 것도 잊지 않았다. 마치 그들이 엘리자베스 여왕 시대에 대해 아는 거라곤 가슴을 깊게 판 보디스와 맥주잔을 바닥까지 비우는 것뿐인 것 같았다.

보통 페어에 오는 사람들은 코스트코에서 1달러에 천 개 파는 플라스틱 잔에 담아 나오는 에일을 사마셨지만, 진정한 페어 마니아는 마시는 맥주잔이 따로 있다. 그들은 여름이 시작될 무렵에 번호를 하나 고르고, 그것이 페어 기간 내내 전용 맥주잔이 된다. 3번과 8번은 나스카(미국 내 대표 자동차 경주 대회-역주) 팬들이 주로 고르고, 23번은 페어 첫날 마이클 조단의 팬이 골라갔다. 행운의 7, 불운의 13, 100번 역시 금방 나갔다. 작년 여름에는 샌프란시스코 포티나이너스 미식축구팀의 두 팬이 16번을 놓고 주먹다짐을 벌이기도 했다. 코가 부러진 남자가 입술을 꿰맨 남자보다 조 몬테나의 더 열렬한 팬인 모양이었다. 그 사람이 페어의 남은 기간 내내 그 잔으로 맥주를 마셨으니까.

Calliope . Eliot

페어는 전몰장병 기념일부터 노동절까지 7일간 열린다. 비가 오든 볕이 뜨든 상관없이. 거대한 미끄럼틀과 동물들을 만져볼 수 있는 동물원이 있는 상가는 10시에 연다. 하녀들의 거리는 대개 점심을 먹은 직후 열린다. 왕은 오후 세시에 기사들을 임명한다. 마상 창 시합을 하는 기사들은 매 시간 대결하고 진흙 놀이꾼은 황혼녘에 나온다. 그들에게 1달러를 주면, 진흙을 먹는다. 5달러를 주면, 당신을 위해 누군가에게 진흙을 던진다. 내 짐작에 그들은 엘리자베스 여왕 시대의 미친 사람들을 표현하고 있는 것 같았다. 좀 더 정신이 말짱할 때면 그들은 스스로를 동네 바보들이라고 부르지만 그런 사람은 거의 없었다. 그들은 주로 횡설수설 떠들어대면서 아무 이유도 없이 소리를 질러대며, 사람들과 진짜 상호작용을 나누기보다는 미친 척하는 걸 선호하는 사람들일 뿐이다.

페어가 시작된 지 3일 정도 지나면, 매사가 순조롭게 풀려가기 시작한다. 심지어 나도 이제는 그릴을 다루는 요령을 익힌 것 같다. 이제 그릴 두 개를 동시에 다룰 수 있는 경지에 이르러서, 아벨 아저씨가 내게 신경 쓰지 않고 자유롭게 주문을 받고 고객들을 접대할 수 있게 됐다. 난 손님 접대를 하느니 차라리 요리를 하겠다. 나리, 뭘 드실는지요? 라는 말이 의도했던 것보다 훨씬 더 빈정거리는 투로 나가니까.

"네 비밀이 뭔지 알 것 같다." 아벨 아저씨가 뒤에서 말했다.

"조리 기술이라고 부르셔야죠. 난 아무래도 타고난 요리사인가 봐요."

"네 요리 비결을 말한 게 아닌데, 요 잘난 척하는 아가씨야."

"그럼 뭐요?" 나는 손등으로 눈가에 떨어진 머리카락을 밀어내며 물었다. "내 풍성한 머리카락의 비밀? 독창적인 말재주? 놀라운 패션?" 그렇게 떠들어대면서 나는 주걱을 빙빙 돌려대며 모델처럼 한 바퀴 돌았다. 아저씨는 싱긋 웃으며 고개를 흔들었다. 반 바퀴쯤 돌고 있을 때 아벨 아저씨가 말하는 게 뭔지 보였다. 엘리엇이 활짝 웃으며 손에 2달러 지폐를 쥐고, 줄 맨 앞에 서 있었다.

"내 말은 너에게 손님이 왔다는 말이었어." 아벨 아저씨가 내 손에서 주걱을 빼앗고 대신 돼지 갈비 접시를 들려줬다. "저 청년에게 이걸 주고 먹는 동안 같이 앉아 있어주는 게 어떻겠니? 손님들을 행복하게 해주는 것도 우리 일이야."

나는 접시를 들지 않은 손으로 앞치마를 끌러 머리 위로 당겨서 벗었지만, 엘리엇은 이미 사라지고 없었다. "피크닉 테이블에 가 있으라고 했다." 아벨 아저씨가 돌아서며 소리쳤다. "가는 길에 뺨에 묻은 그 검댕 좀 닦고." 식사 텐트를 나와 소나무들 아래 늘어놓은 테이블들을 향해 갈 때도 아저씨의 웃음소리를 들을 수 있었다.

엘리엇은 내게 등을 보이고 앉아서, 두 소년이 거대한 면봉

같이 생긴 무기를 가지고 높은 단상에서 서로 쓰러뜨리려고 애를 쓰는 걸 지켜보고 있었다.

"이거 네가 시킨 것 같은데." 나는 그의 앞에 갈비 접시를 놓고 테이블 맞은편으로 걸어갔다.

그는 고개를 들어 날 바라봤고 나는 그의 선글라스에 비친 두 명의 나를 바라봤다. "나 때문에 곤란해진 건 아니면 좋겠는데." 그는 내가 가져온 냅킨 한 장을 집어서 다리에 놓으면서 말했다. "너희 아빠 화나셨니?" 그가 물었다.

"누구? 왜 아빠가⋯." 그러다 나는 말을 멈췄다. 우리 아빠, 난 생각했다. 어떻게 엘리엇이 그걸⋯? 그러다 깨달았다. 아벨 아저씨였다.

"미안. 내가 아무 생각 없이." 엘리엇은 이렇게 말하다 고개를 돌려 두 소년 중 하나가 상대방을 서 있던 자리에서 밀어내는 데 성공한 후 그 거대한 면봉을 허공에 던지며 축하하다가 다시 그걸 잡으려고 하는 걸 봤다.

"그 사람은 아벨 아저씨야. 그냥 친구지." 엘리엇은 날 다시 바라보면서 선글라스를 벗었다. 그의 눈을 보자 또다시 숨이 막히는 것 같은 느낌에 사로잡혔지만, 그 눈에는 강렬한 파란색 말고도 또 다른 것이 보였다. 날 바라보는 그의 눈에 슬픔이 비쳤다. 갑자기 나는 왜 슬픈지 물어보고 싶었고, 그 슬픔을 물러가게 해주고 싶은 마음이 북받쳐 올랐다. 하지만 물론 돼지 갈비 접시를 사이에 두고, 거대한 면봉을 들고 싸우는 아이들을 보면서, 그런 말을 할 수는 없었다. 그래서 난 말했다. "갈비 먹어봐. 아주 맛있어." 그는 내 말대로 했다.

"정말 맛있는데." 그는 갈비를 뜯으며 말했다. "소스가 끝내줘. 이건 바비큐 소스 전문가로서 하는 말이야."

"네가 어떻게 전문가야?" 내가 물었다.

"우리 아빠의 첫 번째 책에 내가 만든 소스 조리법이 실렸어. 내가 개발한 거지."

"정말?" 나는 그를 향해 고개를 기울였다.

"농담 아니야. '침례교식 바비큐 소스를 배워봅시다.'라고. 거기에 닭과 갈비뼈에 성유를 바르는 법도 나와 있어."

"어떻게…." 나는 질문을 시작했다.

"중학교 때 가정학 시간에."

"앞치마도 입었어?" 나는 그가 가장자리에 주름장식이 달린 핑크색 앞치마를 입고 뒤에는 나비매듭 리본을 묶은 모습을 상상하며 웃지 않으려고 했다.

"당연하지, 하지만 아주 남성미가 넘치는 앞치마였다는 건 알아줘."

"왜 가정학을 택한 거야? 내 입으로 이런 질문을 하긴 그렇지만, 대부분 여자가 가정학을 택하잖아."

"우리 학교에서는 필수 과목이었어. 교장 선생님이 남자

아이들은 가정학을 듣고, 여자아이들은 자동차 정비 수업을 받게 했지. 선생님은 우리를 모아놓고 우리는 신세대 남자와 여자라고 말씀하셨어. 남자들은 케이크를 구울 수 있고 여자들은 자동차 오일쯤은 교환할 수 있게 만들고 싶었던 거지."

"그래서 효과가 있었어?" 나는 다리를 움직여서 종아리로 그의 종아리를 건드렸다. 그는 두 다리를 바짝 붙여서 그 안에 내 다리를 가두었다.

"흠, 케이크는 구울 수 있지." 그는 날 향해 어깨를 으쓱하며 싱긋 웃었다. "한입만 먹으면 내게 반하게 초콜릿 호두 케이크를 만들 수 있어." 그는 자신의 다리로 내 다리를 살짝 눌렀다.

"확실해?" 별거 아니란 투로 물어보려 했는데 생각보다 훨씬 더 진지한 목소리가 나와 버렸다.

"아마도." 그는 테이블 위에 손을 대고 살짝 몸을 앞으로 내밀면서 말했다. 나는 그의 손가락에 내 손가락을 감은 채 나무 위로 부는 바람과 아케이드에서 웃는 아이들의 가늘고 높은 웃음소리를 들었다.

"다 먹었어?" 나는 별로 안 먹은 갈비 접시를 가리키며 물었다.

"넌 어때?" 그가 물었다. "다시 일하러 가야 해?"

"보여줄 게 있어."

"뭔데?" 그는 냅킨으로 입술을 문질렀는데, 순간 내가 그 냅킨이길 얼마나 간절히 빌었는지 내가 얇은 종이 같이 하얗게 변하는 게 느껴질 정도였다. "칼리오페?" 뒤에 기대어 앉아 있는 내 발끝부터 귀 뒷부분까지 벌겋게 달아오르는 게 느껴졌다. "나에게 뭘 보여주고 싶은데?" 그는 다시 선글라스를 쓰면서 물었고, 그래서 거기 비친 내 수줍어하는 얼굴을 보게 됐다.

"따라와." 나는 억지로 일어섰다. 나는 아케이드를 향해 걸어가면서, 그가 따라올 거라고 생각했는데 순간 그가 보이지 않았다. 그러다 내 손을 스치는 그의 손이 느껴졌고, 갑자기 우리는 손을 잡고 있었다. 글을 쓰고, 신발 끈을 매고, 갈비를 뒤집고, 머리를 뒤로 빗어 묶는 건 다 잊어버려야지. 전에 생각했던 내 손에 대한 모든 용도는 잊어버려야겠다. 오늘이 지나 내 손을 보면 왜 이렇게 손이 텅 비어 보이는지 궁금할 것 같다.

"아빠에 대해 물어서 미안해." 엘리엇이 내 손을 꼭 쥐며 말했다.

"그건 그냥 실수였어. 별일 아니야." 그는 순간 입을 다물었고 우리는 말없이 조심스럽게 가게에서 쓰는 수레의 바퀴 자국과 김이 무럭무럭 나는 말똥 더미를 피해 걸었다.

"뭐 물어봐도 돼?" 엘리엇이 마침내 다시 말을 이었고,

나는 또 잘난 척하면서, 그건 유도신문이라고 말하려 했다. 그러다 마음을 고쳐먹고 고개를 끄덕였다. 문득 그가 날 안 보고 있다는 걸 깨닫고, 조용히 그러라고 대답했다. 몇 걸음 걷는 데 여전히 말이 없어서 내가 계속 말했다.

"엘리엇, 뭐든 물어봐." 나는 그렇게 말하면서 엘리엇이 날 보게 하려고 걸음을 늦췄다. 엘리엇은 그렇게 했지만 곧바로 시선을 돌렸다.

"이건 사실 질문은 아니야." 그가 말하자 나는 고개를 끄덕였는데 이번에는 그가 날 보고 있어서 따로 대꾸할 필요는 없었다. "난 그냥 우리가 항상, 저기, 우리가 얼마나 오랫동안 서로를 알아가게 될지 모르겠지만, 그동안은 서로에게 정직했으면 좋겠다는 거야." 그게 바로 내가 바라는 바였기 때문에 난 그가 말을 끝내기도 전부터 고개를 끄덕이고 있었다. "내 말은, 그저 우리 둘 사이에 비밀이 별로 없었으면 좋겠다는 거야." 그는 말을 맺었다. 그 순간 내게서 손을 빼려고 했지만 내가 하고 싶은 말을 다 할 때까지 나는 손을 놔주지 않았다. 우리는 걸음을 멈췄다.

"제발 그러지 마." 나는 그의 손을 더 세게 쥐면서 말했다. "네가 말을 너무 많이 했다고 생각하지 말라고. 네가 오버한다고 내가 생각할 거라는 짐작은 하지 말라는 거야. 절대 그렇지 않아. 다른 사람이 이런 말을 들었다면 그렇게 생각할 수도 있겠지. 다른 여자아이가 네가 하는 말을 들었다면, 오버한다고 생각할 수도 있겠지. 내가 널 잘 몰라서 이런 말을 하고 있는 걸 수도 있고. 하지만 내게는 너의 말이 아주 적절하게 느껴졌어." 나는 손가락의 힘을 풀어서 그가 원한다면 손을 뺄 수 있게 했지만, 그는 그러지 않았다.

"그렇지?" 그는 날 보면서 물었지만, 여전히 선글라스를 끼고 있어서, 내 눈에 보이는 거라곤 간절하게 날 바라보고 있는 두 명의 내 모습뿐이었다. 그러다 내 쌍둥이들이 고개를 끄덕이며 미소 지었다.

"자, 엘리엇. 우리 사이에 아무 비밀도 없는 거지?" 그는 고개를 끄덕였지만 약간 망설였다. "말해봐, 네 바비큐 소스에 뭐가 들었지?"

그는 생긋 웃었다. "그냥 일반적인 거. 토마토, 꿀, 고춧가루, 하지만 아주 맛있게 만들어주는 비밀 병기가 하나 있어."

"그게 뭔데?"

"내가 그걸 말하면 난 널."

"죽여야겠지." 내가 말을 끝냈다.

"그럼 안 되잖아. 너도 알다시피, 성경에 살인하지 말라고 나왔잖아. 너 앞에서 흔들리지 말아야지." 그는 다시 우리가 가던 쪽으로 걷기 시작했다. "우리 어디 가는 거야?"

"저기 위쪽." 나는 스피드 슬라이드(눈썰매와 비슷하지만 눈이 없이 타는 썰매-역주)의 꼭대기를 가리켰다. 우리는 슬라이드가 도착하는 지점에 가서 썰매 역할을 할 깔개를 골랐다. 나는 새롭게 좋아하게 된 색인 파란색을 골랐다. 엘리엇은 오렌지색을 고르며 내게 미소를 지었다.

언덕 꼭대기에 가서, 그는 우리 둘이 같이 탈 수 있게 내 깔개 뒤쪽에 자신의 깔개 앞쪽을 바짝 붙였다. "꼭 잡아." 나는 슬라이드 가장자리를 잡고 출발 지점에서 미끄러지기 위해 몸을 앞으로 숙이며 말했다.

"꽉 잡고 있어." 엘리엇은 내 허리를 껴안고 내 뒷목에 뺨을 붙이며 말했다. 나는 앞으로 깔개를 끌어당겨서 아래쪽에 있는 스펀지 블록을 향해 출발했다. "잠깐." 엘리엇이 말해서, 나는 속도를 늦춰 멈췄다.

"뭔데?" 나는 뒤에 있는 그를 볼 수 있게 머리를 살짝 돌리며 물었다.

"포도젤리야." 엘리엇은 내게 바짝 붙어 말했다. "30온스에 1달러 50센트인 아주 싼 젤리."

젤리와, 햇살과, 말발굽 소리와 멀리서 들리는 술주정뱅이들의 환호 소리에 내 얼굴에 빙그레 미소가 떠올랐지만, 무엇보다도 내 등에 바짝 몸을 붙이고, 내 몸에 두 팔을 두르고, 우리가 속도를 높여 내려가는 동안 나를 꼭 안아준 이 아이 때문에 미소를 멈출 수 없었다.

## 8. 엘리엇

   그건 보통 선글라스가 아니다.
   우선, 그 선글라스는, 영화에서 보안관들이 항상 쓰는 그런 종류처럼, 거울과 같은 역할을 한다. 내가 그 선글라스를 끼면 아무도 내 눈을 볼 수 없고, 가끔은 그래서 쓴다. 칼리오페를 만날 때 선글라스를 쓴 이유는 쿨해 보이기 위해서였지만, 사실 그녀와 이야기를 나눌 땐 어떻게 보여도 상관없다는 걸 알고 있었다. 그냥 있는 그대로의 모습을 보이면 된다. 이미 초록색 입술까지 본 사람에게 더 이상 쿨해 보이기란 어렵지 않겠는가. 하지만 이 선글라스의 진짜 묘미는, 렌즈 안쪽 가장자리에 넣은 특수 재료에 있다. 그래서 선글라스를 끼고 고개를 숙여서 조금 옆으로 보면, 내 뒤에 있는 모든 것을 볼 수 있다. 마치 백미러처럼 좌우 양쪽이 다 보인다. 나는 TV에 나오는 그 선글라스 광고를 보고 샀다. 광고에는 이 선글라스를 낀 남자가 여자들이 몰려 있는 곳을 지나가니까 여자들이 속삭이면서 그 남자를 손가락으로 가리켜댔다. 그 남자는 뒤에서 이런 상황이 벌어지는 걸 선글라스로 보고, 이 여자들이 자기에게 반했다는 걸 알게 된다. 그래서 돌아서서 그녀들에게 다가가 이야기를 거는 내용이 나왔다. 그래, 나도 현실에서 이런 일이 매일 일어난다고 생각할 만큼 순진하기 짝이 없다, 참참참.

난 그냥 내가 지나쳐온 곳을 보는 것이 좋다. 그래서 그 선글라스가 맘에 들었다. 예전에 무슨 철학자인지 뭔지 하는 사람이 쓴 글을 읽은 적이 있는데, 그 남자가 상자 안에 고양이 한 마리를 넣고 뚜껑을 닫으면, 고양이가 그 상자 안에 아직 있는지 없는지 어떻게 알 수 있느냐고 물었다. 그 상자에 고양이가 있다는 증거가 없기 때문에 실제로 거기 있는지는 아무도 모르지만 사람들은 그냥 그 안에 고양이가 있다고 믿는다는 것이 그 남자의 논리였다. 물론, 난 '고양이'는 멍청한 예였다고 생각한다. 상자 안에 고양이를 넣으면 그놈이 가만히 있겠는가, 돌아다니지 그리고 냄새도 날 텐데. 내가 그 철학자였다면, 이렇게 말했을 것이다. "상자에 스푼을 하나

넣으면…." 하지만 스푼은 고양이처럼 흥미로운 실험대상은 못 되겠지. 어쨌든 난 이 화두에 대해 늘 생각하는데, 숨겨진 물건에 대해서가 아니라 과거에 남겨두고 온 것들에 대해 생각한다. 나의 과거 말이다. 예전에 나는 매일 오후에 캐롤라이나 해변을 따라 걸으며 상어 이빨을 찾아다녔고, 서핑 하는 법을 익혔고, 심지어는, 내 보드도 샀다. 나는 일반 학교에 다녔고 매주 금요일 밤이면 아빠와 엄마는 영화 비디오를 하나 빌리고 와인 한 병과 엄청 큰 그릇에 가득 든 팝콘을 준비했다. 아빠는 이것이 왕들의 축제라고 말했다, 만약 왕들이 노스캐롤라이나 출신이라면 말이다. 그리고 엄마와 아빠는 날 잠자리에 들게 했고 나는 아래층에서 아빠와 엄마가 웃으며 행복해하는 소리를 듣곤 했다. 그 다음 날은 으레 더웠고 그 날이 토요일이면 우리는 물가에 갔다가 저녁거리로 가자미나 도미를 몇 마리 가져오곤 했다. 그게 내 삶이었다. 그런데 지금은 그 삶이 흔적도 없이 사라져버렸다. 내가 목록으로 만들어 놓은 과거의 흔적들이 아마 천 개도 더 될 것이다. 마치 그 상자에 있는 스푼처럼…그것들이 내 삶에 존재하기나 했다는 걸 내가 어떻게 알까?

그래서 나는 그런 것들이 그냥 사라져버리지 않도록, 항상 소중한 것들을 눈에 담아두고 싶었다. 그래서 그 선글라스가 그토록 맘에 들었던 것이다. 물론, TV에서 본 것과 같은 용도로

Calliope . Eliot

사용한 적도 있다. 한 번은 학교에서 토미란 자식이 내가 지나가자 곧바로 손가락으로 엿 먹으란 제스처를 했는데, 내가 선글라스로 그걸 보고 이렇게 말했다. "여기서는 절대로 그런 추잡한 짓을 하면 안 돼, 토미. 내가 널 지옥에 보내버릴 수도 있어." 그걸 보고 다들 내게 초능력 같은 게 있다고 생각했을 것이다. 고것 참 재미있었는데.

어제는 선글라스를 정반대 용도로 사용했다. 칼리오페가 내게 직접 요리한 돼지갈비를 줬는데, 내가 실수로 식당 주인이 그녀의 아빠가 아니냐고 물었다. 그리고 대실수를 했다는 걸 직감했다. 난 내가 내 발등 찍기 명수라는 걸 알고 있었고, 이 소중한 기회를 망치면 평생 나 자신을 용서하지 않으리라 굳게 맹세했다. 하지만 칼리오페는 날 슬라이드로 데려가 줬고, 우리는 높은 언덕 꼭대기까지 올라갔다. 그때 마치 전 세계를 내 발밑에, 우리 발밑에 둔 채 피라미드 정상에 앉아 있는 것 같은 환희를 느꼈다. 우리는 카펫처럼 생긴 깔개 위에 앉아 있었는데 내가 다리를 앞으로 뻗자 칼이 내 종아리에 손을 올렸다. 순간 나는 죽을 것 같았다. 그녀가 다시 만져주지 않은 한 그 다리로 두 번 다시 못 걸을 것 같았다. 칼리오페는 손짓 한 번으로 날 부러뜨릴 수도 있었고, 낫게 할 수도 있었다. 내가 내 소스의 비법은 포도 젤리라고 말해주자, 그녀는 밑으로 질주하면서 몸을 내 쪽으로 기울였다.

"엘리엇?"

"응?" 우리 뒤쪽, 어딘가에, 쿵쿵거리는 말발굽 소리가 들렸다.

"밑을 봐. 무섭니?"

"아니." 내가 대답했다. "남성미가 넘치는 앞치마도 입은 사람이 요런 것쯤이야."

"하지만 정말 안 무서워?"

"아니. 괜찮아."

"정말, 정말 안 무서워?"

"아니!" 난 웃음을 터트렸다. 난 두 손으로 그녀를 안고 있었고, 그녀에게서 나는 온기와 부드러운 피부를 느끼며, 그녀의 머리카락과 곱실거리는 머리카락 밑에 숨겨진 뒷목에 대고 웃었다. 그리고 우리는 밑으로 질주했고, 바람이 그녀의 머리를 뒤로 밀어젖혀 내 주위로 커튼처럼 펼쳤고, 내 얼굴은 그녀의 목에 바싹 붙어 있었다. 나는 바로 그 순간에 영원히 머무르고 싶었다. 그 슬라이드 길이가 100만 마일 정도 됐으면, 끝까지 내려가는 데 한 20년 정도 걸리면 좋겠다고 생각했다. 이런 식으로 그녀를 안고, 그녀에게서 나는 바닐라와 계피 향기와 그녀의 머리카락에 감싸여, 그녀의 손을 꼭 잡은 채 인생이 그냥 일순간에 휙 지나가 버렸으면 좋겠다고 생각했다. 하지만 언덕을 내려오자마자 썰매는 곧장 바닥에 도착

해서 멈춰버렸다. 일어서서 내가 "한 번 더."라고 외쳤지만 칼리오페는 다시 식당으로 돌아가 갈비를 구워야 했다. 그래서 나는 마지막으로 그녀의 손을 한 번 더 꼭 쥐어보고, 선글라스를 끼고, 언젠가 아주 멋진 바비큐 소스를 만들어주겠다고 약속하고, 돌아서서 페어로 걸어갔다. 그동안 나는 내내 선글라스 가장자리에 달린 작은 거울로 그녀를 지켜봤다. 반대편으로 돌아서서, 머리를 살랑거리고, 엉덩이를 흔들며 걸어가는 그녀의 모습을 보며 내 머릿속에 떠오른 생각은 바로 이것이었다. 제발, 사라지지 마.

사흘이 지났는데 칼리오페에게선 아무 소식이 없었다. 소식이 없는 게 당연했다. 칼리오페는 새 아파트로 이사 갔는데 그녀의 표현을 들어보면 마치 백악관 같은 대저택으로 이사 간 것 같지만, 거기도 텐트보다 나을 게 없었다…전화도 없고, 컴퓨터도 없는 곳이란 점을 고려해보면. 난 그녀에게 우리도 봉화나 전서구 같은 통신수단을 만들 수 있을 거라고 말했다. 오전 내내 머릿속에서 그녀에 대한 생각을 떨쳐버리기 위해 침대에 침대보를 깔아 정리하고, 구석에 생긴 거미줄들을 걷어내고, 냉동고를 해동하고, 문의 경첩에 기름을 칠하고, 변기를 닦으며 정신없이 일했다. 하지만 아무 소용이 없었다.

이게 다 머리를 안 써도 되는 일이라서 그렇잖아, 정신없이 일하는 동안에도 내 머리는 계속 이런 말을 지껄였다. 이봐, 시도는 좋았어. 이제 네가 변기를 닦을 동안 나는 칼리오페 생각을 할게. 정말 대책 없었다. 더 이상 그녀를 생각하지 않으려면 핵잠수함의 항해 시스템을 작동시키거나 원주율의 천분의 1을 계산해보는 게 나을 듯했다. 그러면 딴생각을 못하겠지. 어쩌면. 아니면 시내로 드라이브를 갈 수도 있고.

시내에 가려면 그럴만한 이유가 있어야 했다. 내일은 '남은 생의 첫 번째 날' 다시 말하면 다이어트 캠프가 시작되는 날이었다. 캠프에 참가하는 사람들은 애슈빌에서 버스를 타고 성경책과 몰래 간식으로 먹을 케이크를 가지고 도착할 것이다. 아주 중요한 날이다. 문제는 어제 아빠가 모든 준비를 하기 위해 날 시내에 심부름 보냈다는 것이다. 그야말로, 죄다 몽땅 다! 아빠는 캠프에 참가하는 남자아이 중 하나가 빗과 위생용품이 든 플라스틱 주머니를 깜박 잊고 왔을 경우에 대비해 그것들을 사오라고 했다. 난 차마 아빠에게 대략 1978년 이후로 그런 빗을 챙겨오는 남자아이들은 없다는 걸 말할 용기가 나지 않았다. 엄마는 나나 아빠에게 거의 말을 걸지 않은 채 지붕을 손보고, 오두막집의 배관과 배선을 위해 비워둔 좁은 공간으로 기어들어가 망치를 두드려대며 거의 밤중까지 일했다. 어느 날 밤 엄마가 거기서 혼잣말을 하는 걸

Calliope . Eliot

들었지만, 무슨 말을 하는지는 들리지 않았다.

부모님은 현관의 접이식 의자에 앉아 있었다. 엄마는 내일 아침 캠프 참가자들이 도착하자마자 하게 될 '체중 검사' 때문에 체지방 캘리퍼스를 직접 엄마 몸에 대고 시험해보고 있었다. 엄마는 소녀들의 체중과 체지방을 검사하고, 아빠는 소년들을 맡는다. 엄마는 이 캘리퍼스를 가지고 탱크 탑과 청바지 사이로 보이는 갈색 살을 여기저기 집어보고 있었다. 머리를 정수리에 하나로 말아 올려 핀을 꽂아 고정시킨 엄마는 예쁘고 그 어느 때보다 젊어 보였다. 그동안 살을 빼고 운동을 해서 몸짱이 됐으니 그럴 만도 했지만, 얼굴은 나이 들어 보였다. 아니, 나이 들어 보인다기보다는, 그냥 수심에 찬 표정이었다. 마치 너무 오랫동안 마룻바닥만 쳐다보고 산 얼굴 같아 보였다. 아빠는 직접 제작한 셔츠 중 하나를 입고 있었다. 항상 보는, 곱실거리는 머리에 파란 눈의 예수 그리스도의 그림이 찍힌 셔츠였는데 다만 이 셔츠에서는 터질 것 같은 근육질의 몸매에다 손에는 권투 글러브를 끼고 붉은색의 질긴 공단 반바지를 입고 있었다. 그림 밑에는 이렇게 적혀 있었다. 예수님, TKO 킹. 아빠는 도수도 없는 안경을 들어서 눈을 문질렀고, 그것 때문에 피곤하고 힘들어 죽겠다는 듯이 옆에 쌓여 있는 숙박부 대장들과 출력한 종이들 위에 손을 올려놨다. 아무래도 예수님이 아빠 대신 펜과 계산기를 가지고 작업해줘야 할 것 같았다. 아빠는 고개를 들어 나를 보고 한숨을 쉬었다.

"다 준비됐나, 선수? 손님들이 아침에 도착한다."

"다 준비됐어요." 내가 대답했다. 선수란 말이 이상하게 들렸다. 아빠는 우리가 서핑하러 다닐 때나 내가 긴 서핑 보드 위에서 파도를 타는 걸 지켜보면서 선수라고 불렀다. 이제 그 말은 어딘가, 아마도 해변에 버리고 온 것 같은 말이 됐다. 아빠가 날 계속 선수라고 부르는 것도 억지 연기를 하는 것에 지나지 않는다. 아빠는 아직도 콧잔등을 찡그린 채 커다란 파라솔 밑에 앉아 있는 것처럼, 모든 것이 변했다는 걸 알아차리지 못한 척하는 것 같았다.

"환상적이야." 아빠가 말했다. 아빠는 캠프 시즌이 다가올수록 이런 표현을 많이 쓰지만, 겨울에는 그런 말은 한마디도 안 한다. 나는 엄마를 봤고 엄마가 나만 눈치 챌 수 있을 정도로 살짝 고개를 젓는 걸 봤다. 난 엄마의 일부 역시 그 해변에 남아 있을 거란 생각이 들었다.

"있죠, 아빠. 시내에 가봐야 할 일이 있어요. 밴 좀 가져가도 될까요?" 물 한 잔 마셔도 되나요? 껌 씹으실래요? 마치 이런 말을 할 때처럼 아주 태연하게 말해야 하는 것이 이 기술의 관건이었다.

아빠는 검은 곱슬머리에 손을 넣고 쓸어내렸다. "시내에?

어제 심부름 다 했잖니? 뭐 잊은 거 있어?"

거짓말을 할 수도 있었지만 하지 않았다.

"아니요. 만날 사람이 있어요."

미처 말을 끝마치기도 전에 아빠가 고개를 흔들기 시작했다.

"미안해, 선수, 그 밴은 사업용으로만 쓰는 거야. 그리고 넌 운전을 하면 안 되고."

순간 열이 확 올랐다. "그래서 아빠를 위해 운전하는 건 괜찮고, 날 위해 운전하는 건 안 된다는 건가요?"

아빠는 침착하게 숙박부 대장들을 쌓아서 옆에 있는 조그만 테이블 위에 올려놨다. 아빠가 침착하게 행동하기 시작하면, 그건 화가 나기 시작했다는 증거다. "넌 어제 날 위해 운전한 게 아니었어, 아들아. 넌 손샤인 밸리를 위해, 하느님을 위해 운전했던 거야."

"하느님은 우리 캠프에 플라스틱 컵 900개와 스모 레슬러 의상이 있건 말건 별로 상관하지 않으실 것 같은데요."

"엘리엇, 난 별로."

"얘야?" 엄마가 끼어들었다. "그 여자아이 이름이 뭐니?"

나는 엄마가 더 많은 심문을 할 거라고 예상하면서 엄마를 봤지만 엄마는 생글생글 웃고 있었다. 마치 몇 년 만에 처음으로 내가 좋은 소식을 전한 것처럼 행복한 표정을 짓고 있었다.

"칼이에요." 나 혼자서 수천 번이나 불러본 그 이름을 이렇게 소리 내서 말해보니 이상하게 들렸다. "칼리오페인데 줄여서 칼이라고도 불러요."

"예쁘니? 물론 그렇겠지." 엄마가 말했다.

"칼리오페라고?" 아빠가 말했다. "그 여자랑 같이 요전 날 여기 왔던 그 아이 말이냐?"

"네. 예뻐요. 그리고 아주…근사해요." 순간 나는 다시 그 슬라이드를 타고 있었고, 전에는 눈치 채지 못했던 작은 기억 하나가 떠올랐다. 우리가 그 슬라이드의 첫 번째 장애물을 넘어갔을 때 그녀가 내 다리를 잡고 있던 손을 놓고 내 손을 잡았는데, 마치 우리가 그냥 하늘로 날아올라 다시는 땅으로 돌아오지 못할까 두려워하는 것처럼 꽉 잡았다.

아빠는 얼굴을 사정없이 찡그렸다. "내가 보기에 그 사람들은 우리와 같은 부류가 아니야, 엘리엇. 그 아이 엄마, 이름이 뭐더라? 그 여자는 한쪽 귀에 귀걸이를 8개나 하고 있더라."

"우리 같은 부류의 사람들은 귀걸이를 몇 개나 하는데요?" 내가 물었다.

"그게 문제가 아니잖아, 지금."

"애야, 밴 가져가라. 재미있는 시간 보내." 엄마는 다시 미소를 지으면서, 손가락으로 캘리퍼스를 빙글빙글 돌렸다.

"내 밴은 절대 가져갈 수 없어."

Calliope . **Eliot**

"그건 아빠 밴이 아니라 하느님 밴인 줄 알았는데요." 내가 말했다.

순간 아빠는 바늘에 찔린 것 같은 표정을 지었다. 마치 내가 아빠에게 성큼성큼 걸어가 한 방 친 것 같은 표정이었고, 나는 내가 지나쳤다는 것을 깨달았다. 내 얼굴은 벌겋게 달아올랐는데 뺨과 이마에도 맥이 쿵쿵 뛰고 있는 것 같았다.

"그 아이 엄마가 거기 르네상스 페어에서 뭘 하는지 아니? 그 여자는 창녀 연기를 하면서, 팁 몇 푼 더 받자고 남자들이 자기 몸을 더듬도록 내버려두고 있어." 아빠는 고개를 절레절레 흔들었다. "그런 것 때문에 내가 고고한 척 위선을 떤다고 생각되면, 그냥 그렇게 생각해라."

"칼리오페 엄마는 창녀가 아니에요, 아빠." 내 목소리가 더 커졌다.

"그냥 선술집에서 일하는 하녀에요."

"선술집에, 하녀에…."

"아빠, 그건 그냥 배역일 뿐이에요. 어떤 사람들은 기사고, 어떤 사람들은 왕이고, 뭐 그딴 거 말이에요. 하느님 맙소사, 작년에는 거기로 9학년이 현장학습도 갔어요. 그게 그렇게 사악한 일이라는 생각은 안 드는데요."

"감히 하느님의 이름을 그런 곳에 쓰지 마라."

"여보, 제발." 엄마가 아빠에게 말했다.

아빠는 오랫동안 엄마를 보다가, 다시 의자에 등을 기대고 앉아 숨을 깊이 들이마셨다. "하나만 말해봐라, 아들아. 칼리오페란 아이 기독교 신자니?"

나는 고개를 흔들었다. "나도 몰라요."

"그럼 아닐 확률이 높구나. 엘리엇, 넌 이해하지 못하겠지만, 이게 다 널 위해서 그런 거야."

"흥, 아빠도 이건 마음에 들어 하실 걸요. 그 애 보스는 유대인 목수에요."

아빠는 자신의 차에 붙어 있는 범퍼 스티커의 문구를 내게서 듣고 깜짝 놀란 것처럼 날 바라봤다. 아빠의 또 다른 범퍼 스티커에는 이렇게 적혀 있다. "전 예수님과 만나느라 이 차에 없을 수도 있습니다."

"그 아이가 그렇게 말하던?"

"농담이에요, 아빠." 예전에는 우린 항상 서로에게 농담을 했는데. 셋이 서로 놀려가면서, 모래를 씻어내기 위해 해변에 있는 샤워기를 사용하고 닦은 타월을 던져가며, 쉴 새 없이 농담을 주고받았다. 한 번은 가을에 해변에 가서 입고 있던 스웨터 셔츠 위에 담요로 몸을 둘둘 말고 유목으로 피운 모닥불 가에서 아이스박스 위에 앉아 있을 때 엄마가 모두 자신이 십 대였을 때 일어난 가장 인상적인 일 한 가지씩 말해보자고 제안했다. 전에 이미 말한 건 안 된다고 못을 박으면서. 엄마는 쇼핑센터에서 산타의 요정 중 하나로 펠트 드레스를 차려입고 아르바이트를 했던 이야기를 들려줬다. 엄마는 아이들이 올 때마다 폴라로이드 카메라로 산타와 사진을 찍어줘야 했는데 카메라 조작법을 잘 익히지 못해서 제대로 안 찍힐 때마다 '빌어먹을'이라고 말하다 잘렸다고 했다. 어느 날 세 살짜리가 그녀의 말투를 따라 산타에게 빌어먹을 바비 드림 하우스를 선물로 받고 싶다고 말했던 것이다. 그러자 아빠는 고등학교 3학년 졸업 무도회 날 새벽 3시에 대여한 턱시도 바지를 걷어 올리고 아빠와 데이비드 터커가 쉐보레 임팔라 트렁크에 있던 낚싯대를 꺼내 낚시를 하러 갔던 이야기를 했다. 둘은 파도가 그들을 불러서, 밤새 나비넥타이를 맨 꾸깃꾸깃한 셔츠를 입은 채 낚시를 했다고 한다. 엄마와 아빠는 그 이야기를 하면서 어찌나 웃어대는지 제대로 말을 잇지 못했다. 그러다 아빠가 날 놀려대기 시작했다. 아빠는 내가 십 대였을 때 어떤 일이 있었는지 물어보고, 웃기 시작했는데 그때 난 8살밖에 안 됐기 때문이다. 아빠는 내가 치매에 걸린 것 같다고 하면서, 내 인생을 형성하는 중요한 시기인 십대 시절에 대해 하나도 기억하지 못한다고 엄마에게 고해바쳤다. 그렇게 아빠는 내게 계속 나의 십 대는 어땠냐고 물어봤고, 쌀쌀한 밤이 깊어가면서 불은 따뜻하게 피어올랐고, 내 얼굴은 너무 웃어서 아플 정도였다. 시간이 흐르면서 기온도 내려갔지만 엄마와 아빠는 불을 더 키우면서 보온병에 있는 따뜻한 코코아를 따라 마시며 바로 그 순간이 인생에 있어서 최고의 순간인 것처럼 행복해했다. 난 아빠에게 그날 밤을 다시 일깨워주고 싶었다. 우리 가족이 하느님과 돈에 사로잡히기 전에 아빠가 얼마나 큰 소리로 즐겁게 웃었는지 말해주고 싶었고, 지금은 칼리오페가 내 십 대에 일어난 가장 인상 깊은 일이라는 걸 말해주고 싶었다.

"어쩌면 과거에 목수였을지도 모르죠. 지금은 그냥 갈비를 굽고 있지만." 내가 말했다.

아빠는 날 쳐다보기만 했다. "넌 거기 그렇게 서서 내가 믿는 모든 것, 너의 삶을 이루는 모든 것을 비웃어댈 수도 있겠지. 그건 네 선택에 달렸다." 아빠는 한동안 무릎에 올려놓은 자신의 손만 바라봤다.

"아빠, 난 그저."

"이렇게 하면 공정하겠지, 아들아. 그 칼리오페란 아이를 영혼의 밤 행사에 초대해라. 그 아이와 우리가 서로에 대해 알아갈 수 있게 말이다, 알겠니? 하지만 그 밴은 내 거다, 엘리엇. 그리고 넌 데이트 하러 차를 몰고 나가기엔 너무 어려. 밴은 안 된다, 미안하구나."

나는 고개를 끄덕이고, 현관을 나와 무작정 다리를 건너 아직까지 연못에 남아 있는 몇 마리 안 되는 거위들을 지나쳤다.

너희는 도둑질하지 말지어다. 이것은 아마도 십계명 중에서 최고의 계율일 것이다. 왜냐, 아주 간단한 계율이니까. 물론 살인하지 말라는 계율도 그렇긴 하지만, 현실적으로 대체 얼마나 많은 사람이 살인하고 싶은 유혹을 받겠는가. 어떤 계율들은 좀 미묘하기도 하다, 예를 들어 내 이웃의 것을 탐하지 말라. 뭣이라? 내가 사는 곳에는 아무리 눈을 씻고 찾아봐도 이웃이 없다고요. 그리고 위증은 거짓말이라고 하는 사람도 있지만, 그건 법정에서나 하는 말 아닌가. TV에서 변호사와 검사가 나오고, 선서 하고, 마이크 뒤에 앉는 그런 거 말이다. 하지만 모두 뭔가 훔친다, 그렇지 않나? 아니면 적어도 그럴 유혹을 받잖아? 우리 학교의 데니 리스는 밴드 연습실에서 마이크를 하나 훔쳐서 집에 가지고 오긴 했는데, 대체 그걸 가지고 뭘 해야 좋을지 몰라서 그냥 현관 밑에 묻어뒀다. 나는 사람들이 자기가 근무하는 사무실에 있는 타이프 용지나 포스트잇을 훔친다는 걸 알고 있다. 세금을 허위로 신고하는 사람들도 있고, 월마트에서 잘못 거슬러 받은 잔돈을 주인에게 말하지 않고 챙기는 사람들도 있다. 그러니 이건 좋은 계율이라고 할 수 있다. 아주 많은 곳과 거의 모든 사람에게 적용되는 계율이니까.

나도 한 번은 세븐 일레븐 편의점에서 과자 한 봉지와 스파이더맨 페즈 캔디 통을 훔친 적이 있었는데, 그날 어찌나 양심에 찔리던지 학교 채플에서 예배 시간에 앞에 나가 하느님께 기도를 드렸다. 한편으로 하느님도 과자 한 봉지와 캔디 한 통에 그렇게 크게 노하시진 않으리라는 생각도 그때 하긴 했지만. 그리고 그것들이 내 인생에서 유일하게 훔친 것들이었다.

지금까지는.

밴의 여벌 열쇠는 열쇠를 잃어버렸을 경우를 대비해 바퀴 집 밑에 숨겨놓은 작은 자석 상자에 들어 있었다. 나는 부모님께서 구내식당으로 가서 다시 여기로 돌아오는 일이 없길 빌었고, 페토가 여기가 아닌 다른 곳에서 잔디를 깎고 있는 걸 확인한 몇 초 후에 밴을 타고 자갈이 깔린 길로 나갔다. 멍청하기 그지없는 나는, 그렇게 하면 잡히지 않을 것처럼 라디오 볼륨을 줄이고, 앉은 자리에서 고개를 푹 숙이고, 도로로 나가기 전에 백미러를 열아홉 번쯤 본 다음에, 아스팔트 도로로 나오면서 비로소 숨을 다시 쉬었다.

오늘은 페어가 열린 첫 주라 엄청 붐빌 거라는 걸 깜박 잊고 있었다. 나는 주차장에서 한참 떨어진 곳에 주차해야 했고, 마침내 차를 세웠을 때는, 한쪽으로 기울어지는 게 그 옆에 있는 도랑으로 굴러 떨어질 것 같았다. 나는 차에서 내리자마자 계속 달렸고, 내 손에는 아직도 지난번 페어에 갔을 때 찍은 스탬프 자국이 남아 있었다. 칼리오페가 씻어버리지 말라고 해서 남겨둔 그 자국을 페어 문지기에게 휙 보여주고 안으로 달려 들어갔다. 나는 긴 드레스와 보디스와 망토와 사슬 갑옷을 입은 페어 사람들과 폴로셔츠를 입고 지퍼 달린 작은 주머니를 허리에 찬 평범한 사람들을 지나쳐서, 서로 목검으로 후려치고 있는 두 남자를 동그랗게 둘러싼 사람들을 밀치고 나와, 밑에서 달콤한 연기가 쏟아져 나오는 클로번 후프 텐트로 달려갔다.

거기에는 '나는 코셔 복숭아 코블러 전문가랍니다.'라고 적힌 앞치마를 입고 티셔츠를 입은 팔로 얼굴을 문질러서 레드 삭스 야구 모자가 구겨진 아벨이 있었다.

그가 고개를 들어 날 봤다. "엘리엇, 맞지?"

"네, 선생님."

"선생님임? 내가 너에게 뭔 짓을 했다고 그렇게 부르냐? '아벨' 아저씨라고 불러라."

"네. 칼리오페는요?"

그는 부젓가락을 옆에 놓고 손을 닦고 고개를 들어 날 봤다. 순간 선글라스를 끼고 왔더라면 좋았을 거란 생각이 퍼뜩 들었다.

"무슨 일 있니, 엘리엇?"

"아무 일도 없는데요. 그냥 칼리오페를 만나서 싶어서."

"아무 일도 없다고? 갈비를 오래 굽다 보면 인간 심리에 대한 통찰력도 좀 생긴단다."

"그건 몰랐네요."

"농담이란다."

나는 살짝 미소를 지었다. "그것도 몰랐네요."

"아이고, 너 은근히 까다롭구나. 엘리엇, 칼리오페는 아직 집에 있을 거야. 오늘 장사 준비 때문에 어제 늦게까지 여기서 날 도왔거든. 무슨 일이 있으면 내가 도와줄게."

아니요, 아무 일도 없어요. 단지 우리 아빠가 지금 고속도로 순찰대와 보안관 사무실에 전화해서 아들을 차 도둑놈으로 신고하고 있겠죠.

"괜찮아요." 내가 말했다. 등에 흐르는 땀이 차갑고 끈적끈적하게 느껴졌다. 아벨 아저씨 팔에는 색이 바래고 얼룩지고 오래된 문신이 있었는데, 화제를 바꿔보기 위해, 그게 뭐냐고 물었다.

"음과 양이란다." 아저씨가 말했다. "히피 아이콘이라고 할 수 있지, 내가 그거라고 생각하던 시절엔 그랬다. 내가 아이콘이라는 말이 아니라 히피라고 생각했다는 거지. 이게 히피 아이콘이긴 한데, 문신을 새긴다는 건 우익 부르주아들이나 하는 거란다. 어쨌든 그때는 그랬다. 오로지 군인들만 문신했는데, 그래서 내 문화적 기반을 받아들이는 동시에 소외시키려고 하다 보니까 수십 개의 바늘에 찔리게 됐더라, 이 말이지. 내가 지금 엄청 횡설수설하고 있지?"

나는 씩 웃었다. "어쨌든 열심히 설명해주셨잖아요, 그게 중요한 거죠."

아저씨는 고개를 뒤로 젖히고 내가 지금까지 본 중 가장 큰 웃음을 터트렸다. "넌 참 괜찮은 아이구나, 엘리엇. 칼리오페가 보는 눈이 있어." 그는 날 다시 바라봤고, 내가 입을 열기 전에, 그가 말했다. "가서 찾아보렴."

이미 1마일이나 달리기 시작했을 때 나는 지금 어디로 가야 하는지 모른다는 것을 깨달았다. 아벨 아저씨에게 집이 어디 있는지 물어보는 걸 깜박했는데 그냥 계속 차를 몰았다. 매번 다리 위를 건너오거나 모퉁이를 돌아오는 차가 보이면, 바짝 긴장해서, 빙글빙글 돌아가며 번쩍거리는 파란 등이 보이지 않을까 겁을 먹었다. 이제 셔츠 등은 땀에 흠뻑 젖어서 비닐 시트에 찰싹 달라붙어 있었다. 부모님께서 얼마나 걱정하고 화나고 실망하고 있을까 생각해보니, 밴 안에 있는 모든 공기가 빨려 나간 것 같이 갑갑했다. 정신 차리고 생각해, 나는 스스로를 타일렀고, 내 뇌는 칼리오페가 그 집은 클로번 후프 근처에 있으며 석조건물이라고 말한 것을 기억해냈다. 성 같이 생겼다고 그녀가 말했다.

 블록 세 개를 세 번밖에 안돌았을 때 그 집이 눈에 들어왔다. 나는 밴의 엔진을 끄지 않은 채 길가에 그대로 세워두고, 달려가서, 문을 두드리고 또 두드렸는데, 아무도 대답하지 않았다. 거기 서서, 땀을 질질 흘리면서, 손을 벌벌 떨면서, 생각해낼 수 있는 욕이란 욕은 모두 해본 후에, 차고 위를 보려고 고개를 들었는데, 바로 거기에 그녀가 있었다. 그녀의 얼굴은 작은 사각형의 유리창 안에 있었고, 고개를 빼서 내려다보느라 머리와 머리카락이 조금 흔들렸다. 그러자 나는 그녀가 싱크대 앞에 서서 설거지를 하고 있었다는 걸 즉시 깨달았다. 누구든 설거지를 하다가 창밖을 내다볼 때는 다 그렇듯이 아주 멀어 보였다. 나는 차고 옆에 있는 나무 계단을 2초 만에 올라가 문을 두드렸고, 그녀는 손목 위까지 젖은 채 어깨에 타월 한 장을 걸치고, 맨발에, 잘라낸 짧은 청바지와 개들이 포커 게임을 하는 그림이 찍힌 셔츠를 입고 문을 열었다.

 "엘리엇?" 그녀가 말했고, 그녀의 표정을 보자 내가 지금 살짝 맛이 간 표정이라는 걸 알 수 있었다.

 "안녕."

 "안녕." 그녀의 표정이 부드러워졌다.

 "밴 가져왔어. 나랑 같이 드라이브 가자."

 "난 4시까지 일하러 가야 하는데."

Calliope . Eliot

"내가 태워다 줄게. 인심 써서 3시 59분까지 데려다 주지."

그녀는 웃음을 터트리면서, 수건을 싱크대에 던졌다. "어디 가는데?"

"아무 데도 안 가. 어디든 갈 수 있고. 오만 천지도 가볼 수 있고."

그녀는 다시 웃었다. "다 가볼 시간은 없을 거 같은데. 그냥 오늘은 오만 천지만 가보면 안 될까?"

"좋았어." 나는 스크린 도어를 활짝 열 수 있게 뒤로 물러섰다.


### 엘리엇의 세례 요한 바비큐 소스

콩기름, 옥수수기름, 땅콩기름 같은 식물성 기름 큰 스푼으로 두 스푼
중간 크기의 양파 반 개, 잘게 썰기
마늘 여섯 쪽, 다지기
빨간 고추 으깬 것 조금
토마토소스 큰 스푼으로 한 스푼
껍질을 벗긴 토마토 퓨레(채소나 고기를 데쳐서 거른 것-역주) 한 캔(28온스)
레드 와인으로 만든 식초 $\frac{3}{4}$
꿀 $\frac{3}{4}$ 컵
포도 젤리 $\frac{1}{2}$ 컵

거친 소금 작은 스푼으로 1½
곱게 간 검은 후춧가루


중불에 중간 크기의 소스 냄비를 올리고 오일을 넣고 데운다. 거기에 양파를 넣고 옅은 갈색으로 변할 때까지 4분 정도 익힌다.

거기에 마늘과 으깬 고추를 넣고, 자주 저어주면서, 마늘과 고추 향기가 날 때까지 45초 정도 익힌다.

거기에 토마토소스를 넣고 옅은 갈색으로 변할 때까지 약 1분 정도 저어주면서 익힌다.

토마토, 식초, 꿀, 포도 젤리와 소금을 넣고 보글보글 끓인다. 불을 줄이고 뚜껑을 덮지 않은 채 가끔 저어주면서 색이 붉어지고, 4컵 정도로 졸아들 때까지 25분 정도 끓인다.

후추로 간을 맞춘다. 곧장 사용하거나 뚜껑을 덮어서 냉장고에서 3일 혹은 냉동고에서 1달까지 보관할 수 있다.

분량은 약 4컵이 나온다.




Calliope . Eliot

## 9. 칼리오페

 우린 몇 분 동안 아무 말 없이 차만 타고 갔지만, 누군가 얼른 말을 꺼내줬으면 싶은 그런 어색한 침묵은 아니었다. 그 침묵은 부드러운 초록색 같은 침묵이었다. 새로 파릇하게 자란 잔디와 스프링클러와 레모네이드가 떠오르는 그런 침묵이었다. 상대방과 백만 년 동안 알고 지냈을 때 느낄 수 있는 그런 침묵이지만, 우린 만난 지 얼마 안 됐으니 그건 말이 안 된다. 그러니, 다른 종류의 침묵이 분명하다. 엘리엇은 불안한 것처럼 손가락을 핸들에 대고 계속 두드리고 있었지만, 그래도 얼굴은 편안해 보였다. 처음에 문을 열고 현관에 서 있는 그를 봤을 때, 그의 눈은 마치 미친 사람의 눈 같았다. 순간 아주 나쁜 소식을 전하러 온 거라는 생각이 들었다. 하지만 그때 그가 씩 웃더니 드라이브를 가자고 했다.

"뭘 운반하고 있는 거야?" 나는 몸을 비틀어 밴 뒤를 보며 말했다. 플라스틱 봉투들과 박스들이 사방에 쌓여 있었다.

"캠프에 쓸 물건. 내일 캠프가 시작돼."

"성경 아울렛." 나는 박스 옆에 써진 글귀를 읽었다.

"저게 뭔데? 재고 남은 걸 다 사들인 거야? 품질이 좀 떨어지는 거야?"

"캠프에 온 사람들이 깜박 잊고 안 챙겨왔을 때를 대비해서 여분으로 사둔 거야."

내가 비꼬고 있는 걸 엘리엇이 이해하지 못했기 때문에 나는 계속 공격해보기로 했다. "아하, 여기 있는 성경책 중에 몇 권은 오타가 나서 그리스도가 그친스도로 나왔을 거야. 이 캠프를 다녀온 사람들은 다른 사람들에게 그친스도가 자기 영혼을 구했다고 떠들고 다니겠네." 아무래도 내가 오버한 것 같았다, 엘리엇은 웃지 않았다. 그저 백미러만 죽어라고 노려보고 있었다.

우린 다시 아무 말 없이 달렸지만, 이제는 다른 종류의 침묵이 흘렀다. 검은 침묵. 어색하면서, 아무래도 드라이브를 하자는 아이디어는 실수였나 봐, 라고 생각하게 만드는 침묵. 가족끼리 단란한 식사를 한다는 쇼를 하기 위해 부모님이 억지로 준비한 저녁 식사 자리에 앉아 있을 때 느끼는 침묵. 아무래도 뭔가 말하거나 뭔가 해야겠다고 계속 생각하고 있는데, 그때 엘리엇이 내게 미소를 지었다.

"그치스도. 그거 웃기다." 그가 말했다.

"너 정신이 딴 데 있는 거 같아." 내 입으로 말해놓고도, 이렇게 뻔한 사실을 말하는 내 자신이 미워 죽을 뻔 했다.

"너희 아파트 좋더라." 그는 다시 백미러를 확인하면서 말했다. "문간에서 보기엔 그랬어."

나는 몇 분 더 그에게 장단을 맞춰주기로 했다. "거의 다 봤어. 작은 아파트라서."

"내 오두막집보다는 커." 그가 말했다.

"하긴, 특대 도시락도 너의 오두막집보다는 크지." 또다시 엘리엇은 무지 오랫동안 백미러를 쳐다보고 있었다.

"아…도시락이라." 그는 마침내 백미러에서 시선을 떼서 날 보며 말했다.

"너 지금 법을 어기고 도망 다니는 거니?" 엘리엇은 내가 마치 한 대 친 것처럼 움찔했다. 나는 그의 팔에 손을 대고 말했다. "무슨 일인지 말해봐."

다시 침묵이 흘렀지만 이번엔 적색 침묵이었다. 뜨겁게 고동치는 무시무시한 침묵. 뭔가 나쁜 일이 일어날 것 같은 침묵. 마치 온 세상이 변해버리면서 내가 소중하게 여겼던 모든 것이 사라져 버릴 것 같은 침묵. 그런 침묵이었다. 나는 심호흡을 했는데 마치 그동안 계속 숨을 참고 있었던 것처럼 급하게 숨이 흘러나왔다.

"난." 그는 입을 열었지만, 백미러에 보이는 뭔가 때문에 다시 정신이 팔렸다. 나는 사이드 미러를 보고, 우리 뒤에서 약 20야드 정도 떨어진 곳에 흰색 밴이 있는 걸 봤다. 엘리엇은 속도를 늦춰서 갓길을 향해 갔다. 밴은 우리에게 한 번 경적을 울리더니 재빨리 지나쳤다. 핸들을 꽉 잡은 엘리엇의 손이 하얗게 질린 채 덜덜 떨고 있었다.

"말해봐." 나는 내내 그의 팔을 손으로 잡은 채 말했다. "기억해? 우리 둘 사이에 비밀은 없기로 했잖아. 그게 뭐든, 우린 감당할 수 있을 거야." 그는 마치 오늘 나를 처음 보는 것 같은 눈으로 봤다. 뭔가 기억해낸 것처럼. 나는 그가 입 밖에 내지 않았던 질문에 고개를 끄덕였다.

그는 입을 열었지만 그의 입에서 나온 건 진짜 영어가 아니라 영어를 흉내 낸 다른 언어 같았다. 마치 시리얼 다섯 그릇을 한 번에 원샷하고, 빛의 속도로 말을 하면서, 평생 할 말을 7초 안에 다 해버리려고 작정한 사람이 하는 말 같았다. 내가 들은 말은 "미성년", "날 죽일 거야", "훔친", 과 "바닐라 콩"이란 말밖에 없었다. 나는 재빨리 손을 들어 올렸다.

"오케이, 지금까지 들은 바로는, 넌 사실은 유명한 동기부여

강사이자 복음전도자의 아들이 아니라, 실제로는 미성년 아이들에게 팔기 위해 훔친 바닐라콩을 불법으로 거래해서 돈을 버는, 수상쩍은 조직범죄 가문을 위해 일하고 있단 말이잖아. 그런데 뭔가 일이 틀어져서 암살자가 널 쫓아오고 있을까 봐 무지하게 걱정하고 있단 거잖아." 나는 그를 보며 생긋 웃었고 한동안 그는 움직이지 않았다. 그냥 밴 밑으로 사라지는 도로만 뚫어져라 보고 있었다. 그러다 그가 웃기 시작했다. 서서히 커지는 조용한 웃음이었다. 곧 우리 둘 다 웃기 시작했고, 눈물까지 흘리며 허리가 꺾어질 정도로 웃었다.

"아주 비슷하게 맞췄어." 그는 여전히 얼굴에 미소를 띤 채 말했다.

한동안 다시 침묵이 흘렀지만, 이번에는 생일 케이크와 환하게 칠한 풍선이 떠오르는, 노란색이 감도는 오렌지색 침묵이었다. 엘리엇은 핸들에서 손을 떼서 내가 입고 있는 반바지단 바로 밑에 내려놨고, 그의 손가락 하나하나에서 올라오는 열기와 땀으로 축축한 손바닥이 약간 끈적끈적한 걸 느낄 수 있었다. 나는 그 손가락들이 내 허벅지 위에서 조금씩 벌어져서 내 창백한 피부를 삼각형들로 덮는 걸 지켜봤다. 그의 손에서 느껴지는 감촉에 열중하느라 그가 속도를 늦춰 자갈이 깔린 주차장으로 들어서는 것도 눈치 채지 못하고 있었다.

"다 왔다." 엘리엇이 밴의 기어를 주차로 바꾸고 시동을 끄며 말했다. 우리 앞에 있는 건물은 금방이라도 쓰러질 것 같았지만, 새로 페인트칠을 한 간판이 걸려있었다. 핫릭. 차가운 아이스크림과 뜨거운 재즈. "음악을 듣긴 이르지만, 아이스크림은 먹을 수 있지." 그가 말했다.

잠깐 바닐라와 초콜릿의 장점을 놓고 논쟁을 벌인 우리는, 손에 든 와플 콘에서 아이스크림을 뚝뚝 흘리며 가게 뒤쪽 목제 테라스에 앉았다. 엘리엇은 초콜릿이고, 나는 바닐라 아이스크림이다.

"사람들이 그러는데 저게 초콜릿으로 만든 가장 큰 오리래." 엘리엇이 출입구 바로 안쪽에 있는 마스코트에 대해 말해줬다. "원래 주인은 사슴을 만들려고 했는데, 북쪽에 있는 캔디 가게에 이미 초콜릿 사슴이 있었대."

"이제 말할 준비가 됐어?" 내가 물었다. 그는 계속 아이스크림을 여기저기 조금씩 갉아 먹어서 사방에 자국을 남기고 있었다. "그렇게 먹으면 이빨 시리지 않니?"

"넌 항상 그런 식으로 화제를 바꿔?" 그가 물었다.

"넌 항상 질문을 하면 질문으로 대답하니?"

"넌 항상 모든 질문에 대한 근사한 대답을 준비하고 있니?"

"당연하지." 난 입술을 깨물었지만, 미소가 나오는 건 어쩔 수 없었다.

"좋았어, 척척박사님, 말해봐. 만약 내가 오늘 시내에 나오면

안 되는 날이었다고 하면 뭐라고 할래. 밴을 가져서도 안 되고. 열다섯 살밖에 안 돼서 운전할 수 없다고 한다면."

"분명 그럴만한 이유가 있었을 거라고 말하지."

"맞아, 그건 사실이야." 엘리엇은 그렇게 말하면서 아이스크림을 몇 번 더 베어 물었다. 다시 침묵이 찾아왔다. 이번에는 사람을 기다리게 만드는 부드럽고 엷은 파란색으로 시작됐다. 하지만 그가 날 바라보자 환해지면서 서서히 반짝거리는 은색이 됐다. "아주 중요한 이유가 있었어."

뒷문이 쾅 열리면서 대여섯 명의 관광객들이 테라스로 쿵쿵거리며 걸어왔다. 우리는 마주 보며 씩 웃고 다시 열심히 아이스크림을 먹었다.

"무슨 색 좋아해?" 내가 물었다.

"오렌지색."

"좋아하는 피자 토핑은?"

"버섯."

"물에 레몬을 띄운 걸 좋아해, 안 띄운 걸 좋아해?" 나는 아이스크림을 다 먹고 남은 콘의 꽁지를 쓰레기통에 버리면서 물었다.

"띄운 거."

"체스 아니면 백거먼(서양 쌍륙-역주)?"

"백거먼." 그는 조수석 문을 열어줬다가 내가 타자 다시 닫았다. 나는 유리창에 대고 후 불어서 하얗게 김이 서리게 만든 다음 거기에 하트를 계속 이어서 그렸다.

"비 아니면 눈?" 나는 그가 운전석으로 들어오자 물었다.

"비. 왜 이렇게 자꾸 물어보는데?" 그는 시동을 켜면서 물었다.

"왠지 누군가에게 키스를 허락하기 전에 그 사람에 대해 최대한 많이 알아둬야 할 것 같아서 말이야."

"정말?" 그는 이렇게 물으면서 머리를 자동차 좌석 베개에 대고 앞을 똑바로 봤다. "넌 지금 내가 키스하게 허락할 생각을 하고 있단 말이지?"

"그걸 생각하는 중이야." 하나는 자기 다리에 놓여 있고, 다른 하나는 핸들을 잡고 있는 그의 손을 보며 내가 말했다. 그 손은 너무나 강해 보여서, 어떤 것도 들 수 있을 것 같았다.

"그래서 더 알고 싶은 게 뭐야?" 그는 허리를 틀어 날 보며 물었다. 나는 순간 마치 생전 처음으로 그에게 말하는 것처럼 머릿속이 윙윙 울리는 걸 느꼈다. "없어?" 그는 날 향해 다가오며 물었다. 나는 살짝 머리를 흔들며, 그를 맞이하기 위해 몸을 앞으로 기울였다. "확실해?" 그렇게 묻는 그의 입술이 2센티미터 앞으로 다가왔다. 난 또 머리를 흔들었다. "완전 확실해?" 그가 물었지만, 바로 그때 그의 입술이 내 입술에 포개지면서 그가 먹던 아이스크림의 초콜릿 맛과 그가 씹던 껌의

박하 맛이 느껴졌다. 이 두 가지 맛은 앞으로 엘리엇의 맛으로 평생 내 머릿속에 각인될 게 틀림없다는 확신이 들었다. 키스는 영원히 지속된 것 같기도 했고, 찰나에 끝나버린 것 같기도 했다. 우리의 입술이 천천히 움직이는 동안, 그는 손으로 내 머리를 안고 있었고, 그의 뜨거운 입김이 내 얼굴에 닿았다. 갑자기 문 열리는 소리가 나면서 웃음소리가 쏟아져 우리는 후다닥 떨어졌다. 또 관광객들이 내는 소리였다. 엘리엇은 내게 씩 웃어 보이고 시동을 걸었다.

우리는 집으로 향했고, 그의 손은 다시 내 다리 위에 올라와 있었고 내 손은 그의 다리 위에 올라와 있었다. 우리는 조용히 갔지만 이번에는 가장 짙은 푸른색, 한밤중의 하늘과 같은 푸른 색, 자신을 잃어버릴 때까지 떨어지고 싶은 그런 종류의 침묵이었다. 그렇게 깊고 푸른 침묵 어딘가에서 민트 초콜릿의 달콤한 맛을 느낄 수 있었고, 내 머리를 부드럽게 잡아당기는 손가락들과 조용히 쿵쿵거리는 내 심장 소리를 들을 수 있었다. 파란색 침묵 속에서 길을 잃은 채 나는 내 다리에 올려놓은 엘리엇의 손을 꽉 쥐고 도로가 깨진 곳을 밴이 지나가면서 털썩거리고 긴 커브 길을 돌아가느라 속도를 늦출 때도 절대로 놓지 않았다.

"그래서 그 아이가 널 찾았니?" 내가 뒤쪽 테이블에 놓여 있던 앞치마를 집자 아벨 아저씨가 물었다. "잠깐, 말하지 마.

네 얼굴을 보니 답이 나왔다." 난 아벨 아저씨가 긴 갈비를 뒤집고 솔을 써서 소스를 바르는 걸 지켜봤다.

"그거 만드는 건 언제 가르쳐주실 거예요?" 그릴 뒤쪽에서 보글보글 끓고 있는 냄비를 가리키며 내가 물었다.

"네가 그럴만한 가치가 있다고 느낄 때."

"그게 언제일까요?" 내가 물었지만, 아저씨는 대답하지 않았다. 내 어깨너머 뭔가가 아저씨의 눈길을 끌었고 1분이 지나고 나서야 아저씨는 다시 날 바라봤다. "뭔데요?" 나는 맥주 텐트가 있는 쪽을 돌아보면서 물었다.

"아무것도 아니야…난 그냥." 아저씨가 입을 열었지만 난 보고야 말았다. 난 그릴로 돌아가서 의도했던 것보다 훨씬 더 세게 부젓가락으로 갈비를 찔러버렸다. 갈빗살은 부서지고 기름기가 흘러들어 불꽃이 확 타오르면서 고기가 타버렸다. "애야." 아벨 아저씨는 내가 또다시 갈비를 공격하기 전에 내 팔꿈치를 잡았다. "그 사람들이 너에게 뭘 어쨌기에 이러니?"

난 눈이 뜨거워지는 것을 느꼈고, 연기를 피해 그리고 원치 않는 눈물이 흘러내리지 않도록 눈을 감았다. "난 그 사람이 싫어요." 나는 팔뚝으로 얼굴에 떨어진 머리카락을 밀어내며 말했다. 징징거리는 내 목소리도 끔찍했고, 토라진 말투도 싫었다.

"파이니어스는 괜찮은 사람이야." 아벨 아저씨는 내게서 부젓가락을 뺏고 대신 깨끗한 종이 타월을 내밀면서 말했다. 내가 째려보자 아저씨가 싱긋 웃었다. "내 말은, 네가 자기밖에 모르고, 근육이 울퉁불퉁한 마초맨을 좋아한다면 말이야."

난 고개를 끄덕이면서 눈을 닦았다. "그 사람 자동차 번호판 봤어요?" 내가 물었다.

"그 사람 문신 봤니?" 아벨 아저씨가 물었다. 난 고개를 흔들었다. "말 탄 기사 문신이란다." 나도 모르게 웃음이 터져 나왔다. "근데 그 기사가 또 파이니어스야. 자기 모습을 어깨에 문신한 거야."

"정말 어이없어요." 난 종이 타월을 공처럼 뭉쳐 텐트 뒤쪽에 있는 쓰레기통을 겨냥해 던졌다. 하지만 넣지 못했다. "왜 우리 엄마는 좀 더 괜찮은 사람을 찾지 못하는 걸까요?" 난 아벨 아저씨에게서 부젓가락을 다시 뺏으며 물었다. 이번에는 좀 더 부드럽게 갈비를 다뤘고, 아벨 아저씨는 텐트 앞쪽으로 가서 몰려드는 저녁 손님들에게 주문을 받기 시작했다. 몇 시간이 흐르면서 아무 생각 없이 요리하고 서빙 하는 일로 머리가 채워졌다.

"이제 그만 정리하자." 아벨 아저씨가 마침내 이렇게 말하면서 텐트 앞쪽을 접어서 내렸다. "오늘 밤 엘리엇과 만나니?" 아저씨가 팔을 쭉 펴면서 물었다. 아저씨의 등뼈에서 우두둑 소리가 두 번, 세 번 났다.

난 고개를 저었다. "다시 엘리엇을 보려면 한참 있어야 할 것 같아요." 그릴의 불을 끄면서 내가 이렇게 말하자 아벨 아저씨는 고개를 갸웃하며 날 바라봤다. "엘리엇 부모님 때문에요." 난 그렇게 보탰고, 그걸로 대답은 충분한 것 같았다. 그리고 눌어붙은 갈빗살의 기름과 고기 부스러기를 북북 문지르기 시작했다. 마치 내 뇌에 들러붙은 엄마 같았다. 이제 키스에 대해 생각하자 엘리엇이 아니라 오늘 오후 파이니어스에게 달라붙어 있던 엄마가 떠올랐다. 엄마의 허리를 감고 있는 파이니어스의 손과 엄마가 까치발로 서서 그에게 몸을 기울이고 있던 그 모습. 엘리엇의 부드럽고 벨벳 같은 푸른 키스 대신, 엄마의 거칠고 강렬한 자홍색 키스가 내 마음속에 남았다. 일종의 경고 같은 키스로 보였지만, 그게 어떤 의미인지 해독이 되지 않았다.

\* \* \*

"기다릴 수 있으면, 내가 집까지 태워다줄게." 아벨 아저씨가 레스토랑 뒤에 트럭을 주차하면서 말했다. "물건 몇 개만 갖다놓으면 돼. 몇 분 안 걸릴 거다."

"그냥 걸어갈게요." 난 트럭에서 미끄러져 내리면서 말했다.

Calliope . Eliot

마치 잠을 충분히 못 잤거나, 커피를 너무 많이 마신 것처럼 몸이 흔들거리는 게 느껴졌다. 골목길을 걸어 보도로 나가는 동안 날 바라보는 아벨 아저씨의 눈길이 느껴졌다. 아저씨가 날 걱정하고 있다는 걸 나도 알고 있었다. 나에겐 익숙하지 않은 일이다. 그래서 불편하기도 했고 동시에 기분이 좋기도 했다. 마치 모직 스웨터를 입은 것 같았다. 가렵기도 하지만 입으면 따뜻한 것처럼.

나는 어두워진 가게들을 지나 아파트로 갔다. 커피숍은 아직도 사람들로 붐비고 있었는데 혼자 있는 남자들은 두꺼운 소설책을 읽고 있었고 커플들은 카페 라떼 잔을 사이에 두고 손을 맞잡고 있었다. 신발 가게를 지나치면서 그 안에서 요정들이 일을 하고 있을 거란 상상을 해봤다. 중고 책방 앞에서 한 여자가 빗자루에 기대어 서 있었는데 내가 지나가자 그녀가 날 훑어봤다. 집에 온 나는 진입로에 서서, 유리창에 비친 그림자들이 움직이는 걸 지켜봤다. 정원에 있는 테이블에는 촛불이 하나 켜져 있었고 진입로까지 뚝뚝 흘러내리는 기타 소리를 들을 수 있었다.

"와인 내와요, 알았죠?" 엄마가 층계참으로 나오면서 뒤에 대고 소리쳤다. 엄마는 한 손에 큰 접시를 들고 있었고 다른 손으로 스커트를 잡고 있었다. 맨발이었고, 축축하고 곧게 뻗은 머리카락은 등으로 풀어 내리고 있었다.

"레드 아니면 화이트?" 집 안에서 굵은 남자 목소리가 들렸다.

"둘 다." 엄마는 이렇게 말하면서 마지막 계단에서 내려와 정원으로 향했다. 내가 서 있는 쪽을 봤지만, 난 어둠 속에 숨어 있었다. 엄마는 접시에 있던 포도송이에서 포도를 하나 따서 입에 넣고, 눈을 감고 씹었다.

"코르크 와인 오프너는 어디 있지?" 이제 그 목소리는 위에서 들렸다. 엄마는 고개를 흔들면서 다시 계단을 올라갔다. 파이니어스가 한 손에 병을 든 채 층계참으로 나왔다.

"뭐 하나 제대로 찾는 게 없어." 엄마는 이렇게 말하면서 그의 옆을 지나 아파트 안으로 들어가려고 했다.

"이만하면 잘하는 거지." 그는 엄마의 등에 손을 대고 엄마를 따라 문으로 들어갔다. 그가 발로 문을 닫자 엄마가 웃는 소리가 들렸다. 유리창으로 그림자들이 다시 움직이는 걸 보자, 머릿속에는 한 가지 생각밖에 떠오르지 않았고 그 생각이 너무 강렬해서 어쩔 수 없이 그대로 할 수밖에 없었다. 나는 차고로 걸어가면서 거기 있는 자전거 중 하나는 라이트가 있기를 빌었다.

"아직까지 여기서 뭐 하는 거냐?" 나는 돌아서서 아벨 아저씨가 나를 향해 진입로를 걸어오는 걸 봤다. "지금쯤이면 침대에 있을 줄 알았는데." 나는 꼼짝 않고 서서 금방 내린 결정과 아벨 아저씨의 도착 사이에서 갈등했다. "저게 뭐냐?"

Calliope . Eliot

아저씨가 정원을 손가락으로 가리키며 물었다. 나는 돌아서서 다시 차고로 걸어가기 시작했다. 라이트가 있든 없든, 자전거를 타고 가기로 했다. 아벨 아저씨는 내가 차고 문을 가지고 씨름하는 것을 서서 지켜봤다. "칼리오페, 뭘 하려는 거냐?" 아저씨는 차고에 손을 대서 셔터가 올라가지 못하게 하면서 물었다. "네 문제라는 건 알고 있다만, 적어도 말을 해야 내가 도울 수 있지 않겠니?"

"자전거를 빌리려고요." 나는 다시 손잡이를 잡아당기며 말했다. 아저씨는 다시 문을 세게 눌러서 움직이지 못하게 했다.

"칼리오페, 지금은 깜깜한 밤이야. 지금 자전거를 탈 순 없어."

"난 가야 해요. 난." 그때 그동안 참았던 눈물이 왈칵 쏟아졌다. 뜨거운 눈물이 뺨을 타고 내려 턱을 적셨다. 아벨 아저씨는 날 보고 있다가 땅을 보더니 다시 위의 아파트를 봤다. 아저씨는 잠시 눈을 감았고 나는 아저씨가 내 맘을 이해했다는 걸 알아차렸다.

"도망가 버리려고?" 아저씨는 날 향해 희미한 미소를 지어 보였지만, 완전히 농담은 아니었다. "그럼 음식도 좀 챙기고, 재킷도 가져가야 하지 않을까?"

"완전히 가는 건 아니에요. 잠깐 갈 데가 있어요." 그렇게 말하자 난 그게 사실이란 걸 깨달았다. "그냥 잠깐만요. 지금은 도저히 저기 올라가지 못하겠어요."

"엄마가 걱정하실 텐데." 아저씨는 그렇게 말했지만 확신을 가지고 한 말이라기 보단 그렇지 않을까 하는 물음에 가까웠다.

난 고개를 흔들었다. "그럴 리 없어요. 엄마가 눈치 채기 전에 돌아올 거예요."

"거기 자전거를 타고 갈 순 없어. 어두워서 너무 위험해." 아저씨는 주머니에 손을 집어넣어 열쇠들을 꺼냈다. "가자." 아저씨는 돌아서서 다시 거리를 향해 걸었고 난 아저씨를 따라 아무 말 없이 레스토랑으로 돌아왔다. 아저씨는 조수석 문을 열고 트럭 반대편으로 돌아와서, 다시 주머니를 뒤진 다음에, 운전석에 탔다. 아저씨는 내게 아저씨 핸드폰과 손수건을 주고 열쇠를 점화 장치에 꽂았다.

"고맙습니다." 나는 얼굴을 닦으며 말했다. 아벨 아저씨가 트럭을 주차장에서 꺼내서 시내를 향해 그리고 산을 향해 출발했다.

"집에 오고 싶을 때 전화해라." 아저씨는 이제 막 노란불을 깜박이고 있는 신호등을 지나치면서 말했다. "자는 걸 깨울까 봐 걱정하지 마. 난 원래 잠이 없는 편이야."

"그래도 돼요?" 난 조용히 말했다. 아벨 아저씨는 고개를 끄덕였다. 우리는 아무 말 없이 달렸고, 아저씨와 점점 더 가까워지면서 짜증 나고 열 받던 기분도 수그러드는 걸 느낄 수 있었다.

"거기까진 데려다 주지 않을게." 아저씨가 도로 옆에 차를 세우고 라이트를 끄면서 말했다. "왠지 저기 사람들은 깜짝 방문을 좋아하지 않을 것 같은 기분이 든다." 나는 문을 열고 내렸다. "칼리오페, 조심해야 한다. 알았지?"

난 고개를 끄덕이며 씩씩하게 대답했다. "고맙습니다."

내가 다이어트 캠프로 향하는 도로를 걸어가는 동안 시동을 켜놓은 아저씨 트럭의 우르르 울리는 소리가 점점 희미해져 갔다. 개척지에 거의 다 도착했을 때 비로소 아저씨가 차를 돌려 시내로 향하면서 자갈 위를 미끄러지는 타이어 소리가 들렸다.

엘리엇의 오두막집은 어둠 속에 잠겨 있었고, 내가 판단을 잘못한 건 아닌가 하는 생각이 들기 시작했다. 난 겁을 집어먹고 꽁무니를 뺄 뻔했지만 최소한 그가 안에 있는지 확인해 보자고 결심했다. 가장 가까운 창문으로 걸어가는 동안 어둠 속에서 내 운동화에 밟히는 솔잎 소리가 너무 크게 들리는 것 같았다. 난 방충망에 손을 대고 눈에 힘을 주고 어둠 속을 바라봤다. 엘리엇의 침대는 텅 비어 있었고, 침대보는 단정하게 정돈되어 있었다.

"빌어먹을." 나는 소리 내어 말하면서 두 손을 털썩 떨어뜨렸다.

"이런, 여기선 그런 말 쓰면 안 돼." 돌아서자 엘리엇이 바로 옆에 서 있었다. 그는 플란넬 잠옷 바지만 입고 고무 슬리퍼를 신고 있었다. 손에는 칫솔과 치약이 있었다. "여기서 뭐?"

"네가 필요해." 내가 말하자 그걸로 충분한 대답이 된 것 같았다. 그는 내 옆을 지나쳐서 문을 열어줬다.

### 차로 전국을 횡단할 때 꼭 방문해볼 곳들

프레스크 아일에서 메인 주의 홀턴까지-메인 태양계 모델
메인 태양계 모델은 태양계의 대축척 모델(1마일 = 1천문단위로, 대략 1 : 93,000,000)로 홀턴 방문자 정보 센터(US 1에 있는 I-95 번 고속도로)와 지름이 1인치인 명왕성에서 시작돼서, 북쪽으로 40마일 정도 뻗어 가 프레스크 아일 캠퍼스에 있는 메인 대학까지 연결돼 있으며, 지름이 500피트인 태양이 그곳에 있다.

매사추세츠 주의 매터포이세트-거대한 해마
6번 국도를 타면, 색이 약간 바란 푸르스름한 초록색에 핑크색과 노란색이 섞인 기괴한 해마가 시내로 막 들어오는 곳에 있다.

메릴랜드 주의 프로스트버그-하느님의 안전한 방주

Calliope . Eliot

1974년 목사인 리처드 그린은 예수 그리스도에게서 고속도로 옆에 방주를 지으라는 계시를 여러 번 받았다. 그래서 그는 "세상의 종말을 지켜보는 증인으로서 노아의 방주를 다시 짓겠다고" 선포했다. 그 방주는 아직도 공사 중이다.

텍사스 주의 파리-예수님이 카우보이 부츠를 신고 있는 무덤
파리에는 세상에서 가장 큰 묘지가 있는데 거기 있는 50,000개가 넘는 무덤 중에 예수님이 카우보이 부츠를 신고 있는 묘석이 있는 무덤이 있다.

캘리포니아 주의 산타크루스-산타크루스의 신비한 장소
의사과학의 이례적인 예로, 중력과 물리학의 법칙이 완전히 뒤집힌 곳.

오리건 주의 세인트 베네딕트-세계에서 가장 큰 모구(소, 양, 고양이 등이 삼킨 털, 섬유가 위에서 뭉쳐 생긴 덩어리-역주)
세계에서 가장 큰 모구는 마운트 엔젤 근처에 있는 마운트 엔젤 애비 박물관에 있다. 2.5파운드가 나가는 이 모구는 수퇘지의 위에서 나왔다.


천상의 샐러드-다양한 곳들
텍사스의 포텟-무지하게 큰 딸기가 나옴
조지아의 코르넬리아-대박 사과가 나옴
캘리포니아의 카스트로빌-거대한 아티초크가 나옴
텍사스의 룰링-왕 수박이 나옴
미네소타의 올리비아와 오하이오의 더블린-어마어마하게 큰 옥수수가 나옴

워싱턴의 윈록-세계에서 가장 큰 달걀이 나옴
플로리다의 클러몬트-엄청 큰 오렌지가 나옴
메인의 존즈보로-세계에서 가장 큰 블루베리가 나옴
앨라배마의 클랜튼-끝내주게 큰 복숭아가 나옴
텍사스의 쉐권-무지하게 큰 피칸이 나옴










Calliope . Eliot

## 10. 엘리엇

 다리를 건너고 있을 때, 칼리오페가 우리가 난간 위에 설치한 검볼 머신(원래는 동그란 껌이 나오는 기계지만 여기서는 옥수수가 나오도록 제조했음-역주)에서 떨어진 옥수수 몇 알을 주우려고 잠깐 내 손을 놓았다. 사람들은 이 기계에서 거위와 잉어에게 먹이로 줄 옥수수를 산다. 그녀가 옥수수 한 알을 물속에 떨어뜨리자 그 소리에 아직까지 자지 않고 있던 거위 한 마리가 우리 쪽으로 헤엄쳐 왔다. 나머지 거위들은 호숫가에서 날개 밑에 머리를 묻은 채 잠들어 있었다.
 "저 거위가 나야." 그녀는 거위가 우리 밑으로 헤엄쳐 와서 머리를 물속에 집어넣는 걸 보며 말했다.

"너도 저렇게 둥둥 떠다니는 옥수수가 항상 먹고 싶어?"

그녀는 날 팔꿈치로 쿡 찔렀다. "아니, 바보야. 한밤중에 혼자 저렇게 깨어 있는 거 말이야. 저 거위는 분명 뭔가 걱정하는 게 있어서 아침 해가 뜰 때까지 속을 끓일 거야."

"그러겠지, 나라도 그 사냥꾼들이 다시 올지 모른다고 생각하면 날밤을 새우겠다. 그리고 잘 들어, 넌 더 이상 혼자가 아니야." 난 그녀의 손을 잡고 꼭 쥐면서 그녀의 손에 깍지를 끼웠다.

칼리오페는 생긋 웃으며 난간에 기댔고, 머리를 호숫가로 기울이자 그녀의 병마개가 탱크 탑 속에서 빠져나와 붉은 줄 위에서 흔들거렸고, 그것과 함께 어둠 속에서 은빛으로 번쩍이는 뭔가도 같이 흔들렸다. 나는 칼리오페의 손을 잡지 않은 빈손으로 그걸 집어 들었다. 그건 아주 오래된 것처럼 보이는 로켓이었다. 우리 할머니가 살아 계셨을 때 걸었을 만한 그런 골동품이었다. 그리고 그 로켓의 한가운데에 구불구불하게 E라는 글자가 새겨져 있었다.

"멋진 E네." 내가 말했다. "E는 너의 이니셜이 아닌 걸로 알고 있는데."

"나 아직도 배고파. 너 나에게 요리해준다며."

"E가 뭐의 이니셜이야?"

곱실거리는 풍성한 머리카락을 흔드는 그녀의 얼굴이 어슴

푸레한 빛 속에서도 붉어지는 걸 볼 수 있었다. "에그의 이니셜. 스크램블드의 에그. 에그플랜트(가지-역주). 왜 있잖아. 계란과 관계된 이니셜이야."

"너도 내 이름이 E로 시작되는 거 알잖아."

그녀는 웃으며 내 손에서 로켓을 뺏어갔다. "네 이름이 뭐라고 했지?"

"에그버트." 이렇게 해서 그녀가 다시 웃는 걸 보게 됐다. "미안하지만, 너의 에그 스토리는 엉터리야."

그녀는 아직도 불그스레한 얼굴로 내게 키스했다. "그건 내가 좋아하는 질병인 엘레판티티스(상피병-역주)를 뜻해. 아니냐? 이클립스(일식-역주)도 될 수 있고, 일렉트리시티(전기라는 뜻-역주)도 있고, 이포섬도 있고."

"이포섬? 그게 아니라 오포섬(주머니쥐-역주)이겠지. 그리고 여기 노스캐롤라이나에서는 그냥 포섬이라고 불러."

"뭐, 여기 메뉴에선 그렇게 나올지도 모르겠다. 하지만 다른 곳에선 이놈의 이포섬 때문에 골치야. 북쪽의 숲이란 숲은 이놈들로 가득 차 있다고 하더라."

"미안해, 안 들려. 너 지금 누가 뻥치고 있단 말을 하던 중이었니?"

그녀는 또다시 웃고, 내게 키스했다. 다시 그녀가 웃는 걸 보니 마음이 놓였다. 처음에 내 오두막집 밖에서 그녀를 발견했을 땐 너무 놀라서 뭘 제대로 물어볼 생각도 못했고, 사실 아무것도 물어보지 못했다. 마치 내 오두막집 현관에 환하게 빛나는 그녀의 영혼이 나타난 것 같았다. 난 그녀를 안으로 들였고, 그녀는 두 팔로 날 안았는데 내 목에 닿은 그녀의 손이 무척 차가웠다. 그녀는 마치 부러뜨리고 싶은 것처럼 내 목을 꼭 쥐었다.

난 그녀를 안고 내 어깨의 오목하게 들어간 곳에 그녀가 얼굴을 대고 숨을 쉬게 놔두면서 치약을 꿀꺽 삼켰다. 그녀가 두 손으로 내 등을 꽉 안고, 내 어깨에 닿은 눈꺼풀을 씰룩이자 눈물이 내 가슴을 타고 흘러내렸다.

"무슨 일이야?" 내가 속삭였다. "무슨 일인지 말해봐." 하지만 그녀는 계속 고개를 살래살래 젓기만 했다.

"가끔은 정말 그녀를 증오한다는 생각이 들어." 그녀가 속삭였다.

"누구?" 칼리오페가 "그녀"라고 할 사람은 한 사람밖에 없으니, 누구를 말하는지 알면서도 난 그렇게 물었다. 난 페어에서 칼리오페의 엄마를 봤고, 심지어 한 번 만나기도 했는데, 그녀가 날 맘에 들어 했으면 싶었다. 난 기독교 캠프에서 살고, 필요할 땐 게임쇼 사회자처럼 활짝 미소도 지을 수 있기 때문에, 친구 부모님들은 항상 날 좋아하셨다. 다만 십자가가 그려진 밴과 이런저런 배경을 빼고도 나를 좋아할지는 의문이지만. 그리고 칼리오페의 엄마가 날 마음에 들어 했으면 싶었지만, 그녀가 칼리오페와 같이 있을 때는 엄마가 아니라 언니처럼 행동하는 것도 봤다. 밤에 몰래 집을 빠져나가면서 동생이 그걸 덮어주게 하고, 언니를 위해 거짓말하게 하고, 문제를 해결하게 만드는 좀 불량한 언니 말이다. 사람들이 엄마에 대해 아무리 불평해도, 때로는 엄마는 어디까지나 그냥 엄마였으면 할 때가 누구에게나 있는 법이다.

그녀는 다시 고개를 뒤로 내밀어 나를 봤는데, 속눈썹에 작은 눈물방울이 맺혀 흔들거리고 있었다.

"난 누구도 증오하고 싶지 않아, 엘리엇."

"나도 알아."

"누군가를 증오하면 그럴 때마다 마음 한구석이 까맣게 변해버려."

난 고개를 끄덕이며 엄지손가락으로 그녀의 눈물을 닦아냈다.

"엄마에게 그렇게 말해, 싫음 안 해도 돼. 하지만 엄마가 스파이크가 박힌 야구화를 신고 다닌다고 해서 굳이 널 밟고 지나가라고 드러누울 필요는 없어."

그녀가 날 바라봤다. "어휴, 그건 좀 바보 같은 비유다." 그녀는 아직도 촉촉하게 젖은 눈으로 웃기 시작했다.

"알아, 하지만 난 그냥."

"오케이, 하지만 정말 바보 같은 말이었어."

난 고개를 끄덕였다. "여기 캠프에서 내가 하는 일이 그거잖아. 완전 구린 상담 전문이지. 이번 주에는, 사람들에게 자신을 거대한 레고 세트로 생각하라고 말할 거야. 맘에 안 들거나 불행한 부분들을 떼서 상자에 던져버리라고."

"너 정말 엄청나게 구린 상담에 딱 맞는데. 나, 반쯤 감동 먹었어."

"여긴 어떻게 왔어?" 나는 손가락 마디로 그녀의 머리를 쓸어내렸다.

"흠, 남자와 여자가 사랑에 빠질 때는…."

"아니, 이 멍텅구리야, 오늘 밤 여길 어떻게 왔냐고?"

"아벨 아저씨가 데려다줬어, 내가 아저씨 자전거를 훔치기 직전에." 그녀는 손을 밑으로 내려 내 손을 잡았고, 그때 슬쩍 내 가슴을 훔쳐보는 걸 눈치 챘다. 갑자기 셔츠를 안 입고 있다는 점이 무지하게 의식되면서 아침마다 하는 푸시 업을 저녁에 할 걸 하는 후회가 밀려왔다.

"이번 주 차량 절도는 내 거 한 건으로 충분해." 내가 말했다.

"그 일은 어떻게 됐어?"

"나중에 말해줄게." 나는 고개를 흔들며 말했다.

"그렇게 안 좋아?"

Calliope . Eliot

"혹시 아저씨 차 백미러에 마늘과 고춧가루 냄새가 나는 미니 크리스마스트리가 달려 있니?"

"흥, 냄새난다는 말이지. 정말 무지하게 상냥한 말이야, 엘리엇 군."

"아니야. 너에게선 그냥 칼리오페의 향기가 나." 나는 목소리를 낮춰 속삭였다. "나의 칼리오페." 난 그녀를 내 품에 끌어당겼고, 손으로 그녀의 목을 쓸어내리다 머리카락 속에 손을 파묻고, 고개를 숙여 키스했다. 우리의 입은 하나로 합쳐져서 따뜻하게 움직였고, 우리의 숨소리도 내 작은 방의 정적 속에 합쳐지면서 깊어졌다. 그녀는 내게서 몸을 뗐는데 얼굴에 홍조를 띠고 있었고, 내 얼굴에 가득했던 온기는 가슴으로 내려왔다가 다시 밑으로 죽 퍼졌다.

"우리 아무래도 밖에 나가야 할 것 같아, 저기." 그녀는 방 주위를 둘러봤다. "나무들을 살펴봐야 할 것 같지 않니?"

"나무들."

"그래. 나무에 불이나 나지 않았는지 뭐 그런 걸 확인해야만 해."

"나무에 불이 붙을 정도로 더운 날씨라고 하면, 그거야말로 정말 바보 같은 말이겠지?" 나는 그녀에게 웃어보였다.

"야구 스파이크화도 말했고, 나에게 냄새가 난다는 말도 했으니, 사람이 일관성은 있네."

나도 모르게 웃음이 났다. "있지, 넌 여기 급하게 왔잖아. 뭐 좀 먹었어?"

"점심은 먹었어."

"하지만 저녁은 안 먹고? 내가 요리해줄게. 저녁으로 뭐 먹고 싶어?"

"아침." 그녀가 말했다.

그래서 내가 커다란 스테인리스 냉장고 문을 열고 계란과 베이컨과 호밀로 만든 흑빵과 감자 하나를 찾는 동안, 그녀는 구내식당 벽에 기대앉아 날 지켜보고 있었다. 난 가스레인지 위에 있는 전등 불빛 하나에 의지해 전자레인지에 데울 수 있게 커피메이커에 남은 커피를 찾았다. 요리를 하는 동안 우린 많은 이야기를 나눴다. 난 칼리오페에게 밴을 가지고 돌아왔다가 들켜서 얼마나 혼이 났는지 말해줬다. 아빠가 그다음부터 차를 쓰고 난 후에는 매일 주행 기록계에 나온 마일리지를 적어서 내가 시내에 차를 가지고 갈 때 딴 데 안 들렸는지 확인한다는 이야기를 해줬다. 나는 마치 감옥에 가는 대신 가택 연금 형을 받았지만 거기다 전자 팔찌를 차야 하는 죄수 같은 기분이 들었다. 가끔 대시보드에 있는 주행 기록계를 떼버리고, 시계도 없애고 그냥 드라이브만 했으면 좋겠단 생각을 했다. 옆에 칼리오페를 태우고 거리도, 시간도 재지 않은 채 마냥 달렸으면 좋겠다. 하지만 그때 막상 갈 곳이 없다는 걸 깨달았고, 어쨌든 중요한 건 어딘가를 가는 게 아니라 그녀가 내 옆에 있는 것이란 걸 알았다. 누군가와 사랑에 빠지면, 어딜 가든 항상 똑같은 것이다. 내가 그녀에게 말하지 않았던 것은 '그런 사람들'이 내게 얼마나 나쁜 영향을 미치는지에 대해 아빠가 한 일장연설이었다. 가끔 아빠가 자신을 더 이상 사람으로 여기고 싶어 하지 않는다는 느낌을 받을 때가 있다. 아빠는 자기가 평범한 사람들과는 다른 존재, 더 나은 존재라고 생각했다. 칼리오페는 흑빵을 토스터기에 넣고 버터와 잼을 찾으면서 엄마가 파이니어스 옆에 있을 때 어떻게 행동하는지, 그리고 그 남자가 팔뚝에 자신의 모습을 문신했다는 이야길 들려줬다.

나는 음식을 접시에 담았고 우리는 스테인리스 카운터에 키가 큰 금속 걸상을 끌어당겨 앉아, 가스레인지 불빛에 의지해서, 밖에서 우리를 엿보는 나무들이 천천히 내는 소리를 들으며 먹었다. 달걀을 떠먹고 빵에 잼을 바르면서 아무 말 없이 몇 분 동안 먹었고, 그 침묵 속에서 칼리오페가 말 없는 그 순간이 좀 더 지속되길 원한다는 게 느껴졌다.

"내 말은." 그녀는 마치 그동안 우리가 계속 떠들었던 것처럼 아무렇지도 않게 마침내 입을 열었다. "그거야말로 엄마가 좋아하는 부류의 남자에 대한 완벽한 상징이야. 그 남자는 자신의 모습을 문신으로 새겼고, 그 문신에는 또 더 작은 그의 모습이 새겨져 있고, 이런 식으로 끝도 없이 이어진다고. 이건 마치 화장실 거울들 같아. 아무것도 없이 텅 빈 것들의 무한 반복이지. 엄마는 이렇게 속에 아무것도 든 것이 없는 남자를 계속 쫓아다니고 있어."

"외로우신가 보지." 내가 말했다. "네 엄마 편을 드는 게 아니라, 단지…."

난 어깨를 으쓱하면서, 나의 엄마를 생각했다. 그리고 그녀가 지난 몇 년 동안 얼마나 외로워 보였는지도. 앞으로 어쩌면 외롭지 않은 엄마 모습은 기억해낼 수 없을지도 모른다는 걸 깨달았다.

"나도 알아, 엘리엇. 엄마는 찾고 있는 거지. 하지만 누군들 그렇지 않니? 이건 숲 속에서 길을 잃었을 때와 같은데…."

"넌 마치 슈퍼히어로 같아. 모든 것에 대한 비유를 찾아내는 초능력이 있는 소녀." 그녀는 커피잔을 비웠고 나는 조금 더 따라줬다.

크림도 조금 더, 설탕도 조금 더.

그녀는 생긋 웃으면서 이두박근을 구부렸다.

"숲 속에서 길을 잃었을 때 할 수 있는 가장 바보 같은 실수는?"

나는 빈 접시들을 쌓아놓고 페이퍼 타월을 반으로 찢어서 냅킨을 만들었다. 아까 했어야 했는데 잊어버렸다. 싱크대 위에 걸려 있는 커다란 시계의 분을 가리키는 바늘이 움직이면서 새벽 한 시가 다 되어가는 걸 알려주고 있었다. "돌아다니는 거지. 한 자리에 가만히 안 있고. 불도 안 피우고." 내가 대답했다.

"잘했어."

"나도 3일간 보이 스카우트 대원이었어."

"우리 엄마가 그렇게 돌아다니고 있어." 우리는 전자레인지 등을 끄고 유리창으로 달빛 한 줄기가 들어오는 차가운 바닥에 앉았다. 칼리오페가 내 손을 잡았다. "엄마는 외롭고 길을 잃었어. 하지만 가만히 있으면서 사람들이 그녀를 찾게 놔두면 그 고독도 끝이 날 텐데. 그런데 엄마는 계속 그렇게 돌아다니기만 해."

갑자기 위장이 꼬이는 것 같았다. "너희 엄마가 다시 떠날까? 너도 데리고?"

그녀는 날 외면한 채 고개를 끄덕였다. "그럴 수도 있어."

난 고개를 흔들었다. "그건 싫은데." 마치 뭔가가 내 가슴을 찍어 누르는 것 같은 느낌이 들었다.

"나도 싫어." 그녀는 그렇게 말하고, 고개를 돌려 날 보며, 얼굴을 찡그렸다. 나는 손으로 그녀의 얼굴을 받치고 키스했다. 그녀의 입은 따뜻하면서 짭짤했고, 그녀의 얼굴 반쪽을 달빛이 비추고 있었다. 나는 그녀의 입술과, 뺨과, 머리카락에 키스했다.

"가지 마." 내가 말했다.

"내가 여기 이렇게 이 벽에 기대어 앉아 있으면 좋겠어?" 그녀는 고개를 뒤로 기울여 벽에 기대면서 말했다.

"그래, 우리가 뭔가 다른 대책을 생각해내기 전까지는." 내가 말했다.

"네가 계속 먹여만 준다면야. 벽을 하나 골라야 한다면, 부엌에 있는 벽을 골라. 내 말은."

나는 그녀의 입술에 손가락을 댔다. "할 말이 있으니까 잠깐만 말하지 말아봐."

"뭔데?" 그녀가 내 손가락을 깨물며 말했다.

난 그녀를 똑바로 바라봤다. "사랑해."

그녀는 조용히 있었다. 그녀 속에 스며들면서, 그녀를 부드럽게 해주는 그런 침묵에 잠겨 있었다. "잘 됐네." 그녀는 마침내 입을 열었다. 목소리는 아까보다 더 깊어졌고, 숨이 가빠졌고, 눈은 촉촉해졌다. "나도 널 사랑하니까." 그녀는 고개를 돌리고 내 팔에 기대면서, 내 품으로 들어왔다.

형광등이 갑자기 켜지고, 문이 쾅 소리를 내면서 닫혔을 때, 시계는 새벽 4시를 가리키고 있었다. 순간 우리가 그동안 자고 있었다는 걸 깨달았다. 난 벌떡 일어나 앉았지만, 칼리오페는 몸만 조금 뒤척일 뿐 일어나지 않았다. 내 팔은 팔베개를 해주느라 그녀 밑에 있었고, 가슴 속 심장은 사정없이 떨렸다. 0.5초 만에 시야에 초점이 맞춰지자, 엄마가 땀복을 입고 서 있는 게 보였고, 순간 생각나는 거라곤 엄마가 왜 정원 일을 할 때 신는 고무장화를 신고 있냐는 것이었다. 그러다 금세 더 큰 문제가 터졌다는 깨달음이 찾아왔다.

"엘리엇." 엄마는 지금 상황에서는 크게 속삭이는 소리라고밖에 표현할 수 없는 소리로 말했다. "여기서 뭐 하는 거야? 그동안 어디 있었니?"

"제 잘못이에요." 칼리오페가 일어나 앉았다. "제가 여기 끌고 왔어요, 먹을 걸 좀 달라고. 하느님 맙소사, 제가 들어도 어처구니없는 말이네요." 그녀는 고개를 절레절레 흔들었다. "아, '하느님'이라고 말해서 죄송해요. 전 그저…." 그녀의 얼굴은 붉게 물들었고, 두 손은 덜덜 떨고 있었다.

엄마는 불을 탁 끄고, 깊고 긴 한숨을 쉬었다. 엄마는 우리 맞은편에 있는 바닥에 앉아서 손에 든 손전등을 치켜 올렸다. "이걸로 너희 둘 다 좀 패줘야 하는데." 엄마가 말했다. "사방을 다 찾아다녔잖아. 여기서 찾은 걸 다행으로 생각해야겠지만, 그래도…." 엄마는 나머지 말은 입 밖에 내지 않았다.

"우린 먹고 그대로 잠이 들어버렸어요, 엄마." 내가 말했다.

"그래, 그 정도는 나도 짐작할 수 있다." 그리고 엄마가 갑자기 미소를 지어서 날 놀라게 했다.

"어떻게 알고 절 찾으러 오실 생각을 하셨어요?" 칼리오페가 말했다.

"네 친구라는 사람, 아벨이란 남자에게 전화를 받았다." 엄마가 칼리오페를 쳐다봤다. "난 린다라고 해." 엄마와 칼리오페는 악수를 했다. "어쨌든 성경에 나오는 인물에게 전화까지 받다니 정말 근사한 일이라고 생각했다만, 알고 보니 그 남자는 널 걱정해서 전화한 거였어, 칼리오페. 그런데 나가보니 엘리엇은 자기 오두막집에 없지. 여길 와볼 생각은 꿈에도 하지 못했다." 엄마는 스테인리스 카운터에 기대어 무릎을 끌어당겨 안았는데, 마치 밤새 내내 그렇게 앉아 있을 작정인 것 같았다.

"아빠는요? 밴 때문에 그 난리가 났는데 이 일까지."

"아빠는 주무셔." 엄마는 날 외면하며 말했다.

"하지만 전화벨 소리가."

"사무실에서 주무신다. 또." 엄마는 그렇게 말하고 눈을 깜박이면서 마치 손전등이 세상에서 가장 흥미로운 물건인 것처럼 열심히 들여다봤다.

"엄마?"

Calliope . Eliot

"애야, 난 괜찮아. 아빠가 워낙 일을 열심히 하시잖니. 그냥 피곤해서 그러신 거야." 나는 고개를 끄덕이고 엄마를 보면서 칼리오페의 손을 꽉 쥐었다. 그 순간 칼리오페는 마치 아빠가 없는 사람처럼 항상 엄마 이야기만 한다는 걸 깨달았다.

엄마가 고개를 돌려 칼리오페를 바라봤다. "네가 뚱뚱했으면, 여기 와서 우리랑 몇 주 동안 살 수 있었을 텐데. 그러면 이 녀석이 좋아했겠지." 엄마는 내 무릎을 살짝 치며 말했다.

"내가 뚱뚱하면 좋겠어, 엘리엇?" 칼리오페가 말했다. "쇼핑몰에 내 이름과 똑같은 초콜릿도 파는, 고디바 초콜릿 가게가 있거든."

엄마가 웃었다. 엄마가 뚱뚱하다는 표현을 쓴 걸 들은 게 이번이 처음이었다. 아빠가 옆에 있을 때는 항상 체중이 다른, 혹은 신진대사에 문제가 있는, 이런 식으로 표현해야 했다.

"애야." 엄마는 칼리오페의 손목을 만지며 말했다. "네 엄마에게 전화해서 네가 여기에 안전하게 잘 있다고 전화해줄까?"

"우리 집에는 전화 없어요. 그냥 집에 데려다 주시면 안 될까요?" 칼리오페가 말했다.

"엄마에게 혼나지 않겠어? 내가 엄마에게 이야기해줄까?"

그녀는 고개를 흔들었다. "아니요, 괜찮아요."

엄마는 고개를 끄덕였다. "네가 영혼의 밤 행사에 온다고 들었다."

"제가요?"

"그래. 네가 원한다면." 내가 그녀에게 말했다. 그러자 그녀는 대체 자신이 어딜 온다는 건지 아무것도 모른 체 고개를 끄덕였다. 내 기억 속에 남은 작년 영혼의 밤 행사는 뚱뚱한 사람들 80명이 환호하며 거대한 모닥불에 상징적인 프리토스 봉지를 던지는 장면이었다.

"그럼 좋다. 이제 데려다 줄게." 엄마가 말했다.


오렌지색 버스를 가득 채운 다이어트 캠프 참가자들이 도착했을 때, 아빠는 확성기로 크게 울려 퍼지는 "예수님이 고속도로를 지으셨고 그 길을 내 차가 달린다네."라는 기독교 컨트리 송을 틀었다. 난 더플백과 배낭과 휴대용 시디플레이어를 가지고 버스에서 내리는 그들을 지켜보며, 내가 저 노래를 또 한 번 들어야 한다면 격하게 우울해질 거라고 생각했다. 어젯밤 이후로 내 눈꺼풀은 자꾸만 내려왔고, 하루 종일 자정에 먹은 우리의 아침식사와 달빛에 비친 그녀의 얼굴 반쪽과 그녀가 내게 사랑한다고 말했던 사실에 대해 계속 생각했다. 그녀는 정말 날 사랑한다고 말했어, 라고 나는 계속 스스로에게 말해줬다. 그리고 다시 머릿속으로 그 장면을 처음부터 끝까지 돌려보면서 내가 제대로 들었는지 확인하기 위해, 사랑이 아니라 좋아한다거나, 안 사랑해, 란 말이 어딘가 들어가지 않았는지 확인하기 위해 바로 그 지점에서부터 속도를 늦추기 시작했다. 그러면서 거듭 그녀를 봤다. 전신의 긴장이 풀리고 얼굴이 부드러워지면서 침묵에 잠긴 그녀는 이윽고 다시 말했다. 나도 널 사랑하니까, 이 말은 캠프 전체에 쾅쾅 울려 퍼지는 찬송가 가사보다 훨씬 나았다. 안전모를 쓰신 예수님, 거대한 트렉터를 운전해, 도로를 금으로 포장하시네…. 가수는 그으으음으로라고 쥐어짜면서 발음을 했고, 이어서 코맹맹이 같이 앵앵거리는 기타 연주 소리가 들려온다. 정말 끔찍하다.

 난 항상 캠프에 오는 사람들이 안 됐다고 생각했다. 모두 내 또래였다. 나보다 조금 어린 아이들도 있고, 스무 살 정도로 나이가 조금 많은 이들도 간혹 가다 있었는데 하나같이 겁먹은 표정이면서도 동시에 안도한 표정이기도 했다. 마치 자신이 태어난 행성에 방금 막 불시착한 것 같은 표정이었다. 불시착한 건 무섭지만, 고향에 돌아와서 다행이라는 표정. 그들에게 고향이란 아마 일생에 단 한 번이라도 그들이 정상적인 사람으로 있을 수 있는 곳을 의미할 거라는 생각이 들었다. 남자아이들이 여자아이들에게 말을 걸거나 수영장에서 셔츠를 벗어 던질 수 있는 곳, 여태까지 한 번도 해보지 못한 평범한 일들을 할 수 있는 곳. 주변을 둘러보는 아이들의 얼굴은 핑크색이었고, 땀이 흐르는 눈 밑이 쑥 들어가 있었다. 몇 명은 진짜 힙합 팬처럼 헐렁한 바지에 체인 지갑을 차고 있었는데, 마치 언제라도 다른 아이들과 쉽게 어울릴 수 있는 그런 역할에 걸맞은 옷을 차려입은 것 같았다. 하지만 그들은 결코 그런 역할에 어울리지 않는다. 심지어 다른 사람을 놀리는 것은 죄악으로 간주되는 우리 학교에서도, 뚱뚱한 아이들은 결코 평범한 아이들과 어울리지 못했다. 내가 기억하기엔 버스에서 내린 첫 번째 소년이 들고 있던 더플 백을 땅에 내려놓더니 그 위에 무릎을 꿇고 두 손을 맞잡은 채 기도하기 시작했다. 아빠는 지지직거리는 소리가 나는 휴대용 확성기를 들고 주위를 걸어 다니면서 "오늘은 주님이 만드신 새로운 날이다"라고 외치고 있었다. 아빠는 그렇게 캠프 내내 매일 아침 그 소리로 아이들의 잠을 깨운다. 난 아빠가 아이들에게 말을 걸고, 그 소년이 마치 주위에 아무도 없는 것처럼 태연하게 기도를 끝내고, 과체중인 소녀들이 불안하게 머리카락을 귀 뒤로 넘기면서 커다란 스누피 인형들과 베개들을 꼭 껴안고 있는 모습을 지켜봤다. 그리고 내 기억으로는 올해 처음으로, 아빠 옆에 엄마가 없다는 걸 깨달았다. 아빠가 항상 엄마에게 과체중 소녀들이 살을 빼고 싶은 모델이 되어야 한다고 말했기 때문에, 매년 엄마는 복근을 과시하는 라이크라

Calliope . Eliot

운동복을 입고 아빠 옆에 서 있었다. 엄마는 거기 없었는데 생각나는 것이라곤 어젯밤, 우리가 밴을 차고에서 꺼내, 청소부 외에는 아무것도 움직이지 않는 거리를 지나, 모든 초록색 신호등을 지나, 새벽 다섯 시가 다 된 시간에 칼리오페를 집에 데려다 준 그일 뿐이었다. 칼리오페가 발끝을 들고 목재 계단을 살살 올라가는 걸 지켜본 후 엄마는 칼리오페가 착한 아이 같다고, 내게 딱 맞는 좋은 아이 같다고 말했다. 그때 고개를 돌려 엄마를 보자 엄마의 눈이 붉게 충혈 되어 있었다. 엄마는 한숨을 쉬었는데, 아직도 땀복과 초록색 원예 부츠를 신은 그 모습이, 너무 피곤해서 집에 돌아갈 기력도 없는 것 같았다.

"엘리엇?" 엄마는 나직한 목소리로 말했다.

"네?"

"영혼의 밤 행사 끝나고 땡땡이치자."

"캠프에서요?"

엄마는 나를 힐끗 바라봤다. "칼리오페가 여기 있었다면 이렇게 말했을 것 같구나. '그래, 이 바보야.' 물론이지, 아가, 캠프에서 땡땡이치는 거지."

"아빠가 화내시지 않을까요? 그때가 가장 바쁠 땐 데."

엄마는 고개를 끄덕이며, 기어를 드라이브에 넣고, 거리로 나가기 시작했다. "그래, 화내겠지."

나는 엄마가 이어서 뭔가 변명하거나 다른 말을 하길 기다렸지만, 엄마는 더 이상 아무 말도 하지 않았다.

"칼리오페도 데려가도 되나요?"

"애슈빌 주민 전체를 데려와도 상관없어."

"좋아요. 어디 가는데요?"

엄마는 미소를 지었는데, 순간 엄마의 얼굴에서 피곤한 기색이 사라졌다. "내가 가고 싶은 유일한 곳이지. 캐롤라이나 해변."


## 손샤인 밸리 구내식당 벽에 붙어 있는 십계명

I 항상 자신의 건강과 다른 무엇보다 행복한 생각을 거룩하게 지켜라.

II 자판기를 사용하지 말라. 광란에 이르는 지름길이니라.

III 네 이웃의 접시에서 음식을 훔치지 말라.

IV 눈이 탐할 때 먹지 말고 위장이 탐할 때 먹어라.

V 주로 지상의 과일과 곡물과 야채와, 하늘의 가금과 7개 바다에서 나는 생선을 조금씩 먹어라. 도넛은 엄금하노라.

VI 음식은 영혼을 치유하는 약이 아니니 슬플 때 먹지 말라. 대신 스스로를 안아줘라.

VII 매일 운동하라. 근육과 뼈와 다리와 운동화는 대체 어디에 쓸 것인가?

VIII TV 보면서 음식을 먹지 말라.

Calliope . Eliot

Ⅸ 매일 좋은 말씀과 좋은 노래와 좋은 하루에서 기쁨을 찾으라.
Ⅹ 새로 산 청바지를 입고 싶다면, 이 계명들을 지켜라.

## 11. 칼리오페

페어는 "비가 오든 볕이 나든" 상관없이 열린다고 했지만, 사실 사람들이 그 말을 믿을 거라곤 생각하지 않는다. 벌써 3일 내내 온종일 비가 내리고 있다. 첫날 사람들은 거센 빗발도 아랑곳하지 않고 페어를 찾아오면서, 점심 먹을 때쯤에는, 오후에는, 밤에는 갤 거라고 생각했다. 이틀째 방문객은 십여 명의 가족들로 줄어들었다. 장시간 차를 타고 오다 보면 아무리 참을성이 많은 아빠라고 해도 꼬맹이들을 진창길 위로 질질 끌고 다니게 된다. 화가 났거나 체념한 엄마들은 휴지와 유아 물병을 들고 다니면서 간식을 주며 식구들을 달랬다. 아이들은 꼭두각시 줄을 너무 세게 잡아당기고, 슬라이드에서

Calliope . Eliot

너무 뒤로 기대고, 점심을 먹지 않겠다고 고집을 부렸다. 즐거운 여름 여행이 그야말로 죽음의 행진이 됐다. 사흘째가 되자, 대부분의 행상이 가게를 닫았다. 야외 활동 무대들도 닫았다. 길이 질퍽질퍽한 진창길로 변해 마상 창 시합을 할 수도 없었다. 비가 너무 많이 와서 무대 공연도 할 수 없었다. 오직 맥주를 파는 텐트만 열려 있었다. 페어에서 일하는 사람들은 테이블 주위에 모여 텍사스 홀덤(인기 있는 포커 게임-역주), 우노(보드 카드 게임-역주), 다이아몬드 게임, 체스를 뒀다. 여자들은 퀼트와 자수를 떴고 뜨개바늘과 코바늘에서는 스카프가 흘러나왔다. 심지어 페어에서는 금지 품목인 비디오 게임에서 나는 뽕뽕 소리도 떨어지는 빗소리 사이로 들렸다.

"내가 지금 뭐 먹고 싶은지 아니?" 아벨 아저씨는 두고 있던 서양 쌍륙판에서 내 말을 하나 집어내며 말했다.

"뭔데요?" 나는 쏟아지는 비를 내다보며 말했다.

"초콜릿 칩 쿠키. 오븐에서 막 꺼내 따뜻한 것."

"견과 들어간 거요, 안 들어간 거요?"

"들어간 거." 아저씨는 주머니에 넣어둔 시계를 힐끗 보면서 말했다. "오트밀도 넣고."

"맛있겠는데요." 나는 축축한 운동화를 벗고 벤치에 다리를 쭉 뻗으며 말했다. 다시 주사위를 던졌지만, 5가 필요했는데 나오지 않았다.

"금방 올게." 아벨 아저씨가 힘겹게 일어섰다. 아저씨는 입고 있던 파란 비옷의 모자를 둘러쓰고 빗속으로 걸어갔다. 똑같이 생긴 레인코트가 내 발치의 벤치 위에 있었다. 어제 아침에 우리 집 현관 내물림 바로 밑의 못에 걸려 있는 이 비옷을 발견했다. 주머니에 쪽지가 한 장 들어 있었다. 비옷 없는 거 알고 있었다. 네가 비에 녹으면 안 되지. 쪽지에는 이렇게 적혀 있었다. 나는 아벨 아저씨가 웅덩이를 두 개 뛰어넘어 모퉁이를 돌아 상가로 가는 모습을 싱긋 웃으며 지켜봤다.


아저씨는 화가 나 있었는데, 미처 내가 대비하지 못했던 일이었다. 나는 비가 온 첫날 텐트로 들어오면서 하나로 묶은 머리에서 빗물을 짜냈다. 엘리엇과 그의 엄마가 집에 데려다준 후에 소파에서 간신히 몇 시간 자고 나온 후라 완전히 비몽사몽이었다. 엄마가 일어났을 때는 잠에서 깨지도 못한 상태였다. 진입로에서 차가 나가는 소리를 듣고서야 소파에서 일어났다. 어쨌든 엄마 차를 타고 가긴 너무 늦어버렸다. 자전거를 타고 페어에 가는데 첫 번째 빗방울이 떨어지면서 가는 비가 내렸다. 그러다 완전 비 맞은 생쥐 꼴이 돼서 갈비 텐트로 들어갔다. 뒷바퀴에서 진흙이 튀겨서 내 등에는 갈색 줄이 그어져 있었다.

"비가 더 많이 오는데요." 난 테이블에서 앞치마를 꺼내 허리에 묶으면서 아저씨 등에 대고 말했다. 그리고 소스 통들을 그릴 근처에 정리했다. 순한 맛은 앞에, 중간 맛은 가운데에, 그리고 눈물 나게 매운 맛은 뒤에 뒀다. "완전 콸콸콸이에요. 정신없이 들이붓고 있어요. 노아의 욕조 정도 되는 거 같아요. 억수 같이 퍼붓는데." 아벨 아저씨는 마침내 돌아서서 날 봤지만 얼굴엔 웃음기가 없었다.

"칼리오페, 입 다물어라." 아저씨는 날 똑바로 보며 말했다. 평상시에는 장난기가 가득하고 반짝거리는 아저씨 눈이 엄격하고, 차갑고, 냉정해 보였다.

"대체 왜." 내가 입을 열자 아저씨가 그냥 고개를 흔들었다.

"왜 전화 안 했니?"

"차편이 필요하면 전화하라고 하셨잖아요. 필요가 없었어요." 이런 질문을 받을 거라곤 예상하지 못했는데. 내가 집에 너무 늦게 온 거나, 전화기가 꺼져 있는 것에 대해 아저씨가 놀릴 거라곤 생각했지만.

"칼리오페." 아저씨는 모자를 벗고 머리를 쓸어내린 후 다시 썼다.

"넌 똑똑한 아이야. 내가 걱정하고 있다는 것 정도는 알았어야지."

"우린 잠이 들었어요." 이렇게 말하면서도 아주 바보 같은 말을 했다는 걸 깨달았다. "전 괜찮았어요."

"난 네가 괜찮은지 몰랐어. 내가 아는 거라곤."

"전 괜찮았어요." 난 다시 말하면서 이렇게 반복해서 말하는 게 최선의 전략일 것 같다고 생각했다.

아벨 아저씨는 눈을 감고 으르렁거리는 소리와 신음 소리의 중간쯤에 해당되는 소리를 냈다. "난 네가 괜찮은지 몰랐다." 아저씨는 다시 눈을 뜨고 날 보면서 말했다. "난…말이다…걱정했었어."

"전."

"그 괜찮았다는 말을 또 한 번 하면, 이걸 네 머리에 부어 버릴 거다." 아저씨는 순한 소스를 가리키며 말했다.

"죄송하단 말을 하려고 했어요."

"저기."

"저기, 뭐냐?"

"말해봐." 아저씨는 한 손에 소스를 들고 싱긋 웃으며 말했다.

"아저씨, 진심이에요. 정말 죄송해요. 전화를 했어야 했는데." 안도감이 내 뇌와 뼈와 혈관으로 스며들었다.

"최소한 다음번에는 진동으로 하지 말고 벨 소리로 해서 내가 엘리엇 엄마를 깨우는 일은 없게 해라." 아저씨가 말했다. "걱정돼서 죽을 것 같은 아빠가 된 기분이었어." 아저씨는 소스 통을 다시 테이블 위에 밀어놓았다.

"약속할게요." 나는 한 손가락으로 가슴에 십자가를 그리며 말했다. 우리는 그렇게 마주 보고 서서 웃다가 텐트 앞에서 무슨 소리가 나서 돌아봤다.

"오늘 장사해요?" 아벨 아저씨가 광대 옷을 입은 그 남자에게 그의 겁나 먼 왕국에 대해 물어보는 동안 나는 그릴 판에 불을 켰다. 그릴 위에 올린 그날의 첫 갈비에 소스를 바르면서, 나는 겁나 먼 나라에 살고 있는 또 다른 남자에 대해 궁금해 했다. 그 사람은 동화의 나라에 살고 있는 사람은 아니다. 나는 텍사스에 사는 도공에 대해 생각하면서 그도 나 때문에 걱정한 적이 있을지 궁금해졌다.


"너도 낄 거냐고 물었잖아?" 아벨 아저씨가 비옷을 탈탈 털며 물었다.

"뭘요?" 내가 물었다.

"제발 좀 지구로 돌아와, 칼리오페. 이런. 쿠키 말이야. 너도 같이 만들거니?"

"쿠키라면 항상 대환영이죠." 나는 아저씨 표정을 보고 웃으며 말했다.

"그럼 비옷 입어라."

"어디 갔다 오셨어요?" 나는 비옷에 팔을 끼우고 내겐 너무 큰 비옷의 앞부분을 여미면서 말했다.

아벨 아저씨는 한숨을 쉬었다. "트럭 가지러 갔었지." 아저씨는 텐트 앞에 있는 주차장을 가리켰다. "이런, 사랑에 빠진 십 대 소녀가 정신을 어디다 팔아먹었을까?"

"네, 네. 내가 왜 엘리엇 생각을 하고 있다고 짐작하셨어요?"

"왜, 아니었어?" 아저씨는 머리 위로 모자를 끌어내리며 물었다.

"지금 생각 중이에요." 나는 모자 밑으로 아저씨를 내다보며 생긋 웃었다. 우리는 단단히 마음의 대비를 하고 트럭까지 뛰어갔다.

난 식료품점이 너무 좋다. 카트의 철커덩 울리는 금속성 소리도 좋고, 밝은 노란색과 초록색이 섞인 바나나 더미도 좋고, 각을 맞춰 쌓아 놓은 화장지도 좋고, 깜박거리는 형광등 불빛도 좋고, 드셔 보세요, 우리가 더 싸요! 라고 쓴 핑크 스티커도 좋다. 샘플로 맛볼 수 있게 자판에 쌓여 있는 설탕 쿠키 조각들, 종이컵에 담긴 레몬 파운드케이크와 굵직하게 자른 멜론과 감로멜론 조각들도 좋다. 델리에서 풍기는 생선과 고기와 치즈 냄새도 좋고, 꽃가게에 화려하게 섞여 있는 꽃송이들과 까닥거리는 풍선들도 좋고, 한쪽으로만 끌리는 시원찮은 카트도 좋고, 앞쪽 계산대에 동전들이 떨어지면서 조용히 딸랑거리는 소리도 좋다. 어딜 가든 식품점은 다 좋다. 텍사스 식품점은 토르틸라와 아보카도로 가득 찼고, 샌프란시스코 식품점에는 타히니와 레몬그라스가 한 가득이고, 메인 식품점에는 바닷가재 스튜와 우피 파이(우리나라의 초코파이와 비슷하게 생긴 파이-역주)가 있지만, 어딜 가든 소리와 냄새와 맛으로 가득 차 있다.

아벨 아저씨는 주차구역에 트럭을 세웠다. 빗방울이 차 앞유리를 때렸고 빗물이 강물처럼 주차장으로 쏟아졌다. "준비됐니?" 아저씨는 마치 우리가 지금 보도까지 잽싸게 뛰어가는 게 아니라 엄청 위험한 군사 작전이라도 앞둔 것처럼 물었다. 나는 고개를 끄덕였고, 우리는 문을 홱 열고 보도를 향해 죽어라 뛰었다.

아저씨는 일렬로 늘어서 있는 카트에서 한 대를 뽑아 가게 안으로 향했다. "여기서 찢어지자." 아저씨가 말했다. "난 장도 봐야 하니까. 네가 쿠키 쇼핑을 맡아라. 초콜릿 칩하고 견과하고, 버터만 사면 돼." 아저씨는 카트를 농산물 코너 쪽으로 밀고 갔고 나는 제과 코너를 찾아 표지판을 둘러봤다. 3번 통로. 케이크 믹스. 푸딩. 설탕. 밀가루. 제빵 재료들.

초콜릿 봉지와 피칸 봉지를 한 손에 쥐고, 버터와 마가린 상자들을 손가락으로 훑어 내렸다. 종류가 너무 많았다. 소금이 들어간 것, 안 들어간 것, 바를 수 있는 것, 이게 버터라니 믿을 수….

"칼리오페지, 맞지?" 갑자기 들려온 목소리에 난 펄쩍 뛰었다. 돌아서자 파이니어스가 한 손에 장바구니를 들고 다른 손에 와인 한 병을 든 채 서 있었다. "오랜만이네." 그가 말하자 그렇게 오래는 아니거든요, 라고 생각했지만 착하게 굴기로 했다.

"파이니어스 아저씨 맞죠?" 나는 생긋 웃으며 물었다. 흠, 그렇게 착하진 않은 것 같군.

그는 내가 농담을 했다고 생각했는지 껄껄 웃었다. 마치 내가 그의 이름을 잊어버릴 수 있다는 생각 자체가 터무니없다는 것처럼. 그는 샌들을 신은 발치에 장바구니를 내려놨다. "밖에 비가 많이 오네." 그는 높게 쌓여 있는 마가린 더미에서 한 개를 뽑아내 장바구니 속의 브리 치즈 상자와 발효한 빵 한 덩어리 옆에 놨다. 그는 재킷을 안 입고 있었고 나는 그의 가슴에 딱 달라붙은 축축한 티셔츠가 우연히 그렇게 된 건 아닐 거라 짐작했다. 파이니어스는 그렇게 떡 버티고 서서 날 바라봤다. "내게도 너 또래의 딸아이가 하나 있단다." 내 나이를 짐작도 못 할 거라고 생각하고 있는데 그가 말했다. "15살 맞지?"

Calliope . Eliot

나는 조금 놀라면서 고개를 끄덕였고, 그가 한동안 발로 장바구니를 툭툭 차는 모습을 지켜봤다. "걔는 어디 있어요?" 내가 물었다. 어떤 여자가 선반에서 사워크림을 꺼내려고 해서 옆으로 비켜줬지만, 그에게서 눈을 떼지 않았다.

"마지막으로 소식을 들었을 때는, 밀워키에서 전처랑 외가 식구들과 같이 살고 있다고 하더구나."

"그때가 언제였어요?"

"약 1년 전이지."

"마지막으로 본 건 언젠데요?"

"아주 오래됐다." 그는 그렇게 말하면서 요구르트를 봤는데, 말하는 품으로 봐서 정말 아주 오래됐다는 걸 알 수 있었다. "그건 그렇고⋯." 그는 다시 날 봤지만 침묵이 계속 흘렀다.

"오늘은 창 시합 안 해요?" 나는 그 어색한 침묵을 메우기 위해 미끼를 던졌다. 효과가 있었다. 그는 마상 창 시합을 하기 위한 적절한 조건들과, 상처를 입을 가능성과 자신의 말과 창에 대해 이야길 하기 시작했다. 그가 그동안 받은 트로피에 대한 이야기로 넘어가기 시작했을 때, 엘리엇의 엄마가 한 손에는 그래니 스미스(아오이 사과와 비슷한 사과-역주) 한 봉지를 들고 다른 손에는 칩스 아호이(초콜릿 청크 쿠키-역주)! 상자를 들고, 우리 쪽으로 오는 게 보였다. 그녀는 고개를 숙이고, 마치 아이들처럼 리놀륨 바닥에 그어진 선들 위를 조심스럽게 넘어서 걸어오고 있었다. 금이 갈라진 곳을 밟으면, 엄마가….

"뭐?" 그가 물었고, 나는 나도 모르게 그 말을 소리 내서 했다는 걸 깨달았다.

"난 그냥." 그러다 말을 멈췄다. 그와 있는 게 지루해 죽겠다는 인상을 줘야지. 나는 린다가 우리 바로 앞에 올 때까지 기다렸다가 다시 입을 열었다. "안녕하세요, 아주머니." 인사를 하자마자 후회가 됐다. 그녀는 내 인사를 받자마자 깜짝 놀란 것처럼 펄쩍 뛰었다. 내 목소리가 아주 먼 곳에서 들린 것처럼 놀란 데다 두렵고 아득한 눈으로 사방을 둘러봤다.

"칼리오페구나." 그녀가 간신히 대답했는데 숨소리가 거칠었다. "이거 참 모양새가 안 좋네." 그녀는 마침내 내게 미소를 지어 보이며 말했다. "비는 하염없이 내리는데 우리 집에 간식이라곤 당근과 무지방 크래커뿐이거든." 그녀는 손을 뒤로 빼서 들고 있는 쿠키들을 살짝 숨겼다. "마치 마약 중독자처럼 쿠키가 당겨서 말이야."

"아무에게도 말 안 할게요." 내가 말했다. 그녀는 내게 싱긋 웃어 보이고 이어서 파이니어스를 봤다. 그의 가슴이나 팔뚝은 보지도 않고, 오로지 얼굴만 봤다.

"아벨 씨죠?" 그녀가 말했고, 순간 나와 파이니어스 둘 다 경악한 표정을 짓고 있을 거란 생각이 들었다. 우린 둘 다 필사적으로 고개를 흔들었다.

"이 분은 파이니어스씨에요." 나는 이렇게 소개하면서 식료품 가게에서 내 앞에 서 있는 그란 존재를 어떻게 설명해야 할지 고심했다. "이 분은 마상 창 시합을 하는 기사에요." 이게 내가 할 수 있는 최선이었다. "이 분은 린다 아주머니세요." 나는 파이니어스에게 소개했고, 이번에는 설명하기가 쉬웠다. "제 친구에요." 그녀는 사과 봉지를 다른 손에 옮겨 쥐고, 파이니어스와 악수를 했지만, 그가 아니라 나를 보고 있었다.

"그동안 보고 싶었다." 그녀가 파이니어스에게 잡힌 손을 거두면서 이렇게 말하자 지난 사흘 동안 느꼈던 갈망이 조금 더 커졌다.

"저도요." 이렇게 말하는 목소리가 어쩔 수 없이 떨렸다.

"다 샀니?" 파이니어스 뒤로 아벨 아저씨가 우리를 향해 오는 게 보였는데 과일들과 야채들과 빵 두 덩어리로 카트가 가득 채워져 있었다. 아저씨는 우리에게로 곧장 오다가 파이니어스의 뒤통수를 보고 눈썹을 찡그렸다. 그때 파이니어스가 돌아보면서 그 표정을 봐서 아벨 아저씨는 살짝 얼굴을 붉혔지만 금방 회복했다. "파이니어스, 이 정신없는 데는 웬일로 왔어?" 그가 물었다.

"그냥 쇼핑 조금 하려고." 그가 말했다.

"정말 조금이군." 아벨 아저씨는 파이니어스의 장바구니를 들여다보며 말했다.

"흠, 아무래도 몇 주 후에 여길 떠날 거 같아서." 파이니어스는 어깨를 으쓱하며 말했다. "서부에서 큰 건이 터질 것 같아." 린다가 날 보는 표정에서 내가 그 뉴스를 듣고 너무 활짝 웃고 있다는 걸 퍼뜩 깨달았다.

"그럼 전." 린다가 입을 열었지만, 나는 그녀의 팔을 잡고, 물러나려는 그녀를 제지했다.

"이분이." 나는 아주 자랑스럽게 아벨 아저씨를 가리켰다. "아벨 아저씨예요."

"린다라고 합니다." 그녀는 아벨 아저씨 쪽으로 한 손을 들어 올리며 말했다.

"이렇게 정상적인 시간에 이야기를 나눌 수 있어서 좋군요." 아벨 아저씨는 날 향해 장난스럽게 성난 표정을 지어 보이며 말했다. 파이니어스는 어리둥절한 표정이었다.

"난 그럼…만나서 즐거웠고…." 파이니어스가 말했고, 순간 그가 좀 불쌍해지려 했지만, 떠나기 전에 머리 위로 스트레칭을 하면서 팔뚝 자랑을 해서 우리의 시선을 끌었다. 그걸 보자 손톱만큼 느꼈던 불쌍한 마음이 싹 가셔버렸다. 아벨 아저씨는 그가 가는 걸 보다가 다시 말을 이었다.

"캠프 참가자들에게 그걸 먹이나요?" 아벨 아저씨는 린다가 뒤에 숨기고 있는 쿠키 봉지들을 가리키며 물었다.

"좀 한심하죠?" 그녀는 다시 얼굴을 붉히며 말했다.

"나라면 그런 건 고르지 않을 텐데." 아저씨는 자신의 카트에 쌓여 있는 몸에 좋은 음식들을 의미심장하게 바라보며 말했다. "내 말은 수제 톨 하우스 쿠키를 먹을 수 있는데 말입니다." 그는 내가 들고 있는 봉지를 힐끗 봤다. "피칸이 들어간."

"아, 그거야말로 천상의 맛이겠어요."

"그럼 됐네요." 아저씨는 내가 들고 있는 초콜릿 봉지와 견과 봉지를 뺏어서 카트에 던져 넣었다. 내가 그에게 소금을 넣지 않은 버터도 건네자 그것도 카트에 넣었다. "가서 아드님을 데리고 우리 집에서 만납시다." 그는 시계를 봤다. "42분 후에 쿠키와 커피를 드시며 픽셔너리(그림을 그려 맞추는 게임-역주)를 하실 수 있습니다."

"엘리엇 아빠가···." 내가 입을 열었다.

"칼리오페, 엘리엇 아빠 문제는 내게 맡겨라. 넌 쿠키를 구워야 하잖니." 린다가 내게 미소를 지으며 말했다. "난 이것들을 다시 제자리에 갖다 놔야겠다." 그녀는 가게에서 파는 쿠키들을 냄새라도 나는 것처럼 멀찍이 치켜들었다. 그리고 돌아서서 가게 반대편으로 걸어갔다.

아저씨는 다시 시계를 봤다. "41분." 그녀에게 소리치자,

그녀는 의기양양하게 쿠키 봉지를 흔들어 보였다. 이번에는 똑바로 앞을 보고 가면서, 바닥의 금을 밟는지 어쩐지 쳐다보지도 않았다.


"너에게 물어볼 게 두 가지 있다." 아벨 아저씨가 나와 함께 뒷문으로 들어가면서 말했다. 우리는 문 옆에 있는 고리에 젖은 코트를 걸고 벤치 밑에 신발을 벗어서 던져 놨다. 아저씨 집에 들어온 건 처음이었고, 나는 부엌으로 걸어가면서 주위를 둘러봤다. 책꽂이가 거의 모든 벽마다 있었는데 심지어는 복도에도 있었다. 밝은 노란색 나무화로가 한쪽 구석에 있었는데 화분에 심은 양치류를 머리에 모자처럼 이고 있었다. 나는 가죽 소파 옆을 지나가면서 손가락으로 쓸어보며 소파 등에 걸쳐진 초록색 덮개를 오랫동안 만져봤다. 부엌에서 아저씨는 플라스틱 봉투들을 조리대 위에 올려놓다가 우유 곽을 털썩 쓰러뜨렸다. "그럼 좋아, 1번 질문. 피칸은 볶은 것 아니면 생으로."

"볶아요." 나는 그가 건넨 파란색 주발을 받았다. "아주 예쁜 그릇인데요." 나는 손가락으로 유약이 칠해진 그릇 안쪽의 섬세한 원들을 따라가며 말했다.

"어머니 그릇이었어." 아벨 아저씨는 냉장고에서 달걀 몇 개를 꺼내며 말했다. "폴란드 그릇인데 무지 오래된 그릇일 거야." 아저씨는 시디플레이어를 켜서 느리고 슬픈 선율이 부엌에 흐르게 했다. 우리는 음악과 빗소리를 들으며 조용히 일했다. 아벨 아저씨는 일차로 만든 쿠키 팬을 오븐 안에 넣었고 우리는 아일랜드 조리대 옆에 있는 걸상에 앉아, 차례로 그릇에서 밀가루반죽을 조금씩 떼어 쿠키 반죽을 했다.

"또 다른 질문은 뭐예요?" 난 종이 타월로 축축한 얼굴을 닦아내며 물었다. 엘리엇이 여기에 언제 들이닥칠지 모르는데 비사이로 뛰어다니느라 내 몰골이 엉망이란 생각이 갑자기 들었다.

"저기, 질문이 두 개야."

"아까 두 개라고 그러셨잖아요."

"아니, 두 개가 더 생겼다고."

"물어보세요." 나는 창밖으로 떨어지는 빗방울을 보며 말했다.

"칼리오페." 아저씨는 입을 열었지만 그러다 너무 오래 침묵을 지켜서 난 아저씨를 쳐다봤다. 아저씨는 잠시 나와 마주보다가 다시 고개를 숙이고 자신의 손등을 열심히 쳐다봤다. "아빠는 어디 계시니?"

"텍사스요." 내가 너무 빨리 말해서 무지 무뚝뚝하고 방어적으로 들렸다. 오븐의 타이머에서 띵 소리가 울렸지만, 우리 둘

다 움직이지 않았다. 부엌이 갑자기 너무 덥고 너무 작게 느껴졌고, 이렇게 조리대를 사이에 두고 앉아 있는 것이 너무 익숙하게 느껴졌다. 눈물이 석재 조리대 위로 떨어지면서 유리창에 맺힌 빗방울처럼 동그랗게 방울졌다.

"칼리오페, 왜 그러니?"

"텍사스는 오클라호마 바로 밑에 있는, 남쪽에 있는 큰 주에요. 카우보이와 석유로 유명한 곳이고." 눈물이 나는데도 순간 웃음이 나왔다. 아벨 아저씨는 한숨을 쉬면서 고개를 흔들었다. 아저씨는 일어나서 타이머를 눌러 띵 소리를 멈췄다.

"좋아, 이건 계산에 넣지 마." 아저씨는 오븐을 열면서 말했다. "쿠키는 가운데가 살짝 부드러운 게 좋아 아니면 바짝 구운 게 좋아?"

"부들부들한 거요." 나는 종이 타월로 눈을 닦으며 말했다.

"아빠랑 마지막으로 이야기한 게 언제였니?" 아저씨는 전자레인지 위에 쿠키를 펼쳐놓는 판을 놓으며 물었다.

"크리스마스 때요." 아벨 아저씨가 어떤 표정을 지을지 두려워서 쳐다보지 않고 말했다. "올봄에 몇 번 전화하려고 했는데, 그때마다 아빠가 집에 없었고 우리는 계속 옮겨 다녔고." 내가 마지막으로 전화를 걸었을 때 응답기에서 흘러나온 아빠 목소리가 이렇게 말했다는 건 아저씨에게 말하지 않았다. 우린 집에 없습니다. 메시지를 남겨 주세요. '우리는' 때문에 나는 더 이상 전화하지 않았다. 마침내 고개를 들어 아저씨를 봤을 때, 그는 다시 손만 보고 있었다.

"집을 떠난 후에 아버지에게 전화하기까지 참 오랜 시간이 걸렸단다." 아벨 아저씨가 마침내 날 보며 말했다. "나는 네 사연에 대해 잘 모른다. 내 말은, 네가 때가 되면 듣고 싶구나. 하지만 칼리오페…." 우리 둘 다 바깥의 진입로에서 타이어가 구르는 소리를 들을 수 있었지만, 움직이지 않았다. "너무 오래 걸리지 않게 해라. 어느 정도 시간이 지나면, 그때부터는 그냥 시간만 속절없이 흐르게 돼. 그리고 시간이란 거 있잖니, 그건 우리가 무한히 가질 수 없는 중요한 거란다." 문을 노크하는 소리가 들렸고 아저씨는 기대어 서 있던 조리대에서 몸을 떼고 똑바로 일어섰다. "가서 세수 좀 해라." 아저씨는 집 뒤쪽에 있는 복도 끝을 가리키며 말했다. "화장실은 왼쪽에 있어. 전화가 있는 테이블을 지나면 바로 나와." 아저씨는 그럴 필요가 없었지만 내가 그 의미를 받아들일 수 있도록 좀 뜸을 들였다. "문은 내가 열게." 아저씨는 거실로 들어가서 뒷문으로 갔지만, 아저씨가 소파를 돌아가기 전에 내가 말했다.

"질문이 하나 더 남았잖아요." 나는 종일 머리를 묶고 있던 고무 밴드를 잡아당기며 물었다.

"엘리엇과 얼마나 진도가 나갔는지 물어볼 참이었다면, 노크 소리를 듣고 네가 얼굴을 붉히는 걸 보니까 답이 나온다."

머리끈을 잡아당기며 화장실로 걸어가는데 아저씨의 껄껄거리고 웃는 소리와 엘리엇의 굵은 목소리와 그보다 훨씬 더 높고 가는 린다의 목소리가 들렸다. 난 지나가면서 전화기에 손끝을 대고 살짝 쓸어봤다. 아직은 아니야, 하지만 곧. 나는 생각했다.

**칼리오페의 체리 초콜릿 칩 쿠키**

버터 한 컵
갈색 설탕 $\frac{3}{4}$ 컵
설탕 $\frac{3}{4}$ 컵
달걀 1개
바닐라 한 스푼(티스푼으로)
밀가루 $1\frac{1}{2}$ 컵
베이킹 소다 한 스푼(티스푼으로)
오트밀 $1\frac{1}{2}$ 컵
말린 체리 한 컵
초콜릿 칩 6온스
볶아서 잘게 썬 피칸 한 컵(안 넣어도 됨)
크림 버터와 설탕.
계란과 바닐라를 첨가한다.

Calliope . Eliot

밀가루와 베이킹 소다를 넣고, 그다음에 오트밀, 체리, 피칸과 초콜릿 칩을 넣는다.

부드럽게 섞어준다.

줄이 그어진 베이킹 판에 놓는다.

10분에서 12분 정도 350도로 굽는다.

분량 : 세 다스.

## 12. 엘리엇

　모닥불을 잘 피우는 비결은 연료유를 몽땅 들이붓는 것이다. 나는 불꽃놀이를 만들 줄 안다는 이유 때문에 모닥불을 피우는 책임을 지게 됐는데, 그렇다고 아빠가 날 불꽃놀이 기술자나 전문가로 생각해서 그런 건 아니다. 아빠가 보기에 나의 불꽃놀이는 그저 귀여운 장난이자, 12살짜리 아이나 빠질 시시한 취미에 지나지 않는다. 문제는 이 시시한 취미가 상당히 위험하다는 것으로, 지난 50년 동안 대략 800명의 불꽃놀이 기술자들이 이것 때문에 목숨을 잃었다. 어딘가에서 그걸 읽은 적이 있다. 하지만 나는 영혼의 밤 행사를 위해 더 이상 손이 닿지 않을 때까지 장작을 높게 쌓아올리고 구내식당 구석에

Calliope . Eliot

있는 탱크에서 기름을 빼 장작더미에 부었다. 불길은 빠르게 올라가면서 크고 뜨겁게 살아났다. 아주 거대한 모닥불이었다.

페토가 트랙터를 써서 소프트볼 구장에 있는 낡은 의자들을 끌고 왔고, 어떤 사람들은 기타를 가져왔고, 버터가 안 들어간 팝콘과 무지방 쿠키도 있었다. 몇 년 전 아빠는 초콜릿이 들어 있지 않은 스모어(미국과 캐나다에서 캠프파이어 할 때 먹는 간식으로 크래커 두 장 사이에 마시멜로우와 초콜릿을 넣어 구운 것-역주)를 개발하려고 애를 썼지만, 그게 대체 가당키나 한가.

"불의 이상한 점이 뭔지 알아?" 칼리오페가 말했다.

"불 앞에 선 쪽은 로티세리 오븐(꼬챙이가 달린 고기 굽는 회전식 기구-역주)안에 있는 것처럼 뜨거워 죽겠는데, 뒤쪽은 얼어 죽을 것처럼 시리다는 거야."

"이만하면 충분히 따뜻한 거 같은데." 난 그녀가 입은 청바지 뒷주머니 속에 손을 넣으면서 말했다.

"오늘 밤은 불경스런 말은 하지 마. 너희 아빠가 네 안의 악마를 쫓아내려고 엑소시즘 같은 걸 하실 지도 몰라." 칼리오페가 말했다.

난 고개를 끄덕이며 조금 웃다가 모닥불을 바라봤다.

"야, 난 그냥 놀린 거야. 비웃으려고 그런 게 아니야."

나는 싱긋 웃으며 고개를 흔들었다. "아니야, 맘껏 비웃어.

주위를 좀 둘러보란 말이야." 그녀는 그렇게 했고, 나도 주위를 둘러봤다. 아빠처럼 이곳에 빠져들고 싶지 않았기 때문에 항상 그랬던 것처럼 외부인의 입장에서 주위를 둘러봤다. 난 항상 거리를 두고 싶었다. 캠프 참가자들은 모두 손샤인 밸리 셔츠를 입고 있었다. 홀치기염색을 한 예수님이라면 뭘 드실까? 셔츠나, 하느님은 정크 푸드를 만드시지 않는다, 라는 문구를 형광 안료를 써서 물방울무늬 글자로 새긴 노란 셔츠나, 손샤인 밸리-인생 최고의 경험이라고 적힌 빨간 셔츠를 입고 있었는데 모두 우리 집 밴에 그려진 것과 똑같은 만화 십자가가 그려져 있었다. 모닥불의 불길이 펑하고 터지면서 소리가 났고, 의식에서 스낵의 희생물로 쓰인 타버린 비닐봉지 조각들이 하늘에 날아다녔다. 올해는 편얀(양파 맛이 나는 콘칩 과자-역주)봉지가 제물로 쓰였다. 좀 전에 아빠는 칠판에 써가면서 강연을 했는데 거기서 몇 십 년은 묵은 십 대들의 은어를 써가며("아주 뿅 가는 칼로리 계산법을 내가 보여줄게, 애들아…어찌고저찌고")자판기를 7대 죄악 중 하나로 지명했다. 나는 칼리오페에게 요즘에는 나태에 대해 이야길 하는 사람도 별로 없으니까 성경에 나오는 7대 죄악 중에 나태를 없애고 그 자리에 자판기를 넣는 게 좋을 것 같다고 말했다. 기타를 가진 사람 둘이 "쿰바야"를 불렀고, 사람들이 노래를 따라서 불렀다. 아빠는 계속해서 그다음 가사를 불러줬다("제대로 먹을게요, 우리 하느님, 제대로 먹을게요…"). 아빠가 여기에 얼마나 많은 에너지를 쏟아 붓는지 보면서 아빠는 정말 사람들을 도와왔다고 나 자신을 설득했다. 아빠의 사무실 벽에는 사람들의 살을 빼기 전과 후의 사진들로 가득 찬 게시판이 있었다. 캠프가 시작된 첫날 아침 내 눈길을 끌었던 아이는 서서 모닥불을 보며 마치 그림에 나온 것처럼 두 손을 맞잡고 기도하고 있었다. 그 아이의 핑크색 뺨을 비추는 불빛에 눈물이 번쩍이는 걸 보고 나는 그 아이가 울고 있다는 걸 알았다.

칼리오페도 눈치 채고, 내 뒷주머니에 넣은 자신의 손으로 날 살짝 밀었다. "저기 저 아이, 왜 저래?"

"나도 몰라, 첫날부터 저랬어."

그녀는 고개를 살래살래 저으면서 내게 기댔다. "있지, 모두 환호하면서 박수를 쳐대지만, 모두 아주 슬퍼 보여. 노래 부르고 이렇게 다들 난리치는 게 일종의 슬픔을 덮어버리는 비닐 덮개 같아."

"그래." 나는 그 아이가 막대기 끝을 불에 태웠다가 높이 들고 불어서 끌려고 하는 모습을 지켜봤다. 멀리서 봐도 그 아이가 얼마나 땀을 흘리고 있는지 볼 수 있었다. 그 아이는 지금까지 이 캠프에 온 아이들 중에서 가장 뚱뚱한 아이로 보였다. 통나무 위에 걸터앉으려고 움직이는 것만으로도 너무 힘들어서 숨이 가쁜 것 같았다. 나는 손을 칼리오페의 등으로 올려서 그녀의 척추 마디를 만져봤다가 다시 내렸다.

"항상 이런 식이야?"

"가끔은 더 나을 때도 있고, 가끔은 더 나쁠 때도 있어. 한 번은 잠비아 출신의 남자가 강연하러 왔는데 아주 멋졌어. 너도 알지, 아프리카에 있는 나라?"

그녀가 피식 웃었다. "고맙네요, 알렉스 트레벡(퀴즈쇼의 진행자 이름-역주)."

나는 그녀에게 재빨리 키스했다. 아빠가 다음 가사를 소리치고 있었다.

("칼로리는 중요해, 우리 주님, 칼로리는 중요해…"). "어쨌든 똑똑이 아가씨, 그 잠비아에서 온 남자가 잠비아에서는 하트가 중요한 상징이 아니라 간이 그렇다는 거야. 그래서 하느님에게 우리의 가슴에 들어오소서. 이렇게 비는 게 아니라 우리의 간에 들어오소서. 이렇게 빌어야 한다나. 하느님에게 우리 간에 깃든 죄악을 정화해달라고 기도하는 거지."

그녀는 활짝 웃었다. "그거 근사하다."

나는 고개를 끄덕였다. "그래서 난 밸런타인데이에 그곳 사람들은 간 모양의 상자에 캔디를 넣어서 주고받을까 계속 궁금해 했지."

"엘리엇." 그녀가 속삭이면서 내 팔을 안아서 그녀의 가슴이 내 팔을 누르는 게 느껴졌다. "내 온 간을 다해 널 사랑해."

Calliope . Eliot

그리고 그녀는 고개를 뒤로 젖히고 웃음을 터트려서 나까지 웃게 만들었다.

"칼리오페. 내 간이 널 열망하고 있어." 내가 말했다.

"생각해보니까 좀 징그럽다. 마치 의사가 당신의 간에 열망이 있으니, 즉시 수술해서 떼어버리라고 말하는 것 같아."

난 다시 웃다가 아빠가 우릴 지켜보고 있는 걸 눈치 챘다. 아빠는 모닥불 건너편에서 울고 있는 그 아이의 어깨에 손을 올려놓고 있었다. 그 아이는 연기가 피어오르는 막대기로 신고 있던 운동화 끝을 녹이고 있었다. 아빠는 나, 우리, 칼리오페의 어깨에 두른 내 팔을 보며 얼굴을 찌푸리고 있었다. 아빠는 칼리오페가 여기 와서 구원받기를 원했지, 내 데이트 상대가 되는 걸 원하진 않았다는 생각이 들었다. 그리고 난 그런 아빠에게 등을 돌리고 아랑곳하지 않은 채 그냥 칼리오페를 안고 있었지만, 한편으로 아빠에게 신경이 쓰였다. 나는 아빠가 그녀를, 우리를 마음에 들어 하길 원했다. 아빠가 TV 쇼에서 보이기 위해 연습했던 웃음 대신 예전처럼 거리낌 없이 웃었으면 했다. 그리고 엄마는? 엄마는 어디에서도 보이지 않았고, 밤새 볼 수 없었다. 부모님이 지내는 오두막집의 커튼 뒤로 왔다가 갔다 하는 그림자만 보이다 마침내 불이 꺼졌을 때 희미해지는 것만 봤다.

* * *

캐롤라이나 해변으로 가는 드라이브 내내 우리는 어느 라디오 방송을 들어야 하는지 논쟁을 벌였고, 매번 노래에서 하트라는 말이 나올 때마다, 칼리오페는 그 말을 간이란 말로 바꾸고 혼자서 죽어라고 웃어댔다. 나는 그녀의 모습을 지켜보며 라디오에서 나오는 노래의 90퍼센트에 하트란 말이 나온다는 걸 깨달았다. 우리 셋은 엄마의 혼다 앞좌석에 빡빡하게 끼어서 앉았는데, 칼리오페가 가운데 앉았다. 남동쪽으로 내려갈수록 날씨는 더 따뜻해졌고, 구름 한 점 없는 하늘에 태양이 높이 떠 있었다.

엄마가 이러는 건 한 번도 보지 못했다. 엄마는 차에 기름을 넣기 위해 멈추면서 우리에게 배고프냐고 물었다. 칼리오페와 내가 창문을 닦고, 타이어의 공기를 체크하고 있을 때, 엄마가 편의점에 갔다가 하니 번(달콤한 페이스트리—역주)과 피칸 롤과 비스코티와 작고 하얀 도넛들과 초콜릿 도넛들이 가득 든 봉투를 들고 왔다. 거기다 포장된 스낵이란 스낵은 다 들어 있었다. 엄마는 반바지와 고무 슬리퍼와 예전에 엄마가 즐겨듣던 어떤 밴드가 찍힌 티셔츠를 입고 차에 들어왔다. 엄마는 그 무거운 봉투를 칼리오페의 무릎 위에 놓고 자신의 커다란 커피 컵을 컵 홀더에 넣었다.

Calliope . Eliot

"실컷 먹어라." 엄마가 말했다. 엄마는 그 봉투를 이제야 처음 보는 것처럼 바라봤다. 마치 빨랫감을 가득 넣은 봉투처럼 거대한 봉투를 보며 엄마는 웃음을 터트렸다. "정말이야. 이빨이 썩고, 밥맛이 확 달아 날 만큼 먹어. 혈당이 너무 올라 기절할 만큼."

"건강한 삶의 삼대 지주네요." 칼리오페가 이렇게 말하자 엄마는 지나치다 싶을 만큼 웃어젖혔다. 심지어는 칼리오페마저 의아한 눈빛으로 날 봤고, 나는 그냥 어깨를 으쓱했다. 난 그냥 이 분위기를 유지하면서 재미있게 보내려고 노력했고, 사실 정말 재미있었다. 바람에 나부끼는 칼리오페의 머리카락이 내 얼굴을 간질였고, 그녀의 드러난 허벅지가 내 허벅지와 맞닿아 있었다. 우리는 음악과 바보 같은 광고판과 도로표지판에 대해 농담을 해대며 즐거워했다. 하지만 마음 한구석으로는 계속 아빠가 아침에 일어나서 엄마가 써놓은 쪽지를 보고 어떤 기분이었을지 계속 생각하게 됐다. 엄마는 내게 쪽지에 오늘 하루 캐롤라이나 해변에서 짧은 휴가를 보내고 저녁에 돌아올 거라고 썼다고 말했다. 난 아빠가 아침 식사 때 구내식당을 돌아다니며, 소녀들에게 뭐라고 말해야 할지 머리를 쥐어짜는 모습을 상상했다. 아빠는 소녀들에게 이야기 할 때면 항상 얼굴을 붉혔다. 그리고 내가 밴을 가지고 나갈 때면 항상 무사히 살아 돌아오라고 했던 걸 떠올리며, 아빠가 엄마와 날 걱정하고 있을 거라고 생각했다.

칼리오페는 하니 번을 한 입 먹더니, 내게도 한 입 먹여주면서 내 입 가장자리에 묻은 설탕을 손가락으로 닦아줬다. "왜 모든 스낵은 이름이 두 단어지? 이걸 봐. 딩 동, 호 호, 데블 독, 링동…."

"진저는 어쩌고?" 내가 물었다.

"진저도 음절이 두 개잖아. 모두 두 단어 아니면 2음절이야."

엄마가 고개를 끄덕이며, 칼리오페의 무릎에 놓인 간식더미를 보다가, 다시 도로로 시선을 돌렸다. 표지판에는 캐롤라이나 해변까지 43마일이 남았다고 적혀있었다. "네 말이 맞다. 오들, 스노 볼, 트윙키. 정말 이상하네."

"별로 이상하지 않은데." 나는 발밑에 움직이는 고속도로를 보며 말했다. "모두 동시 각운에서 나오는 소리를 이용해서 이름을 지은 거잖아. 동시와 똑같은 리듬과 패턴을 사용한 거야. 트윙-키, 링 딩, 모두 아이들이 좋아하는 말이잖아. 안 그래? 아이들을 재울 때 읽어주는 동시에서 따온 거야."

칼리오페는 피식 웃으며 날 바라봤다. "그래서 왜 그렇게 했냐고요, 엘리엇 교수님?"

나는 파이프 담배를 피우는 척했다. "흠, 그거야 뻔 한 거 아닌가? 스낵 케이크에 어린 시절의 순수함과 즐거움이 깃들어 있다는 환상을 심어주고 있잖아. 이런 간식들은 아무 죄가 없다. 그냥 작고, 귀엽고, 순진한 것들이다. 이런 것들은 절대로 우리의 혈관을 막히게 하거나, 우리의 이빨을 썩게 하거나, 우리를 살찌게 할 수 없다는 거지."

"네 이야기는 정말 딱." 엄마는 이렇게 말하다 그만 입을 다물어버렸다. "아주 이상한 아이가 하는 말 같다." 엄마는 이렇게 말하면서 날 보고 윙크했지만, 너무 늦어버렸다. 어색한 침묵이 흐르다 마침내 칼리오페가 입을 열어 그 침묵을 깼다.

"정말 미안한데요, 교수님." 그녀가 말했다. "하지만 이건 어떻게 설명할 건데요?" 그녀는 셀로판지로 포장한 상자를 하나 들어 보였다. "스위스 케이크 롤. 이건 각운도 안 맞고, 귀엽지도 않고, 순진하게 들리지도 않아. 게다가 이건 아주 훌륭한 간식 중 하나잖아? 이건 어떻게 된 건가요, 교수니이임? 네에?" 그녀는 자신의 허벅지로 내 허벅지를 쿡쿡 찔러 댔다.

"아이고, 그것도 몰라요?" 내가 대꾸했다.

"이번엔 뭐라고 할지 정말 기대된다." 엄마가 칼리오페에게 몸을 기울이며 말했다.

"우리는 스위스인 하면 아주 정확하게 물건을 만드는 일류 장인이라고 믿잖아." 내가 말했다.

칼리오페가 날 쳐다봤다. "우리가 그래?"

"스위스 시계를 꼭 집어서 말해줘야 해? 스위스 아미 나이프(맥가이버 칼-역주)는 어쩌고? 스위스 치즈는 또 어떻고? 누군가 부담도 안 되고 위험해 보이지도 않는 간식용 케이크를 만들 수 있다면, 스위스 인이 제격이지. 스위스는 중립국이니까 트랜스 지방과 설탕으로 우릴 공격하지 않을 거라고 우린 굳게 믿고 있잖아. 만약 그 케이크가 독일 케이크 롤이었다면 느낌이 확 달라졌을걸. 북한 케이크 롤이라고 생각해봐. 그러면 절대로 안 먹을걸."

"난 먹는다." 칼리오페는 스위스 케이크 롤을 한 입 크게 베어 먹었다. "아주 특이한 아드님을 두셨어요." 그녀는 엄마에게 말했다.

엄마는 어깨를 으쓱하며 생긋 웃었다. "난 그저 최선을 다했단다." 엄마가 말했다. "20마일 남았다." 엄마가 핸들을 손으로 조몰락거렸다. "뭐 낯익은 거 안 보이니?"

몇 마일 더 가자, 낯익은 풍경이 나타나기 시작했는데, 다만 모두 전보다 작아 보였다. 우린 다리를 건너 토템 인 로드사이드 동물원을 지나쳤다. 예전에는 그 동물원에서 원숭이들이 꼬리로 땅콩을 나르는 모습을 보며 웃음을 터트리곤 했는데. 거기서 머리가 두 개인 염소를 포름알데히드 병에 담아서 전시했는데, 엄마가 못 보게 하는 걸 화장실 간다고 거짓말하고 몰래 빠져나와 결국 봐버렸다. 우리는 텍스 앤드 셜리스 팬

Calliope . Eliot

케이크 하우스와 3-D 차오박스와 밖에 간판은 없지만 아빠가 카운터에 서서 생굴을 먹는 동안 엄마가 얼굴을 찡그리던 식당을 지나쳤다. 엄마는 멀리 갈수록 점점 더 말수가 줄어들었고, 나 역시 7년 동안 보지 못했던 것들을 둘러보느라 아무 말이 없는 동안, 칼리오페는 내 손을 천천히 꼭 쥐었다. 우리는 캐롤라이나 해변 한가운데로 달렸는데, 대부분의 가게가 여전히 그대로 있었다. 해적 깃발들, 남부 연방 깃발들, 서프보드들, 맥주 마시는 깔때기들이 그려진 티셔츠들이 밖의 밧줄에 걸려 있는 티셔츠 가게들, 여기 캐롤라이나 해변에서는 백만 년 동안 찾아도 결코 발견하지 못할 바다 조개들을 파는 가게들, 네온사인이 붙은 술집들과 내 자전거를 세워두고 체인으로 잠가두곤 했던 세븐 일레븐 밖에 있는 전신주, 무슨 이유에선지는 모르지만 말은 없이 호랑이와 낙타 회전목마만 있던 플레이랜드 모두 그대로였다. 페리스 대회전식 관람차도 있고, 롤러코스터도 있는데 마치 누군가 이것들을 드라이어에 너무 오래 놔둬서 바짝 줄어든 것 같은 모습이었다. 이것들을 탔을 때 얼마나 두려워했는지, 처음 혼자 탔을 때 아빠와 엄마가 얼마나 호들갑을 떨었는지 이제 기억이 났다. 하지만 지금 보니 모두 지난 삼십 년간 똑같은 궤도를 뱅글뱅글 도는, 아무 해도 없는, 꼬맹이들이 타는 놀이기구에 지나지 않았다. 아마 모든 게 이러겠지. 오랜 시간이 흐른 후에 다시 돌아와 보면 어릴 때 봤던 모든 것들이 다 작아 보일 것이다. 나는 엄마에게 이들 중 어떤 것이 작아보일지, 아니면 지난 몇 년 동안 계속 작아지기만 했던 엄마에게는 오히려 더 커 보이는 건 아닌지 궁금했다.

전에 살던 거리에 이르렀을 때, 엄마는 왼쪽 깜빡이를 켜고, 속도를 늦추다, 갑자기 속도를 내면서 그냥 계속 달렸다.

"정말 날씨 좋구나. 먼저 해변부터 가보는 게 어떨까?" 엄마가 말했다.

우리 둘 다 고개를 끄덕이면서 좋다고 했고, 엄마는 거기서 세 블록이나 더 가서야 깜빡이를 꺼야 한다는 걸 기억해냈다. 날이 흐릿해서 비가 올 것 같았기 때문에, 해변에 사람이 거의 없어서 주차하기는 쉬웠다. 칼리오페는 차에서 내려 스트레칭을 했다. 그녀는 단을 잘라낸 짧은 청바지와 끈이 없는 운동화를 신고 있었고, 앞으로 스낵을 한 개 더 먹어야 한다면, 80살 먹은 파파 할머니가 될 것 같다고 말했다.

"부두 위쪽에 핫도그 파는 데가 있어." 내가 말했다.

그녀는 고개를 끄덕였다. "내 이름이 붙은 핫도그를 파는 데도 있어."

"핫도그에 칼리오페라는 이름은 좀 이상하다." 난 그렇게 말하다가, 순간 숨이 멎을 뻔했다. 칼리오페가 티셔츠를 벗었는데 그 밑에 초록색 비키니 상의를 입고 있었다. 그녀의

Calliope . Eliot

피부는 너무나 희고 부드러웠고, 아주 부드러운 곡선미가 흐르고 있었다.

그녀는 실실 웃었다. "이제 네가 벗고, 내가 침 흘릴 차례야." 그녀가 말했다. 나는 웃으며 그렇게 했고, 엄마는 그동안 트렁크에서 접이의자와 작은 아이스박스를 꺼냈다. 우리 셋은 모래가 깔린 보도를 걸었는데, 내가 가운데 서서, 계속 어깨를 부딪치며 걸었다.

"나도 모르겠다, 엘리엇." 엄마는 마치 방금 나랑 이야기하다 멈췄던 것처럼 느닷없이 말했다. "여기와 거기 사이에 무슨 일이 일어난 걸까?"

칼리오페는 내 손을 한 번 꼭 잡아주고 앞으로 달려갔다.

"두 분이서 맘껏 옛날을 회상해보세요. 난 상어 이빨을 찾아볼게요." 그녀가 말했다.

난 고개를 흔들었다. "나도 모르겠어요, 엄마."

"난 마흔셋이다." 엄마는 마치 그 말이 엄마의 머릿속에서 딱 맞아떨어지는 또 다른 대화의 일부인 것처럼, 엄마 혼자서 이리저리 흩어진 점들을 잇고 있는 것처럼 말했다. "넌 너무 어려서 내가 무슨 말을 하는지도 모를 거야." 엄마는 그렇게 말하고 웃었다. "내가 하지 않은 말을 모르는 거겠지."

나는 저쪽 앞에서 부서지는 파도 가장자리까지 달려가, 바람에 머리를 날리며, 그냥 파도를 보고 있는 칼리오페를 봤다.

"우리가 뭔가 놔두고 온 것 같은 기분이 들어요." 나는 엄마에게 말하면서, 엄마와 내가 아빠를 남겨두고 왔다는 사실을 생각하지 않으려고 애를 썼다. "이사할 때 예전의 우리를 깜박 잊고 놔두고 왔는데, 예전 집에 돌아가면 왠지 다락 한구석에 그대로 있을 것 같은 그런 느낌이 들어요."

엄마는 모래 가장자리에 멈춰 서서 날 바라봤다. "아까 한 말 취소하마. 넌 그렇게 어리지 않구나." 엄마는 심호흡을 했다가, 다시 숨을 내쉬었다. "엘리엇, 네가 이건 알아줬으면 좋겠다. 나도 아빠만큼 하느님을 믿는다. 아빠랑 신앙심을 놓고 경쟁하자는 건 아니지만, 아빠와 나는 생각이 아주 다르다. 난 하느님을 그렇게 직접적으로 찾는 건 아니라고 본다. 그랬다면 하느님이 직접 내려오셔서 한 번씩 우리를 찾아와 보시겠지. 내 생각에 하느님은 다른 사람들을 통해, 세상에 대한 애정을 통해 당신을 찾길 바라실 거야. 하느님은 바다에 계시고, 스낵 한 봉지에 계시고, 스낵에 대한 농담을 하며 웃을 때도 같이 계셔. 하느님은 웃음 속에 존재하시는 거야. 내 말이 이치에 맞는 거 같니?"

나는 고개를 끄덕였다. "하느님은 티셔츠에 계시는 게 아니죠. 목에 다는 대형 메달 속에 계시는 것도 아니고."

"하느님은 칼리오페가 목에 걸고 있는 그 병마개 속에 계실 수도 있어. 하지만 그래, 네 말이 맞아. 엄마 말을 잘 이해했구나." 엄마는 고개를 흔들다, 머리를 뒤로 쓸어 넘겼다. "하나만 약속해주렴, 넌 절대 하느님에게 복종한다는 이유로 인생을 폐쇄적으로 살지도 말고, 마음을 닫아버리지도 말아라, 알겠니? 진심이야. 네 삶을 크게 키워 가면, 그 안에 좋은 것들로 채워지게 될 거야, 엄마가 약속할게."

난 고개를 끄덕였다. "돌아가지 않는 것도 쉽다는 거 알죠?"

"그래, 쉽지." 엄마가 아이스박스를 든 손을 바꿔 들었다.

"이제 어떻게 되는 건가요?"

엄마는 망설였다. "네가 걱정하는 건 싫다. 하지만 앞으로 무슨 일이 일어날지는 모르겠다. 이건 말해주마, 엘리엇. 그 다락에 남아 있는 게 뭐든 말이다. 난 그걸 찾아서 가져와야겠다, 아니면 미쳐버릴 거야."

엄마가 무슨 말을 하는지 사실 잘 몰랐지만, 난 그냥 머리를 끄덕였다. 칼리오페는 이제 허벅지까지 차오르는 바닷물 속에 들어갔는데 청바지를 잘라낸 부분이 물에 젖으면서 더 짙은 파란색으로 변했다. 그녀는 마치 파도의 냉기를 밀어내려는 것처럼 손을 들어 올리고 있었다.

"가봐. 저 아이 옆에 있어줘." 엄마가 말했다.

그날 난 칼리오페와 함께 지냈고, 두어 시간이 지났을 때는, 엄마가 말했던 것도 다 잊어버린 것처럼, 아니면 적어도 잠시나마 옆으로 밀어놓을 수 있었다. 엄마는 해변을 따라 아주 긴 산책을 했다. 엄마는 안개 속으로 사라지는 하나의 점이었다가 다시 나타나 점점 더 커졌다. 엄마가 산책을 하는 동안) 우린 담요 위에 누워서 키스를 했고, 칼리오페는 내 배 위에 머리를 대고 누워서 구름을 보고 있었다. 한동안 우리는 뒤에 있는 남자가 스턴트 카이트(곡예비행을 즐길 수 있는 서양 연-역주)를 날리는 걸 구경했다. 이 남자는 양 손에 조종 장치를 하나씩 들고 연을 날리고 있었는데, 강풍이 불자 연이 이쪽저쪽으로 기울여졌고 그 힘에 딸려가 남자가 잠깐 위로 붕 떠오르기도 했다.

"집에 온 것 같은 기분이 들어?" 칼리오페가 물었다.

"응, 그래." 나는 손가락으로 그녀의 머리카락을 만지작거리며 장난을 치다가 그녀의 어깨 위에 동그랗고 작은 원을 그렸다.

"뭐가 제일 그래? 바다? 부두? 모래 씹는 맛이 나는 핫도그?"

"아니. 여기. 네가 나랑 같이 옆에 있는 거. 그래서 집에 온 것 같아."

그녀는 조용해지면서 아주 오랫동안 가만히 있다가 내게 속삭였다. "다른 사람이 내게 해준 말 중 가장 근사한 말이었어."

"이거? 이건 아무것도 아니야. 이것보다 훨씬 더 근사한 말이 얼마나 많은데. 내 옆에 계속 있으면 또 듣게 될 거야."

그러자 그녀는 좀 전과는 다른 식으로 조용해지면서 날 외면했다.

"왜 그래?"

그녀는 머리를 조금 흔들었고, 나는 팔꿈치를 모래에 기대고 몸을 일으켜 그녀를 봤다. 눈물 한줄기가 그녀의 얼굴에 흘러내려, 귀 쪽으로 떨어지고 있었다.

"칼리오페, 무슨 일 있어? 말해봐."

마침내 그녀가 입을 열어 촉촉하고 떨리는 목소리로 말했다.

"엄마가 그 멍청한 파이니어스를 따라 떠난대. 그 사람은 뭐 말을 타고 전력질주 같은 이상한 걸 하러 가나 봐. 엄마가 간다고 했어."

"뭐, 안 돼. 내 말은."

"엘리엇. 난 엄마 딸이야. 열다섯 살이라고. 엄마를 따라가야 해."

난 멍하니 그녀를 보면서, 머리를 흔들다, 다시 그녀를 봤다.

"하지만 넌 원하지 않잖아. 난 왜 네가."

"세상 15살짜리들이 원하는 대로 하게 다 내버려두면, 교실에 앉아 있는 학생은 세 명도 안 될 거야."

난 다시 고개를 흔들었는데 위장은 정신없이 뒤틀렸고,

심장은 가슴 안쪽에서 쿵쿵거리며 뛰고 있었다. "칼리오페, 우리가 뭔가 생각해낼 수 있을 거야. 분명 무슨 방법이 있을 거야. 엄마가 여기 있게 만들어봐. 네가 여기 있을 수 있게 해봐."

"지금까지 내가 생각해낸 최선의 방법은 3년을 기다리는 거야. 넌 그렇게 오래 기다리고 싶니, 엘리엇?"

"기다릴게."

"아니, 넌 기다리지 않을걸. 내가 가면, 널 다시는 볼 수 없을 거야."

"그만해. 이러지 마. 뭔가 방법이 있을 거야. 있어야 해."

"방법이 있어야 하는데, 없어." 그녀는 다시 고개를 돌려버렸다. 그리고 우리는 바다만큼이나 큰 침묵에 빠져들었다.

\* \* \*

그날 밤 우리는 발을 뻗고 잘 수 있게 뒷좌석에 앉았고, 내 생각에는, 그래서 엄마가 앞좌석에서 혼자 시간을 보낼 수 있을 것 같았다. 엄마는 라디오에서 나오는 올드 팝송과, 엄마가 가지고 있던 시디 몇 장을 들으며, 콧노래로 따라 불렀다. 칼리오페는 내 어깨에 기대서 코를 고는 건 아니지만 아주 깊은 숨소리를 내며 잠을 잤다. 나는 손가락으로 그녀를 쓰다듬었

Calliope . Eliot

고, 한쪽 팔은 그녀의 목에 팔베개를 해줬다. 엄마는 잘 아는 노래가 나왔는지 갑자기 볼륨을 살짝 높였다. 이번에는 콧노래가 아니라 제대로 가사를 따라 불렀다. 꽤 슬픈 노래였고, 가수는 자신의 외로운 심장이 찢어진다고 계속 노래했는데, 나는 오늘 아침 일을 기억하며 싱긋이 웃었다. 우리가 먹고 웃어대면서 태양 속으로 달렸던 때가 고작 12시간 전이었단 말인가? 하루라는 시간이 이렇게 많은 변화를 품고 있을 수 있는 걸까? 나는 철학이나 화학 문제처럼, 고민해봐야 할 지적인 퍼즐처럼, 이런 문제들을 생각해보고 싶었다. 하지만 이런 문제들은 내 두뇌가 아니라 심장이 궁금해 하는 문제였고, 어느 것도 답이 나오질 않았다.

"칼리오페." 난 잠들어있는 그녀에게 속삭였다. "네가 떠나면 어떻게 되는지 알아? 네가 내 간을 갈기갈기 찢어놓는 거야." 나는 이 말이 농담이길, 그녀가 잠에서 깨어 간밤에 그랬던 것처럼 머리를 뒤로 젖히며 나랑 같이 웃어주길 원했다. 하지만 이번에 그 말은 사실이었다…그녀는 내 간과, 내 심장을 찢어놓고, 내 안에 살아 있는 모든 걸 죽일 것이다.

## 13. 칼리오페

 어쩌면 그건 해변에서 집으로 오는 길에 들었던 파도 음악 때문이었는지도 모른다. 부서지는 파도와 물새가 우는 실제 파도 소리가 아니라, 잭 존슨(하와이의 바람과 햇살이 담긴 슬로우 뮤직 음반을 낸 미국인-역주)과 발음할 수도 없고, 심지어 철자도 잘 모르는 이름을 가진 하와이 남자가 만나는 그런 음악 말이다. 기타 소리와 우쿨렐레와 사랑에 대한 단어들과 삶의 리듬을 담은 음악. 집으로 돌아오는 길에 듣기엔 완벽한 음악이었다. 그날의 여행에는 지금까지 태어나서 가장 행복하다고 느낀 순간들도 있었지만, 그만큼 너무 슬퍼서 가슴이 찢어질 것 같은 순간들도 있었다. 엄마라면, 내 나이가

Calliope . Eliot

열다섯 살밖에 안 돼서 도저히 사랑을 이해할 수 없다는 식으로 말할 것이다. 하지만 문제는 바로 그 이유 때문에 내가 사랑을 정확히 이해할 수 있다고 생각한다는 것이다. 난 지금 엘리엇와 나 사이만 가지고 이야기하는 게 아니라 엘리엇의 부모님과 우리 엄마와 파이니어스와 아벨과 아빠와 아빠의 응답기에 남겨진 "우리"의 상대가 누구든 그 사람에 대한 이야기를 하고 있는 것이다. 사랑에 관해서라면 난 내가 아는 사람들 중에 엘리엇과 내가 가장 똑똑하다고 생각한다. 이건 마치 우리 둘 다 다이빙대에 올라가 서로를 보면서 뛰어내리는 것과 같다. 우리는 서로에게서 한시도 눈을 떼지 않은 채 떨어지는 매 순간을 즐긴다. 주변의 모든 사람들이 그냥 다이빙대 위에서 몸을 사리고 있거나 아니면 다이빙할 때 받을 충격에 대비하려고 무진 애를 쓰는 동안 말이다. 아니면 엄마 같은 사람들도 있다. 다이빙대에서 뛰어내리는 걸 포기하고, 그들이 가장 간절하게 원하는 것은 그냥 물속을 걸어 다니는 거라고, 발만 적시는 거로도 충분하다고 판단하는 것이다.

엘리엇은 내가 잔다고 생각했고 도중에 실제로 잠깐씩 잔 적도 있지만, 내가 떠나면 그의 간이 갈기갈기 찢어질 것이란 말은 들었다. 그 순간 난 울음을 터트릴 뻔했지만, 그러면 내가 얼마나 두려워하고 있는지 엘리엇이 알아차릴까봐 차마 울 수 없었다. 그래서 난 힘껏 참았고 마침내 그의 숨소리와 나의 숨소리만 들렸고 시간이 흐르자 그냥 숨소리만 들렸다. 해변과 산의 중간 어딘가에서 난 깨달았다. 만약 엘리엇을 잃게 된다면, 난 결코 다이빙대에서 뛰어내리지 않을 거라는 걸.

   창문으로 밝은 햇살이 들어왔고 나는 한껏 기지개를 켰다. 엘리엇이 아주 늦은 시간에 집에 데려다 줘서 수면 부족으로 눈이 가려웠다. 린다는 엘리엇이 날 데려다 줄 수 있게 밴을 가져가는 걸 허락했다. "칼리오페만 데려다 주고 곧장 돌아와." 그녀는 이렇게 말하고 아들의 뺨에 키스하면서 조심해서 운전하라고 말했다. 엘리엇은 이론적으로는 엄마의 말에 따랐다. 그러니까 우리가 차를 세우기 위해 벗어난 비포장도로는 집에 가는 길에 있는 건 아니었지만, 그렇다고 전혀 엉뚱한 길도 아니었다. 엘리엇은 뒷좌석에서 낡은 캠프 담요를 꺼내 그가 계속 "머나먼 시골"이라고 부르는 곳에 깔았다. 엘리엇과 나만 있는 건 좋기도 했지만, 살짝 무섭기도 했다. 난 우리 사이에 뭔가, 아주 큰 뭔가가 변하고 있다는 걸 알고 있었다. 엘리엇이 반쯤 내 몸 위로 올라와서, 우리 둘은 한동안 키스를 했다. 그는 한쪽 팔꿈치에 몸을 기대고 옆으로 누워 날 내려다보면서 손가락 끝으로 내 턱과 입술 윤곽을 쓸어내렸다. 난 눈을 감고, 그의 손길에 긴장을 풀면서, 그의 손가락이 내 목을 지나 어깨를 내려와 옆구리를 따라 반바지 위로 내

비키니 팬티 옆 부분이 삐죽하게 튀어나온 곳까지 내려오는 걸 느꼈다. 엘리엇의 손가락이 내 배를 지나 가슴까지 올라오는 순간 그의 숨소리와 함께 내 숨소리도 변했다. 갑자기 엘리엇이 손을 멈추고 데굴데굴 구르면서 신음소리를 냈다.

"뭐야?" 나는 일어나 앉았다.

"너 때문에 멈추기가 너무 힘들어." 엘리엇이 머리를 스페어타이어에 기대고 누우면서 말했다.

"내가 그랬어?" 나는 어둠 속에서 그에게 미소를 지었다.

"있지, 난 천천히 하고 싶어. 제대로 하고 싶단 말이야."

"하느님과?" 나는 그의 가슴 한가운데 손을 짚고 빠르고 강하게 뛰는 그의 심장을 느끼며 말했다.

"너와. 이 일은 제대로 해야 해." 그가 말했다.

"섹스를 제대로 해봐야겠단 말이야? 궁금한 게 있으면, 책이나 뭐 그런 걸 찾아보면 되잖아." 난 그의 가슴에서 배로 손을 쓸어내렸지만, 더 내려가기 전에 엘리엇이 내 손을 잡았고, 내심 그런 그가 고마웠다. 난 사실 내가 준비됐는지 확신이 서지 않았다. 엘리엇은 다시 몸을 앞으로 기울여 바짝 다가왔다.

"할 말이 있어, 칼리오페. 중요한 말이니까 똑똑히 들어. 이건 장난치거나 잘난 체 해선 안 되는 일이야, 알았지?" 나는 그에게서 눈을 떼지 않은 채, 고개를 끄덕였다.

"이것. 우리. 이건 정말 중요한 일이야. 우리가 조심스럽고 소중하게 서로를 대한다면, 영원히 지속될 수도 있어." 엘리엇이 한참동안 날 쳐다보다가 다시 타이어에 기대고 눈을 감았다. "나도 알아. 넌 우리가 열다섯 살이라고 말하겠지. 뭣도 모르면서 그런 말을 한다고 하겠지. 우린 서로를 잘 알지도 못한다는 말도 하겠지."

"엘리엇?" 나는 그의 가슴에 머리를 대고 누우며 말했다. 그는 날 안고 가까이 끌어당겼다. "난 아무 말도 안 하려고 했어."


침실이 더워지기 시작해서 어쩔 수 없이 간밤에 대한 기억에서 빠져나와 부엌으로 걸어갔다. "머리 잘라야겠다." 나는 혼잣말을 하면서 아벨 아저씨가 빌려준 레드 삭스 캡 안에 머리를 몰아넣었다.

"지금 그 머리가 예뻐." 난 놀라 펄쩍 뛰었다. 혼자 있는 줄 알았는데. 엄마가 테이블 앞에 앉아 오렌지 껍질을 길게 한 줄 벗기려고 애를 쓰고 있었다. 엄마는 오렌지를 먹을 때면 항상 벗긴 껍질을 다시 위로 세워놓는다. 그래서 겉에서 보면 완전한 오렌지 같아 보이지만, 사실 속은 텅 비어 있다.

"여기서 뭐 하는 거예요?" 나는 냉장고에서 우유를 꺼내며 물었다. 그리고 엄마가 오렌지 껍질을 한 번에 1인치씩 벗기면서, 오렌지를 돌려가며 애를 쓰는 모습을 바라봤다.

 엄마는 고개를 들어 날 보다가, 잠시 오렌지 껍질을 놔두고 커피를 한 모금 마셨다. 순간 나는 엄마가 내가 방금 물었던 것보다 훨씬 더 넓은 의미의 질문에 대답할 거라고 생각했다. 여기서 뭐하는 거예요? 다시 말하면 왜 우린 이렇게 몇 달에 한 번씩 돌아다니는 거예요? 왜 가는 곳마다 우리가 가진 거의 모든 것들을 없애려고 안달인 거죠? 왜 지난 4년 만에 처음으로 내가 집이라고 부른 곳에서 날 끌어내 천박하고 이기적이고 허세만 부리는 남자를 따라 전국을 횡단하겠다는 건가요? 하지만 엄마가 한 대답이라곤 "나도 여기 산다."라는 것뿐이었다. 그리고 엄마는 다시 오렌지 껍질 벗기기 작업으로 돌아갔다.

 나는 그릇에 오트밀 플레이크를 넣고 우유를 듬뿍 부었다. 엄마는 시리얼을 살짝 적실 정도로만 넣는 걸 좋아하지만, 난 시리얼이 익사할 정도로 많이 넣는 편이 좋다. 난 엘리엇과 함께 딴 블루베리를 찾기 위해 냉장고에 있는 브리 치즈와 반쯤 빈 와인 병들을 밀어젖혔다. "블루베리는 어디 있지?" 나는 엄마에게 라기 보단 냉장고에게 물었다.

 "파이니어스가 먹었다." 엄마가 대답했다.

 "물론 그러셨겠죠." 나는 냉장고 문을 쾅 닫으며 말했다. 그리고 그릇을 들고 카운터 앞에 있는 걸상에 앉아, 스푼으로 천천히 시리얼을 저으며, 흐물흐물해지는 걸 지켜봤다.

"간밤에 잠이 좀 부족했지?" 엄마가 물었다. 내가 왔을 때 집에 없었으면서, 어떻게 그걸 안단 말인가? 엄마는 파이니어스와 점점 더 많은 시간을 보냈는데, 분명 여기보다는 그의 텐트나 그의 밴 뒤쪽에서 지내는 게 더 행복한 것 같았다. "넌 요즘 그 엘리엇이란 아이와 시간을 많이 보내더구나." 엄마가 말했다. 엄마는 그 엘리엇이란 말을 마치 그 범죄자 혹은 그 쓰레기처럼 말했다.

"그애 이름은 그냥 엘리엇이에요." 난 여전히 시리얼을 저으며 말했다.

"알았다, 삐순아." 엄마가 다시 오렌지를 들어 껍질을 벗기다 만 부분을 찾기 위해 돌리면서 말했다. "넌 요즘 그냥 엘리엇과 시간을 많이 보내더구나." 난 또다시 엄마가 그걸 어떻게 아냐고 생각했다. 가끔씩 엄마는 이제 모녀간의 대화를 할 때가 됐다고 생각해, 라는 식의 대화 모드에 돌입하곤 했다. 그런 대화는 마치 방과 후에 TV에서 방영해주는 사춘기를 겨냥한 시시한 영화들처럼 부자연스럽고 진부했다. 엄마, 난 나쁜 남자에게 빠졌어요, 혹은 엄마와 아빠는 더 이상 같이 살 수 없지만, 우린 널 아직도 사랑한단다. 같은 영화들 말이다. 오늘의 예고편은 우리의 스페셜 대화가 이런 식으로 흘러갈 거라는 걸 보여주는 것 같았다. 비록 내가 내 인생을 사느라 너무 바빠서 딸아이는 쳐다보지도 않고 지내왔지만 요즘 이 아이는 내가 좀 말려줘야 할 놈팡이와 사귀고 있는 것 같다. 조금 길긴 하지만 뭐 그래도 요약하면 이 정도.

나는 계속 시리얼을 저으면서 이 시점에 이르면 이제 모녀 간의 대화는 온난전선을 넘어 분명하게 한랭전선으로 향하고 있다는 걸 의식했다. 난 엄마가 오렌지 껍질을 벗겨 내면서 방에 오렌지 향기가 퍼지는 걸 지켜봤다.

"그건 어디서 났니?" 엄마는 테이블 한가운데 여덟 개 정도의 오렌지를 담아 놓은 파란색 주발을 가리키며 물었다.

"아벨 아저씨요." 나는 시리얼을 한 스푼 떴다가 다시 그릇에 뚝뚝 떨어뜨리며 말했다. 아벨 아저씨가 앞으로 항상 쿠키 데이로 기억할 그날 어머니의 그릇을 내게 줬다. 난 심지어 이제부터 6월 9일은 쿠키 데이로 지정하자고 제안해서, 모두를 웃게 만들었다.

"그릇 참(좋다, 아름답다, 근사하다 같은 말이 나오길 기다렸다)크구나." 엄마가 말을 마쳤다.

"아름다운 그릇이에요." 아마 내 목소리가 좀 지나치게 컸나 보다.

"네가 그런 종류의 물건을 좋아한다면."

"이게 어떤 종류인데요?" 내가 물었다. 엄마는 고개를 들어 날 봤고 그때 생각나는 거라곤, 또 시작이다…. 마치 엄마

마음속에 살고 있는 또 다른 그녀가 훤히 보이는 것 같았다. 진정한 그녀의 모습. 그녀는 엄마의 눈 바로 뒤에 서서 날 노려보고 있었고, 나는 기다렸다. 그녀가 무슨 말이든 하길 기다렸지만, 그전에 그녀의 눈에 뭔가가 움직였고, 그러면서 그녀가 물러서는 게 보였다. 그녀는 다시 걸어가서 앉으며, 날 외면했다.

"더 이상 너랑 이야기하고 싶지 않구나." 엄마는 오렌지를 테이블에 올려놓고 의자에서 일어서면서 말했다. 엄마가 날 지나쳐서 싱크대에 머그잔을 내려놓을 때도 난 엄마를 쳐다보지 않았다. "성숙한 대화를 할 준비가 되면 말해라." 엄마는 문 옆에 있는 못에 걸린 재킷을 내리면서 말했다. 난 계속 시리얼을 저으며, 엄마의 차가 진입로를 빠져나가는 소리가 들릴 때까지 시리얼과 우유가 천천히 소용돌이치는 걸 지켜보고 있었다. 남은 오렌지를 지퍼락에 집어넣는데 왠지 울음을 멈출 수 없었다. 오렌지 향기가 풍기는 우리의 대화 도중에, 엄마가 껍질을 너무 세게 벗겨서 그만 중간에 찢어지고 말았다. 난 이제 저안에 아무것도 들어있지 않다고 해도 저 껍질로는 어떤 종류의 오렌지도 다시 맞출 수 없겠다는 생각이 계속 떠올랐다.

Calliope . Eliot

* * *

  열다섯 살에도 향수를 느끼는 것이 가능한지, 특히 알게 된 지 불과 몇 주밖에 안 되는 것들에게 그런 감정을 느끼는 것이 가능한지 난 알고 싶었다. 오늘 시내는 사람들로 발 디딜 틈이 없었다. 여름 시즌이 절정에 달한 것이다. 아이를 태운 유모차를 밀고 다니는 가족들과 손을 꼭 잡고 다니는 연인들이 보도를 가득 메우고 있었다. 난 몰려다니는 인파에 떠밀려 연 가게, 캔디 가게와 같은 가게들을 지나쳤다. 내 앞에 있는 연인은 시계 앞에 멈춰서, 째깍째깍 흘러가는 초에 맞춰 엉덩이를 씰룩거리는, 창문에 걸린 엘비스 시계를 손가락으로 가리켰다. 가게에 있는 시계들은 전 세계의 시간대에 골고루 맞춰져 있었다. 조가비 시계는 동부 표준시, 노스캐롤라이나 시간, 아벨과 엘리엇의 시간에 맞춰져 있었다. 초침에 맞춰 눈이 좌우로 움직이는 고양이 펠릭스 시계는 중부 표준시, 텍사스 시간에 맞춰져 있었다. 메인 해안에 있는 쿼디 헤드 등대 모양의 시계는 기묘하게도 산지표준시에 맞춰져 있었다. 막대 사탕처럼 생긴 줄무늬가 소용돌이치면서 밑으로 흘러내려 파도를 막고 있는 도자기 바위 위로 떨어지고 있었다. 유리 스커트를 입은 소녀 시계는 훌라 춤을 리드미컬하게 추면서 태평양 표준시를 알리고 있었다. 난 갑자기 뉴멕시코가 산지

표준시인지 아니면 태평양 표준시인지 잘 모른다는 걸 깨닫고 공황상태에 빠졌다. 2시간, 3시간 정도 차이가 나는 건가? 도대체 난 얼마나 멀리 떨어진 곳으로 가게 되는 걸까? 아무나 붙잡고 물어보고 싶었지만, 모두 세상이 폭발하는 일은 일어나지 않을 것처럼 아무렇지도 않게 걸어가고 있었다. 한 달도 채 못 되는 시간이 지나면, 내 삶이 이제는 기억도 잘 나지 않는 예전의 공허한 상태로 다시 돌아가지 않기라도 할 것처럼 말이다.

나는 억지로 시계 가게의 창문에서 눈을 떼고, 두 팔로 안고 가기에는 너무 거대해 보이는 상자를 들고 가는 남자 뒤를 걸어갔다. 그는 무거운 상자 때문에 허리를 구부리고, 거리를 건너면서 앞으로 넘어지지 않으려고 균형을 잡았다. 나는 그의 뒤를 따라, 바닥에 떨어진 아이스크림콘을 피해 옆으로 갔다. 그는 길 반대편에 도착했을 때 속도를 늦췄고, 난 그가 발을 앞으로 디디면서, 보도를 찾는 걸 지켜봤다. 그는 그 거대한 상자 때문에 앞에 아무것도 볼 수 없었다. 그는 보도 위로 올라서서 계속 앞으로 가면서, 사람들이 알아서 비켜줄 것이고, 갑자기 보도에 부서진 곳이 있거나 보도의 방향이 바뀌는 곳은 없을 것이라 믿었다. 난 그 사람이 눈을 감고 가는 건 아닌지 궁금했다. 그가 발이 걸려 넘어지거나, 쓰러지거나, 상자를 떨어뜨릴까봐 걱정하지 않을지 궁금했지만, 그러다 그녀를 봤다. 그 남자 앞의 오른쪽에 한 여자가 열어놓은 문을 잡고, 방향을 일러주면서 그를 인도하고 있었다. 그녀는 처음부터, 그 남자 앞에서 걸어가면서, 바닥에 아이스크림콘이 떨어져 있다고 경고해줬다. 그리고 교차로에 울퉁불퉁 튀어나온 부분이 있으니 조심하라고도 말해줬다. 난 그 자리에 멈춰 서서 벽돌로 만든 아치형의 가게 출입구에 기대고 섰다. 그리고 그녀가 그 남자를 칭찬하면서 계단을 올라 가게로 들어가게 하는 모습을 지켜봤다. 그녀는 그가 지나갈 때 그 남자의 허리에 손을 댔고, 그를 따라 가게 안으로 들어갔다.

27일 후면 산타페로 간다. 우리가 떠난다는 것을 말하는 엄마의 흥분한 목소리와 웃음소리가 아직도 들리는 것 같았다. 여기서 적어도 가을까지는 있을 줄 알았는데, 난 그렇게 말하며 발밑에 깔린 바닥 타일에서 올라오는 냉기를 느꼈다. 계획은 변하기 마련이야, 마치 그걸로 충분한 이유가 되는 것처럼 엄마가 말했다. 나는 벽돌에 뺨을 기대고, 뜨거운 피부에 닿는 서늘한 기운을 느꼈다. 엄마가 통보를 한 지 나흘이 지났지만, 기분은 하나도 나아지지 않았다. 위장이 꼬인 것 같은 이 기분은 예전과는 달리 쉽게 사라지지 않았다. 내 안에서 뭔가가 할퀴어대고 있었다. 갇혀 있다는 절망적인 기분이 가시질 않았다. 나는 문을 찾을 수 있기를 바라며 계속 기도를 드렸지만, 벽은 그저 매끄럽기만 했다. 벽들을 더듬어대며 찾았지만, 거기엔 어떤 비밀의 버튼도 없었고 숨겨진 손잡이도 없었다. 27일 후에, 난 여길 떠날 것이다. 노스캐롤라이나를 떠나고. 아벨 아저씨에게서 떠나고. 엘리엇에게서 떠나지만, 내가 할 수 있는 일은 하나도 없다.

그 소용돌이치는 빛이 눈에 들어왔는데, 이번에는 등대 시계처럼 그냥 붉은색이 아니라 붉은색과 푸른색이 섞여 있었다. 난 그 붉은 줄과 파란 줄이 은빛 바닥으로 내려갔다가 다시 위로 올라가는 걸 지켜봤다. 떨어지고 또 떨어지고. 나는 심호흡을 하고 돌아서서 내 뒤에 있는 문손잡이를 잡아당겼다. 여기야말로 지금 내가 있어야 할 유일한 곳처럼 느껴졌다.

"다 잘라주세요." 나는 목소리를 죽이며 말했다. 무릎에 올려놓은 아벨 아저씨의 모자를 든 채, 아저씨가 불안할 때 하는 것처럼 모자챙을 돌리고 있었다.

"정말 확신하니?" 그는 내 얼굴이 거울에 정면으로 보일 때까지 의자를 빙그르르 돌리며 말했다. 나는 거울에 비친 나 자신이 어떻게 보일지 두려워 고개를 들지 않았다.

"몽땅 다요." 난 마치 모자에서 뭘 짜내려고 하는 것처럼 모자를 심하게 뒤틀며 말했다. 내 뒤에는, 점심시간에 머리를 자르기 위해 온 사람들로 의자가 차기 시작했다. 위에만 조금

쳐주세요, 라고 주문하는 손님들. 그냥 깔끔하게 다듬어주세요, 라고 말하는 손님들. 나는 평상시 같으면 이런 날에 이들은 날씨, 사슴 사냥 시즌, 올해는 팬더스가 어떻게 게임을 할지 이야길 나눌 거라고 생각했지만, 오늘은 모두 조용했다. 그들은 모두 '총과 탄약'과 '오리 사냥' 잡지를 보면서 할로우 포인트 탄환에 대한 기사나 헌팅 블라인드(사냥꾼을 가려주는 덮개-역주)를 짓는 새로운 방식에 대한 기사가 세상에서 가장 흥미로운 척하고 있었다. 하지만 오늘 그들에게 가장 흥미로운 건 바로 나일 거라고 생각한다. 오늘 난 여기에 머리카락을 왕창 자르러 왔으니까.

"저기 아래 블록에 미용실 있는데." 이발사가 말했지만, 미처 말이 끝나기도 전에 난 고개를 살래살래 저었다. 이발사가 안 됐다는 생각이 들었다. 분명 그는 내가 미쳤다고 생각할 것이다. 어쩌면 우리 엄마가 여기 와서 그의 가위를 휘둘러대며 그를 위협하는 상상을 하고 있을지 모른다, 하지만 그거야말로 하하하 웃을 일이다. 내가 머리를 잘랐다는 걸 엄마가 눈치채려면 못 해도 몇 주는 지나야 할 거다.

이발사가 내 목에 보자기를 씌우는 동안 난 계속 머리를 숙이고 있었다. 하얀 보자기가 천천히 내려와 살랑거리는 소리를 내며 드러난 내 다리를 덮었다. 이발사가 카운터에 있는 유리 원통에서 금속 분무기 통을 꺼내는 소리가 들렸다. 그리고는 빗도 꺼내서 물을 털어내려고 탁탁 쳤다.

"가위로 자를 건데 괜찮지?" 이발사가 손가락으로 카운터 위에 있는 가위를 두드리며 물었다. "이발 기구를 쓰면 머리의 컬이 다 엉망이 돼 버릴 거야." 나는 그가 내 머리채를 들어 올리고 어깨에 수건을 드리우는 동안 계속 고개를 숙이고 있었다. "마지막 기회를 줄게." 이발사가 말하면서 내 뒷목 위에 드리워진 머리를 들어 올리는 게 느껴졌다. 그렇게 하나로 그러모은 머리를 고무줄로 묶는 게 느껴졌다. "네가 가져가고 싶어 할 경우에 대비해서." 이발사는 그렇게 말하면서 밴드 밑으로 머리카락을 잡아 내렸다. "좋아, 그렇다면." 그는 나보다는 자신에게 이제 시작하자는 의미로 말한 것 같았다.

"좋아요." 나는 속삭였고, 억지로 고개를 들어 거울을 들여다봤다. 거울에는 여섯 쌍의 눈이 날 쳐다보고 있었다. 난 오직 내 눈만 쳐다보면서 이발사의 가위가 부드럽게 머리카락을 잡아당기는 힘을 느꼈다. 이발사는 끝까지 자르기 위해 좀 공을 들여야 했다. 가윗날이 만나면서 내는 쓱싹쓱싹 소리를 들었고 갑자기 놀랄 정도로 머리가 가벼워진 걸 느꼈다. 이발사가 잘라낸 머리채를 들자 쳐다보던 남자 중 한 명이 헉하고 소리를 지르는 것도 들렸다.

"가지고 갈래?" 이발사가 물었고, 나는 눈을 떠서 마치 어부가 그날 잡은 물고기를 들고 있는 것처럼 내 머리채를 들고 있는 걸 봤다. 나는 머리를 흔들었고 관광객들이 내 자른 머리카락을 가지고 사진을 찍기 위해 줄을 서는 장면을 상상하며 웃음을 터트렸다. 자기 차례를 기다리고 있던 남자들이 조용히 소곤거리기 시작했지만, 이내 금방 커졌다. 쇼는 끝났다.

아벨 아저씨는 장미 위로 허리를 구부리고 서서, 죽은 장미 봉우리들을 자르고 있었다. 나는 그가 조심스럽게 덤불 사이로 들어가면서, 옷에 걸리지 않도록 가지들을 옆으로 살며시 밀어내는 모습을 지켜봤다. 아저씨가 지나가는 길에는 핑크색과 노란색 꽃잎들이 점점이 떨어져 있었다. 아저씨에게 아직 떠난다는 말을 하지 않았다. 난 엄마에게 내가 직접 말하게 해달라고 빌었다. 엄마가 이별 통보를 하다 보면 망쳐버리고 결국엔 그 사실을 깨닫지도 못한 채 아저씨의 마음을 상하게 할 것이다. 엄마는 자신은 착한 사람이고 중요한 것은 마음이라고 하지만, 난 그렇지 않다고 생각한다. 아무도 다른 사람의 생각을 읽을 수 없다. 결국은 그 사람이 하는 말과 행동거지가 중요한 것이다. 난 심호흡을 하고 뒷마당을 향해 걸어갔다.

난 정원으로 이어지는 돌길을 걸었다. 식료품 가게에서 만난 린다가 한 걸음 한 걸음씩 조심스럽게 발을 디디는 모습을 생각했다. 금을 밟으면, 엄마가…하지만 정말 엄마에게 화가 났을 때는 이 구절이 웃기게 느껴지지 않는다. "꽃이 싫으세요?" 난 마지막 남은 사각형의 돌 위에서 균형을 잡으며 물었다.

"그냥 예쁜 꽃들만." 아벨 아저씨는 돌아보지 않고 말했다. 아저씨는 계속 등을 돌린 채 가위질을 하고 있었다. "특별히 꽃이 싫은 건 아니야. 일반적인 미가 문제라고나 할까. 난 그런 미에는 도통 마음이 동하질 않아."

"정말요? 그럼 아저씨는 추한 걸 좋아해요?" 내가 물었다.

"'좋아한다고' 하긴 그렇지." 아저씨는 일어서서 가위를 쥐지 않은 손을 허리에 댔다. "내가 흥미를 갖는 건 추한 것의 개성이야. 내 말뜻은, 장미는 한 송이만 보면 다 본 거나 마찬가지잖아. 하지만 내게 못 생긴 꽃을 한 송이 보여주면, 정말 뭔가 특별한 것을 보여주는 셈이지." 나는 손을 올려서 머리를 귀 뒤로 넘기려고 했지만, 넘길 머리가 남아 있지 않았다. 아저씨가 돌아서서 날 봤다.

"내가 잘랐어요." 나는 반바지 주머니에 두 손을 찔러 넣고 땅을 보며 말했다.

"네가 직접?"

"이발소에서."

"칼리오페, 무슨 일이니?" 아저씨가 다가오자 샌들을 신은 그의 발이 보였다.

"우린 떠나요." 나는 울지 않으려고 무진 애를 썼다. 검은 샌들. 핑크색 장미. 초록색 잔디.

"떠나는 것 때문에 머리를 잘랐단 말이야?"

"네, 뭐, 아니요. 그게…." 은색 가위. 갈색 흙. 노란색 백합.

"…좀 복잡해요."

"맙소사, 칼리오페." 아저씨가 말했다. 난 고개를 들어 아저씨를 봤지만, 아저씨는 내 너머 먼 곳을 보고 있었다. "엄마에게 말했니? 내 말은 안 가고 싶다고 말했어?"

"네에."

"엄마가 안 들어줬구나." 아저씨는 날 보면서 손으로 뒷목을 문지르고 있었다.

"엄마는 일단 결정하면 절대로 안 바꿔요."

"산타페라고?" 나는 고개를 끄덕였고 아저씨도 끄덕였다.

"맙소사, 칼. 내가 할 수 있는 게."

"저도요." 나는 아저씨를 지나 버드나무를 봤다. 버드나무 가지들이 정원으로 낮게 늘어져, 땅바닥에 그림자를 드리우고 있었다.

"약속 하나만 해다오." 아저씨가 너무 나직하게 말해서 정말 말을 하긴 한 건지 확인하기 위해 고개를 들어 아저씨를 쳐다봐야만 했다.

"좋아요."

"정말 꼭 약속해야 한다." 이번에는 고개를 끄덕였다.

"다시는 자해하지 않겠다고 약속해라."

"머리요?" 나는 옆머리의 컬을 만지며 물었다.

"아저씨, 이건 그냥 머리 자른 거예요." 하지만 그 말을 하면서도 나는 우리 둘 다 진실을 알고 있다는 걸 깨달았다. "약속할게요."

아벨 아저씨는 입을 굳게 다문 채 싱긋 웃으며, 내 어깨를 지나 먼 곳을 보다가, 다시 날 봤다. "뭔가 그럴듯한 말을 해줘야 할 것 같은 기분이 드는구나. 뭔가 현명한 말을 해줘야 할 것 같고. 이를테면 다 잘 될 거라든지, 앞으로 괜찮아질 거라거나 하는 말. 하지만 그런 말들은 그럴듯하지도 않고 현명한 말도 아니야. 그냥 하는 말일 뿐이지."

"뭐라 할 말도 없는 걸요. 제 말은, 어떤 말을 해도 이 상황을 나아지게 할 수 없다고요."

"그런 거 같다." 아저씨는 가윗날을 벌렸다 닫았다 하며 말했다.

"다시 미를 파괴하는 일로 돌아가시죠." 나는 생긋 웃으며 말했다.

"오늘 하루에 파괴된 미는 이걸로도 충분한 것 같다." 아저씨는 다시 정원으로 돌아갔다. 나는 아저씨가 시들은 꽃 앞에서 잠시 멈춰 서서 고민하다가 가위를 들어 자르는 걸 지켜봤다.

아파트로 가는 계단을 향해 걸어가기 시작했지만 그러다 멈춰 서서 다시 정원 가장자리로 걸어갔다. "전화 좀 써도 될까요?" 아저씨가 돌아서서 내게 고개를 끄덕였다. "오랫동안 전화하려고 생각했어요." 난 진입로를 가로질러 가면서 내가 뒷문을 통해 집으로 들어가는 사이에 아벨 아저씨가 계속 날 바라보고 있다는 걸 뒤돌아보지 않아도 알 수 있었다.


나는 천천히 페달을 밟으면서, 바퀴살이 굴대 주위를 돌면서 내게서 멀어졌다가 다시 돌아오는 걸 멍하니 보고 있었다. 시곗바늘처럼, 이것들은 너무 빨리 돌면서, 시간을 낭비하고 있다. 머리를 스치는 바람이 낯설게 느껴졌다. 헬멧이 너무 크게 느껴졌고, 헬멧을 붙들어줄 머리카락이 없어서 자꾸 미끄러져 내려왔다. 캠프로 이어지는 산을 올라가면서 속도를 유지하기 위해 난 페달을 더 세게 밟았다. 엘리엇이 대개 오후 2시에서 4시 사이에는 수영장에서 구조대원 일을 한다고 말했다. 구내식당 뒤를 돌아가면서 거기서 엘리엇 아빠를 보게 될까봐 두려웠다. 그날 밤 모닥불 앞에 있는 엘리엇과 나를 보는 엘리엇 아빠의 표정을 봤다. 그 못마땅해 하는 표정이 불꽃보다 더 뜨겁게 느껴졌다. 난 수영장을 향해 천천히 자전거를 타고 가면서, 나무들 사이로 물이 튀기는 소리와 어린 소녀들이 꺅꺅거리는 소리를 들었다. 엘리엇은 구조대원 의자에 앉아, 몸을 앞으로 숙이고, 무릎에 팔꿈치를 댄 채 아이들이 그의 밑에 있는 물속을 헤엄쳐가는 모습을 지켜보고 있었다. 난 담장에 자전거를 세우고 헬멧의 끈을 풀었다. 헬멧을 벗으면서 남아 있는 머리카락을 손으로 쓸어내렸다. 머리는 전보다 더 곱슬거리면서, 짧게 소용돌이치며, 팽팽하게 뻗어 있었다. 나는 눈 가장자리로 빛이 번쩍이는 것을 보고 엘리엇의 선글라스에서 반사된 빛이란 걸 깨달았다. 그가 고개를 돌려 나를 보면서 햇빛이 반사된 것이다. 나는 손을 들어 재빨리 흔들었다. 엘리엇도 흔들었지만, 그건 느리고 생각에 잠긴 손짓이었다. 내가 피크닉 테이블을 손으로 가리키자 그는 고개를 끄덕이고 다시 물을 바라봤다. 그가 호루라기를 불자, 수영하던 사람들이 수영장에서 나왔다.

나는 피크닉 테이블 위에 누워, 머리 위의 나뭇가지들이 바람에 흔들리는 걸 봤다. 그러다 깜박 잠이 든 것 같았다. 누군가 나에게 키스하고 있다는 느낌이 들었다. 눈을 뜨고 고개를 돌려 올려다보자 엘리엇이 서서 싱긋 웃으며 내려다보고 있었다.

"머리 잘랐네." 그는 손가락을 뻗어서 내 귀밑에 있는 머리를 쓸어내렸다.

Calliope . Eliot

"마음에 안 드는구나." 난 그의 눈을 보며 말했다.

"아니야." 엘리엇은 여전히 빙긋 웃으며 날 봤다. 그리고 고개를 숙여 내 목 옆에 키스했다. "키스하기도 훨씬 더 쉽네." 그의 따뜻한 입김이 내 목에 스쳤다.

"엘리엇."

"응?" 그는 내 목에 대고 속삭였다.

"사람들이 봐." 그는 뒤로 물러나 앉아 대여섯 명의 소녀들이 우릴 보고 있는 걸 봤다. 내가 일어나 앉자 소녀들은 수건을 입에 대고 낄낄거리며 재빨리 가버렸다.

"보고 싶었어." 엘리엇이 말했다.

"15시간 전에 봤잖아."

"그래서 넌 내가 안 보고 싶었어?" 그는 내 어깨에 키스하며 물었다.

"조금." 나는 그의 얼굴을 정면으로 볼 수 있도록 자세를 바꾸며 말했다.

"저기, 너에게 뭘 좀 물어보려고 했는데, 지금 물어봐야 하는 건지 모르겠네."

"뭔데?" 난 몸을 앞으로 기울여 내 머리를 그의 어깨에 기대며 물었다. 햇살을 받은 그의 어깨는 아주 따뜻했다.

"좀 웃긴 거야." 나는 엘리엇이 얼굴을 붉히면서 목옆까지 붉어지는 걸 봤다.

"뭔데?"

"있지, 이번 캠프가 끝날 무렵에 댄스의 밤 행사가 있는데, 네가 오고 싶은지."

"좋아." 나는 미소를 활짝 짓고 그를 보며 말했다. "오고 싶어." 우리는 멀리 있는 들판에서 아이들이 축구공을 쫓아다니는 모습을 보며, 잠시 그렇게 앉아 있었다.

"또 물어볼 게 있어." 엘리엇이 말했고, 다시 얼굴이 붉어지는 게 보였다. 나는 고개를 끄덕이며 그를 올려다봤다. "있지, 불꽃놀이를 만들기 위해 내가 숨겨놓은 화학물질을 페토가 발견했어. 아빠에게 이른다고 페토가 협박했거든. 캠프 끝날 때 할 불꽃놀이는 다 만들어놔서 그냥 버릴까 생각도 했는데. 하지만 그거 사느라 돈도 많이 들었고 거기다."

"어디 놔둘 곳이 필요하구나." 엘리엇이 고개를 끄덕였다. 나는 아파트를 잠시 생각했지만, 뭘 감추기엔 너무 작은 곳이었다. "레스토랑에 놔둘 수도 있는데."

"아벨 아저씨가 싫어하지 않을까?"

"말 안 할까 생각 중인데. 그거 위험한 거 아니지?"

"절대로." 엘리엇은 싱긋 웃으며 말했다.

"더 물어볼 거 있어?" 나는 그의 허리를 부드럽게 찌르며 물었다.

"아직도 날 사랑하긴 해?" 엘리엇이 내 손에 자신의 손을 올려놓으며 물었다.

"조금."

"조금?" 그는 내게서 몸을 떼며 물었다.

"많이."

"얼마나 많이?" 그가 물었다.

"초콜릿 칩 쿠키보다 많이."

"으흠." 그는 내 어깨에 키스하며 말했다.

"해변을 걷는 것보다 더 많이." 엘리엇은 내 목에 키스했다.

"많이…." 나는 고개를 돌려 그를 보며 말했다.

"뭐보다?" 그는 내 입술에 키스하며 물었다.

나는 그에게 얼굴을 돌렸다. "그 어떤 것보다."

## 14. 엘리엇

캠프가 끝나기 이틀 전, 댄스의 밤 행사를 치르는 날 아침에 일어났는데 캠프 전체가 이상하게 소란스러웠다. 마치 공기가 달라진 것처럼 이상한 기류가 흐르는 게 뭔가 일이 일어난 걸 알 수 있었다. 반바지와 티셔츠를 입고 나가자 페토가 파란색 작업복을 입고 얼굴을 사정없이 찡그린 채 잔디 위를 걸어 다니고 있었다.

"그 아이. 그 자식이 없어졌어." 페토가 말했다.

"어떤 아이요?" 그 아이가 누군지 금방 짐작이 갔지만 그래도 일단 물어봤다.

"그 아이 이름은 릭스야." 페토는 어디 억양인지 결코 알 수 없는 정체불명의 억양으로 말했다. "다른 아이들이 알려주더라고. 이름을 부르면서 찾아다니라고."

내게 찾아온 첫 번째 의문은 왜 페토가 호숫가 옆에 있는 작은 잔디밭에서 그 없어진 아이를 찾아다니고 있냐는 것이었다. 그 아이는 정말 무지막지하게 뚱뚱한 아이지, 부활절에 잔디 속에 숨겨 놓는 쪼그만 달걀이 아니라고 페토에게 말해 주고 싶었다. 그리고 왜 오렌지색 제초기를 가지고 다니는지 그것도 궁금했다. 그게 마치 뚱뚱한 아이를 찾아내는 감지기라도 되는 것처럼 들고 다녔지만, 최근에 페토가 내 화학물질이 든 창고를 쑤시고 다닌 걸로 봐서, 더 이상 물어보지 않는 게 좋을 것 같다는 판단이 들었다.

릭스는 물론 첫날 내 시선을 끌었던 바로 그 아이 이름이었다. 그는 여기 온 첫 주 내내 울거나 기도하는 것 외에 단체 활동에는 전혀 참여하지 않고 앉아 있기만 했고, 공공연하게 캠프에서 금지된 간식을 먹었다. 하루는 아이들이 줄다리기(아빠는 줄다리기를 죄악과 구원이라고 이름을 바꿨다)를 하는데 거기 안 끼고 벤치에 앉아서 엄청나게 큰 엠엔엠즈 봉지를 끌어안고 먹었다. 아빠는 엉덩이에 두 손을 얹고 그렇게 퍼먹고 있는 그를 쳐다보기만 했는데, 내가 보기엔 너무 충격을 받아서 무슨 조치를 취해야 할지도 몰랐던 것 같다. 아빠가 보기엔 그 아이는 거기 앉아서 헤로인을 하는 거나 다를 바가 없었을 것이다. 두 번이나 그의 사물함과 침대를 수색했지만 아무것도 나오지 않았다. 그런데도 그 다음 날이면 그는 레이지넷(건포도 초코볼-역주)나 트윅스(초콜릿 상표 이름-역주)를 먹고 있었고, 한 번은 유후(초콜릿 음료-역주)병을 들고 있기도 했다. 마법을 부리는 게 아닌가 하는 생각도 들었지만, 어쨌든 지금은 사라져버렸다.

여름 캠프의 비극은 너무 흔하게 느껴져서, 심지어 그런 일이 일어나길 기대하는 지경에까지 이르렀다. 부두에서 10피트 떨어진 곳에서 익사하는 아이도 있고, 하이킹을 갔다가 산골짜기에서 떨어져 죽는 아이도 있고, 샤워기에 목을 매고 자살하는 아이가 있는가 하면, 숲 속에서 길을 잃고 헤매다가 저체온증에 시달려 결국 1주일 뒤에 시체로 발견되는 아이도 있다. 이건 마치 신문사마다 이런 기사들을 파일에 철해뒀다가, 일이 터지면 캠프와 아이 이름만 바꿔서 후다닥 기사를 내보내도 될 정도인 것 같았다. 이렇게 모두 흔히 일어나는 일이라고 예상하기 때문에 반대로 우리에게는 절대로 그런 일이 일어날 수 없다고 생각하는 법이다. 그러다 문득 이런 생각이 들었다. 하지만 그런 일이 일어나면 어떻게 하지? 만약 손샤인 밸리가 이런 기사마다 언급된다면, 만약 우리 진입로가 위성 방송국 차량들로 꽉꽉 찬다면? 만약 진짜 뭔가 엄청나게 잘못된다면?

Calliope . Eliot

나는 페토에게서 벗어났다. 그는 마치 그 아이가 보이지 않는 존재이거나 혹은 그냥 숨바꼭질 놀이를 하고 있는 것처럼 계속 나무 뒤와 벤치 밑을 찾아보고 있었다. 나는 이 모든 일의 심장부처럼 보이는 구내식당으로 향했다. 멀리서 아빠가 종이를 나눠주고 있었고, 다른 캠프 참가자들이 둘씩 짝을 지어 출발하는 게 보였다.

적어도 나로서는 이 일이 칼리오페의 폭탄 머리에 대해 잠시 생각하지 않을 수 있는 탈출구가 됐다. 물론 죽었을지도 모르는 아이와 여자 친구가 머리를 자른 일이 동급의 가치를 가진다고 생각한다면 그야말로 좀스럽기 짝이 없는 일이겠지만 현실이 그런걸 뭐. 난 그녀의 머리 역시 실종된 것 같아 슬펐다. 언제라도 그 머리가 돌아올 수 있다면 하고 바랐다. 칼리오페는 열 달 정도면 머리가 예전처럼 다시 길어질 것이라고 계속 말했다. 난 그녀에게 속마음을 드러내지 않았다. 그녀에게 그 머리가 아주 잘 어울린다고 말했고, 항상 여름이 시작될 무렵이면 나 역시 정말로 아주 짧게 머리를 자른다는 이야기도 했고, 그녀는 지금 너무 예쁘고 머리를 자르니 눈이 더 예뻐 보인다는 말까지 해서 웃게 만들었다. 이럴 땐 그렇게 하는 게 정석이지, 그렇지 않은가? 여자 친구가 머리 위에 호저(몸에 길고 뻣뻣한 가시털이 덮여 있는 동물—역주)를 이고, 삼베 자루를 드레스랍시고 입고 나 예뻐? 하고 물어본다면 남자 친구로서 의당 이렇게 말해야 하는 법이다. 당근이지, 완전 끝내줘. 하지만 난 원래 그런 남자가 아니었고, 대개는 맘에 들지 않는다고 솔직하게 말하는 편이다. 하지만 이번엔 달랐다. 이번엔 칼리오페 역시 머리를 잘라서 아주 슬픈 것 같았다. 어떤 면에선 그녀의 머리 역시 그녀였다. 머리를 손으로 받치던 모습, 적갈색에 숱이 많은 머리를 하나로 묶은 모습, 슬라이드 탈 때 바람에 날리던 모습, 키스할 때 그녀가 고개를 숙이면 머리카락이 내 얼굴 주위로 커튼처럼 펼쳐지던 그 모습, 이 모든 모습이 그녀였다. 이렇게 표현하면 될 것 같다. 그녀를 봤을 때 맨 먼저 눈길이 갔던 게 바로 그녀의 머리라고. 하지만 그녀는 가위질 한 번에 이 머리를 포기했고, 이발사는 그 머리채를 버렸다고 했다. 마치 그녀가 머리카락을 빼앗긴 것 같은 기분마저 들었다. 계속 그런 생각을 하고 있다가 퍼뜩 깨달았다. 그녀는 그렇게 사랑했던 뭔가를 빼앗긴 것이다. 나는 그녀가 왜 그랬어야 했는지, 왜 그렇게 스스로에게 화가 났는지 궁금해하다 3초가 지난 후 그녀가 떠나기 때문이란 걸 알았다. 한 번은 그녀가 내게 그녀처럼 자주 이동하다보면 정말로 좋아하는 어떤 것에도 애착을 가질 수 없게 된다고 말한 적이 있다. 사진 앨범, 좋아하는 책, 심지어는 스웨터 셔츠까지도. 떠날 때마다 그녀는 이 모든 것들을 놔두고 와야 했다. 이제 날 떠나고, 아벨 아저씨를 떠나는 그녀의

Calliope . Eliot

마음이 손에 잡힐 것처럼 보였다. 왜 굳이 사랑하는 걸 가져가? 다 놔두고 가자, 그게 심지어 내 일부라고 할지라도.

구내식당의 짐 싣는 곳에서 아빠를 찾았다. 아빠는 캠프장 전체가 나온 지도와 휴대용 확성기를 가지고 있었는데, 확성기는 제대로 작동된 적이 한 번도 없었다.

"아직 못 찾았어요?" 내가 물었다.

아빠는 고개를 흔들었다.

"엄마는 어디 있어요?"

"나가서 다른 아이들이랑 찾고 있다. 그게 아니면 어디 있는지 어떻게 알겠냐? 넌 어디 있었냐?"

"자고 있었어요, 아빠. 이런 일이 일어났는지도 몰랐어요."

"간밤에 또 늦었나 보지?" 아빠는 계속 지도만 보면서 연필로 여러 지점에 동그라미를 치고 있었다.

"아빠가 깨우셨을 수도 있잖아요." 여덟 살 때 아빠가 새벽에 깨워서 해변에 데려갔던 기억이 났다. 서핑하기에 좋은 파도가 치고 있었기 때문이다. "어딜 찾아야 할지 말해주세요."

아빠는 지도 위를 대충 훑어보면서 빨간 연필로 다른 부분에 동그라미를 쳤지만, 하는 폼으로 봐서 그냥 대충 그러고 있다는 걸 간파할 수 있었다. 아빠는 지도와 연필과 휴대용 확성기를 써서 자신이 이 상황을 통제하고 있다고 느끼고 싶은 것뿐이었다. 지도를 들고 있는 손이 떨렸다. 아빠는 공황

상태에 빠져 있었다. "어디든 찾아봐라." 아빠가 마침내 말했다. "채플도 찾아보고, 미니 골프장도 찾아보고…." 아빠는 날 보면서 고개를 흔들었다. 이제 아침 9시밖에 안 됐는데 벌써 땀을 흘리고 있었다. "어디든 찾아봐."

나는 릭스를 찾는 데 집중하려고 노력하면서, 그가 죽었거나 다친 모습은 상상하지 않으려고 노력했고, 이름이라기보다는 동사처럼 들리는 그의 이름은 대체 무슨 뜻인지 궁금해하지 않으려고 노력했다. 그리고 무엇보다 칼리오페가 내게서 떠나간다는 사실을 생각하지 않으려고 했다. 먼저 그녀의 머리카락이 날 떠나고, 그다음에 그녀가 떠나면서, 내 마음을 갈기갈기 찢어놓을 것이다. 글자 그대로 갈기갈기 찢길 것이다. 아, 제발, 이게 사실이 아니라면 얼마나 좋아. 나는 눈을 감고, 발밑에 밟히는 자갈을 느끼면서 걷다가 다시 눈을 떴을 땐 미니 골프장 근처에 낡은 골프채를 넣어두는 헛간 옆에 서 있었다. 우리 오두막집에 대해 물어보러 왔을 때 그녀가 처음으로 내 팔을 만졌던 바로 그곳. 거기서 "릭스" 이름을 몇 번 부르면서 바보 같은 기분이 들었다. 사실, 그 아이가 사라지고 싶다면, 숨고 싶다면(이번 주에 그 아이를 지켜본 바에 따르면 필경 그러고 싶었을 거란 생각이 들었다), 누가 그의 이름을 부른다고 해서 그 아이가 짠하고 나타나서 "네?" 하고 대답할 리는 없지 않은가? 하지만 영화에 사람들을 찾는 장면에서는 항상 그렇게 하니까 나도 이름을 부르고 다녔다. 나는 풍차 하우스 안으로 머리를 찔러 넣었고, 그다음엔 그 얼간이를 찾아 펌프 하우스를 들여다보면서, 한 달 후에는 내가 어떻게 하고 있을지 생각하지 않으려고 애를 썼다. 한 달 후에는 여기서 아주 멀리 떨어진 산타페는 찾아볼 생각도 하지 않은 채 여길 돌아다니며 칼리오페의 이름을 부르고 있을 것이다. 나는 텅 빈 창고를 들여다보며 마지막으로 그의 이름을 불렀는데 햇살이 들이친 그곳에는 먼지만 몇 개 둥둥 떠다니고 있었다.

짐 싣는 곳에서 다시 소란이 일어서 무슨 일인지 보려고 달려갔다. 아빠는 손으로 머리를 쓸어내리다가, 귀가 빨개질 때까지 잡아당겼다. 아직까지 엄마는 못 봤지만 계속 릭스를 찾아다니고 있을 거라고 짐작했다. 그 소란은 알고 보니 릭스의 베게 위가 아니라 속, 베게와 베갯잇 사이에 끼워놓은 쪽지 때문에 일어난 것이었다. 내가 이틀에 한 번씩 베갯잇을 갈아주는데, 누군가 이걸 발견할 거라고 릭스가 생각한 게 틀림없었다. 아빠는 쪽지를 쥐고 몇 번이나 읽었는데, 매일매일의 메뉴 계획표 뒤쪽에 반짝거리는 보라색 펜으로 적은 게 보였다.

"유서 같나요?" 한 캠프 참가자가 물었다. 머리를 귀 뒤로 넘긴 그녀의 얼굴이 발그레하니 물들어 있었다.

"아니." 아빠는 화가 난 것처럼 대답했다. "당최 이해할 수 없는 소리만 써놨어."

"당연히 그랬겠죠." 또 다른 아이가 말했다. "지금 같은 상황에 어떻게 제대로 생각하고 썼겠어요." 그는 티셔츠 소매로 얼굴에 흐르는 땀을 닦았는데, 그 옆에 대여섯 명의 다른 아이들이 몰려들어서 유서를 꼭 분명하고 확실하게 쓸 필요가 있는지에 대해 생각해보고 있었다. 아이들의 얼굴을 보니 지난 2주 동안 샐러드, 구운 생선, 설교, 억지로 강요된 놀이, 향수병, 노래 따라 부르기로 시간을 보낸 끝에, 이거야말로 그들에게 일어난 흥미진진한 일이란 걸 알 수 있었다.

"어떻게 생각하니, 엘리엇?" 아빠는 내게 그 구겨진 쪽지를 건네며 말했다.

"뭐, 얼핏 봐선, 반짝이는 보라색 펜으로 쪽지를 쓰는 사람이 심각한 자해를 할 거라곤 보기 힘들 거 같은데요."

"잘난 체 하지 말고." 아빠가 말했다.

난 한숨을 쉬었다. "분위기가 너무 가라앉아서 좀 띄워보려고 한 거예요." 나는 우리를 둘러싼 다른 캠프 참가자들을 슬쩍 둘러보고 나서 쪽지를 읽었다.

### 관계자에게

이건 길이 아니다. 길이 좁다고 한 말은 우리의 몸도 좁아야 한다는 뜻은 아니다. 자만심이야말로 원죄인데 이곳이 바로 그 자만심에 가득 찬 곳이다. 여기서는 심지어 자만심에 대한 노래도 부른다. 예수님은 물 위를 걸으셨고 병자들을 치료하셨는데 여기선 그건 신경도 쓰지 않는 것 같다. 난 이 몸으로 천국에 가지 않겠지만 그건 너희들도 마찬가지다.

R.W.

"어떻게 생각하니?" 아빠가 물었다.

"아무래도 우리 프로그램에 불만이 많나 봐요."

"엘리엇….”

"아빠, 이건 유서가 아니에요. 그리고 도망친 것도 아닌 것 같고. 그냥 잠시 캠프장을 나간 것뿐이에요, 휴식이 필요해서 나간 거 있잖아요. 내 말은, 그 아이가 대체 이 산속에서 어딜 가겠어요?"

"마지막 문장이 아무래도 맘에 걸린다." 아빠가 말했다. 나는 마지막 문장을 다시 읽고 고개를 끄덕였지만 나는 그렇게 생각하지 않는다는 말은 하지 않았다. 아빠는 너무나 수심에 찬 표정이었고, 갑자기 너무 늙어 보여서, 나는 이것이 아빠가 이번 주에 받은 두 번째 나쁜 쪽지라는 걸 생각하지 않으려고 했다. 순간 나는 엄마와 나, 우리 둘이 아빠에게 이런 쪽지를 남기고 도망쳤다는 데 잠깐 화가 나기도 했다.

"점심시간까지는 찾을 거예요." 내가 말했다.

이 수색작업의 묘한 점은 캠프의 마지막을 장식하는 댄스의 밤 행사는 실제로 캠프가 끝나기 이틀 전인 오늘 밤 예정대로 열린다는 것이다. 나는 지나가면서, 구내식당 창문으로 의자들과 테이블들이 접혀 있는 것과 또 다른 캠프 참가자들이 발판 사닥다리와 우유 상자 위에 올라서서 금색과 흰색의 주름종이들을 사방에 걸고 거기에 종이 물고기와 종이 해마와 등을 달고 있는 모습을 봤다. 칠면조 핫도그를 요리하는 냄새도 났고, 몇 년 전에 라디오쉑(가전제품 소매업체-역주)에서 아빠가 산 디스코 조명을 페토가 달아 놨다. 그리고 텅 빈 펀치(술, 설탕, 우유, 레몬, 향료가 들어간 음료-역주) 그릇이 놓여 있는 긴 테이블이 나와 있었다.

칼리오페는 어제 댄스의 밤 행사에 입을 옷을 사러 날 굿윌(중고품 가게-역주)에 데리고 가면서 상대방이 무슨 옷을 사는지 보면 불운이 찾아온다고 말했다. 나는 어떻게 이보다 더한 불운이 찾아올 수 있겠냐고 말하고 싶었지만, 그녀가 그냥 하룻밤 즐겁게 보내면서 떠난다는 사실을 잊고 싶어 한다는 걸 알 수 있었다. 나도 그 사실을 잊어버리려고 노력했지만(맹세한다), 그게 마치 우리가 한 모든 말과 모든 행동을 덮어버리는 비닐 덮개처럼 느껴졌다. 내가 좋아하는 청바지와 보라색 신발을 신은 그녀가 내 옆을 떠나, 가게 뒤쪽으로 가는 걸 지켜봤는데, 길었던 머리카락이 없어서 허전해보였다. 나는 남성복 코너로 가면서 고장 난 칙칙한 토스터들과, 뚜껑이 없는 도자기 냄비들과, 더러운 장난감들과, 페리 코모와 미스터 스폭과 TV에 나와 틀니 접착제를 광고하는 가수가 부른 앨범들로 가득 찬 상자를 지나쳐왔다. 나는 진한 파란색으로 가장자리가 장식됐고 속주머니에 역시 진한 파란색의 거대한 나비넥타이가 들어 있는 옅은 파란색 턱시도를 발견했다. 거기에 작은 검은색 버튼들이 달려 있는 구겨진 셔츠도 딸려 있었다. 상당히 촌스러워 보이는 턱시도였다. 그리고 딸린 바지도 없었지만 상관없었다. 칼리오페가 우리 둘이 그냥 무지 고풍스러워 보이면서 약간 기괴해 보이길 원한다는 걸 알고 있었고, 재킷과 넥타이는 합해서 5달러밖에 안 했다. 점원은 그 옷을 돌돌 말아서 종이봉투에 넣어줬고, 칼리오페는 드레스 값을 치를 동안 날 가게 밖에서 기다리게 했다.

나는 보트가 있는 호수 위쪽으로 갔다. 길이 워낙 가파르기 때문에 아무도 여긴 찾아보지 않았을 거라고 계산한 것이다. 거기에는 모래가 깔린 작은 호숫가가 있는데, 제일 먼저 보인 것은 운동복을 입은 엄마가 부두 근처에 무릎을 안고 앉아 있는 모습이었다. 엄마는 조용히 울면서 차고 있는 반지에 얼굴이 긁히지 않도록 손등으로 조심스럽게 눈물을 닦고 있었.

"엄마?" 나는 올라가서 엄마 옆에 섰다. "괜찮으세요?"

엄마는 살짝 미소 지으면서 내가 앉을 수 있게 모래를 다독거렸다. 내가 앉자 엄마가 말했다. "엘리엇, 넌 정말 관찰력이 뛰어난 아이라니까." 엄마는 호수를 가리켰다. 햇빛을 피해 눈 위에 손을 대면서 호수를 보자 릭스가 거기 있었다. 노란색 보트를 타고 바람에 실려 둥둥 떠다니고 있었다. 보트는 천천히 돌고 있었고, 그의 목에는 오렌지색 구명조끼가 걸려 있었다. 커다란 덩치에 비해 목에 걸려있는 구명조끼가 무지하게 작아 보였다. 그는 표지를 보니 성경책 같은 책을 읽으면서 셀로판지로 감싼 스낵을 먹고 있었다.

"딩동, 호호, 요들." 엄마가 말했고, 우리 둘 다 안도하면서 피식 웃었다.

"재랑 말해보셨어요?"

"물론이지. 일리가 있는 말을 많이 하더라."

난 고개를 끄덕였다. "일리가 있는 말을 많이 하게 생기지 않았는데."

엄마는 한숨을 쉬었다. "한 번 물어봐."

"뭘 물어봐요?" 나는 막대기 하나를 집어서 모래 위에 작은 원들을 그리며, 칼리오페와 내가 호수로 보트를 저어 나가 달빛에 흠뻑 젖었던 그 밤에 대해 너무 많이 생각하지 않으려고 애를 썼다.

"물어봐."

나는 일어서서 입에 양손을 대고 소리쳤다. "이봐, 릭스."

Calliope . Eliot

그는 가까이 있어서 그럴 필요가 없었지만 그래도 소리를 질렀다.

"거기서 뭐 하는 거야? 돌아와야지."

"예수님은 물 위를 걸으셨어. 파도를 잠재우시고." 그가 말했다.

나는 엄마를 내려다봤다. "엄마…."

"계속 얘기해봐."

"참나." 나는 그에게 다시 소리 질렀다. "물 위를 걸을 생각은 하지 마, 알았지?"

그는 스낵의 포장지를 핥았다. "난 바보가 아니거든." 그가 말했다.

"나도 네가 바보가 아닌 건 아는데, 대체 거기서 뭘 하고 있는 거야? 돌아오지 그래?"

"예수님은 바리새인들을 '회반죽을 바른 무덤들'이라고 부르셨어. 밖에서 보기엔 깨끗하고 하얗지만, 안은 시커멓고 악취가 난다고. 여기가 바로 그런 곳이야." 그가 포장지를 옆자리에 내려놓자, 바람이 그 포장지를 들어 올려 호수 한가운데 내려놨다. 포장지는 물 위에 둥둥 떠서 빙글빙글 돌았다.

"무슨 뜻이야?"

"내 말은, 무덤이란 게 뭐야? 단단한 돌로 완벽하게 만들었잖아. 흐느적흐느적 축 늘어진 무덤은 본 적 없을 거 아니야,

엘리엇?"

난 그가 내 이름을 부르는 걸 듣고 조금 놀랐다. 물론 우리 모두 안녕, 내 이름은 …야, 라는 이름표를 2주 내내 달고 다녔지만. 그는 계속 이야기했다.

"내가 복음을 세계만방에 알려야 한다면, 세상 사람들과 같은 모습으로 나와야지, 그들보다 더 위에 서선 안 되잖아. 사람들은 뚱뚱해, 엘리엇, 대부분이 그래. 게다가 복음이 가장 필요한 사람들이 누구지? 여기 있는 아이들이야. 모두 외롭고, 상처 입은 데다, 자신을 증오하고 있어. 이 아이들은 말씀이 필요하지, 운동이 필요한 게 아니라고." 그는 주머니에서 땅콩이 들어 있는 엠엔엠즈 한 봉지를 꺼내 먹기 시작했다.

난 다시 주저앉았다. "봐요, 엄마. 쟤는 미쳤어요."

"마음이 조금 혼란스러운 것뿐이야." 엄마는 다시 울기 시작했는데, 눈을 깜박이자 눈물이 튀었다. "하지만 그런 우리는 뭐니? 우리는 권투글러브를 낀 예수님 포스터를 가지고 있어, 엘리엇. 우리 예수님은 몸짱인데다 섹시하기까지 하지. 섹시하면 잘 팔리고, 예수님도 잘 팔리니까, 언젠가는 이런 사업이 생길 수밖에 없었겠지, 안 그래? 내가 그런 사업을 일구는데 일조를 했다니 기쁠 수밖에." 엄마는 마치 스스로가 역겨운 것처럼 말했는데, 정말 그렇게 느끼는 건지도 몰랐다.

"그건 엄마가 한 게 아니잖아요. 아빠지. 그리고 아빠는 다른 사람들을 돕고 있어요."

"사람들을 돕는 방법치곤 참 기묘한 방법이지. 이건 그보다는 사업이란다, 엘리엇. 나도 알아, 내가 그 사업 부분을 맡고 있으니까. 아빠는 항상 그랬던 것처럼 밖에 나가서 이 사업을 광고하고 파는 거고. 이건 그냥 더 큰 수영장에 지나지 않아. 익사하는 사람들로 꽉 찬 수영장."

나는 고개를 끄덕였다. "이제 어떻게 되는 건가요?" 그게 지금으로선 가장 중요한 질문인 것 같았고, 이 질문은 내 인생의 모든 면에 적용할 수 있었다.

"나도 모르겠다." 엄마는 고개를 흔들었다. "저 아이에게 오라고 해. 네 말은 들을 거야."

"헤이, 릭스." 나는 소리쳤다. "들어와, 야. 내 말 들어봐… 내가 너희 부모님에게 전화할게. 그럼 넌 여길 일찍 나갈 수 있어. 오늘 당장."

그는 아직도 초콜릿을 씹으며 고개를 들었다. "정말?"

"진짜야. 널 속이는 게 아냐. 넌 여기 안 있어도 돼."

릭스는 고개를 끄덕였고, 이제 다른 사람들이 산을 올라오는 소리를 들을 수 있었다. 하지만 나는 아직 내 옆에 앉아 조용히 내가 릭스에게 했던 말을 계속 되뇌고 있는 엄마의 목소리를 들었다. "여기 안 있어도 돼…여기 안 있어도 돼…여기 안 있어도 돼…"

올해 디제이는 제대로 된 음악을 틀었고(작년에는 기독교 노래 그룹들의 음악만 틀었는데, CD 커버에 나온 그 그룹들은 모두 스웨터를 입고 있었다), 아이들은 열광했다. 소녀들은 동그랗게 모여 춤을 췄고, 소년들은 별반 저항하지 않은 채 끌려나와 춤을 췄다. 아이들은 마카레나 댄스도 추고 라인 댄스도 추면서 와와 함성을 질러대고 웃으며, 댄스장이 온실처럼 따뜻해지고 축축해질 때까지 계속 췄다. 어떤 아이들에게는 오늘 밤이 자신의 생에서 처음으로 자신의 큰 몸집을 의식하며 벽에 딱 붙어 있지 않고 마음대로 춤을 췄던 밤이었을 거란 생각을 했다. 오늘 밤, 이날 밤만은, 이들은 쿨한 아이들이었다. 이들은 이 순간을 한껏 즐기면서, 펀치를 마시고, 칠면조 핫도그를 먹고, 계속 춤을 췄다. 릭스의 부모님이 녹슨 픽업트럭을 타고 와서 릭스를 가운데 앉힌 채 집으로 돌아간 지 3시간밖에 안 됐지만, 아이들은 이미 그 사실을 잊어버린 것 같았다.

난 평소보다 오늘 밤 훨씬 더 수줍어했다. 알고 보니 칼리오페가 정말 대단한 춤꾼이었다. 물론 나도 웬만큼은 추는 편이다. 난 보통 남자들이 추는 것처럼 몸을 좌우로 흔들거리는 프랑켄슈타인 타입도 아니고, 느린 음악에 맞춰 뻣뻣이 서서 빙빙 돌 수 있기만 기다리는 타입도 아니다. 사실 나도 괜찮게 추는 편이지만, 칼리오페는 정말 끝내주게 춤을 춘데다,

정말 예뻤다. 그녀는 나와 추고, 엄마와 추고, 다른 아이들과도 췄고, 엄마는 아빠만 빼고 다 한 번씩 같이 춤을 춘 것 같았다. 아빠는 그 자리에 거의 보이지 않았는데 아마 사무실에 계신 것 같았다. 칼리오페는 굿윌에서 산 드레스를 입고 왔는데 너무 엷은 핑크색이라 조심하지 않으면 그냥 색깔이 사라져버릴 것 같았다. 천은 그녀의 몸을 감싸고 둥둥 떠다니는 것 같았는데, 칼리오페의 말에 따르면 시폰이라는 천이라고 한다. 어깨끈도 없는 그 드레스 위로 주근깨가 난 동그랗고 완벽한 그녀의 가슴이 살짝 보였다. 그건 아주 오래된 드레스로, 마치 흑백영화에 나온 드레스 같았다. 짧은 머리에 화장을 한 그녀는 그런 면에서 새벽 두 시에 텔레비전을 켜면 나오는 고전 영화에 출연한 아름다운 여배우 같았다. 다만 이건 특별한 종류의 흑백 영화였고, 거기서 그녀만 유일하게 칼라로 나왔다. 그녀의 초록색 눈과 창백한 분홍색 피부와 핑크색 드레스만이 회색 세상 속에서 도드라졌다.

아, 그녀는 너무도 사랑스러웠다.

느린 춤을 출 때 나는 그녀를 바짝 끌어안고 그녀의 온기를 느끼며 얼굴을 붉혔다. 그녀의 겹겹이 늘어진 드레스 자락이 내 허벅지를 눌렀고, 내 손가락은 그녀의 등을 지나 드레스 위에서 멈췄다. 우리 둘은 서로를 보고 숨을 쉬고 있었는데 문득 나는 내가 그렇게 리드하고 있다는 걸, 그렇게 하길 원했다는 걸, 그녀가 내쉬는 숨을 내가 들이쉬면서 그녀의 숨을 내 몸속에 받아들이길 원했다는 걸 깨달았다. 나는 손으로 그녀의 가녀린 허리 곡선을 따라 엉덩이로 내려가면서 그녀의 몸을 서서히 암기했고, 마치 점자를 익히는 것처럼 그녀를 익혔다. 그날 낮에 나는 시내에 나가서 꽃가게에 들러 그녀에게 줄 코르사주(작은 꽃 장식-역주)를 샀다. 난 오늘 밤이 우리가 함께 갈 수 있는 졸업 무도회와 가장 비슷한 행사가 될 거라는 걸 알고 있었다. 이제 장미 향기와 갓난아기가 내쉬는 것 같은 숨이 그녀의 땀구멍에서 나와 날 감싸는 것 같았다. 그녀는 코르사주에서 장미를 한 송이 꺼내 내 턱시도 재킷의 옷깃에 꽂아줬지만, 그 향기를 맡자 왠지 슬퍼졌다. 아마도 이 옷에서 나는 냄새, 다락방 냄새, 한 쪽에 치워버리고 잊어버린 것들의 냄새가 나서 그랬는지도 모르겠다.

"사랑해." 난 속삭였다.

"나도 사랑해." 그녀가 말했고, 작은 점 같은 빛들이 마치 작은 달처럼 우리 위로 쏟아져 내렸다. 나는 입을 열어 뭔가 더 말하려 했지만, 그녀가 고개를 흔들었다.

"거기까지만." 그녀가 말했다. "더 하면 슬프기만 할 거야."

그리고 그녀는 내 어깨의 오목한 곳에 머리를 대고, 기댔다.

우리는 천천히 함께 춤을 췄고, 나는 그녀의 어깨와 귀에 키스했다. "기다릴게. 네가 여기 돌아올 때까지, 내게 돌아올 때까지 기다릴 거야."

그녀는 고개를 흔들면서, 날 보지 않았다. "아니야." 그녀가 마침내 입을 열었다. "넌 안 기다릴 거야."

음악이 끝나고, 불이 들어왔고, 디제이가 홀라후프 경연대회를 한다고 선언했다. 마침내 그녀는 내 얼굴을 볼 수 있을 정도로 뒤로 물러났다. "거봐. 슬프잖아. 너도 가끔은 내 말을 들어야 해."

그녀는 밖으로 걸어 나갔고 나는 그녀를 따라나가 벤치에 앉아 있는 그녀를 찾았다. 그녀는 거기서 항상 무리 중에 혼자 깨어 있는 거위, 우리끼리 불면증에 걸린 거위라고 부르는 거위를 보고 있었다. 칼리오페는 맨발이었다. 그녀는 신발을 안의 어딘가에 벗어놓고, 밤새 맨발로 춤을 췄다.

"언젠가는. 그리고 내 머리는 벌써 길었어." 내가 뒤로 다가가자 그녀가 말했다. "봐, 내가 말했잖아. 난 머리 기르는 기계라니까."

"언제 그 기계가 완벽하게 완성되나 궁금했더니만."

그녀는 고개를 흔들었다. "아니, 완벽하진 않아. 한참 멀었어."

"완벽해. 넌 완벽해. 나에게는." 내가 말했다.

그녀는 생긋 웃었다. "나에게는, 이라. 맘에 드는 말인데. 그래, 난 너에게는 완벽해."

나는 그녀 옆 벤치에 앉았다.

"드디어 아빠랑 통화했어. 디제이가 지난날을 생각하게 하는 사람에 대해 말했잖아. 그게 다 아무것도 모르고 하는 소리야."

그저께, 우리가 아벨 아저씨 식당 지하실에 내 화학물질을 옮기는 동안, 그녀가 그날 밤 아빠에게 전화할 계획이라고 말했다. 아벨 아저씨는 밖에 있을 거고 그녀 혼자 집에 있으니 편하게 전화를 할 수 있다고 했다. 하지만 더 이상 그 문제에 대해선 말하려 들지 않았는데 그녀가 그렇게 불안해하는 건 처음 봤다. 처음에는 화학물질 때문에 그런 거라고 생각했고, 부분적으로는 그런 이유도 있을 것이다. 칼리오페는 대강 스무 번 정도 내 화학물질로 불이 날 수 있냐고 물었고, 나는 그때마다 아니다, 그럴 수 없다고 대답했다. 불이 나면 번지는 속도를 엄청나게 단축시킬 순 있다는 말은 안 했지만, 그녀가 모르는 편이 나았다.

"아빠가 뭐라고 하셨는데?" 나는 그녀의 손에 내 손을 밀어 넣었다.

"골프에 대해 이야기했어. 새로 장만한 골프채 세트하며, 제니의 실력이 얼마나 늘었는지 그리고 자기 핸디캡(약한 선수에게 주는 이점-역주)에 대해서도 말하고. 아니 골프가 뭐냐고? 내 핸디캡은 내게 골프를 치는 아빠가 있다는 걸 몰랐다는 것과 도대체 제니가 누군지 모르겠다는 거지. 제니라니."

Calliope . Eliot

그녀는 고개를 흔들었다.

"그래서 제니가 누군데?"

"내 새엄마래. 이런 걸 뭐라고 부르지? 있는지도 몰랐던 친척을 발견했을 때는?"

나는 어깨를 으쓱했다. "신이 주신 선물?"

그녀는 웃음을 터트렸다. "넌 정말 냉소의 황제야. 아빠에게 또 이사 간다고 했어. 항상. 매번 그런다고 했지." 그녀는 내 손을 꽉 쥐었다.

"아빠는 뭐라고 하셔?"

"화났지. 마음에 안 들어 하고. 아빠는 내게 진짜 가정이 필요하다고 생각해."

"거기?"

"아니. 난 아직 텍사스와 캐디(골프 장비를 들고 다니며 경기를 돕는 사람-역주)가 있는 곳으로 갈 준비는 안 된 것 같아. 정말 거기 갈 준비는 안 됐어. 그러려면 먼저 금발로 염색부터 해야 될 것 같고. 있잖아, 아빠에게 이렇게 말하고 싶었어. '마음에 안 들면, 왜 엄마에게 그러지 말라고 말 안 하는데요?' 내 말은, 아빠에게도 그게…있을 거 아니야. 그걸 뭐라고 하더라."

"친권?"

"넌 내가 만나본 사전 중에 가장 귀여운 사전이야." 그녀는 내게 키스했다.

"그럼. 아빠에게 그렇게 말하고 싶었다면 왜 하지 않았어? 아빠에게 엄마를 좀 말려달라고 해."

"난 못해. 엄마는…."

"할 수 있어. 칼리오페. 엄마가 그럴."

"엘리엇, 그만해. 난 못해."

나는 고개를 끄덕이며 다시 벤치에 머리를 기댔다. 지금부터 한 시간 뒤에는 내가 불꽃놀이를 쏘는 걸로 댄스를 끝내게 돼 있다. 나는 호수 옆에 불꽃 발사기 튜브 안에 10개의 공작 깃털들, 휘파람 부는 꽃들, 덩굴 식물들과 회오리바람을 설치해 놨다. 하지만 이젠 그 어떤 것에도 별로 관심이 없다. 이 모든 게 소음 같고 가짜 불빛 같이 느껴졌다. 오늘 밤 내가 원하는 건 검은색과 회색이 어우러진 조용한 여름밤과 핑크 드레스를 입은 소녀가 내 옆에 영원히 있는 것이었다.

Calliope . Eliot

## 15. 칼리오페

나는 커피 머그잔에 물을 넣어 휘휘 돌리면서, 컵 안의 동그란 갈색 테두리들을 지우려고 박박 문질렀다. 그때 비치볼 세 개가 차례로 보였다. 나는 첫 번째 머그잔의 물기를 털어내고 산타클로스가 그려진 행주로 닦았다. 아직 새벽이었고, 일어나긴 너무 이른 시간이었지만, 아무리 좋은 환경에 있어도 난 잠을 깊이 자지 못한다. 이제 막 찾아온 새벽이 나무 꼭대기를 건드리기 시작하면서, 거기 달린 잎들을 촉촉한 분홍색으로 물들였다. 난 이미 욕조를 비롯해 욕실을 구석구석 청소했고, 지금은 부엌을 공략하고 있었는데, 그때 그 공들이…하나, 둘, 세 개의 비치볼이 보였다. 비치볼에 관심을 쏟는 대신, 난 머그잔 안에 있는 비눗물을 빙빙 돌리다가, 한 번씩 멈춰서 창턱에 놔둔 코르사주의 향기를 맡았다. 일주일이 지난 지금, 그 향기는 시들어가는 꽃보다 내 기억 속에 더 많이 남아 있겠지만, 난 계속 허리를 숙이고, 눈을 감은 채 희미하게 남아 있는 꽃향기와 연기 냄새를 들이마셨다.

  첫 번째 볼은 파란 줄과 흰 줄이 쳐진 것으로 호박 초롱만 했다. 그 공은 건물들 사이에 한 번 부딪치면서 허공으로 휙 튀어 올랐다가 다시 내려와 아벨 아저씨의 담장 밑으로 떼내려갔다. 두 번째 공은 월마트에서 하나에 88센트에 살 수 있는 그런 종류로 스마일 페이스가 그려진 노란색 공이었다. 그 얼굴은 계속 굴러다녔고, 나는 저렇게 굴러다니면 어지럽지 않을까 궁금했다. 마지막 자주색 공은 가장 작은 것으로 보지 않아도 검은색으로 포 윈드 르네상스 페어라는 문구가 적혀 있는 걸 알고 있었다. 물론 유리창에서는 그 글씨가 보이지 않았다.

  나는 코르사주의 장미 밑으로 삐져나온 핑크색 리본들을 내려다봤다. 리본 하나는 내 드레스에 묻은 검은색 손바닥 자국과 딱 맞는 검은색 얼룩이 묻어 있었다. 엘리엇은 불꽃놀이를 터트리는 동안 내가 호수 저쪽에 서 있게 해줬다. 그는 각각의 불꽃놀이 뭉치를 꽂기 위해 땅속에 밀어 넣은 PVC 파이프 사이를 돌아다니면서 계속 내게 좀 더 멀리 가라고 말했다.

Calliope . Eliot

그렇게 뛰어다니면서 각각 폭죽의 이름을 말해주며 퓨즈를 체크하고 각도를 조절했다. 어둠 속에서 이국적인 새들과 희귀한 꽃 이름들이 둥둥 떠다녔다. "이건 공작 깃털이야." 엘리엇은 첫 번째 튜브 위로 허리를 구부리며 말했다. "이건 불타오르는 난초." 그는 큰 튜브의 각도를 바꾸면서 말했다. "이건 러시아 무지개, 바다 아네모네, 별이 빛나는 밤." 그는 계속 걸어 다녔고, 내게서 멀어지면서 목소리도 점점 희미해졌다. "붉은 용, 피카소의 복수…."

"네가 이 이름들을 다 지어준 거야?" 난 엘리엇이 마지막 튜브 위에 고개를 숙이는 걸 보며 물었다.

"응." 어둠 속에서 거의 들리지 않는 목소리로 엘리엇이 말했다.

"그럼 이건 뭐야?" 엘리엇이 마지막 불꽃놀이 튜브를 호수 위 하늘을 향해 세우는 것을 보면서 내가 물었다.

"이거? 내가 제일 좋아하는 거지." 그는 허리를 펴고 서서 내가 서 있는 곳, 호수 주위를 빙 둘러 서 있는 소나무 중에 한 그루 밑으로 돌아왔다.

"오호, 그게 이름이 있는 거야?" 그가 날 안는 사이에 내가 물었다.

"있지." 엘리엇이 몸을 앞으로 기울여 내게 키스하며 말했다.

"말해줄 거야?" 나는 그에게 몸을 기대며 물었다.

"칼리오페." 그는 내 목에 대고 말했다.

"왜?" 내가 물었다.

"아니, 그게 이름이라고. 칼리오페."

우리는 서로를 안고 어둠 속에 서서, 아이들이 댄스장에서 부두와 호수 반대편의 잔디밭 위로 쏟아져 나오는 걸 지켜봤다. 구내식당의 불이 꺼졌고 린다가 어둠 속에서 나와 물가로 오는 게 보였다. 그녀는 우리가 있는 쪽으로 손을 들어 보였는데, 오늘 밤 내내 그랬던 것처럼 미소를 짓고 있었다.

"준비됐어?" 엘리엇은 내게 마지막으로 키스하기 전에 물었다. 난 그의 가슴에 대고 고개를 끄덕였다. 아까 그랬던 것처럼 그가 땅속으로 쑥 들어간 파이프들 사이를 걸어 다니는 걸 지켜봤는데, 이번에는 각각의 퓨즈에 불을 붙이기 위해 손에 연기가 나는 막대기를 들고 있었다. 나는 계속 눈을 가린 채, 각각의 불꽃이 땅에서 솟아올라 점점 고도를 높여가면서 희미하게 나는 휙휙 소리만 들었다. 그리고 쿵 소리가 나더니 수많은 색깔이 스프레이를 뿌린 것처럼 공중에서 확 퍼지면서 개척지를 밝혔고, 호수 반대편에 있던 아이들이 환호성을 질렀다. 엘리엇이 폭죽을 하나씩 쏘아 올렸고, 각각의 불꽃이 폭발하면서 눈부시게 빛나기 직전에 아주 희미한 연기 자국을 남겨서 우리에게 그 불꽃도 한때 실제로 살아 있었다는 걸 알려준 후 어두운 하늘에서 밝고 격렬하게 빛났다. 난 그가

Calliope . Eliot

마지막 불꽃 내 폭죽에 불을 붙이기 위해 허리를 숙이는 걸 보면서 그러지 말라고, 그냥 남겨두라고 말하고 싶은 충동을 억지로 참았다. 엘리엇이 뜨거운 호박색 불을 퓨즈에 대는 동안 숨을 참았고 그 불꽃이 서서히 올라가다가 마침내 불꽃놀이 전체에 퍼지는 걸 지켜봤다. 빛이 번쩍이면서 불꽃놀이는 하늘로 발사돼서 우리 머리 위의 달 앞에서 핑 소리를 내며 날아가 호수 저쪽으로 갔다. 불길의 압력을 받아 안의 튜브가 펑 터지는 소리를 들었다. 그리고 그 튜브에서 색깔이 하나씩 분수처럼 쏟아지는 걸 봤는데 처음에는 붉은색, 그다음엔 하얀색, 그리고 초록색이 쏟아졌다. 튜브는 다시 땅으로 떨어졌는데 중력 때문에 가속도가 붙어 휙 내려왔다. 그 튜브는 나무들 뒤로 사라져 보이지 않았지만, 그것이 땅바닥에 닿았을 때 온몸으로 그 충격을 느꼈다고 나는 맹세라도 할 수 있다.


접이식 의자를 보자 난 설거지를 멈췄고, 부엌 창문으로 보이는 거리를 좀 더 자세히 내다보게 됐다. 붉은색 블록체 대문자로 예수님은 과격하시다, 라는 문구가 적힌 두 번째 머그잔, 엘리엇이 준 머그잔을 들었을 때 그 의자가 보였다. 그리고 바로 그다음에 바비큐 그릴의 윗부분이 보였고, 그릴 뚜껑인 붉은 금속이 마치 라임에이드(라임 과즙에 설탕, 물 등을 섞은 음료-역주)에 띄운 체리처럼 소용돌이치며 흘러갔다. 그리고 곧바로 첫 번째 의자처럼 두 번째 의자가 흘러왔고, 유아용 풀장이 왔고, 우산이 빙글빙글 돌아가며 떠내려왔고, 정원에 두는 벤치가 떠내려왔다. 왜 그랬는지 모르겠지만 난 그 벤치를 보고 고무 슬리퍼를 신고 밖으로 걸어 나왔다. 아마 단단한 그 벤치, 금속과 목재가 섞인 그 무거운 벤치가 물에 떠내려 왔다는 사실 때문에 아벨 아저씨의 집 뒤로 돌아 거리로 가보자고 판단했는지도 모르겠다.

"무슨 일이에요?" 나는 물었다. 아벨 아저씨는 앞마당에서 맨발로 선 채, 우리 앞의 거리로 물살이 밀려들어 오는 걸 지켜보고 있었다. 그의 집 돌담만이 물살이 들어와 정원이 넘치지 않도록 해주고 있었다. 집 양쪽의 돌담도 똑같은 역할을 하고 있었다.

"상수도관이 터진 게 아닐까 생각하던 중인데." 아저씨는 사람이 안 탄 카누가 떠내려가는 걸 보며 말했다. 시간이 시시각각 흐르면서 멀리서 들리는 사이렌 소리가 점점 더 커지고 있었다. "거리 위쪽 어딘가에서 말이다." 아저씨가 말했다.

"어떻게 해야 하죠?" 담장 위로 올라가 내려다보면서 아벨 아저씨에게 물었다. 약 60센티미터 정도 높이로 투명한 물이 세차게 밀려오면서, 마치 아벨 아저씨의 집이 강 한가운데

서 있는 것처럼 보였다.

"할 수 있는 게 별로 없지 싶다." 아저씨는 모자를 안 쓴 머리를 손으로 쓸어내리며 말했다. "지금으로선 담장이 물이 들어오지 못하게 막아주고 있는 것 같다. 적어도 지금으로선 말이다." 누군가 휴대용 확성기에 대고 뭐라고 소리치고 있었지만 너무 멀어서 잘 들리지 않았다. "마실 가볼까?"

"뭐라고요?" 난 아저씨를 빤히 쳐다보며 물었다.

"왜 있잖아, 거리에 나가서 멀뚱멀뚱하게 서서 이렇게 물어보는 거지. '상황이 어떤가요?' 그리고 '지금 이게 다 뭡니까?' 이렇게 하는 거 말이다."

"아, 네에. 사람들이 퍽이나 좋아하겠어요." 내가 말했다.

"차고에 고무장화가 한 켤레 있다. 너에겐 너무 클 수도 있지만, 그래도 발은 안 젖을 수 있으니까." 난 아저씨를 따라서 차고로 갔다. 아저씨가 내게 사방에 데이지가 그려진 핑크색 고무장화를 한 켤레 건네줬다.

"물어보지 마." 아저씨는 다짜고짜 말했지만 어조로 봐서 속내는 이런 뜻이라고 짐작이 갔다. 물어봐도 좋지만, 지금은 안 돼. 우리는 진입로와 물이 들어찬 곳을 나와, 주위를 맴돌다 거리 끝에 있는 주택가에 응급 차량들의 빙글빙글 돌아가는 비상등이 반사되는 게 보이는 곳까지 나왔다. "저럴까봐 걱정했는데." 아벨 아저씨가 너무 나직이 말해서 아저씨가 말을 했는지조차 의심스러웠다. 난 아저씨가 입을 달싹거리면서 할 말을 찾으려고 애를 쓰는 걸 봤지만, 아저씨는 더 이상 말하지 않았다.

"뭐에요? 뭘 걱정하셨다는 건데요?" 나는 아저씨의 팔을 건드리며 물었다.

"봐라." 아저씨는 모퉁이에 있는 거리 표지판을 가리켰다.

"리지크레스트." 나는 큰 소리로 읽었다. 나는 계속 앞으로 걸어가면서 거리 밑으로 내려갈수록 수위가 점점 더 올라오는 걸 지켜봤다. "아저씨, 죄송해요, 그렇게 둔감한 말을 하다니…."

"레스토랑이 리지크레스트 뒤쪽에 있잖아." 아저씨는 더 빨리 걸으면서 말했다. 아저씨를 따라잡기 위해 나도 서둘러야 했다.

"맙소사, 아저씨, 전 미처 생각도." 그랬다, 난 생각도 못했다. 공상에 잠겨 물을 보느라 다른 생각은 하나도 하지 못했다. 아저씨는 저쪽을 보다가, 내 눈에 맺힌 눈물을 봤다.

"여기서 기다려보자." 아저씨는 내 어깨를 다독이며 말했다. "울어봤자 소용없다, 이미 쏟아진…흠, 울지 마라." 나는 아저씨를 따라 메인 스트리트까지 올라갔다. 거기에 대여섯 명 정도 되는 소방관들이 긴 장화를 신고 서 있었다. 소방관 두 명이 문을 연 가게 뒤쪽에 기대서서 담배를 피우고 있었는데,

여러모로 보기 안 좋았다. 아벨 아저씨가 우리 쪽에서 가장 가까운 곳에 서 있는 소방관에게 걸어가는 동안 난 그 자리에서 머뭇거리고 있었다.

"어이, 퍼지." 아벨 아저씨가 불렀는데, 그 소방관에게 잘 어울리는 별명이었다.

"아벨." 퍼지는 담배를 한 모금 깊이 빨면서 말했다.

"끔찍한 일이야, 친구."

"저걸 차단시킬 순 없나?" 아벨 아저씨는 초당 수천 갤런씩 쏟아지면서 거품이 부글부글 이는 물을 바라보며 물었다.

"절대 불가능해." 퍼지는 입과 콧수염 사이로 연기를 뿜어내며 대답했다. 그 연기를 보자 하늘에서 불꽃놀이가 끝나던 때가 기억나서 고개를 돌려 홍수가 나서 생긴 웅덩이 주위에서 아이들이 놀기 시작하는 것을 바라봤다. "36인치가 넘는 큰놈이 몰려왔어. 댐에서 물이 흘러가는 방향을 바꿀 때까지 기다려야지."

"그게 얼마나 걸릴까?" 아저씨가 물었다. 그는 잠깐 날 돌아보고 희미한 미소를 지었다. '무서워하지 마, 다 잘 될 거야', 라는 뜻이 담긴 미소였지만 나만큼이나 아저씨 자신을 안심시키려고 짓는 미소 같았다.

"모르겠네." 퍼지는 담배꽁초를 발치에 고인 웅덩이에 떨어뜨리면서 말했다. 나는 그 꽁초가 아벨 아저씨를 지나 거리로 흘러들어 아래로 계속 떠내려가는 다른 잔해들에 합류하는 모습을 지켜봤다. "이미 조치를 끝냈는지도 모르겠지만, 그렇다고 해서 홍수가 금방 멈추진 않아." 그는 자신이 부츠를 신고 있다는 걸 깜박 잊고 다리를 긁으려고 허리를 숙였다. 그의 손가락들은 마치 아주 작은 동물처럼 그의 뱃살을 파고들면서 긁어대다가 다시 얼굴로 돌아오면서 손으로 변했다.

"파이프를 잠그고 나서 물이 다 비워질 때까지 얼마나 걸릴까?" 아저씨가 물었다.

"한 시간. 어쩌면 두 시간." 퍼지는 셔츠 주머니에서 담배를 새로 한 대 빼면서 말했다. "그러니 그냥 신경 끄고 있어. 한참 걸릴지도 몰라." 아저씨는 내가 서 있는 도로 한가운데로 물을 튀기며 돌아와 내 옆에 섰지만 좀 멀찍이 떨어져 섰다. 우리는 좌회전만 허용되는 걸 표시하는 노란색 화살표 위에 서서 말없이 물을 바라봤다. 거리 맞은편에 '연인들을 위한 노스캐롤라이나'라고 적힌 현수막이 펄럭이고 있었지만, 저 문구는 버지니아의 문구라고 생각했다. 남자아이 둘이 메인 스트리트에서 공기를 넣어 부풀린 뗏목모양의 튜브를 타고 노를 저으며, 플라스틱 노로 서로에게 물을 튀겨대고 있었다. 내 머리를 잘라준 이발사, 내 코르사주를 만들어준 꽃가게 주인, 슬픈 얼굴의 드레스 가게 여주인이 우리에게서 조금 떨어진 곳에 서 있었다. 그렇게 모여 있는 사람들을 보며 마치 장례식에서 조금씩 떨어져 서있는 사람들 같다는 생각을 했다. 지금 이 분위기도 장례식 같았다. 하지만 아이들이 웃으며 서로에게 물을 차고, 보라색 부츠를 신은 여자가 도넛과 종이컵에 든 커피를 나눠주는 장례식이기도 했다. 소방관들이 담배를 피우며 몸을 긁어대고 아빠와 아장거리는 아이가 비치볼을 잡으려고 쫓아가는 장례식이기도 했다. 이 모든 일이 꿈일지도 모른다고 생각하게 한 일이 있었다. 주변에 몰려든 사람들을 돌아보고 있는데, 아벨 아저씨가 갑자기 웃음을 터트리기 시작했다.

\* \* \*

"재수 없는 거지 뭐." 파이니어스가 신고 있는 카우보이 부츠 발부리로 건식 벽체를 툭툭 차며 말했다. 그는 기어이 거기에 구멍을 내놓고 재빨리 누가 보고 있지 않은 지 주위를 둘러봤다. 그러다 내 눈과 마주치자 어깨를 조금 으쓱하더니, 허리를 숙여 부츠의 발부리를 닦았다. 그리고 카운터에 있던 자기 커피를 가지고 부엌으로 돌아갔다. 그가 여기 온 이후로, 나는 그가 커피를 마시고, 적십자사에서 나온 여자에게 치근대고, 초콜릿을 씌운 도넛을 먹고, 이제는 벽에 구멍을 내는 걸 모두 지켜보고 있었다.

 레스토랑은 열두어 명 정도 되는 사람들로 가득 차 있었다. 모두들 레스토랑에 들어오자마자 최대한 빨리 그리고 최대한 많이 말리려고 애를 썼다. 아벨 아저씨가 사람들에게 어디다 물건을 놓고, 어떤 물건들을 버리고 어떤 물건들을 버리지 말아야 할지에 대해 말하는 소리가 사람들의 목소리를 타고 자주 들려왔다. 나는 대걸레로 바닥의 물을 대강 훔쳐낸 후 대걸레는 포기하고, 비치 타월을 바닥에 대고 꾹꾹 눌러 물기를 제거하고 있었다. 아저씨는 레스토랑 바닥이 마룻바닥이라 그나마 다른 가게보다는 운이 좋은 편이라고 말했다. 마룻바닥이 좀 구부러지고 휘어지긴 하겠지만, 카펫을 깐 가게는 그 카펫을 죄다 뜯어내고 다시 처음부터 깔아야 한다고 했다.

 "그런데 그때 그 남자가 나보고 예수님을 아냐고 물어보는 거야." 엄마의 목소리가 부엌에서 흘러나왔다. 엄마는 사람들이 식료품 저장실을 뒤지는 걸 돕고 있었다.
"내가 듣기론 그 사람 미쳤다고 하던데." 한 남자가 대꾸하는 소리가 들려왔다. "뭐, 사교 집단의 교주 같다고나 할까."

 "그럴지도 모르지." 엄마가 대답했다. "광신교도인 건 분명한 거 같아. 내가 내 영혼은 이미 구원받았다고 말하기 전까지는 놓아주지 않으려고 하더라니까. 그랬더니 이제는 칼리오페에 대해 떠들기 시작하더라고. 엄마로서 딸이 천국에 갈 수 있도록 하는 게 내 책임이라나." 나는 타월을 꾹꾹 누르면서, 내 젖은 손바닥 자국이 줄무늬 비치 타월에 나타나는 걸 바라봤다.

"칼리오페가 그 남자 아들하고 꽤 친하게 지내는 것 같던데." 그 남자는 목소리를 낮췄지만 그래도 다 들렸다.

엄마는 굳이 목소리를 낮추지도 않았다. "그거야 한여름의 풋사랑이지. 당신도 열다섯 살 때 어땠는지 잘 알잖아." 엄마가 깔깔거리고 웃는 소리를 듣고 나는 발뒤꿈치를 세워서 부엌을 보다가 파이니어스가 엄마의 어깨에 팔을 두르는 걸 봤다.

"그럼 나도 한여름의 풋사랑이야?" 파이니어스가 엄마를 품 안에 끌어당기며 물었다.

"뭐, 당신도 알잖아." 엄마는 그에게 활짝 미소를 지으며 말했다. "모전여전인 거." 그 소리를 듣고 있자니 눈이 튀어나올 것 같았다. 나는 부엌에 들어가서 난 엄마 같은 사람이 아니라고 말하고 싶었다. 절대로 엄마 같은 사람은 되고 싶지 않다고. 엘리엇은 한여름의 풋사랑 이상의 존재라고. 하지만 난 애꿎은 타월만 밀어대면서, 손목이 시큰거릴 때까지 바닥에 손을 밀어댔다.

"더 세게 밀면 바닥에 구멍 나겠어." 나는 뒤로 몸을 기울여 엘리엇이 서서 날 내려다보고 있는 걸 봤다. 그는 내 앞에 쭈그려 앉아 내 뺨을 만졌다. "괜찮아?" 그가 물었다. 나는 고개를 끄덕이며 타월을 돌돌 말아 뭉쳤다. 일어서려고 하는데, 엘리엇이 내 팔에 손가락을 댔다. "괜찮아질 거야. 아벨 아저씨는 보험도 들었고…." 하지만 나는 고개를 흔들기 시작했다. "그럼 뭐야?"

"아무것도 아니야." 난 그를 외면한 채 말했다.

"뭔가 있는 거지."

"그냥 만날 똑같은 거지 뭐."

"너희 엄마?" 그가 물어서, 나는 고개를 끄덕였다. "엄마가 널 건드리게 놔두지 마, 너도 알잖아."

"하지만 우리 엄마는 그런 면에선 천재적이거든." 나는 그를 올려다보며 생긋 웃었다. "내 말은, 나 열 받게 하는데 학위라도 딴 거 같아."

"박사 아니면 석사?"

"당연히 박사지." 나는 일어서면서 말했다. "이건 과학이라기보다 예술에 가깝다니까." 엘리엇은 내게서 타월을 뺏어서 내가 닦은 다른 타월들을 담아둔 바구니에 던졌다.

"우리 엄마는 매번 수법을 바꿔가면서 날 열 받게 한다니까."

"베트콩 같네." 나는 그를 째려보다가 얼굴을 찡그렸다. "네가 의식을 잃지 않도록 너희 엄마가 매번 고문하는 방법을 바꾸는 거지."

"엘리엇, 넌 참 이상한 남자야." 난 엘리엇의 허리를 쿡 찌르면서 말했다.

"내가 너만의 남자라면 괜찮아." 그가 말했다. 나는 미소를 지으며 고개를 끄덕였다.

"준비됐어?" 나는 테이블 위에 쌓여 있는 접은 비치 타월 더미를 가리키며 물었다.

"당신과 함께라면 이보다 더 즐거운 일도 없지, 칼리오페 양." 엘리엇이 타월 더미에서 두 장을 꺼내며 말했다. 그는 파란색과 초록색 줄무늬가 쳐진 타월을 내게 건넸고, 핑크색 야자수가 그려진 타월은 자기가 챙겼다. 우리는 나란히 무릎을 꿇고, 바닥에 타월을 누르면서, 타월에 우리 손자국이 나타나는 걸 바라봤다.

\* \* \*

"그 사람이 이건 하느님이 하신 일이라고 하더군요." 아벨 아저씨가 뒷목을 문지르며 말했다. "하느님이 하신 일에는 보험이 적용되지 않는다는 겁니다." 아벨과 린다가 현관 제일 위 계단에 앉아 있는 동안 엘리엇과 난 거리에서 서로에게 교대로 물을 차고 있었다. 잠시 물이 많이 빠졌지만, 아직도 군데군데 거리의 낮은 지대와 건물들 옆에는 웅덩이가 고여 있었다.

"보험이 적용되는 곳이 있긴 있나요?" 린다가 물었다.

"설비들은 다른 보험에 가입돼서 괜찮은데, 식당 구조에 관계된 건 보험이 안 되네요." 엘리엇이 날 따라 현관으로 왔고, 우리 둘은 제일 밑 계단에 어깨가 닿을 정도로 바싹 붙어 앉아 있었다.

"흠, 중요한 건 저 건식 벽체를 들어내서 못들을 말려야죠." 린다가 말했다. 엘리엇과 나는 둘 다 고개를 돌려 그녀를 바라봤다. "대형 선풍기들을 가져와서 바짝 말려야 해요. 그런 건 물속에 오래 있을수록, 더 많이 망가지는 법이니까." 그녀는 우리 모두 자신을 쳐다보고 있다는 걸 의식하고 조용해졌다.

"계속해 봐요." 아저씨가 말했다.

린다는 얼굴이 살짝 붉어졌지만, 계속했다. "일단 다 말리면, 그다음엔 간단해요. 새 건식 벽체를 가져와서 거기다 못질을 해서 붙이고, 테이프를 두르고, 그 위에 페인트를 두어 번 칠해주면 끝나요. 다 아시겠지만…" 그녀는 말끝을 흐리면서 사람들이 지나가는 걸 보다가, 길가에 있는 열린 상점들을 바라봤다.

"아니요. 난 잘 모르는데, 하지만 당신은 잘 아는 것 같네요." 아저씨가 말했다.

"캠프 리모델링 공사는 우리 엄마가 다 했어요." 엘리엇이 말했다.

"네가 도와줘서." 그녀는 운동화 끝으로 엘리엇의 등을 쿡 찌르며 말했다.

"난 그냥 시키는 대로 하는 원숭이고." 그는 내게 얼굴을 찡그려 보였다. "엄마야말로 공학 학위를 받은 전문가지."

"공학이라고?" 아저씨가 현관 난간에 등을 기대며 물었다.

"네, 내가 바로 학교에서 계산자와 주머니 보호대를 차고 다니는 심난한 공부벌레 중 하나였죠. 난 평생 다리를 건설하며 살 줄 알았답니다." 그녀가 말했다.

"정말이요?" 아저씨는 우리에게 눈썹을 씰룩씰룩 움직여 보이며 말했다.

"그리고." 엘리엇이 아저씨에게 눈썹을 씰룩이며 말했다. "엄마는 목수로 일하면서 학위를 땄답니다."

"흠." 아저씨는 입을 열다가 멈추더니 거리로 시선을 돌려서 지나가는 사람들을 쳐다봤다.

"기꺼이 도와드릴게요." 린다가 조용히 말했다. "제 도움을 원하신다면 말이에요."

"문제는." 아저씨 역시 조용히 말했다. "보수를 어떻게 드려야 할지 잘 모르겠다는 겁니다."

"이렇게 하죠." 린다가 그의 팔에 손을 올리고 말했다. "우리가 해결책을 마련할 때까지 음식으로 주시면 어떨까요,

괜찮죠?" 아저씨는 내가 그랬던 만큼 린다가 우리라는 표현을 쓴 것이 마음에 들었는지 오늘 저녁 들어 처음으로 미소를 지었다. 엘리엇은 내게 눈짓을 했다.

"노아가 지금 이런 기분이었을지 궁금하군요." 아저씨는 거리 저쪽 연석을 따라 주차된 차들을 바라보며 말했다. 모든 차가 반만 깨끗해진 채 서 있었는데, 더러운 부분과 깨끗한 부분이 가로로 정확히 반으로 나뉜 모습이 마치 뭔가 오해한 낙서 예술가들이 페인트 대신 물을 써서 작업한 것 같은 모습이었다. 아저씨는 한숨을 쉬면서 고개를 흔들었다. "물론, 노아는 경고라도 받았지."

"노아는 아저씨와는 달리 친구가 없었잖아요." 내가 말했다.

"그래, 없었겠지." 아저씨가 말했지만 마치 머나먼 곳에서 말하는 것처럼 느껴졌다. 그러다 그는 내게 고개를 돌리고 싱긋 웃었다. "미안하다, 어렸을 때 구약 성서를 너무 많이 읽었나봐."

"아저씨, 이걸로 세상이 끝나는 건 아니잖아요." 나도 웃어 보이며 말했다.

"난 노아의 홍수를 그런 식으로 보지 않아요." 점점 더 커져가는 어둠 속에서 린다의 목소리가 조용히 들렸다. "물론 하느님이 밤낮으로 비를 내리시면서 많은 것들을 쓸어버리셨지만, 그건 파괴보다는 과거를 청산한다는 의도가 더 크셨을 거예요."

"아마 하느님이 스노우 글로브처럼 세상을 한 번 흔들었다가 내려놓으셔서, 노아와 그 가족들이 새 출발하게 하신 거죠." 아저씨가 말했다.

"난 그런 식으로는 한 번도 생각해본 적이 없는데." 나는 엘리엇의 손에 내 손을 찔러 넣으며 말했다. 엘리엇은 내 손가락에 자기 손가락을 깍지 끼고 세 번 힘을 주었다. 나도 세 번 쥐었다. 나도 사랑해.

"이 홍수는 끝이라기보다는 시작인 것 같아요." 린다가 어두운 밤에 대고 말했다.

## 16. 엘리엇

엄마와 나는 이번 주 들어 세 번째로 로우스(미국의 집수리 자재와 재료 전문 소매점-역주)에 가서, 밴 뒤쪽에 건식 벽체와 보수할 때 쓰는 속건성 회반죽과 테이프를 가득 실어왔다. 게다가 벽을 다 들어냈을 때 엄마는 아벨 아저씨에게 가게에 단열재를 쓰지 않았다고 난리를 쳤다. 연기 탐지기도 하나밖에 없었는데 그것마저 배선이 엉망이어서 그것들도 몇 개 사느라 밴의 뒷자리는 박스와 핑크색 테이프들로 가득 찼다. 엄마는 살짝 흥분한 상태였는데, 현관에서 아벨 아저씨에게 공사비를 음식으로 지불하라고 제안했던 그날 밤 이후로 계속 그런 상태였다. 아저씨는 우리에게 약속대로 음식으로 공사비를 지불하고 있었다. 우리는 이제 대부분의 시간을 캠프에서 나와 지내면서, 칼리오페와 아저씨가 그의 집이나 아니면 레스토랑에서 요리한 음식을 먹었다. 재료비를 대기 위해 아저씨는 "보도 세일"이라는 걸 했다. 즉 실내에서 돼지갈비와 바비큐를 구워서 스티로폼 용기에 넣어, 거리에서 파는 것이다. 우리는 바비큐 소스에 먼지와 페인트가 들어가지 않도록 최선을 다했다. 엄마는 아저씨의 건강에 대해서도 들볶아대면서 하루에 먹는 야채가 피클뿐이라면 그건 사실 야채로 칠 수 없다고 설명했다. 그리고 이틀 전에 아저씨를 설득해서 함께 시내에 '조깅'을 하러 가기도 했다. 둘은 함께 웃으며 출발했고, 칼리오페와 난 그런 두 사람을 지켜보고 있었다. 엄마는 운동화를 신고 운동복을 입고 있었고, 아벨 아저씨는 척 테일러 캔버스화를 신고 1975년에 나온 것처럼 보이는 붉은색에 가장자리에 하얀 줄이 처진 낡은 추리닝 반바지를 입고 있었다. 게다가 행복은 이리호에 있다! 라고 적힌 티셔츠를 입고 있었다. 2미터 정도 달렸을 때, 아저씨가 멈추고 숨이 찬 척 연기를 하면서, 이걸로 오늘 조깅은 충분하지 않으냐고 물었다. 엄마가 몇 년 동안 속에 갇혀 있던 것 같은 웃음을 쏟아내는 걸 보는 건 정말 기분 좋은 일이었다.

하지만 또 가끔은 우리 넷, 나와 칼리오페와 엄마와 아저씨가 레스토랑에 있을 때 퍼지가 들르거나, 아저씨가 아는 누군가가 찾아올 때가 있다. 아저씨는 온 동네 사람들을 다 아는 것 같았다. 그럴 때면 어렸을 때 이후로 내가 기억할 수 있는 가장 즐거운 시간을 모두 함께 보내곤 했다. 모두 함께 라디오에서 나오는 올드 팝송을 들으며, 웃고, 가끔은 밤이 깊을 때까지 일하며 행복해했다. 하지만 그런 마음 한구석에 뭔가 찜찜한 게 남아 있었다. 아무리 즐거운 시간을 보내고 있어도 마치 그곳은 항상 끔찍한 일이 일어날 경우를 대비하고 있는 것 같은 그런 기분이었다. 물론 그런 시간은 항상 재미있었다. 지난주에만 해도 우리는 막 일을 시작해서 쇠망치로 망가진 시트록(종이 사이에 석고를 넣는 석고보드-역주)을 무너뜨리고 있었는데, 늦은 시간이었지만 새 게임을 만들어냈다. 매번 누군가가 큰 덩어리를 부수면, 나머지 사람들이 와서 그 덩어리가 어떻게 생겼는지 말하는 게임이었다. ("네 바다…염소 머리…종이비행기") 그러다 라디오에서 내가 한 번도 들어본 적이 없는 올드 팝송이 나오면 엄마와 아저씨는 목청껏 엉망진창으로 그 노래를 따라 불렀다.

난 나와 엄마와 아빠가 캠프에 틀어박힌 채 이곳에 7년이나 살았는데도 시내에 아는 사람이 하나도 없다는 걸 생각해보며, 우리가 그동안 얼마나 많은 것들을 놓치고 살았는지를 생각했다. 하지만 이제 엄마와 난 시내 사람들과 더불어 살기로 결심한 반면, 아빠는 여전히 혼자서 산속에 틀어박혀 우리 모두가 느끼고 경험하는 일들을 놓치고 있다. 지난 주말에 엄마는 아빠와 같이 지내던 오두막집에서 나와 다른 오두막집으로 갔는데, 슬픈 건 그걸로 별로 바뀐 점이 없다는 것이었다. 엄마에게 지금 상황이 어떤지 물어보고 싶은 마음이 굴뚝같기는 하지만, 그런 걸 물어보는 것 자체가 필요 없는 것처럼 느껴지기도 했다. 사실 눈이 있는 사람이라면 지금 무슨 일이 벌어지고 있는지 다 볼 수 있으니까. 엄마는 건식 벽체 작업을 하기 위해 결혼반지를 뺐는데, 그 후로 반지를 한 번도 보질 못했고, 아침 식사를 하는 자리에서 신문의 "아파트 광고"가 펼쳐져있는 모습을 두 번이나 봤다.

캠프 참가자들이 떠난 다음 날 아침, 레스토랑 일을 빼먹고 아빠를 찾으러 차를 몰고 갔다. 주차장에 들어왔을 때 브레이크를 밟고 그냥 밴에 앉아서 마치 오랫동안 오지 않았던 곳을 온 것처럼 주위를 둘러봤다. 사실 이곳을 정말로 그렇게 자세히 살펴본 적은 한 번도 없었던 것 같았다. 거위 사냥꾼들이 왔던 아침이 너무나 끔찍했다는 걸 생각했지만, 오늘 아침은 왠지 더 끔찍한 것 같았다. 사방이 너무도 조용하고 너무도 텅 비어 있었다. 거위 사냥꾼들이 온 아침은 살생의 아침이었지만, 오늘은 이미 죽어버린 아침 같았다.

"헤이, 아들." 아빠를 찾아냈을 때 아빠는 이렇게 말했다. "무슨 일이니?" 아빠를 찾으러 땀을 뺄 필요도 없었다. 항상 그렇듯이 아빠는 책상 앞에 앉아서 무릎에 숙박부 대장을 펼쳐 놓은 채 컴퓨터를 치고 있었다.

"별일 없어요." 내가 말했다. 아빠에게 홍수에 대해 이야기하면 아빠는 하느님이 우리의 어깨를 다독여주시기 위해 별이란 방법을 사용하신다고 말할 게 뻔해서 아무 말도 하지 않았다. 그 외에 내가 아빠에게 말하고 싶은 것들-칼리오페, 아벨, 엄마, 레스토랑 공사-이 모든 것들이 아빠는 듣고 싶지 않은 이야기거나, 관심 없는 이야기일 게 뻔했다. 우리는 그런 식으로 아무 말도 하지 않은 채 아빠의 컴퓨터에 들어 있는 냉각팬이 돌아가는 소리만 들었다.

"놀라운 소식이 있다. 네가 아주 역사적인 순간에 왔어. 내가 방금 중대한 결정을 내렸다." 아빠는 숙박부 대장을 탁 닫으며 말했다.

"뭔데요?"

"캠프는 더 이상 안 하기로 했다. 올해가 끝이야. 참, 불꽃놀이 끝내줬다. 우리 모두 뿅 갔어."

나는 아빠가 항상 하는 농담, 매년 여름이면 하는 똑같은 농담에 웃으려고 애를 썼다. "왜 캠프를 그만두시는 거죠?" 엄마 때문일 거라고 생각하면서도 물어봤다.

"간단한 경제 논리지 뭐. 캠프에선 별로 돈이 나오질 않아. 진짜 돈이 되는 건 TV출연, 책, 달력 같은 것들이야. 게다가 그 멍청한 릭스 일도 있었고 말야. 그 자식이 물에 빠져 죽기라도 했다면, 끝도 없는 소송에 시달렸을 거야. 변호사비에, 가스 값은 오르고, 뭐 이유야 셀 수 없이 많지."

나는 그냥 고개를 끄덕였다. 아빠는 계속 날 보지 않으면서 이야기했다.

"그리고, 진짜 끝내주는 아이디어는 바로 이거야. 이 캠프장을 우리 자체 유통 센터로 전환시키는 거지. 내 책과 달력들과 기타 상품들을 여기서 선적하면 중간 상인을 완전히 잘라내서 엄청나게 많은 돈이 절약돼."

난 고개를 끄덕이며 이것이 아빠가 궁극적으로 원하던 바였다고 생각했다. 아빠는 중간 상인을 잘라내고, 그 외에 따로 거치적거리는 상인도 잘라내고, 배후에 있는 사람들도 잘라내고, 모든 남자와 여자들, 시내에 있는 사람들 모두, 바비큐를 요리하는 남자, 붉은 머리의 소녀, 그와 결혼한 아내, 아직도 그를 사랑하는 아들 모두 다 잘라내고 그와 하느님과 돈 사이에 아무것도 끼어들지 못하게 하고 싶었던 것이다.

"비밀 하나 말해주마. 어쩌면 샬롯에 있는 주의 영광 방송국에서 매주 TV 출연을 하게 될 것 같다. 영양과 하느님의 말씀에 따른 삶을 주제로 내 쇼를 시작하는 거지."

난 아빠를 바라보며 씩 웃었다. "아무래도 머리 스타일을 바꿔보셔야 할 것 같은데요." 내가 말했다.

"네가 뭘 좀 아는구나, 선수." 아빠가 말했다. 난 우리 사이가 항상 이런 식으로 흘러갈 거라는 걸 알았다. 항상 이런 식으로 농담을 나누며 사물의 표면에만 머물러 있는 것이다. 날씨나 스포츠나 저녁 뉴스에 대해 대화를 나누면서, 정말 나에게 중요한 것에 대한 이야기는 결코 아빠에게 하지 못할 것이다. 내가 아빠에게 칼리오페에 대해 이야기할 수 없다면 도대체 뭐에 대해 말할 수 있단 말인가? 아빠가 항상 내게 이런 말을 했던 기억이 났다. 예수님은 우리가 세상 속에 있기를 원하시지만 세상에 섞이길 원하진 않는다고 말했다. 아빠는 내게 정말 그런 존재였고, 그런 사람이 되어 버렸다. 내 옆에 있긴 했지만 나와 같이 있는 건 아니었다. 그리고 거기 서서, 헤어스타일이나 서류작업이나, 그밖에 내가 잊어버린 다른 것들에 대해 농담하면서, 나는 앞으로 우리 사이가 어떻게 될지 상상할 수 있었다. 일요일 아침에 리모컨을 클릭하면 TV에 아빠가 나와 자신이 만든 달력과, 책과, 매일 해야 할 운동요법과, 권투 글러브를 낀 예수님 티셔츠를 파는 모습을 보게 될 거라는 걸. 아빠의 과장된 몸짓과, 가식적인 미소와, 도수도 없는 안경을 보게 될 거라는 걸 깨달았다. 이렇게 보나, TV에 나온 아빠를 보나 예전과 다를 게 하나도 없다. 난 여전히 아빠를 볼 수 있고, 보고, 연구하겠지만, 아빠는 날 볼 수 없다. 그리고 앞으로도 절대 내 본모습을 보지 못할 거라는

Calliope . Eliot

걸 깨달았다.


정오가 되자 팔이 아팠고, 여전히 난 왜 이 페인트 색을 노란색 대신 파우니(반인 반양의 숲의 신-역주)의 오후라고 부르는지 고민하고 있었다. 사실 이건 그냥 노란색 페인트인데 말이다. 머리 위쪽을 칠하는 게 가장 힘들지만, 롤러를 문지르는 건 좋아한다. 금방 쓱싹쓱싹 칠할 수 있으니까. 10분이면 벽 하나가 끝난다. 아벨 아저씨는 엄마와 칼리오페가 "조금 손만 보겠다고" 한 것 때문에 이번 주 내내 불평을 늘어놓고 있었다. 말로는 손만 보겠다고 했지만 사실은 코도 수술하고, 치아도 새로 하고, 머리 스타일도 바꾸고 지방을 몽땅 다 들어내는, TV에 나오는 메이크오버 쇼에 가깝다고 할 수 있었다. 아저씨는 계속 '고장 나지 않았으면, 고치지 말자'라고 노래를 불렀고, 칼리오페는 그 말도 탈무드에 나오는지 물었다. 엄마는 또 레슬링 경기장에 더 어울리는 곳에서 음식을 접대하는 건 공정하지 못하다는 말을 해댔다. 나는 전에는 벌거벗은 백열전구만 달려 있던 천장에 선풍기를 설치했고, 엄마는 아주 근사해 보이는 목재 걸상들을 멋지게 배치했고, 칼리오페는 아저씨가 "여기 오는 사람들은 손가락으로 음식을 집어먹는단 말이야."라고 소리를 치고 있는 곳에 아름다운 커튼을 달았다.

바로 그때, 퍼지가 물에 흠뻑 젖은 골판지 상자들을 잔뜩 안고 쿵쿵 소리를 내며 지하실 계단에서 올라왔다. 표정을 봐서는 시체라도 찾은 것 같았다. 그가 몇 걸음 떼기 전에 나는 그가 들고 있는 상자에 뭐가 들었는지 깨닫고 칼리오페에게 눈짓을 했다. 그녀는 이미 내게 눈빛을 보내고 있었다.

"어이, 아벨?" 퍼지가 말했다. "요것들에 대해 아는 거 있어? 꽤 심각한 물건이야. 흑색 화약이랑…다른 것도 있고." 그는 고개를 돌려 선적 라벨을 읽었다. "염화칼륨하고 비소네. 사람들을 몽땅 죽이려고 계획 중인 할망구라도 여기 숨겨주고 있나?"

"그건 제 거에요. 제가 좀 쓸 일이 있어서. 죄송해요." 칼리오페가 잽싸게 말했다.

퍼지는 눈을 가늘게 뜨고 그녀를 봤다. "무슨 일에 쓰려고 했는데?" 난 그가 경찰이 아니란 것도 알고 있었고, 아벨 아저씨가 토이 경찰관과 친구가 아니란 점에 순간 기쁘기도 했지만, 퍼지는 소방관이고 공공 기관의 패치가 사방에 붙어 있는 제복을 입은 공무원인데다 지금 이 상황이 나는 심히 불편했다.

"몽땅 다 죽이려고요. 할머니가 되면." 칼리오페가 말했다.

"어쩌면 그건 아주 옛날부터 있었을지도 몰라. 내가 이 건물을 샀을 때부터 말이야." 아벨 아저씨가 말했다.

퍼지는 고개를 흔들었다. "아니야. 송장을 보니까 한 달 전에 배달된 거야. 이건 위험한 물건이야. 불이 날 수도 있고, 분명 불법 물질일 거야. 신고하는 게 좋겠어."

이제는 아벨 아저씨가 우리 두 사람을 쳐다보았다. 그는 그게 왜 거기 있는지 알고 있었다. 그의 얼굴에 떠오른 표정은 참을 수 없을 정도로 무시무시했다.

"그건 제 겁니다." 내가 심호흡을 하며 말했다. "폭죽을 만들 때 쓰는 건데 캠프에서 말썽이 생기는 걸 원치 않아서 여기 숨겼어요."

"너희들이 이런 짓을 하다니 믿을 수 없다." 아벨 아저씨가 말했다.

"제가 칼리오페에게 숨겨달라고 했어요. 제 잘못이에요. 아저씨, 정말 죄송해요."

아저씨가 아무 말 없이 나를 쳐다보다가 고개를 끄덕였다.

"고백하면 마음이 편안해지지, 엘리엇."

"그것도 엄마가 없을 때 말이지." 엄마가 말했다.

"그래도 보고해야 한다고 생각해." 퍼지가 말했다.

"뭐, 자넨 보고해야겠지. 우린 아무것도 하지 않을 거야. 퍼지, 그 아이에게 상자 돌려주고 어서 일하자고."

퍼지는 마치 이것이 지금까지 살아오면서 내린 결정 중에 가장 힘든 결정이라는 듯이 아랫입술을 잘근잘근 깨물다가 상자를 내게 내밀었다. 나는 칼리오페를 보면서 아무래도 당분간 불꽃놀이를 하긴 그른 것 같다는 생각을 했다. 숨기지 않고 합법적으로 할 수 있는 방법을 찾기 전까지는. 어쩌면 그렇게 아름다운 건 숨기지 말아야 하는 건지도 모른다.

"괜찮아요. 다 망가져 버린 건데요. 그냥 버리죠." 내가 말했다.

그날 밤에 아벨 아저씨는 우리를 그의 집에서 자게 했다. 엄마는 방석(부엌의 사방에 깔려 있었다)을 깔아놓고 자고, 나는 바닥에서 침낭에 들어가 잤다. 다음 날 아침 로우스에서 우리가 대여한 플로어 샌더(나무 바닥을 깎는 기계—역주)를 배달해주기로 했는데, 그건 엄마가 공사를 일찍 시작하고 싶어 해서였다. 엄마가 잠이 든 후 나는 늦은 밤에 나가 현관에 앉아 칼리오페가 내려오길 기다렸다. 마침내 거리에서 흘러 들어오는 희미한 불빛에 그녀가 살짝 스크린 도어를 닫고, 발끝을 들고 계단을 살금살금 내려오는 모습이 보였다. 엄마에게 들킬까봐 그런다기보단 그냥 재미로 그런 것 같다는 생각이 들었다. 내가 보기에 칼리오페 엄마는 그녀가 뭘 하든 별로 신경을 쓰지 않는 것 같았다. 그녀는 뭔가 들고 있었는데,

가까이 다가오자 뭔지 볼 수 있었다. 그녀는 내게 그걸 내밀었다. 스크램블드에그, 토스트와 잼, 베이컨, 딸기 두 개가 든 접시였다.

"딸기 맘에 드는데." 내가 말했다.

"장식용으론 그만이지." 그녀가 말했다.

"야밤에 아침 식사를 또 한 번 할 때가 됐다는 생각이 들어서 준비했어."

"마지막 식사라는 소리겠지." 내가 말했다.

"엘리엇, 하지 마."

그녀는 내 옆에 바싹 다가앉았고, 내가 그녀에게 토스트를 한 조각 내밀자 고개를 흔들었다.

"난 혼자 안 먹을 거야. 그럼 의미가 없어지잖아." 내가 말했다. 그녀는 고개를 끄덕이고 베이컨을 조금 잘라 먹었다. 사흘 후면 그녀는 떠날 것이고, 어쩌면 다시는 그녀를 못 볼지 모른다. 좀체 그 생각을 떨쳐버릴 수 없었다. 머릿속에서도, 가슴 속에서도. 이건 마치 누군가가 내게 일주일 후면 난 가버릴 것이라고, 죽는 게 아니라 그냥 사라질 것이라고 말한 것 같았다. 그럼 난 어디 있는 거지? 매번 그 생각을 할 때마다 속에서 주먹만 한 게 올라왔고, 마치 물에 빠져 죽을 것 같은 공황 상태에 빠졌다. 어떤 날 밤엔 잠이 깨서 그냥 어둠에 대고 그녀의 이름을 계속 불러봤다. 그녀의 이름을 말할 때

들리는 소리를 절대로 놓지 않을 것처럼, 결코 그녀를 놓지 않을 것처럼 말이다. 난 그녀에게 보러 가겠다는 말을 50번쯤 했다. 그레이하운드 버스를 타고 가면 싸다고 했지만, 그녀는 항상 외면한 채 고개를 흔들었다. "그래 봤자 무슨 소용이 있어?" 그녀가 물었다. 그녀는 슬플 때는 항상 이런 식이었다. 내 옆에 가까이 있고 싶어 하면서도 멀리 떨어져 있고, 내 옆에 있으면서도 아주 먼 곳에 있는 것 같았다. 마치 떨어져 있는 연습을 미리 하는 것 같았다. 난 정말 이해할 수 없다. 어떻게 가장 심난할 때, 내가 원하는 것이라곤 그냥 그녀를 꼭 껴안고 놔주지 않는 것일 때 날 외면할 수 있는지 정말 이해할 수 없었다. 이건 마치 슬픔이 날 밀어내고 그녀를 끌고 가는 것 같았다. 그렇게 그녀가 차츰 멀어지면서 나로선 견디기가 훨씬 더 어려웠지만, 그녀에게는 그런 말조차 할 수 없었다. 그렇게 내 마음을 아프게 하면서 자기는 훨씬 더 아파하고 있을 테니까. 겹겹의 상처가 우리를 둘러싸면서 질식시키기 시작했다.

그녀는 포크를 들어서 내게 달걀을 조금 떠먹여 주고, 토스트도 한 조각 먹여줬다. 나도 그녀에게 한 입 내밀었지만 그녀는 다시 고개를 흔들었다.

"우리의 의식에 필요한 양은 다 먹었어." 그녀가 말했다.

"저번처럼 네가 막 먹었을 때가 더 좋았는데."

Calliope . Eliot

그녀는 여전히 날 외면한 채 고개를 끄덕였다. "요즘엔 그렇게 배가 고프지 않아."

"그래서 의식용으론 다 먹었다 이거지." 나는 무릎에 있던 접시를 우리 뒤쪽에 놨다. "있지, 밤에 먹는 아침 식사 말고, 우리를 위한 다른 종류의 의식이 있으면 좋겠단 상상을 했어."

"흠, 댄스파티도 했잖아."

나는 고개를 끄덕였다. "넌 아름다웠어."

"너도 그랬어."

우린 한동안 아무 말 없이 앉아 있었다. 뭔가 작은 동물, 고양이 같은 게 아벨 아저씨의 담장을 따라 잔디 위로 걸어갔는데, 눈이 반짝반짝 빛나고 있었다. 공기 중에 마치 마을 전체가 그날 밤 야외에서 고기를 구워먹은 것 같은 냄새가 났다.

"어떤 종류의 의식?" 그녀가 마침내 입을 열었다.

"또 다른 종류의 댄스파티. 네 생일이나 내 생일이나. 난 그냥 함께 시간을 보내는 걸 상상했어. 아, 졸업 무도회도 있고. 우리 학교 졸업 무도회가 아주 대단하다고 들었어. 음악도 작게 틀고, 춤도 안 추고, 연인들끼리 키스하거나 그런 것도 없대. 아주 지겹지만, 어쨌든 가서 할 일이 따로 없는 댄스잖아."

그녀는 피식 웃었다. "넌 정말 이상한 남자야, 미스터 엘리엇."

"그러니 우리만의 의식이 하나 있어야 해. 천 개 중에 하나 정도는 있어야지."

그녀는 고개를 돌려서 날 정면으로 봤다. 그리고 입을 열려고 했다.

"알았어, 알았어." 내가 선수를 쳤다. "그만할게."

이번 주 내내, 이런 계산을 하느라 바빴다. 그녀가 떠난다는 현실과 우리가 18살이라면 이런 게 전혀 문제가 되지 않을 거란 생각에 마음이 괴로웠다. 그녀가 여기 남을 수도 있고, 내가 따라갈 수도 있다. 어떻게 36개월이란 시간이 그렇게 큰 차이를 만들어낼 수 있는지, 사랑의 대수학이라는 게 왜 이리 복잡한 건지, 우리 사이에 3년이란 시간이 그 후 60년이나 70년이란 시간을 앗아가 버릴 수 있다는 현실이 그저 놀랍기만 했다. 어떻게 그런 일이 있을 수 있을까?

"엘리엇." 그녀가 속삭였다. "나도 너만큼 슬퍼."

"칼리오페…." 난 가만히 눈을 감고 숨을 쉬려고 애를 썼다. "넌 꼭 안 가도 되잖아. 그냥 엄마에게 안 간다고 말해. 여기 남겠다고 말해."

"네가 한 번 그렇게 해봐, 엘리엇. 부모님에게 3일 후에 여길 떠나 뉴멕시코로 가겠다고 말해봐. 너라면 그게 잘 먹힐 것 같니?"

사실은 그 생각도 해봤다. 머릿속에서 수천 번 그려봤지만,

Calliope . Eliot

항상 영화에서 본 장면처럼 어둠 속에서 도망가는 장면만 나왔다. 영화에서는 결코 그 다음 날 어떤 일이 벌어지는지 보여주지 않는다. 살 곳도 없고, 다닐 학교도 없고, 친구도 없고, 부모님도 없는 곳에 도착했을 때 어떤지 보여주지 않는다.

"그럼 엄마에게 당분간만 여기 있겠다고, 레스토랑 공사가 다 끝날 때까지만 있겠다고 해봐. 그다음엔 또 다른 방법을 생각해보면 어떨까?"

그녀가 어깨를 으쓱하면서 얼굴을 찡그렸다. "아벨 아저씨 같은 소리를 하네."

"그게 무슨 말이야?"

"아저씨가 계획을 다 세워났더라고. 여기서 올해까지 있으면서 아파트에서 살고, 레스토랑에서 일하고."

"그래? 그러면 왜 안 돼?" 그 가능성을 생각하자 갑자기 가슴이 뛰기 시작했다.

"말로야 쉽지. 넌 희망이 있고, 아저씨는 계획이 있고, 하지만 엄마는 뭐야? 최종 결정권은 엄마에게 있어. 엄마에게 권한이 있다고. 엄마는 아무리 뒷좌석에 짐이 차고 넘쳐도 절대 날 남겨두고 떠난 적이 없어. 이번엔 게다가 파이니어스를 따라가게 됐어. 2천 마일 동안 휴게소에서 내릴 때마다 그 남자가 하는 그 멍청한 쇼를 봐야 한다고."

"시도는 해봤어?"

"무슨 시도?"

"안 가겠다고 말은 해봤냐고. '그만하면 충분하다고', 더 이상 돌아다니지 않겠다고 엄마에게 말은 해 봤냐는 말이야."

"지난 4년간 내게는 23번의 기회가 있었어. 24번째라고 뭐가 다르지?"

"24번째는 너의 집이 될 거니까." 내가 말했다.

그 다음 날 우리는 마룻바닥을 기계로 깎고, 기계가 작동이 잘 안 될 때마다 진공청소기로 톱밥을 빨아들였다. 정오가 되자 우리는 땀범벅에 톱밥 범벅이 됐다. 아벨 아저씨는 우리가 마치 빵가루를 입힌 닭고기처럼 보인다고 했다. 엄마는 그 말에 하도 웃어서 숨도 제대로 쉬지 못했다.

"그렇게 웃긴 말도 아닌데." 생각했던 것보다 훨씬 더 신랄하게 말이 나왔다. 엄마가 날 힐끗 봤다.

"어이, 내 말에 이렇게 크게 웃어준 사람은 처음이야. 그러니 입 다물어줘." 아저씨가 말했다.

"나가서 찾아보지 그러니?" 엄마가 물었다.

"해봤어요." 내가 말했다. 칼리오페는 그날 아침 레스토랑에 일하러 나오지 않았다. 나는 두 번이나 아파트 문을 노크

해보고, 현관도 살펴보고, 차로 페어에도 가보고, 심지어는 캠프까지 갔다. 그녀가 좋아하는 곳들을 가보다 나중엔 한 번이라도 가본 적이 있는 곳은 다 찾아가봤다. 아무 데도 없었다. 나는 다시 돌아와서 아파트 문을 두드려봤고, 순간 벌써 떠나버린 건 아닌가 하는 공포를 느꼈다. 칼리오페 엄마가 짐을 꾸려서 한밤중에 떠나버린 건 아닐까. 그녀의 말에 따르면 그렇게 떠난 게 처음도 아니라고 했다. 난 심지어 문틈으로 안을 들여다보고 가스레인지 위에 그릇들이 그대로 있고, 부엌 조리대에 그녀의 도자기 그릇이 있고, 의자에 레인코트가 걸쳐져 있는 걸 보고 안심했다. 하지만 나중엔 그것도 마음에 걸렸다. 떠난다는 게 아무래도 가져가는 것보다는 놔두고 가는 게 더 많은 법인데, 도자기 그릇은 트렁크에 들어가지도 않을뿐더러 그리 중요한 물건도 아니지 않는가.

9시가 되자 정신이 나갈 것 같았고, 엄마와 아벨 아저씨까지 트럭을 타고 찾으러 나갔다. 10시가 되자 우린 포기했고 난 어찌해야 할 바를 몰랐다. 난 계속 창문을 보면서 커튼을 옆으로 젖혔다가 소파에 다시 앉아 어둠 속에서 내 손을 멀거니 바라봤다. 이게 지금 내가 할 수 있는 전부인 것 같았는데, 앞으로도 계속 이럴 건지 궁금했다. 지금으로선 밖을 내다보거나 아래를 내다보는 것, 텅 빈 내 손을 바라보며 가끔 그녀의 이름을 부르는 것 말고 다른 일을 한다는 게 불가능하게 느껴졌다.

11시가 다 돼서 스무 번째로 밖을 내다보자 뭔가 달라 보였다. 마치 '이 그림은 앞에 그림과 뭐가 다를까요?' 퍼즐에 나오는 그런 식으로 말이다. 1분이 지나서야 아파트 창, 싱크대 위의 작은 전등이 켜져 있다는 걸 깨달았다. 내가 막 돌아서서 엄마와 아벨 아저씨에게 소리를 치려는 순간, 현관 위에 한 형체가 보였다. 난 그게 칼리오페라는 걸 깨달았다. 그녀는 어두운 현관에 그냥 앉아 있었다. 2초 만에 난 문을 박차고 나갔다.

"대체 어디 있었어?" 내가 말했다.

"난 괜찮아, 고마워. 넌 어때?"

"너…." 난 그녀 옆에 앉았다.

그녀는 고개를 흔들었다. 벌써 머리카락이 제법 자라서 그렇게 머리를 흔들면 살짝 흔들렸다. "걸었어. 여기저기. 하루 종일."

"내가 찾아다녔어."

"알아. 차 몰고 지나가는 걸 두 번이나 봤어. 두 블록쯤 떨어진 곳에서."

"그때 부르지 그랬."

"엘리엇, 나 작별 인사하러 온 거야."

가슴 속 심장이 순간 얼어붙었고, 그러면서 모든 열기가 심장으로 몰려들어 심장이 타는 것 같았다. "난…이틀 남았잖아." 내가 말했다.

그녀는 가로등을 향해 고개를 들었는데, 눈물이 소리 없이 그녀의 뺨을 타고 흐르며 반짝였다. 난 가만히 손을 뻗어서 최대한 부드럽게 엄지손가락으로 눈물을 닦아줬다. "엄마랑 난 말다툼을 하면서 짐을 쌀 거야." 그녀가 말했다. "너에게 그런 모습 보여주고 싶지 않아, 내 삶 전체를 고물차 뒷자리에 처박는 모습은. 그냥…이렇게 끝내자, 알았지?"

난 고개를 끄덕이다가, 다시 흔들었다. 그리고 그녀의 머리를 내 손으로 잡고 돌린 채 그대로 잡고 있었다. 그녀의 얼굴을 내 손에 받치고, 내 눈을 그녀의 모습으로 채우고, 그녀의 눈 속에 빠져들려고 애를 썼다. 그녀의 머리카락 속에 들어간 내 손가락이 가늘게 떨렸고, 내일이면 이 손이 다시 텅 비게 될 거라는 걸, 이 공허함이 날 집어삼킬 거라는 걸, 침묵이 날 둘러쌀 거라는 것을 알았다. 난 그 침묵과 공허와 허무에 빠져버릴 것이다. "칼리오페. 나의 칼리오페…." 내 눈에 눈물이 차서 흔들거리면서 그녀의 모습이 부옇게 보였다. 마침내 그녀가 내게 고개를 기울여 키스했을 때, 내 입술에 그녀의 입술을 대고 가만히 있었을 때 내 눈물이 떨어졌다.

"네가 이걸 했으면 해." 그녀는 뭔가를 내 손에 넣으며 말했다. 그것은 그녀의 병마개였다. 자세히 보는 건 이번이 처음이었고, 빛에 기울여봐야 했다. 병마개는 가운데가 휘어져 있었고, 가장자리는 유리사로 엮여 있었다. "내가 사랑하는 사람이 준거야."

그녀가 말했다. "내가 이걸 좋아하는 이유는 가장 흔하고 평범한 것을 가지고 아름답게 만들 수 있다는 걸 떠올릴 수 있어서였어. 난 우리 사이가 그랬다고 생각해."

"나도 그렇게 생각해. 이게 망가진다면 정말 끔찍할 거야. 평생 간직해야지."

그녀는 내 손가락에서 빨간 줄을 빼서 목에 걸어줬다.

"당연히 그래야지. 하지만 그렇게 되지 않을 거야. 세상일이란 게 그래." 그녀가 말했다.

난 고개를 끄덕였지만, 그녀가 그 목걸이를 내 티셔츠 안에 넣어줘서 피부에 닿는 그 차가운 기운을 느꼈을 때 난 그녀가 틀렸다고 생각했다. 난 이걸 영원히 간직하면서, 아껴주고, 절대로 깨지지 않게 할 것이다.

Calliope . Eliot

## 17. 칼리오페

 박스를 보자 열이 확 솟았다. 3개의 박스에 각각 라벨이 붙어 있었다. 가지고 갈 것, 버릴 것, 의논할 것. 이건 협상하거나, 이야길 나누거나, 내 의견을 표현할 여지가 있는 척하는 엄마의 표현방식일 뿐이다. 나는 검은 마카 펜을 꺼내서 박스 이름들을 원래대로 고쳤다. 가지고 갈 것, 버릴 것, 이야긴 하겠지만 그래도 버릴 것. 나는 가지고 갈 것 박스를 봤다. 한때는 라이스 크리스피(시리얼 이름-역주)가 들어 있었지만 지금은 내 인생이 들어갈 상자다. 엘리엇이 여기 있었다면 내 인생이 이 영양만점 아침 식사의 일부라는 사실에 대해 웃었을 것이다. 나는 주스와 토스트 한 조각과 사과 하나와 함께 테이블에 올라와 있는 내 삶을 상상해보려고 노력하면서 엄마가 날 정말 그런 존재로 생각하는 건 아닐까 궁금했다. 뭔가를 보충해주고, 주식에 곁들여 먹지만 영양가는 없고 먹을 필요도 없는 존재가 아닐까. 엘리엇과 이런 이야길 하며 웃어넘길 수도 있지만, 어쩌면 아닐 수도 있다. 어쩌면 인생에는 아무리 웃기게 표현하려 해도 웃지 못할 일들이 있는 건지도 모른다.

오늘은 그곳에 100만 번은 가볼 뻔했다. 그가 거기에 있다는 걸, 여기서 고작 몇 블록 떨어진 곳에 있다는 걸, 아주 오랫동안, 어쩌면 평생 다시는 이렇게 가까이 있을 수 없다는 걸 알고 있었지만 매번 굳게 마음을 다잡았다. 이런 식으로 얼굴을 보여서 상황을 악화시킬 필요는 없지 않은가. 내가 멀어질 때마다 엘리엇의 상처가 악화된다는 건 알고 있지만 내가 달리 뭘 할 수 있겠는가? 내가 가까이 있을수록 엘리엇이 슬퍼한다는 걸 알기 때문에 그의 옆에 있을 수 없다. 나 때문에 그의 눈이 그렇게 슬퍼 보인다는 걸 알고 있는데 어떻게 옆에 있을 수 있겠는가. 엘리엇은 날 그렇게 사랑하지 않았다면, 이렇게까지 마음이 아프지는 않을 거라고 말했다. 가끔은 그가 날 그렇게 사랑하지 않았으면, 그래서 마음이 그렇게 아프지 않았으면 하고 바랄 때가 있다. 그래서 그냥 날 잊고 새 출발을 할 수 있기를.

Calliope . Eliot

나는 가지고 갈 박스 속에 신발 상자를 넣어 구석으로 밀어 넣고 무지개 빛깔의 글자로 캐롤라이나 해변이라고 새겨진 접은 비치 타월로 덮었다. 이런 식으로 소중한 물건을 숨겨야 한다는 걸 난 알고 있었다. 엄마는 결코 이해하지 못할 것이다. 엄마는 아이스크림콘 두 개의 영수증, 씻어서 말려 도자기처럼 빛이 나는 달걀 껍데기 반쪽의 중요성을 결코 이해하지 못할 것이다. 한때는 초콜릿 칩이 들어 있던 빈 셀로판 봉투나 숲 속에서 두 시간이나 걸려 겨우 찾아낸 타버린 실린더를 왜 간직하고 싶어 하는지 엄마가 어떻게 이해하겠는가? 말라버린 코르사주나 남쪽 바닷가처럼 보이게 구내식당을 장식한 뗏목들에 걸려 있던 풍선이 차 뒤에 있는 소중한 공간을 차지하게 엄마가 놔둘 거라고 내가 어떻게 예상할 수 있겠는가?

비치 타월 위에 난 클로번 후프 레스토랑에서 가져온 메뉴 한 장과 아벨 아저씨가 지금까지 만든 소스 중 가장 맵다고 맹세한 바비큐 소스 단지를 놓았다. 아저씨는 소스 이름을 칼리오페의 분노라고 지었다.

"네가 화난 모습은 한 번도 못 봤지만, 한 번 화가 나면 마치 이 소스처럼, 건드리는 건 모두 태워버릴 것 같다." 아저씨는 집 뒤쪽 현관에서 내게 그걸 건네주며 말했다. "오래 놔두진 마라." 아저씨가 말했다. "쓰지 않으면 상해버릴 거야."

바비큐 소스 한 단지 가지고도 항상 그랬던 것처럼 인생에 대해 가르쳐주는 아저씨.

"우린 일찍 떠날 거예요." 내가 말했다.

"그럴 거라고 생각했다." 아저씨는 시선을 돌려 내 뒤의 하늘을 보며 말했다.

"작별 인사하려고 아침 일찍 일어나지 마세요." 난 내 발을 내려다보며 말했다. "아침까지 푹 주무셔야 해요." 아저씨는 깊이 한숨을 쉬었지만 아무 말도 하지 않았다. 나는 고개를 들어 아저씨가 날 쳐다보고 있는 걸 봤다. 우린 그렇게 서로를 한동안 쳐다보다가 내가 먼저 고개를 돌렸다. "이제 짐을 싸야겠어요." 난 진입로를 향해 돌아서며 말했다.

"칼리오페." 아저씨가 손가락 끝으로 내 팔을 건드리며 말했다. 돌아서서 아저씨를 쳐다봤지만 아저씨는 더 이상 아무 말도 하지 않았다. 그냥 그렇게 한동안 바라보다가 눈을 감고 고개를 끄덕였다. 난 그렇게 뒤쪽 현관에 서서 하늘이 밝은 푸른색에서 짙은 푸른색으로, 그러다 이윽고 검은색으로 변하는 걸 보고 있는 아저씨를 남겨두고 왔다. 아저씨는 마치 하늘에 구멍이 뚫린 것처럼, 어둠을 뚫고 별이 반짝거릴 때까지 거기에 서 있었다.

내가 짐을 싸기 시작한 후로 아저씨는 안에 들어간 게 분명했다. 현관은 비어 있었고 어두운 밤하늘을 배경으로 그의 부엌에서 밝은 불빛이 반짝이고 있었으니까. 난 진입로로 들어오는 타이어 소리를 듣고 숨을 죽이고, 소리를 들으며, 린다 아줌마 밴의 완충장치가 삐꺽거리는 소리가 들리거나 혹은 아벨 아저씨 트럭에서 나는 소리가 들리길 기대했다. 하지만 내가 들은 소리는 엄마가 주차로 기어를 바꿀 때 나는 낯익은 자동차 소리뿐이었다. 계단을 탁탁 올라오는 엄마의 부츠 소리와 스크린 도어를 잡아당기면서 끼익 거리는 소리에 심장이 덜컹 내려앉았다. 엄마가 들어올 때 난 고개를 돌려 엄마를 보지 않았지만 엄마가 거기 있는 걸 알 수 있었다. 마치 우리에 갇혀 나갈 곳을 찾는 동물처럼, 어딘가로 떠날 때마다 엄마가 뿜어대는 익숙하고 광기 어린 에너지를 느낄 수 있었다.

"좋았어. 네가 벌써 시작했기를 기대하고 있었는데." 엄마가 뒤에서 말했다. 걸어오는 엄마의 몸에서 나오는 열기가 날 태울 것 같았다. "오늘 기분이 어때?" 엄마는 버릴 것 박스를 들여다보며 물었다. 박스가 텅 빈 걸 보고 얼굴을 찡그리는 걸 느낄 수 있었다. 엄마는 뒤로 물러서서 마지막 상자에 내가 다시 써놓은 말을 읽어보고 혀를 찼다. 그리고 부츠 끝으로 상자를 뒤집어서 내가 써놓은 글자가 벽을 향하게 만들었다. 내 불행이 엄마에게 보이지 않는다면, 그건 존재하지 않는 거나 마찬가지였다.

나는 엄마 옆을 지나 부엌 테이블로 가서, 그 위에 있는 아벨 아저씨의 주발을 들었다. 그리고 짐을 싸고 있는 곳으로 가져와 아저씨의 레인코트 한가운데 놓고, 상자 안에 넣기 전에 레인코트의 소매로 주발을 감싸서 묶었다. 주발이 깨지지 않도록 그 주위에 티셔츠들을 끼워 넣으면서 조심스럽게 박스에 넣었다.

"안 돼, 칼리오페." 엄마가 날 보고 있다가 말했다. "안 된다." 나는 일어서서 고개를 홱 돌리고, 엄마보다 20센티미터나 더 큰 키를 꼿꼿이 세웠다. 그리고 마음속으로 대여섯 가지의 대답을 읊어보다가 하나를 결정했다.

"돼요." 나는 엄마의 얼굴을 찬찬히 바라보며 말했다. "있죠, 이건 가지고 갈 박스에요. 의논할 여지가 없는 거라고요."

"내 성질 긁지 마라." 엄마가 턱을 치켜 올리며 말했다. "더 이상 듣고 싶지 않다." 엄마는 고개를 돌리고 침실 쪽으로 걸어갔다. 그 말을 들었을 때 내가 웃음을 터트려서, 엄마는 다시 고개를 돌려 날 봤다.

"내 말이 그렇게 웃기니?"

"아, 하지만 정말 웃긴 걸요." 나는 여전히 미소를 띤 채 말했다. "진짜 웃겨. 내가 뭐라고 하건 어차피 엄마가 내 말을 들을 것도 아니니까, 그냥 하고 싶은 말은 다 해야겠어."

"난 항상 네가 하는 말을 들어줬어." 엄마는 눈을 가늘게 뜨면서 말했고 순간 내 말이 지나쳤다는 걸 깨달았지만 난 멈추지 않았다.

"엄마는 한 번도 내 말을 들어준 적이 없어." 난 이제 웃지 않았다. 내 얼굴은 딱딱하게 굳어 있었고 입도 단호하게 일자로 다물었다. "문제는 있지, 엄마." 난 주머니에 손을 넣으면서 말했다. "아마 그건 엄마의 잘못이 아닐지도 몰라." 엄마는 그 말에 깜짝 놀랐고, 눈가가 조금 부드러워지는 걸 볼 수 있었다.

"뭐가 내 잘못이 아니란 거니?" 엄마가 물었다.

"엄마가 내 말을 들어주지 않은 게 전적으로 엄마 잘못은 아니란 거야." 나는 엄마의 뒤쪽을 바라보면서 숨을 깊이 들이마셨다. "사실 내가 한 번도 말을 한 적이 없으니 내 잘못일 수도 있지."

"내게 뭘 말하지 않았다는 거지?"

"떠나고 싶지 않다는 말을 한 번도 하지 않았지."

"뉴멕시코에 안 가고 싶단 말이지." 엄마는 언성을 높이지 않으려고 무진 애를 쓰며 말했다.

"난 어디도 가고 싶지 않아. 여기 있고 싶단 말이야." 지난 4년 동안 참았던 것만 같은 숨을 내쉬면서, 그 숨이 내 폐에서 똘똘 뭉쳐 있다가 나와서 입술을 통해 공기 중으로 퍼지는 게 느껴졌다. 이젠 엄마가 대답할 차례였다. 엄마가 머리를 굴리면서 대답을 하나씩 생각해보다 버리고, 그 다음 번 대답을 고르는 게 눈에 다 보였다.

마침내 엄마가 뭔가 말했는데 그건 너무도 맥 빠지는데다, 단조롭고 부자연스러웠으며, 엄마만 했던 말이 아니라 오랫동안 수많은 부모가 했던 말이었다. 불행하게도 엄마의 입에서 나온 그 말은 다른 평범한 부모들의 말보다 훨씬 더 위력이 없었다.

"난 네 엄마야." 엄마는 부드럽지만 강하게 말했다. "넌 내가 하라는 대로 해야 해." 엄마의 목소리가 커지면서 자신감도 커졌다. "짐을 싸든가 아니면 내가 너 대신 싸주지. 아침에는, 차에 타. 내 말 알아들었어?"

"이 문제에 대해 나는 아무런 결정권이 없단 말이야?"

"없어." 엄마는 다시 침실을 향해 가기 시작하면서, 내가 아무 의견도, 감정도, 꿈도 없는 조용한 딸로서의 역할을 잘 할 수 있도록 가르쳤다고 확신한 것 같았다. 엄마가 멈춰 서서 날 다시 돌아봤다. "분명히 이해했어?" 엄마는 마치 부모들이 자식에게 지시를 내릴 때 쓰는 상투적인 표현이란 표현은 다 써야겠다는 듯이 물었다.

"정말 놀라워. 엄마는 엄마처럼 보이고, 엄마처럼 말하고, 심지어 가끔은 엄마처럼 행동하지만 한 가지 결정적인 게 빠졌어."

Calliope . Eliot

"그게 도대체 뭔데?" 엄마가 물었다. 이제 엄마의 눈은 번 뜩이고 있었고, 엄마에게서 쏟아져 나오는 열기가 날 태워버리고, 내 머리를 빙빙 돌게 만들고 있었다.

"사랑이야." 마치 그 단어 하나가 분수에서 쏟아지는 물처럼 우리 두 사람 모두에게 튀긴 것 같았다. 엄마의 분노는 물보라를 맞으면서 탁탁 소리를 내며 한 번 더 타오르려고 애를 쓰다 마침내 꺼져버렸다. 엄마는 내 앞에서 그 물에 흠뻑 젖어, 절뚝거리다, 익사해버렸다. 엄마는 날 지나쳐서 아직도 문 옆의 고리에 걸려 있는 스웨터를 잡아 홱 당겨 내렸다. 스크린 도어가 끼익 소리를 냈다가 쾅 닫히는 소리가 들렸고, 이어서 엄마의 발걸음 소리가 멀어지는 게 들렸다. 엔진이 으르렁거리다 살아났고 진입로를 우두둑 밟는 타이어 소리가 들리다 조용해졌다. 그 오랜 세월이 지난 후에도 너무나 익숙한 소리들. 내게서 멀어지는 소리, 물러서는 소리, 떠나는 소리, 버리고 가는 소리.

난 갑자기 피곤해졌다. 피곤하지 않았을 때가 언제인지 기억할 수 없을 것 같은 기분마저 들었다. 마치 살아오면서 내내 잠을 이루지 못하고 철야를 한 것 같이 느꼈다. 그러다 생전 처음 나도 긴장을 풀 수 있고, 잘 수 있고, 쉴 수 있다는 걸 기억해낸 것 같았다. 나는 침대에 누워 눈을 감고, 나무의 매미들이 서로를 부르는 소리와 바람이 처마에 깃들이는 소리,

마치 세상으로부터 거의 잊힌 자장가를 불러주는 것처럼 부드럽게 방을 흔들어주는 바람 소리를 들었다.


옛날 옛날에, 멀고도 먼 나라에, 설화석고와 수정으로 만든 멋진 성에 아름다운 공주가 살고 있었다. 공주는 대부분의 공주들이 그렇듯 행복하게 하루하루 살았다. 공주는 정교하게 만들어진 황금마차를 타고 시골을 여행했다. 그리고 과학, 음악, 문학을 공부했고, 자신의 스튜디오에서 예술작품을 만들었다. 오후에는 궁전의 뜰을 거닐었고, 신하들을 접견했고, 주변의 아름다움을 감상했다. 저녁에는 부모님인 왕과 왕비와 함께 저녁을 먹었다. 그 자리에서 그들은 그날 있었던 행복한 일과 미래의 꿈에 대한 이야기를 나누곤 했다. 밤이면 왕과 왕비는 실크와 벨벳으로 덮인 깃털 침대에 공주가 눕는 걸 지켜보며 잘 자라고 키스한 후, 그녀가 잠이 드는 걸 지켜보곤 했다. 왕국에서는 모든 일이 평화롭게 흘러갔다.

그러던 어느 날.

수정 궁전에 금이 가기 시작하고 벽에 걸려 있던 태피스트리가 찢어져 있는 걸 공주가 눈치채기 시작했다. 공주는 한때 과일과 꽃들로 가지가 휘청할 정도로 풍성했던 정원의 나무들이 시들어가기 시작한 걸 바라봤다. 왕비는 가끔 며칠씩 이름도 알 수 없는 곳으로 사라져 보이지 않았다. 그러다 창백한 얼굴에 상심한 표정으로 힘없이 돌아오곤 했다. 어느 날 공주의 마차가 사라졌고, 그 다음 날엔 그녀의 말들이 사라졌다. 그녀의 물감에 있던 색채들이 희미해지면서 마르기 시작했다. 책들이 부서져서 먼지로 변했고 음식은 먹기도 전에 상해버렸다. 심지어 왕과 왕비마저 점점 더 희미해지면서, 줄어들었다. 한때는 웃음소리와 노랫소리가 흐르던 곳에 이제 침묵만 흘렀다.

공주는 궁전이 나쁜 마법에 걸린 게 아닐까 의심해보고 그 근원을 찾아 나서기로 했다. 그녀는 그 주문을 풀어줄 만한 마법을 찾아 책들을 샅샅이 뒤졌다. 밤이면 자지 않고 깨어서 사악한 힘의 비밀을 밝혀내려고 애를 썼다. 그녀는 부적을 가지고 다니기 시작하면서 어둠을 물리쳐줄 기도문을 읊었다.

어느 날 천상의 눈물에 젖은 왕비가 다른 땅을 찾아 이 저주받은 왕국을 떠날 것이라고 선언했다. 다시 행복과 평화를 찾을 수 있는 곳으로 갈 것이라고 말했다. 왕비는 자신의 마차에 소지품을 챙겨서 넣기 시작했다. 왕비의 마차는 사파이어 빛 바다처럼 파랬다. 공주가 지켜보는 동안 궁전의 보석들로 가득 찬 트렁크들, 드레스와 가운으로 가득 찬 가방들, 책들로 가득 찬 상자들이 마차에 실렸다. 공주는 마차가 자신과 왕비의 물건들로 가득 차는 걸 지켜보면서, 왕의 물건은 어디

놓을 것인지 궁금해했다. 아마 또 다른 마차가 있나 보지? 하지만 다른 마차는 없었고, 오로지 공주의 황금 마차만 죽어가는 벌판에 부서진 채 놓여 있었다.

왕은 절대로 자신의 왕국을 떠날 수 없다고, 왕이 설명했다. 마지막 날 밤 왕이 왕비에게 남아달라고 부탁하는 걸 공주가 들었지만, 자부심이 강하고 아름다운 왕비는 결코 마음을 바꾸지 않았다. 그날 밤 늦게 왕은 잠자리에 든 공주를 식당으로 데리고 갔다. 왕은 거기에 연회를 준비해놓았고, 둘은 아무 말 없이 희미한 불빛 아래 손을 잡은 채 그 음식을 먹었다. 공주는 한 번도 왕이 우는 걸 보지 못했지만, 그날 밤 그 어둠 속에서 왕의 뺨에 빛나는 다이아몬드의 강처럼 눈물이 흘러내리는 걸 봤다.

그들이 떠나는 날의 새벽, 축축하고 황량한 새벽이 밝아왔다. 왕국 전체가 슬픔에 잠겨 어두웠다. 왕이 공주를 도와 마차에 태우면서 왕비를 쳐다봤지만 왕비는 왕에게 눈길을 돌리지 않았다. "제발 잊지 말아다오." 왕은 공주에게 말하면서, 마차 문을 닫기 전에 그녀의 손목에 은빛 부적을 감아줬다. 왕비가 말들에게 길을 나서라고 재촉하는 동안 공주는 그녀의 손에 감긴 고리를 바라봤다. 그것은 그녀를 안전하게 지켜주고 그녀가 길을 찾을 수 있게 도와주는, 절대 잊어서는 안 될 선물이었다. 마차가 속력을 가해 시골 길을 나가면서,

공주는 다시는 집에 오지 못하리라는 것을 알고 있었다. 그녀는 부적 위에 손가락을 대면서 그것이 사실이 아니길 비는 기도를 올렸다.

종종 갑작스런 침묵 때문에 잠에서 깰 때가 있다. 난 상자들을 들어 올리고 마룻바닥의 판자가 삐걱거리는 소음에 익숙해져 있었다. 변기 물 내리는 소리와 수돗물 흐르는 소리가 내 꿈의 사운드트랙이다. 달걀 프라이하고, 토스터에서 토스트가 펑 하고 튀어나오고, 심지어 문이 쾅 닫히는 소리조차 깊은 잠을 잘 수 있게 해주는 24시간 주기 리듬이 된다. 사방이 고요해질 때, 어떤 소리도 없이 너무나 고요해지면 그 침묵의 소리가 너무 커져서 결국 잠을 깨게 되는 법이다.

가끔은 누군가가 날 보는 시선이 너무 강렬해서 꿈에서 끌려나올 때도 있다. 마치 눈을 감고 있어도 누군가 날 보고, 생각하고, 궁금해 하는 걸 느낄 수 있는 것 같다. 아마도 이건 위험으로부터 자신을 지키는 근본적인 방어기제이거나, 어쩌면 그것보다는 훨씬 근대적인 것으로 나의 무의식이 누군가의 무의식과 연결되어 있다는 뜻은 아닐까.
오늘 아침은 이 두 가지 이유 때문에 잠에서 깼다.

난 눈을 떠서 엄마가 날 내려다보고 있는 걸 봤다. 엄마는 마치 내 머리카락을 귀 뒤로 넘겨주려는 것처럼, 내 머리카락이 더 이상 그렇게 길지 않다는 것을 잊어버린 것처럼 내게 고개를 숙였다. 하지만 대신 손가락으로 내 뺨을 쓰다듬었다. 그 손길이 너무 부드러워서 거의 느낄 수 없고 아직도 꿈을 꾸고 있는 건 아닌지 의아해했다. 엄마는 내게 미소를 지었는데, 그건 머나먼 미소, 이제 물러난다는 그런 미소였다. 엄마가 이제 떠난다거나 아니면 이미 떠났다는 걸 알리는 미소였다. 그리고 허리를 굽혀서 내 뺨에 입술을 살짝 댔다. 내 기억으로 엄마가 내게 키스를 해준 건 몇 년 만에 처음이었다. 항상 내가 엄마에게 키스하면서 내 손길 아래 엄마의 몸이 뻣뻣하게 굳어지는 걸 느끼곤 했다. 내 피부에 닿은 엄마의 입술은 건조하고 부드러웠고 난 눈을 감으며 엄마가 입을 댄 곳, 그 소리, 그 느낌을 기억했다. "곧 만나자." 엄마가 속삭였고 난 눈을 감았다. 엄마가 멀어지는 모습을 보는 게, 떠나는 모습을 보는 게 두려웠다. 진입로에서 두 개의 시동이 걸리는 소리를 들었다. 하나는 항상 듣던 소리였고 또 하나는 아니었다. 난 자갈을 밟는 타이어 소리, 진입로의 끝을 쿵 하고 부딪치는 소리, 그리고 거리로 속도를 높여 나가는 소리를 들었다. 나는 아무 소리도 들리지 않을 때까지 계속 들었다. 그 침묵의 소리가 너무 커서 더 이상 다른 것은 들을 수 없을 때까지.

Calliope . Eliot

오랜 시간이 지나고 나서야 나는 침대에서 일어나 창가로 가서 텅 빈 진입로를 봤다. 하지만 이제 똑바로 서서 내 물건들, 나만의 장소, 내 아파트를 봤다. 내 집을 보고 있었다. 갑자기 내가 있기에는 이곳이 너무 작아 보였고 밖으로 나가야 할 것 같았다. 난 계단을 내려와, 진입로를 가로질러, 모퉁이를 돌아가, 거리 위쪽으로 갔다. 그리고 현관으로 올라가, 음악 소리와 동력 천공기와 여자의 말소리를 들었다. 난 문으로 들어가 부엌을 지나, 그들이 있을 곳으로 갔다. 아벨 아저씨는 싱크대에 기대서 한 손에 커피잔을 들고, 이미 수백 번 봤던 것처럼 커피를 호호 불고 있었다. 린다는 카운터 위에 무릎을 꿇고 앉아, 믹싱 볼(음식 재료를 섞는 크고 속이 깊은 그릇-역주)들과 양념들과 계량컵들을 놔둘 선반을 달고 있었다. 엘리엇은 선반 끝을 살펴보면서, 팔을 위로 들어 올리고, 위쪽으로 바라보고 있었다. 난 린다가 선반을 고정시키는 작업을 마무리할 때까지 기다렸다가 입을 열었다.

"안녕. 내가 뭐 할 거 없어요?" 내가 말했다.

## 18. 엘리엇

 품이 좀 들어가긴 했지만—족히 한 달이 걸렸다—마침내 레스토랑에 모든 보트를 설치했다. 클로번 후프의 뒤쪽에 있는 창고를 개방해서 손님을 받을 공간을 두 배로 늘이자는 엄마의 아이디어도 실행에 옮겨졌다. 대신 지하실을 창고로 바꿨다. 엄마가 그 아이디어를 냈던 날 밤이 기억난다. 엄마는 우리가 새로 사 놓은 페인트와 건식 벽체와 커튼들과 조명들을 둘러보면서 고개를 절레절레 흔들었다.

 "맹세해요, 아벨." 엄마가 말했다. "이 레스토랑을 좀 더 효율적으로 경영하고 돈을 더 많이 벌 수 있는 방법이 50가지는 있는데, 내 말은." 엄마는 순간 마치 뺨을 맞은 것 같은 표정이었다. "아벨, 정말 미안해요. 습관이란 게 참 무섭네요. 당신은 돈을 더 벌 생각도 없을 텐데."

그는 모자를 벗고 오랫동안 머리를 긁적이다 고개를 끄덕이면서 정말로 우울한 척했다. "정말 끔찍하고, 우울한 말이네요." 그는 칼리오페와 나에게 머리를 흔들어 보이며 말했다. "매일 나는 누군가 여기 와서 총을 겨누고 내가 번 돈을 몽땅 다 털어가길 간절히 바라고 있답니다."

우리는 방금 아저씨의 아이스박스에서 콜라를 꺼내 와, 먼지투성이 옷을 입은 채, 레스토랑 재개업일까지 5주 앞둔 상황에서 바닥에 앉아 쉬고 있었다. "제가 무슨 뜻으로 그런 말을 했는지 아시죠?" 엄마가 말했다. "난 거기 다시 빠져들고 싶진 않아요. 다만…." 그녀는 다시 주위를 둘러봤다. "그냥 해본 말이었어요."

"그럼 그냥 말해 봐요. 여기서 어떻게 1달러라도 짜낼 수 있는지 방법을 얘기해줘요. 저 아가씨 앞으로 교복도 필요하고 말이죠." 아벨 아저씨가 칼리오페를 손으로 가리켰다. 그녀는 내 손을 꽉 쥐었다. 그녀는 날 설득해서 그동안 다니던 라이트하우스 아카데미에 계속 다니게 했고, 자신도 오는 9월에 같이 2학년에 다니기로 했다. 그녀는 우리가 작은 연못의 큰 물고기가 될 거라고 말하고 나서, 또다시 그 능글맞은 미소를 띠면서 코를 찡긋했다. "세례를 받는 작은 연못이라이거야." 그녀가 말했다. "아무래도 나도 전문용어를 배우는 게 낫겠지?" 하지만 아벨 아저씨가 모든 비용을 대는 건 아니었다. 그녀는 이제 영구적인 주소가 생겼기 때문에 아빠에게 돈을 받았다. 그녀의 아빠는 추수감사절에 그녀를 보러 올 계획을 세웠다. 아벨 아저씨는 그때 아주 바싹 튀긴 칠면조를 선보이겠다고 약속했다. 텍사스 사람을 노스캐롤라이나에 초대해놓고 바짝 튀긴 요리를 내놓지 않는다면 그건 예의가 아니라고 아저씨는 말했고, 치솟는 불길 속에서 요리할 거니까 내 맘에도 들 거라고 했다.

그녀의 아빠가 보내주는 돈 외에, 매주 어김없이 그녀의 엄마에게서 봉투가 하나씩 도착했다. 그 봉투에 어떤 때는 5달러가 들어 있었고 또 어떤 날은 25달러가 들어 있었다. 항상 쪽지도 한 장 같이 들어 있었다. 근사하게도 그녀는 칼리오페에게 매주 한 단어가 적힌 쪽지를 보냈다. 첫 번째 쪽지를 받은 주에 칼리오페는 이게 뭐야? 라는 반응을 보였다. 산타페에서 온 봉투 속에는 접어놓은 10달러 지폐 한 장과 종이 한 장에 나는, 이라고 한 단어가 적혀 있었다. 그다음 주에 온 봉투에는 15달러와 네가, 라고 적혀 있었고, 그다음 주에는 그립구나, 라고 적혀 있었다. 칼리오페는 어떤 면에서는 이것이 엄마로부터 받은 최고의 애정표현이라고 말했다. 이번 달에 그녀는 이미 돈과 함께 우리는, 아주, 멋진, 이라고 적힌 봉투들을 받았다.

Calliope . Eliot

"그다음 봉투들은 '시간을 보내고 있다고' 적혀 있길 빌어야지." 칼리오페가 말했다. "만약 그게 아니라 '아기를 만들었어.'라고 하면 난 돌아버릴 거야." 그다음 주에 그녀가 받은 쪽지에는 시간을, 이라고 적혀 있었다. 칼리오페는 모든 쪽지를 냉장고에 붙여두었다.

아벨 아저씨가 레스토랑에서 더 많은 돈을 우려내는 방법을 물어본 후에, 엄마는 그에게 장소를 더 넓혀서 보트를 넣자는 아이디어를 말했다. "그리고." 엄마가 이어서 말했다. "레스토랑 이층을 나와 이 청년에게 임대해줘요." 엄마는 나를 가리켰다. "그리고 당신 집 바닥에서 공짜로 재워주는 건 그만하고."

"정말 너무도 까다로운 거래조건이군요, 하지만 좋아요. 당신은 내게 돈을 줘도 돼요. 하지만 당신 둘 다 우리 레스토랑에서 일한다면, 차라리 내가 그냥 나에게 돈을 주는 편이 낫지 않나요?"

"아니요. 그건 잠시 보류해두죠." 엄마가 이렇게 말하자 둘 다 웃음을 터트렸다.

아벨 아저씨는 엄마가 말한 건 뭐든 할 용의가 있는 것처럼 보였고 일주일 후에 우리는 보트들을 레스토랑에 들여오기 시작했다. 그 보트들은 아빠가 새로운 TV 쇼인 생명의 빵을 시작하기 위한 자금을 마련하기 위해 대부분의 캠프 장비들을 경매에 부쳤을 때 엄마에게 판 것이다.

우리는 보트 안의 장비들과 페달을 들어내고, 다른 일체의 것을 싹 벗겨 낸 채 섬유 유리로 만든 보트 껍데기만 남겨서 레스토랑 뒷방 바닥에 설치하고, 보트 안에 볼트로 테이블을 고정시켰다. 마치 작은 플라스틱 러브 좌석처럼, 커플들이 보트 안에 앉아서 먹을 수 있게 만들었다. 둘만을 위한 칸막이 좌석 같은 개념을 응용한 것이다. 벽에는 노와 구명 기구들을 달았고 한쪽 벽에는 호수 벽화를 그려놓았다. 이곳은 꽤 인기가 있어서 사람들은 전화로 붉은 보트나, 초록색 보트나, 뒤쪽 창가에 있는 보트를 예약했다. 엄마는 릭스가 탔던 노란색 보트를 엄마가 감시할 수 있는 곳에 놨다. 그리고 뒤쪽 창가에 있는 보트는? 그건 우리의 보트, 칼리오페와 내가 그날 밤 호수에 타고 나갔던 바로 그 파란색 보트였다.

클로번 후프의 대규모 개점 축하 행사는 2주 전이었고, 심지어 홍수와 그 보트들과 확장된 메뉴에 대한 기사도 신문에 실렸다. 내 바비큐 소스와 칼리오페의 이름을 따서 아저씨가 만든 새 소스 둘 다 메뉴판에 올라와 있다. 칼리오페는 모든 고등학생이 얇은 판지를 겹쳐 만든 마분지 메뉴에 이름을 올리는 불멸의 명성을 누리는 건 아니라고 하면서 우리 둘 다 자랑스러워해야 한다고 말했다.

일할 때 내가 제일 좋아하는 시간은 일요일 밤이다. 레스토랑

Calliope . Eliot

이 월요일엔 문을 닫기 때문에 칼리오페와 나는 엄마를 이층으로 올려 보내고, 아벨 아저씨는 집으로 보내고 둘이서 뒷정리를 마치거나 가끔은 엄마와 아벨 아저씨를 아이스크림을 사 먹으러 가라고 내보내기도 한다. 아이스크림콘 한 개를 먹으면 조깅을 1마일 해야 한다는 것이 엄마의 철칙이고 아저씨는 그 철칙을 잘 따랐다. 오늘 밤은 다른 일요일 밤처럼, 칼리오페와 나는 앞문의 걸쇠를 잠그고, 영업 종료라는 간판을 켜고, 스피커에 나오는 음악을 끄고, 조용한 가운데 테이블의 그릇들을 치우고 구정물을 버리고 모든 것을 정리했다.

정리가 끝나자 칼리오페가 앞치마를 벗고 티셔츠에 묻은 얼룩을 문지르고 마지막 남은 불을 껐다. 난 더러운 앞치마들을 세탁바구니에 넣고 그녀 뒤로 걸어가서 그녀의 허리를 안았다. 그녀의 머리는 이미 셔츠 칼라 윗부분에 닿을 정도로 길었다. 난 그녀의 머리카락에 얼굴을 대고, 그녀의 냄새를 맡으면서, 아직도 가끔 그녀가 여기 있다는 사실을 믿을 수 없어 했다. 그녀는 내 팔을 잡고 내게 뒤로 기댔고, 난 그녀의 어깨에 턱을 댔다.

"학교가 시작되기 전의 마지막 일요일이네." 그녀가 말했다. "좀 이상하다."

"뭐 그렇게 많이 변하진 않을 거야. 우린 계속 여기서 일할 거고, 계속 이렇게 일요일 밤을 보낼 건데 뭐."

그녀가 미소를 지으면서 얼굴이 옆으로 움직이는 걸 느낄 수 있었다. "그래 봤자 그 다음 날 학교에 가잖아. 있지, 난 조금 두려워."

"왜? 두려워하지 마."

"아이들이 날 이교도로 생각하면 어쩌지?"

난 그녀를 안은 팔에 힘을 주었다. "넌 그렇게 생각해?"

"나도 모르겠어. 제 1차 이교도 세미나에 다녀온 후에 말해줄게." 그녀는 고개를 돌려 내 볼에 키스를 했다. 밖에선 늦여름에 내리는 비가 유리창에 물방울무늬를 찍고 있었다.

"내 말 잘 들어. 모두 너에게 잘 대해주도록 내가 힘 좀 써볼게."

"아하, 네가 한마디 하면 모두 다 듣는다, 이거지?"

"지금 농담해? 나 몰라?"

그녀는 웃으며 내 품에서 빠져나가, 내 손을 잡고 뒷방으로 이끌었다. 우리는 우리의 파란 보트를 찾아서 어둠 속에서 그 보트를 밀어서 높이 있는 뒤쪽 창문 밑에 앉았다. 이것은 우리의 전통이 됐다. 매주 일요일 밤 가게 문을 닫은 후, 지난 세 번의 일요일마다 여기 앉아서 서로를 안고, 별 말 없이 앉아있었다. 말을 할 필요도 없었다. 이건 우리의 첫 번째 전통이라고 칼리오페가 말했다. 앞으로 몇 개월 동안 그녀가 이 모든 전통을 얼마나 좋아하게 될지 알게 될 것이다. 그녀는 사실 지금까지 전통이란 걸 가져본 적이 없었으니까. 우리는 바싹 튀긴 칠면조를 잘라 먹을 것이고, 호박 파이를 구울 것이고, 호박 초롱을 조각하고, 크리스마스이브엔 어둠 속에서 바닥에 누워 크리스마스트리 사이로 비치는 불빛들을 마치 들판에 뜬 별들을 보는 것처럼 바라볼 것이다. 하지만 그녀는 이 전통이 가장 좋다고 말했다. 이건 우리만의 전통이니까. 일요일 밤 실내에서 보트에 앉아 있는 전통은 아직까지 큰 인기를 끌지 못하고 있다. 하지만 우린 여기서 이렇게 서로의 숨을 들이마셨고, 키스했고, 그녀의 머리카락을 손으로 쓰다듬었고, 그녀는 내게 기대서, 몸을 밀착했고, 그녀의 다리로 내 다리를 감았다. 우리는 유리창 위에 모인 빗줄기들이 미끄러지면서 작은 강이 되는 풍경을 바라보며, 유리창과 지붕을 때리는 빗소리를 들었다. 보트에서 이렇게 보내는 일요일 밤의 절정은 하늘이 맑을 때, 그리고 날짜를 잘 맞춰 오래 기다리면 달빛이 유리창으로 들어와 우리 위에 머물면서 마치 그날 밤 그랬던 것처럼 어둠과 보트 바닥을 채울 때이다. 하지만 이번엔 한 가지가 달라졌다. 우린 움직일 필요도 없고, 더 이상 어딘가로 가기 위해 노를 저을 필요도 없다. 우리는 그대로 그 자리에 있고, 달빛이 우리를 찾아온다.